ハンガー・ゲーム0 上

少女は鳥のように歌い、ヘビとともに戦う

中村佐千江＝訳

角川文庫
22346

ノートン・ジャスターとジェーン・ジャスターに

Published by Scholastic Press, an imprint of Scholastic Inc.,

Japanese translation rights arranged with Intercontinental Literary Agency
through Japan UNI Agency, Inc., Tokyo.

「ここで明らかにされたのは、すべての者を畏怖させる共通の権力が存在せぬままに生活している間、人間は戦争と呼ばれる状態にあるということだ。すなわち、万人が万人を敵とする状態である」

——トマス・ホッブズ『リヴァイアサン』一六五一年

「自然状態において、誰もが従うべき自然法が存在する。その自然法が理性であり、耳を傾ける者には、人間がみな平等で独立した存在であり、他人の生命や、健康や、自由や、財産を侵害してはならないと教えてくれる」

——ジョン・ロック『統治二論』一六九〇年

主な登場人物紹介

コリオレーナス・スノー　十八歳、アカデミー最高学年に在籍。名家の跡継ぎだが、生活は苦しい。
タイガレス　コリオレーナスのいとこ。二十一歳。デザイナー見習い。
セジャナス・プリンツ　第二地区からキャピトルに移ってきた裕福な一家のひとり息子。
クレメンシア・ダブコート　エネルギー省長官の娘。美少女で、人気者。
サテュリア・クリック　コリオレーナスの指導担当教授。
キャスカ・ハイボトム　学生部長。「ハンガー・ゲーム」の考案者。
ヴォラムニア・ゴール博士　ヘッド・ゲームメーカーであり、キャピトルの実験的兵器開発部門を指揮する。
プルリブス・ベル　闇市場の取引を行う商人。かつてナイトクラブを経営していた。
ルクレチウス（ラッキー）・フリッカーマン　「ハンガー・ゲーム」番組の司会者。
ルーシー・グレイ・ベアード　第十二地区の女子の贄。

第一部
教育係

1

　コリオレーナスは、熱湯を沸かした鍋(なべ)にキャベツをひとつかみ放り込んだ。いつかは二度とこんなものを食べずにすむようになるのだ、と自分に言い聞かせる。ただし、そのいつかは今日ではない。こんな味気ない料理でも、器になみなみとよそい、一滴も残さず飲み干さねば、刈入れの最中に腹の虫が悲鳴をあげるだろう。彼は日々、このように様々な工夫を強いられていた。キャピトルで最高級のペントハウスに住むスノー家が、実際には地区に住む卑しい者たちと変わらぬほど貧しいという事実は、なんとしても隠しとおさねばならない。かつて名家とうたわれたスノー家の十八歳になる跡継ぎが、生きるためには自分自身の才覚ひとつにすがるしかないという事実を。

　いま彼を悩ませている問題は、刈入れに着ていくシャツのことだった。ズボンに関しては、去年それなりに上等な黒いパンツを闇市場で手に入れてあったが、他人に与える印象はシャツで決まる。幸い、ふだん着用する衣類については、アカデミーから制服が支給されている。だが今日の刈入れには、華やかで、かつ儀式にふさわしい厳粛な服装で参加するように指示されていた。私に任せて、というタイガレスの言葉を信じるしかない。このいとこの裁縫の腕があればこそ、これまで何とか切り抜けてきた。

　ふたりがタンスの奥から見つけ出したシャツは、裕福だった頃にコリオレーナスの父親が着ていたものだった。長い年月のうちに染みや黄ばみで汚れ、ボタンの半数が取れて無くなっており、片方の袖口にはたばこの焼け焦げがついている。最も物資が不足していた時期にさえ買い手がつかなかった代物なのに、あれを着て刈入れに臨まねばならないのだろうか？　今朝、夜明けと同時にタイガレスの部屋をのぞいたところ、いとこの姿もシャツも消えていた。不吉な兆候だ。タイガレスはあの古いシャツを仕立て直すのをあきらめて、まともな服を手に入れる最後の望みをかけて、危険な闇市場へ出かけたのだろうか？　きれいなシャツと交換する価値があるものなど、持っているはずもないのに。あるとすればただひとつ、彼女自身だ――だが、スノー家はそこまで落ちぶれてはいない。それとも、自分が鍋に塩を入れているこの瞬間に、スノー家の転落は始まっているのだろうか？

コリオレーナスは、タイガレスが競りにかけられている場面を想像した。やせぎすで長い鉤鼻を持つタイガレスは、美人とは言えない。だが、か弱くやさしげなところが、男たちの支配欲をそそった。彼女さえその気になれば、買い手は見つかるだろう。胸がむかついたが、どうすることもできない。自分の無力さにつくづく嫌気がさした。

奥の部屋から、国歌『パネムの珠宝』が聞こえてきた。祖母のふるえがちなソプラノが、壁にこだまする。

　パネムの珠宝
　至上の都

　幾年を経て　輝く光

　例によって、祖母の歌は気の毒なほど調子外れで、テンポも微妙に遅れている。戦争がはじまった年、彼女は祝日のたびに五歳のコリオレーナスと八歳のタイガレスにこの国歌を聞かせ、愛国心の涵養(かんよう)に努めたものだった。終戦までの二年間、地区の反乱軍がキャピトルを包囲し、生活必需品が手に入らなくなってからは、彼女のリサイタルは日課となった。

「おまえたち、覚えておおき。包囲されようとも、私らは降参したわけじゃないよ！」

　雨あられと爆弾が降ってくる中、祖母はペントハウスの窓を開け、あらん限りの大声で国歌を歌った。それが彼女なりの、ささやかな抵抗だった。

　謹み跪(ひざまず)かん
　君が理想に

　祖母は、声にならない高音をはりあげた。

　君に捧(ささ)げん、とこしえの愛！

　コリオレーナスは、わずかに顔をゆがめた。戦争終結からすでに十年が経ち、反乱軍は鳴りを潜めたが、こうして祖母は歌い続けている。この後も、二番、三番と続くのだ。

パネムの珠宝
正義の要
君が額に　煌めく英知

家具を増やせば少しは音が吸収されるのかもしれないが、実行に移すあてはなかった。現在のところ、このペントハウスはキャピトルの縮図そのものだ。反乱軍の執拗な攻撃により、あちこちが傷ついている。高さ六メートルの壁には、細かなひびが入っている。カビだらけの天井は、いたるところ漆喰がはげ、穴が開いている。街を見下ろすアーチ形の窓はガラスが割れ、醜い黒い絶縁テープで貼り合わせてある。戦争中と戦後の十年間、スノー家は家財道具の多くを売り、生活必需品と交換することを余儀なくされた。家具を失ったことよりつらかったのは、包囲戦の終盤を襲った厳しく寒い冬の間、凍死を免れるために、美しい木彫品の数々と膨大な数の書物を暖炉で燃やさねばならなかったことだ。鮮やかに彩られた絵本——母に抱かれて夢中になって読んだ本——が次々に灰と化すのを見ていると、涙をこらえることができなかった。だが、何ごとも命あっての物種だ。

ほとんどの友人の家では自宅の改修が始まっているというのに、スノー家はシャツを仕立てるわずかな布地さえ満足に購えない。コリオレーナスは、級友たちがクローゼットの服をあれこれ物色し、真新しいスーツに身を包む様子を思い浮かべた。あとどれだけの間、スノー家は体面を保つことができるだろうか。

こぞれ　再び
君が光に
君に捧げん、われらが誓い

タイガレスがあのシャツを仕立て直せなかった場合は、どうすればいいだろう。仮病を使って儀式を欠席するか？　いや、それは卑怯だ。素知らぬ顔で制服のシャツを着ていくか？　いや、それは失礼だ。おとなしく着られなくなった赤いボタンダウンシャツに無理やり袖を通すか？　いや、それはみじめすぎる。妥協できる選択肢は、ひとつとしてなかった。
もしかしてタイガレスは、雇い主のファブリシア・ホワットノットに相談しに行ったのかもしれない。ファブリシアは、その他もろもろという姓のとおり得体のしれない女だが、ファッションにかけてはある種の才能がある。羽毛であれ皮革であれ、ビニールであれべルベットであれ、その時々の流行を上手に取り入れることができるのだ。学業成績が振るわなかったタイガレスは、アカデミー卒業後は大学に進学せず、デザイナーになる夢を追うことにした。ファブリシアの店には見習いとして入ったはずが、足のマッサージや雇い主のマゼンタ色の長い髪の毛が詰まった排水口の掃除をさせられたりと、奴隷同然にこき使われている。だが、タイガレスは弱音ひとつ吐かず、雇い主を批判する声にも耳を貸さず、ファッション業界に身を置いていることに心から満足し、感謝しているのだった。

パネムの珠宝
権威の玉座
戦火を阻む　平和の力

キャベツスープに加える具材を探して、コリオレーナスは冷蔵庫を開けた。がらんとした庫内には、金属製の片手鍋しか入っていない。ふたを開けてみると、マッシュポテトのようなどろりとした凝固物が、てかてか光っていた。祖母が料理を始めると言い出してもうずいぶんになるが、ついに実行する気になったのだろうか？　そもそも、これは食べられるのだろうか？　判断がつかなかったので、ひとまずふたを戻す。ためらいなくゴミ箱に捨てられたら、どんなにすっきりするだろう。ものを捨てるというのは、なんと贅沢な行為なのか。まだ幼かった頃のことでよく覚えていないが、アボックスたち——祖母の持論では、舌を切られた奴隷はよく働く——が、ゴミを回収するのを見たことがあるような気がする。彼らのゴミ収集車が軽快なエンジン音を立ててやってきて、食べ残しや、空き箱や、使い古しの日用品などが入った大きな袋を回収していったものだ。だがやがて、何も捨てられず、一口の無駄も許されず、あらゆる物が取引や燃料や壁の断熱材として利用される時代が訪れた。人々は、倹約の精神を身につけた。ところが、いつのまにか贅沢を求める風潮が戻りつつある。裕福さの証(あかし)だ。そう、例えば上質なシャツのように。

武器を手に取り
祖国を護(まも)れ

(あのシャツ――あのシャツが、どうしても必要なんだ！)

コリオレーナスは、何かひとつ気になると、たとえどんなにささやかなことだとしても、とことん執着する癖がある。この悪い癖のせいで、実害を及ぼしかねないその他の問題が目に入らなくなってしまう。こうした強迫的傾向は、生まれつきの性質だった。何とかして克服しなければ、いつか破滅を招くかもしれないのだが――。

国歌がクライマックスを迎え、祖母は嗄(しわが)れ声をはりあげた。

われらがキャピトル、われらが命！

(困ったばあさんだ、いまだに戦前の古き良き時代にしがみついているなんて)

コリオレーナスは祖母を愛していたが、彼女はもう何年も前から現実を見失っていた。祖母は食事のたびに、偉大なるスノー家の逸話の数々を立て板に水とまくしたてる。たとえ食卓に、薄い豆のスープとカビ臭いクラッカーしかなかったとしても。「コリオレーナスが大統領になったら」というのが、祖母お得意の前置きだった。コリオレーナスが大統領になれば、キャピトル空軍の弱体化からポークチョップの値段の高騰に至るまで、あらゆる問題が魔法のように解決するという。ありがたいことに、膝(ひざ)の関節炎に悩まされている祖母は、エレベーターが故障して以来めったに外出せず、ごくたまにしか訪れない客たちも、彼女に劣らず時代遅れな人々だった。

　キャベツに火が通ったらしく、台所に貧しさのにおいが漂いはじめた。コリオレーナスは木杓子(きじゃくし)でキャベツをつついた。タイガレスは、まだ戻らない。そろそろ帰ってくれないと、欠席の連絡を入れようにも手遅れになってしまうだろう。他の生徒たちは、もうアカデミーのヘブンズビー・ホールに集まっているはずだ。これでは指導担当教授のサテュリア・クリックを怒らせるばかりか、落胆させることになる。サテュリアは、コリオレーナスが今年のハンガー・ゲームで栄えある二十四名の教育係に選ばれるよう、熱心に後援してくれたのだ。コリオレーナスはサテュリアのお気に入りである上に、講義の助手も務めているので、きっと今日も何かと当てにされているに違いない。あらかじめ、電話でくぎを刺しておいた方がいいかもしれない。体調が悪く吐き気がしますが、なんとか回復に努めます、とかなんとか——。意を決して受話器を取り、重病を装おうとしたとき、ふと別の考えが頭に浮かんだ。儀式を欠席すれば、代わりに他の生徒が教育係に任命されてしまうだろうか？　そうなれば、卒業式で優秀な生徒に授与される数々の賞を逃すことになりはしないか？　受賞を逃せば、大学進学資金が手に入らない。そうなれば、就職もできず、未来は閉ざされ、自分ばかりか一族全員の運命が危うくなり、そして――

建てつけの悪い玄関扉が、耳障りな音を立てて勢いよく開いた。

「コーリョ！」

コリオレーナスは、慌てて受話器を戻した。コーリョというのは、赤ん坊の頃にタイガレスに付けられた愛称だ。台所を飛び出したはずみに、危うくいとこを突き飛ばしそうになったが、上機嫌の彼女は気にも留めなかった。

「やった、やったわ！　うまくいったわよ！」

タイガレスは小躍りし、古い衣装カバーがかかったハンガーを意気揚々と持ち上げた。

「ほら、見て、見て！」

ファスナーを開ける手ももどかしく、コリオレーナスはむしり取るようにカバーを外した。現れたのは、美しいシャツだった。美しいだけでなく、気品がある。厚手の生地は、元の白さも、年月の黄ばみも残さず、上品なクリーム色に染まっていた。袖口（そでぐち）と襟は黒いベルベット生地に付け替えられ、ボタンには黄金と漆黒の四角い小片が利用されている。テッセラだ。それぞれ、糸を通す小さな穴がふたつずつ開けられていた。

「君は天才だ！　最高のいとこだよ！」

コリオレーナスはシャツがしわにならないように気をつけながら、空いている方の腕でいとこを抱きしめた。

「雪は高嶺に舞い降りる！」

タイガレスも、はしゃいだ声で応じた。

「雪は高嶺に舞い降りる！」

戦争中、ふたりはこの合い言葉で励まし合ってきた。当時は、スノー家の名聞を地に落とさないために、常に努力の限りを尽くさねばならなかった。

「教えてくれ、いったいどんな手を使ったんだ？」

タイガレスが話したくてうずうずしているのは明らかだった。ファッションについて語るのが、何より好きなのだから。

タイガレスは両手を振り上げ、ため息をつくように笑った。

「さあて、どこから話したものかしら？」

タイガレスの話は、シャツを漂白するところから始まった。ファブリシアに寝室の白いカーテンが黄ばんでいると言って、こっそりシャツも一緒に漂白した。シャツはおおむねきれいになったが、染みを完全に落とすことはできなかった。そこで、ファブリシアの隣家のごみ箱に捨ててあったマリーゴールドの花びらを煮出した汁で染めてみたところ、首尾よく染みが隠れた。袖口のベルベット生地は、もはや値打ちがない祖父の記念額を収納してあった、大きな巾着袋を利用した。テッセラは、メイド用浴室の戸棚の内側に貼られていたものをはがした。そしてマンションの管理人と交渉し、作業服を繕ってやる代わりに、ドリルで穴を開けてもらったのだ。

「それはみんな、今朝のこと?」コリオレーナスはたずねた。

「いいえ昨日よ、日曜日。今朝は——そうだ、あのジャガイモに気がついた?」

コリオレーナスは、いとこの後に続いて台所に入った。タイガレスは冷蔵庫を開け、例の片手鍋を取り出した。

「徹夜で洗濯のりを作ったの。それから急いでドリトルさんのお宅に行って、壊れてないアイロンを借りたってわけ。この残った分は、スープに入れるのにとっといたの!」

タイガレスは、中身を煮立ったキャベツの鍋に流し込み、ぐるぐる掻き回した。コリオレーナスはいとこの金茶色の目の下にうっすらとくまが浮かんでいるのを見て、胸が痛んだ。

「いつから寝てないの?」

「平気よ、ジャガイモの皮を食べたもの。ほら、ビタミンって、皮に多いんですって。それに今日は刈入れだし、祝日みたいなものだわ!」タイガレスは、ほがらかに言った。

「ファブリシアは、お祝いどころじゃないだろ」

実際のところ、祝祭的な雰囲気はどこにもなかった。刈入れの日は、各地区でひどく恐れられているが、キャピトルでも特にお祝いなどしない。ほとんどの人は戦争のことなど思い出したくもないのだ。タイガレスは今日、雇い主と雑多な顔ぶれの客たちの世話に明け暮れることだろう。彼らは戦争で奪われた命や失った物について陰気に語り合い、正体を失うまで酒を飲む。だが明日は、二日酔いの介抱で、もっと忙しくなるに違いない。

「余計な心配しないの。ほら、早く食べちゃいなさい！」

タイガレスはスープを器によそい、テーブルに置いた。

コリオレーナスは時計に目をやり、口をやけどするのもかまわず熱いスープを飲み干すと、シャツを手に自室へ急いだ。すでにシャワーは済ませてある。今日はありがたいことに、白い肌にはニキビひとつできていない。アカデミー支給の下着と黒い靴下は、上質のものだ。フォーマルな黒いズボンも、まあまあ上等に見える。コリオレーナスはズボンをはき、革の編み上げ靴に足をつっこんだ。かなりきついが、がまんできないことはない。最後にそっとシャツをまとい、裾（すそ）をズボンにたくし込むと、鏡の前に立った。コリオレーナスは、年齢の割に小柄だった。同世代の若者の多くがそうであるように、貧しい食生活が成長を阻害したのだろう。だが、鍛え抜かれて引き締まった身体と、姿勢の良さと、この美しいシャツが、彼の肉体の長所を引き立てていた。これほど自分が立派に見えたのは、幼い頃以来だと思う。あの頃は、よく祖母に紫色のベルベットのスーツを着せられ、得意げに街を連れまわされたものだった。コリオレーナスはブロンドの巻き毛をなでつけ、鏡の中の自分に向かって、おどけてつぶやいてみせた。

「未来のパネム大統領、コリオレーナス・スノー閣下に敬礼！」

コリオレーナスは、タイガレスを喜ばせるために気取って居間に入り、シャツがよく見えるように両腕を広げると、くるりとまわってみせた。

タイガレスはうれしそうに叫び、手を叩（たた）いた。

「すごくいいわ！　とってもハンサムで、おしゃれに見える！　おばあばさまも、こっちに来てごらんになって！」

〈おばあばさま〉も、子どもの頃にタイガレスが考え出した愛称だった。彼らの祖母ほど気位の高い女性に〈おばあちゃん〉はふさわしくなかったし、ましてや〈ばあば〉など、もってのほかだったのだ。

彼らの祖母が、姿を現した。震える両手で、摘みたての赤いバラを大事に包んでいる。ゆったりと長い黒いチュニックは戦前に流行したデザインで、今ではすっかり時代遅れだ。刺繍（ししゅう）があしらわれ、つま先が反り返った上履きも、当時はやったものだ。すり切れた紫色のターバンから、薄くなった白髪が数本はみ出している。

「さあ、これをおつけ。ついさっき、屋上の庭園で摘んできたんだよ」

バラを受け取ろうとしたはずみに、コリオレーナスは手のひらにとげを刺してしまった。傷口から血がにじみ出したので、大切なシャツを汚さないように、けがをした手を前に突き出す。祖母はまごつき、弁解するように言った。

「わたしはただ、おまえを優雅にしてやろうと思っただけなんだよ」

すかさず、タイガレスが間に入る。

「ええそうね、おばあばさま。このバラをつければ、コーリョはきっと優雅に見えるわ」

タイガレスは、コリオレーナスを連れて台所に入った。コリオレーナスは、自制心が重要だと自分に言い聞かせた。祖母のおかげで、毎日のように自制心を鍛えられるのは幸運なことなのだ、と。

「刺し傷の血は、すぐに止まるわ」

タイガレスは、手早く傷口を消毒して包帯を巻いた。そして、バラのとげを取り除き、緑色の葉を数枚残して適当な長さに切ると、ピンでシャツに留めた。

「本当に優雅だわ。おばあさまにとって、このバラがどんなに大切なものかわかっているわね？　感謝しなくちゃ」

コリオレーナスは、いとこの言うとおりにした。タイガレスとおばあさまの両方にお礼を言い、急ぎ足で玄関を出ると、豪華な装飾の階段を十二階分駆け降り、ロビーを通り抜けて、キャピトルの街に飛び出した。

マンションの正面玄関は、コルソーという大通りに面している。とても広い道路で、かつてキャピトルの軍隊がパレードを行った際、八台の馬車がゆうゆうと並んで走ることができた。コリオレーナスは、幼い頃にペントハウスの窓からそのパレードをながめたことを覚えている。パーティーに集まった客人たちは、特等席でパレードが観られると口々に羨んだものだ。だが、やがて現れた爆撃機のせいで、この界隈は長いあいだ通行不能になった。ようやく道路は整備されたものの、歩道には依然としてがれきが積み重なっており、建物も破壊された当時のままの無残な姿をさらしている。勝利の日から十年が経つ今も、崩れた大理石や御影石のかたまりの間を縫ってアカデミーに通う日々が続いていた。ときおりコリオレーナスは、市民に悲惨な戦争を忘れさせないために、わざとがれきを残してあるのだろうかと思うことがあった。人間とは、忘れっぽいものだ。戦争の記憶を風化させないためには、がれきの間をくぐり抜け、薄汚れた配給券をちぎり、ハンガー・ゲームを観戦しなくてはならない。忘却は、現状に甘んじる心につながる。そうなれば、また同じ悲劇が繰り返されるだろう。

スカラーズ通りにさしかかると、コリオレーナスは意識的に歩調を緩めた。遅刻はしたくないが、汗まみれで駆けつけるのはみっともない。常に冷静に、落ち着いていなければ。今日の刈入れも、例年どおり猛暑になりそうだった。だが、真夏の七月四日が暑いのは当たり前だ。コリオレーナスは、祖母に贈られたバラのかぐわしい香りに感謝した。うっすら汗ばんだシャツが、かすかにジャガイモとマリーゴールドのにおいを発していたからだ。キャピトルで最も優秀な中等学校であるアカデミーには、著名人や資産家や有力者が子弟を通わせている。各学年の生徒数は四百名以上に上るが、一族が代々アカデミーで学んだ歴史ある家柄のタイガレスとコリオレーナスは、特に苦労もなく入学を許された。大学とは違って授業料を払う必要はなく、制服以外にも昼食や学用品が支給される。ひとかどの人物は皆、アカデミーの卒業生であり、在学中に築いた人脈がコリオレーナスの将来の重要な基盤となるはずだ。

アカデミーの正面玄関に続く堂々たる階段は、全校生徒が一度に通行できるほど広い。コリオレーナスは、誰かに見られていた場合に備えてさりげない威厳を保ちつつ、ゆっくりと階段を上った。彼は有名人なのだ――少なくとも、彼の両親や祖父母は世に知られた人物だった。したがって、スノー家の名に恥じないふるまいを心掛けなければならない。コリオレーナスは、今年こそ自分も父や祖父たちのように認められたいと考えていた。いよいよ今日から始まるハンガー・ゲームで教育係を務めることは、夏にアカデミー卒業を控えた彼の最終プロジェクトなのだ。教育係として目覚ましい活躍をしてみせれば、抜群の学業成績と併せて、大学の授業料を賄うに足る賞金を獲得できるだろう。

贄（いけにえ）は二十四人。戦争に敗れた十二の地区から男女ひとりずつ、くじ引きで選ばれた子どもたちが闘技場に閉じ込められ、生き残りを懸（か）けて戦うのが、ハンガー・ゲームだ。このゲームは反逆者たちに科せられた数々の刑罰のひとつで、各地区の反乱がもたらした暗黒の時代を終結させた反逆防止協定によって、詳細に定められていた。今回も過去に開催されたゲーム同様、贄たちは互いに殺し合うための武器とともに、キャピトルの闘技場に放り込まれる。この闘技場は、今でこそ荒れ果てているが、戦前はさまざまな競技大会やイベントに利用された円形劇場だった。キャピトルではゲームの観戦が奨励されているが、多くの人は目を背けている。そのため、いかに衆目を集めるかが重要な課題とされていた。

その点を踏まえて、今回初めて贄に教育係が付けられることになった。アカデミーの最上級生の中で選（え）りすぐりの優等生二十四名が、その大役を任されている。ハンガー・ゲームの存続を図るならば、より意義深いゲームに進化させる必要があるという点で、関係者の意見は一致していた。キャピトルの若者と各地区の贄にペアを組ませる試みは、かねてより世間の関心の的となっていた。

コリオレーナスは黒い横断幕がかかった入り口を通り抜け、アーチ天井の通路を下り、洞穴を思わせるヘブンズビー・ホールに入った。アカデミーの生徒はこのホールに集まって、刈入れの儀式のテレビ中継を観ることになっている。決して遅刻したわけではなかったが、すでにホールは教職員や生徒たち、初日の放送に出演を依頼されなかった多くのゲーム関係者らでにぎわっていた。

トレーを手にしたアボックスたちが、人々の間をしずしずと歩きまわっている。トレーの上に載っているのは、水で割ったワインにハチミツやハーブで風味をつけたポスカという飲み物だ。口中のキャベツのにおいを洗い流そうと思い、コリオレーナスは杯（ゴブレット）をひとつ取って、少量のポスカを口に含んだ。しかし、それ以上飲むことは自重した。大方の人が考えている以上にこの酒は強く、度を過ごして醜態をさらす上級生をたびたび見てきたからだ。

世間ではいまだに裕福だと思われているが、コリオレーナスに残された唯一の価値ある財産は、人を引き付ける魅力だった。人々の間を歩き回りながら、彼はその財産を惜しげもなくばらまいた。コリオレーナスがにっこりと挨拶（あいさつ）すると、生徒も教師も喜びに顔を輝かす。彼は出会う人ごとに家族の消息をたずね、お世辞をふりまいた。

「地区の報復に関する先生の講義には、とても感銘を受けました」

「その前髪、すてきだよ！」

「母上の腰の手術の首尾は？　そうか、お大事にと伝えてくれたまえ」

コリオレーナスは、この行事のために何百と並べられたクッション付きの椅子の脇を通りすぎ、演壇へ向かった。そこでは、アカデミーの教授陣とゲーム関係者たちを相手に、サテュリアが笑い話を披露している。聞き取れたのは、落ちの部分だけだったが——「そこで言ってやったの。『かつらのことはお気の毒でしたけど、どうしてもおサルを連れてくるとおっしゃったのは、あなたご自身ですから!』って」——コリオレーナスは礼儀正しく周囲に合わせて笑い声をあげた。

「あら、コリオレーナス」

サテュリアはゆったりと声をあげ、コリオレーナスを招き寄せた。

「これが、わたくしの自慢の生徒ですの」

差し出された頬にキスしたコリオレーナスは、彼女がすでにポスカを数杯飲んでいることに気づいた。少しは節度のある飲み方を心がけてほしいものだ。もっとも、周囲にいる大人たちの半数についても同じことが言える。飲み方に問題はあるが、サテュリアは愉快で堅苦しいところがなく、生徒たちにファーストネームで自分を呼ばせている数少ない教授たちのひとりだ。サテュリアは軽く身を引き、コリオレーナスの全身に視線を走らせた。

「すてきなシャツね。そんな服、いったいどこで手に入れたの?」

コリオレーナスは、どんな服を着たか忘れていたような顔をして、シャツを見下ろした。

「うちのクローゼットは、とてつもなく広いんですよ。厳粛で、しかもお祝いの席にふさわしい服を探したまでです」

「ほんと、そのとおりのシャツだわ。このしゃれたボタンは何でできてるの？」

サテュリアは、袖口のボタンをひとつつまんだ。「テッセラかしら」

「本当ですか？　なるほど、道理でこれを見たときメイド用の浴室が思い浮かんだわけだ」

コリオレーナスの返答は、サテュリアの友人たちの笑いを誘った。これこそ、彼が努力して維持してきたイメージだ。自宅にメイド用の浴室があるほど——しかも、その床にテッセラが敷き詰めてあるほど——裕福な家に生まれたことを匂わせつつ、シャツに関する自虐的な冗談で皆を和ませるのがコツだった。

コリオレーナスは、サテュリアに向かってうなずいた。

「すてきなドレスですね。新調なさったんですか？」

黒い羽毛をあしらってリフォームされてはいるが、一見して毎年彼女が刈入れの儀式に着ているドレスだとわかる。だが、サテュリアは彼のシャツをほめてくれたのだから、お返しにほめる必要があった。

「今日のために、特別に仕立てさせたの」

サテュリアは、彼の言葉を否定せずに答えた。「十周年記念大会ですもの」

「とても優雅です」と、コリオレーナスはそつなく応じた。総じて、彼らは息の合った師弟と言えた。

コリオレーナスの浮かれた気分は、たくましい肩で人波をかき分けてやってくる体育教師のアグリッピナ・シックルの姿が見えたとき、急速にしぼんでいった。彼女の後ろには、助手のセジャナス・プリンツが付き従っている。セジャナスは、集合写真を撮影する際にシックル教授が毎年持つことにしている装飾盾を運ばされていた。この盾は、爆撃中も果敢にアカデミーの防災訓練を指導した功績により、戦争末期に授与されたものだ。

コリオレーナスが目を奪われたのはその盾ではなく、セジャナスの服装だった。柔らかな風合いのチャコールグレーのスーツとまばゆいばかりに白いシャツ、そしてシャツの白さを際立たせるペイズリー模様のネクタイ。長身で骨ばった体格を優雅に包み込むように計算され、仕立てられていた。スタイリッシュで、真新しくて、金のにおいがぷんぷんする。正確に言えば、戦争で儲（もう）けた金だ。セジャナスの父親は、かつて第二地区で工場を経営していたが、戦争中は大統領を支持した。軍需品の製造で莫大（ばくだい）な財を成した後、金にものを言わせて家族ともどもキャピトルに移り住んだのだ。いまやプリンツ家は、由緒正しい有力な一族が何代にもわたって築き上げてきた特権的地位を、労せずして享受していた。地区出身のセジャナスがアカデミー入学を許されたのは前代未聞のことだったが、戦後のアカデミーの再建は、彼の父親の惜しみない寄付金に負うところが大きかった。キャピトル市民なら、校舎のひとつに自分の名前がつけられることを望んだだろう。だが、セジャナスの父親の唯一の要求は、息子のアカデミー入学だった。

コリオレーナスにとって、プリンツ家のような連中は、彼が大切にしてきたもののすべてに対する脅威だった。新興成金どもは、キャピトルに存在するだけで昔ながらの秩序をなし崩しにしてしまう。とりわけ腹立たしいのは、スノー家もまた、財産の大半を軍需品に投資していたことだった――ただ、投資先が第十三地区だったのだ。何ブロックも広がる工場や研究所などの施設は、爆撃によって灰燼に帰した。第十三地区では核開発がおこなわれていたので、地域全体の放射線量はいまだに居住不可能なレベルにある。キャピトルの軍需品製造の中心は第二地区に移行し、プリンツ家の手に転がり込んだのだった。

セジャナスがアカデミーの校庭に現れたのは、十年前のことだった。内気で繊細な少年で、こわばった顔に不釣り合いなほど大きな茶色の悲しげな瞳で、他の子どもたちをじっと観察していた。彼が地区から来たことが知れ渡った当初、コリオレーナスはセジャナスに対する級友たちのいじめに加担しようとした。だが、よく考えた末、無視を決め込むことにした。コリオレーナスの態度について、キャピトルの子どもたちはいじめを軽蔑しているのだと解釈し、セジャナスの方は彼の親切と受け取った。いずれの解釈も正しくはなかったが、どちらもコリオレーナスの高潔なイメージを強めてくれた。

堂々たる体格のシックル教授は、周囲の人々を蹴散らしながら、サテュリアたちの仲間に入ってきた。

「おはよう、クリック教授」

「あら、アグリッピナ。よかった、ちゃんとその盾を持ってきたのね」

力強く握手されながら、サテュリアはにこやかに応じた。

「若い人たちに、刈入れの本来の意味を忘れてもらっちゃ困るもの。そしてセジャナス、とてもすてきよ」

セジャナスは、おじぎをしようとした。だが、垂れてきた前髪で両目が隠れ、巨大な盾に顎をぶつけてしまった。

「めかしすぎだよ」

苦々しげに、シックル教授が言った。

「さっきも言ってやったんだ。お供にクジャクが必要なら、ペットショップに電話するって。学生はみんな、制服で出席すべきなんだ」

シックル教授は、コリオレーナスの服装に目をとめた。

「君の服は悪くないな。お父上の軍隊時代のシャツだろう?」

(そうだったのか? 知らなかった……)

颯爽とした礼服に身を包み、いくつも勲章をぶら下げた父親の姿が、ぼんやり頭に浮かんでくる。コリオレーナスは、教授に話を合わせることにした。

「お気づきいただき、ありがとうございます。僕自身は実戦経験がありませんから、軍服に見えないように仕立て直したのです。今日の刈入れを、父にも見せたいと思いましたので」

「実にふさわしい服装だ」

シックル教授はサテュリアに向き直り、少し前に治安維持部隊が第十二地区に派遣されたことについて、意見を求めた。

教授どうしが話し込んでいるので、コリオレーナスはセジャナスの盾をあごで指した。

「朝から重量挙げをさせられるとは、災難だな」

セジャナスは、苦笑いした。

「教授の役に立てるのは、いつだって名誉なことさ」

「ずいぶんとまた、きれいに磨いてあるものだ」

セジャナスは、顔をこわばらせた。腰巾着(こしぎんちゃく)のごますりと皮肉られたと思ったのだろう。

コリオレーナスはわざと間を置いてから、おもむろに言葉を継いだ。

「わかるよ。僕だって、サテュリアのゴブレットを磨かされているんだから」

セジャナスは、ほっと表情をゆるめた。

「本当に？」

「いや、命令されたわけじゃないんだ。もっとも、ゴブレットを磨かせようなんて、サテュリアは思いつきもしないだろうけど」コリオレーナスは、師に対する軽蔑と親愛の情のバランスを巧みにとりながら答えた。

「シックル教授は、ありとあらゆる用事を思いつく。昼だろうと夜だろうと、おかまいなしに呼びつけるんだ」

セジャナスは、さらに何か言いたそうだったが、ため息をつくだけにとどめた。

「もうじき卒業という今になって、もっと学校の近くに引っ越すことになったんだ。いつもながら、本当にタイミングが悪いよ」

コリオレーナスは、はっと警戒した。

「どのあたりに？」

「コルソー通り沿いのどこかだね。もうすぐ、豪邸がたくさん売りに出されることになる。所有者が税金を払いきれないとか、そんな理由で。父に聞いたんだ」盾が床にずり落ちかけたので、セジャナスはしっかりと抱え直した。

「キャピトルでは、不動産には課税されない。不動産税は地区だけの話だ」と、コリオレーナスは言った。

「新しい法律だよ。都市再建の財源にするらしい」

コリオレーナスは、胸に湧きあがるパニックを抑え込もうとした。新しい法律。あのペントハウスに税金が課される。いったいいくらだろう？　今でさえ、食べていくのがやっとだというのに。タイガレスのささやかな収入と、パネムのために戦った軍人の妻である祖母が受け取るわずかな恩給、そして戦死軍人の遺児であるコリオレーナスに与えられる給付金。だが、アカデミーを卒業すれば、給付金はうち切られてしまう。もし税金を払いきれなければ、あのペントハウスを失ってしまうのだろうか？　あの家だけが、スノー家の財産なのに。たとえペントハウスを売却しても、どうにもならない。すでにおばあばさまがあの家を担保にして、借りられるだけの借金をしている。家を売ったところで、お金はほとんど入らないだろう。都心から遠く離れた不便な場所に引っ越し、薄汚い庶民に混じって、地位も影響力も誇りも失った生活を強いられるだろう。そんな辱めを受けては、おばあばさまはとても生きていられまい。

「大丈夫か？」

セジャナスが、とまどったように覗きこんできた。「顔が真っ青だ」

コリオレーナスは、平静を装った。

「ポスカのせいだ。あれを飲むと、腹具合が悪くなる」

セジャナスはうなずいた。

「まったくだな。戦争中、よく母ちゃんに無理やり飲まされたよ」

(母ちゃん？　スノー家のペントハウスは、母親を〈母ちゃん〉と呼ぶような人間に奪われようとしているのか？)

キャベツスープとポスカが喉元にこみ上げるのを感じ、コリオレーナスは深呼吸をして胃袋を落ち着かせた。セジャナスに対する憎しみが、かつてないほど膨れ上がる。鈍重な訛りのある、地区出身の裕福な少年。彼がグミキャンディーの袋を握りしめて近づいてきたその日から、コリオレーナスはセジャナスを憎んでいた。

ベルが鳴り、生徒たちが演壇の前に集まりはじめた。セジャナスが憂鬱そうに言った。

「どうやら、贄たちとの組み合わせが発表されるみたいだ」

コリオレーナスはセジャナスの後に続き、椅子が四脚ずつ六列並べられた教育係用の特別席に移った。家を失う危機はひとまず頭から締め出し、当面の任務に意識を集中しなければならない。いまや勝利を収めることが、ますます重要となった。そして優勝するためには、ぜひとも勝ち目のある贄とペアを組まねばならない。

ハンガー・ゲームの考案者として功績を認められている学生部長のキャスカ・ハイボト

ムが、自らこの教育係プログラムを監督していた。生徒たちの前に現れた彼は、例によってモルフリングにおぼれ、ぼんやりとよどんだ目をしている。かつては堂々としていた体格は小さく縮み、たるんだ肌が目立つ。ヘアカットしたてのこざっぱりした髪型も、パリッとしたスーツも、容貌の劣化を際立たせるばかりだ。彼の学生部長の地位は、ゲーム考案者としての名声によってかろうじて保たれているが、アカデミーの役員会の我慢もそろそろ限界に達していると言われていた。

「よう、諸君」

ハイボトムは頭上にしわくちゃの紙切れを振りあげ、ろれつの回らない口調で言った。

「いまから、こいつを読み上げるぞ」

生徒たちは静まり、ホールの喧騒から彼の声を聞き取るべく耳を澄ませた。

「第一地区から順に、贄とペアを組む生徒を発表する。いいか？　よし。第一地区の男子。こいつと組むのは……」

ハイボトムは目を細めて紙切れを覗きこみ、必死に意識を集中させた。「眼鏡、眼鏡はどこにいった」

ハイボトムのつぶやきを聞いて、生徒たちは一斉に彼の鼻の上の眼鏡を見たが、誰も何も言わなかった。やがて、顔に手をやったハイボトムが眼鏡に気づいた。

「なんだ、ここにあった。では、発表する。第一地区の男子は、リヴィア・カーデューだ」

「やった！」

リヴィアはとがった小さな顔に満面の笑みを浮かべ、こぶしを突き上げて勝ち誇った金切り声をあげた。彼女はいつも、自分の幸運をひけらかさずにいられない。このラッキーな組み合わせも、自分一人の力で手に入れたと言わんばかりだ。キャピトル最大の銀行を経営する母親の影響力など、まったく関係ないと。

ハイボトムがたどたどしくリストを読みあげ、各地区の男女の贄とペアを組む教育係を発表するのを聞きながら、コリオレーナスは焦燥感を募らせていった。この十年間で、一定のパターンが明らかになっていた。ゲームに優勝するのは、栄養状態がよく、キャピトルとの関係が良好な第一地区や第二地区の贄である場合が多い。また、漁業や農業が盛んな第四地区と第十一地区の贄たちも有望だった。コリオレーナスは第一地区か第二地区の贄を希望していたが、彼の名は呼ばれなかった。セジャナスが第二地区の男子の贄とペアを組むことになったため、屈辱感はいっそう強くなった。第四地区でも彼の名前は呼ばれず、優勝を望み得る最後のチャンスである第十一地区の男子は、エネルギー省長官の娘のクレメンシア・ダブコートと組むことになった。リヴィアとは対照的に、クレメンシアはこの幸運を慎み深く受け入れると、肩にかかるつややかな黒髪を払い、自分の贄について熱心にメモを取り始めた。

何かがおかしい。もしや、見落とされたのではないだろうか？　それとも、何か特別な地位を与えられるのか——恐怖を覚えたとき、ハイボトムのかすれた声が告げた。

「そして最後の最後に残った第十二地区の女子の教育係は……コリオレーナス・スノーだ」

2

第十二地区の女子？　これ以上の侮辱はあるだろうか？　第十二地区は、最も小さくて取るに足りない地区だ。あの地区の贄に選ばれた発育不全の子どもや、体が不自由な子どもは、例外なくゲーム開始からわずか五分で命を落とす。しかも、よりによって女子の贄だ。女子が優勝できないというわけではないが、ハンガー・ゲームの勝敗は腕力によって決する場合が多い。したがって、生まれつき男子より体が小さい女子は不利だった。コリオレーナスは、決してハイボトムに気に入られてはいない。ふざけて仲間内でハイボトムをハイボールと呼んだことはあったが、人前でこれほどの侮辱を与えられるとは思ってもいなかった。あだ名をつけられた仕返しだろうか？　それともこれは、新たな世界秩序においてスノー家は没落の一途をたどるということの暗示だろうか？

頬に血がのぼるのを感じながら、コリオレーナスは努めて平静を装った。他の生徒たちは席を立ち、友人同士おしゃべりをはじめている。自分も仲間に入り、何ごともなかったかのようにふるまわなければ。だが、立ち上がることさえできそうもなかった。なんとか首を右に回し、まだ隣に座っているセジャナスに顔を向ける。おめでとうと声をかけようとして、相手の顔に紛れもない苦悩が浮かんでいるのに気づく。

「どうした、うれしくないのか？　第二地区の男子だぞ、ゴミ溜めの中の拾い物じゃないか」

セジャナスは、しゃがれた声で応えた。

「君は、忘れているんだね。僕はその、ゴミ溜めの人間だよ」

コリオレーナスは、セジャナスの発した言葉について考えをめぐらせた。つまり、キャピトルで暮らした十年の歳月と、キャピトルが彼に与えた恵まれた生活は、セジャナスにとって何の意味も持たないのだ。彼はいまだに、自分を第二地区の人間だと思っている。なんとくだらない感傷だ。

セジャナスの額には、苦悩のしわが刻まれていた。

「きっと、父が手を回したんだ。いつだって、意識を改めろと命令するんだから」

当然だ、とコリオレーナスは思った。たとえその家柄は尊敬に値しなくても、ストラボン・プリンツの莫大な財産と影響力は、おおいに敬意を集めている。建前では、教育係は学業成績に基づいて選抜されると言われていた。だが、陰で誰かが糸を引いているのは明らかだった。

観客たちは、再び席についていた。演壇の奥のカーテンが左右に引かれ、床から天井まで届く大型スクリーンが現れた。刈入れの儀式は、東海岸の地区から西へと順番に、全国に生中継される。すなわち、最初に刈入れがおこなわれるのは第十二地区だ。スクリーンにパネムの紋章が大きく映し出され、キャピトルの国歌が流れ始めると、人々は起立した。

至上の都
幾年を経て　輝く光

歌詞がうろ覚えの生徒もいるが、何年も祖母の耐えがたい日課につきあわされてきたコリオレーナスは三番まで堂々と歌いあげ、ささやかな賞賛を集めた。情けないことだが、今の彼はどんな小さな賞賛でも必要としていた。

パネムの紋章が消え、レイビンスティル大統領の姿がスクリーンに映し出される。髪に銀色の筋が混じる大統領は、戦前の軍服に身を固めていた。彼が暗黒の時代のはるか以前から各地区を支配してきた事実を、国民に思い起こさせるためだ。大統領は、反逆防止協定の一節を暗唱した。戦争の償いとして、ハンガー・ゲームが考案された。戦争で奪われたキャピトルの若者の命と引き換えに、地区の若者の命を奪う。反逆者らの裏切りの代償だ。

ゲームメーカーたちが、第十二地区の荒涼とした広場の映像に切り替えた。裁判所の前に建てられた仮設ステージの周囲で、治安維持部隊が警備を固めている。リップ区長は、そばかす顔のずんぐりした体形の男で、気の毒なほど時代遅れの服装をしていた。区長は両脇に置かれた二つの黄麻布の袋のうち、左側の袋に深く手を突っ込んだ。そして一枚の紙きれをつかみ出すと、ろくに見もせずにマイクに向かった。

「第十二地区の女子の贄は、ルーシー・グレイ・ベアードだ」

カメラは贄を探し、少女たちの列を映し出した。誰もが灰色の不恰好（ぶかっこう）な服を着て、灰色の顔にひもじそうな表情を浮かべている。ざわめきが起こった一角がズームインされた。贄（いけにえ）に選ばれた不運な者のまわりから、少女たちがさっと身をひいていく。

選ばれた少女を見て、観衆は驚いたようにどよめいた。

ルーシー・グレイ・ベアードは、すっくと背筋を伸ばして立っていた。七色のフリルがついたドレスはぼろぼろだが、かつては美しかったに違いない。濃い栗色の巻き毛は頭の高い位置でまとめられ、しなびた野の花が編み込まれていた。色彩にあふれたその出（い）で立ちは人目をひき、まるで蛾の群れに紛れこんだ、翅（はね）の破れた蝶（ちょう）のように見える。彼女はまっすぐにステージには向かわず、少女たちをかき分けて右のほうへ歩いていった。

それは一瞬の出来事だった。腰のフリルに手を入れるが早いか、彼女はポケットから明るい緑色のくねくねしたものを取り出した。そして、含み笑いをしている赤毛の少女の襟首にそれを放り込むと、さっそうとスカートを揺らして立ち去った。赤毛の少女は、たちまち顔をこわばらせた。悲鳴を上げて倒れ、服の上から体をかきむしりはじめる。その一部始終を、カメラは余すところなくとらえた。区長が驚きの叫びをあげる一方、贄に選ばれた少女は悠然と人波をかき分け、振り向きもせずにステージに向かっていた。

ヘブンズビー・ホールはどっと沸き立ち、生徒たちは互いにひじでつつき合った。

「今の見たか？」

「あの子の服に何を入れたんだ？」

「ヘビだったわよ！」

一縷の希望を抱いた。彼に与えられた勝ち目のないクズのような贄、彼に対する侮辱でしかなかった贄が、キャピトルの注目を集めたのだ。悪くないじゃないか？　うまくすれば、先ほど受けた屈辱を一転させる、まともな見せ場を作れるだろう。いずれにせよ、彼女とは運命共同体なのだ。

スクリーンの上では、ステージの階段を駆け下りたリップ区長が少女たちを押しのけ、倒れている女の子に呼びかけていた。

「メイフェアー、だいじょうぶか？　だれか娘を助けてくれ！」

遠巻きに眺めていた少女たちの中には、おずおずと手を貸そうとする者もいたが、のたうち回る女の子に近づくこともできなかった。区長が娘に駆け寄ったそのとき、彼女の服のひだから緑色に輝く小さなヘビが飛び出し、少女たちは悲鳴をあげて逃げまどった。ヘビから解放されたメイフェアーは落ち着きを取り戻したが、恐怖はすぐさま羞恥に変わった。カメラが自分に向けられているのに気づき、パネムの全国民の前で醜態をさらしたことを悟ったのだ。あわててゆがんだ髪のリボンに手をやり、もう片方の手で服の乱れを直そうとするが、その服はあたり一面に積もった炭塵で汚れ、夢中でかきむしったせいで破れていた。そのうえ、父親に助け起こされたとき、失禁していたことも明らかになった。区長は上着を脱いで娘に着せかけると、治安維持部隊に引き渡した。そしてステージに戻り、たったいま第十二地区の贄に選ばれた少女を憎々しげににらみつけた。

「彼女、あの子を殺しちゃったの？」

周囲を見渡したコリオレーナスは、

ステージに上るルーシー・グレイ・ベアードを見ながら、コリオレーナスはふと不安に襲われた。彼女にはどこか親しみを覚えるが、その一方で不穏な雰囲気も感じられる。あざやかなピンクと、深いブルーと、淡い黄色のフリル……

「あの子、サーカスの芸人みたい」

教育係の女子のひとりがつぶやき、他の生徒たちも同意の声をあげた。

（そう、まさにそれだ）

コリオレーナスは、幼い頃に見たサーカスの記憶を思い起こした。奇術師に軽業師にピエロに、ひらひらしたドレスを着た踊り子たち。綿菓子を食べながら、くるくる踊り回る彼らの姿を見ていると、頭がふらふらしたものだ。一年中で最も恐れられている儀式にあんな派手な衣装を着てくるとは、非常識を通り越して異様そのものだ。

予定された時間はとうに過ぎてしまったはずだが、まだ男子の贄が決まっていない。それにもかかわらず、ステージに戻ったリップ区長は黄麻布の袋には目もくれず、つかつかと女子の贄に近づくと、その顔を思い切り殴りつけた。区長はひざをついた彼女になおも腕を振り上げて殴りかかったが、治安維持部隊の兵士二人が止めに入った。区長が抵抗すると、二人は裁判所の中に彼を連れ戻し、儀式は中断された。

注目はステージ上の少女に集まった。カメラがルーシー・グレイ・ベアードの顔を大きく映し出すと、コリオレーナスはますます彼女の正気を疑った。いったいどこであんな化粧をしてきたんだろう？　瞼（まぶた）を青く塗って、目を黒く縁取り、頬紅をつけ、唇をつやつやと赤く染めている。こんな化粧は、キャピトルでさえけばけばしく見えるだろう。まして第十二地区では、ひどく不謹慎に見えた。人々の注目を一身に集めながら、ルーシー・グレイはステージ上に座り込み、スカートのフリルの乱れをしきりに手でなでつけていた。フリルの形が整うと、ようやくスカートから手をはなし、区長に殴られた頬に触れた。下唇がかすかに震え、みるみるうちにこみ上げた涙が光り、こぼれそうになる。

「泣くな」

思わずつぶやいたコリオレーナスは、あわてて周囲を見回した。だが、他の生徒たちはスクリーンに釘付(くぎづ)けになっていた。誰もが心配そうな表情を浮かべている。異様な風体にもかかわらず、ルーシー・グレイは人々の同情を勝ち取っていた。彼女が何者で、なぜメイフェアーを襲ったのかは、誰にもわからない。だが、あのほくそ笑んでいた女の子が意地悪で、その父親も、自ら死刑を宣告した少女を殴り飛ばすような人でなしであることは、誰の目にも明らかだった。

「きっと、あいつらはインチキをしたんだ」

セジャナスが、静かな声で言った。

「あの紙切れに書いてあったのは、あの子の名前じゃなかったんだよ」

ついに少女が涙をこらえきれなくなったとき、奇妙なことが起こった。群衆の中から、歌声が聞こえてきたのだ。まだ幼い、少年とも少女ともつかない声が、静まり返った広場に響き渡った。

あなたに私の過去は奪えない
私が歩んだ時間を奪えはしない

そよ風がひとすじステージに吹きわたり、少女はゆっくりと顔を上げた。群衆の別の一角から、明らかに男性のものとわかる低い声が、朗々と歌い上げた。

あなたは私の父を奪った
けれど、父の名前は謎のまま

ルーシー・グレイ・ベアードの唇に、かすかな笑みが浮かんだ。彼女はつと立ち上がり、確信に満ちた足取りでステージの中央に立つと、マイクを取って歌いはじめた。

あなたが奪えるものに　価値などありはしない

ルーシー・グレイはマイクを持たない方の手をフリルの奥に入れ、ひらひらとスカートを揺すった。そのとき、コリオレーナスは悟った。彼女が何者であれ、あの装いはパフォーマンスのためのものだったのだ。彼女の声は美しかった。よくとおる澄んだ高音と、ハスキーで豊かな低音を兼ね備えている。身のこなしにも、自信があふれていた。

あなたに私の魅力は奪えない
あなたに私のユーモアは奪えない
あなたに私の財産は奪えない
そんなものは　ただの噂だから
あなたが奪えるものに　価値などありはしない

歌っているときの彼女は、別人のように見えた。刺激的で、魅力的だった。ステージの前に出て、聴衆に向かってかわいらしく挑発的に身を乗り出すルーシー・グレイのしぐさを、カメラは存分にとらえた。

偉そうなあなた
私から奪おうとするあなた
私に指図しようとするあなた
私を変え、躾け直そうとするあなた
でも　それはあなたの勘ちがいよ
だって……

ルーシー・グレイは歌うのをやめ、ステージ上を踊り回った。治安維持部隊の前を通りすぎたとき、何人かの兵士の顔に抑えきれない笑みが浮かんでいた。彼女を止めようとする者は、誰ひとりいなかった。

私の生意気は治らない
私のおしゃべりは止まらない
せいぜい私の機嫌をとって
そのままどこかへ消えるがいいわ
あなたが奪えるものに　価値などありはしない

裁判所の扉が音を立てて開き、区長を連れ去った兵士たちが急ぎ足でステージに戻ってきた。ルーシー・グレイは前を向いていたが、彼らが戻ったことに気づいているのは明らかだった。彼女はステージの奥に向かい、クライマックスを歌い上げた。

おあいにくさま、
あなたが奪えるものに価値なんかない
ただであげるわ　惜しくなんかない

あなたが奪えるものに　価値などありはしない

兵士らに捕まる前に、彼女は投げキスをして、大声で叫んだ。

「私の名前は、ルーシー・グレイ。どうぞよろしくね！」

兵士のひとりが彼女からマイクを奪い、もうひとりがステージの中央に連れ戻した。静まり返る会場に向かって、彼女は拍手喝采に応えるかのように手を振った。

しばらくの間、ヘブンズビー・ホールも沈黙に包まれていた。コリオレーナスは、他の人々も自分と同じように、もっと歌ってほしかったと感じているのだろうかと思った。やがて、我に返った生徒たちがいっせいにしゃべりはじめた。まずは彼女について、そして彼女とペアを組む幸運な教育係について。級友たちはコリオレーナスを振り返り、やったなと親指を立ててみせたり、恨めしそうににらんだりした。コリオレーナスは当惑したように首を振って見せたが、内心では有頂天だった。雪は高嶺に舞い降りる、だ。

治安維持部隊が区長をステージに連れ戻し、これ以上騒ぎが起こらないように両脇を固めた。ルーシー・グレイは、区長が戻ってきても知らん顔をしていた。聴衆の前で歌を披露したことで、落ち着きをとり戻したようだ。区長はカメラをにらみつけながら、ふたつ目の袋に乱暴に手をつっこみ、数枚の紙切れをつかみだした。何枚かがステージの上に落ち、区長は残った紙切れを読み上げた。

「第十二地区の男子の贄は、ジェサップ・ディグズだ」

広場に集まった子どもたちがざわめき、ジェサップのために道を開けた。秀でた額にひとすじ黒い髪をたらしたその少年は、第十二地区の贄にしては上出来だった。平均より身体が大きく、たくましく見える。煤まみれなことから、既に炭坑で働いていることがうかがえた。おざなりに顔を洗ったらしく、顔の中央だけ楕円形にきれいになっているが、その周りは真っ黒で、爪の間には炭塵が詰まっていた。ジェサップはぎくしゃくとした足取りで階段を上り、ステージに立った。区長に近づこうとすると、ルーシー・グレイが進み出て、彼に手を差し出した。少年はためらった後、差し出された手を握った。ルーシー・グレイはそのまま彼の前に出ると、握手した手を握り替え、少年と並んで立った。そしてひざを折って片足を後ろにひき、うやうやしく頭を下げると、少年の手を引っぱっておじぎをさせた。第十二地区の人々からまばらな拍手が起こり、歓声があがった方へ治安維持部隊が駆けつけたところで、スクリーンは第八地区の刈入れに切り替わった。

第八地区、第六地区、第十一地区と続く刈入れの儀式に没頭しているふりをしながら、コリオレーナスの頭の中は、ルーシー・グレイを手に入れた喜びでいっぱいになっていた。彼女は天からの贈り物だ。丁重に扱わなければならない。あの華々しい登場を最大限に利用するには、どうすればいいだろう？　あの服装と、ヘビと、歌を利用できないものだろうか？　コリオレーナスは、上の空で他の贄たちをながめていた。ほとんどはみすぼらしい子どもばかりだったが、強そうな贄については心に刻んだ。セジャナスの第二地区の男子はひときわ背が高く、リヴィアの第一地区の男子も強敵になりそうだ。コリオレーナスの贅は健康そのものに見えたが、あのきゃしゃな体は肉弾戦よりダンスに向いている。だが、おそらく足は速いだろう。足の速さは、重要なポイントだ。

刈入れの儀式が終盤に近づくと、ビュッフェから料理のにおいが漂ってきた。焼きたてのパン。タマネギ。肉。コリオレーナスは暴れ出した腹の虫をなだめるために、さらに二くちポスカを飲んだ。

コリオレーナスの人生は、飢えとの駆け引きの連続だった。まだ幼かった戦前の時代を除けば、日々の生活は飢えとの戦いであり、交渉であり、ゲームだった。空腹をしのぐ最良の方法は？　一度に一日分の食料を食べてしまうべきか、小分けにして何度も食べるべきか？　嚙まずに飲みこむべきか、ちびちびとよく嚙んで食べるべきか？　こうしたことはすべて、決して十分な食事をとることができない事実から気を紛らわせるための、心理ゲームに過ぎなかった。彼の飢えを満たしてくれる人は、どこにもいないだろう。

戦争中、反乱軍は食料生産を担当する地区を支配下に置いていた。キャピトルの戦術に倣い、反乱軍は食料を――正確には食料不足を――武器にして、飢餓に苦しむキャピトルを屈服させようとしたのだ。再び形勢が逆転した今、キャピトルは食料供給をコントロールした上で、さらなる一手として、ハンガー・ゲームという武器を各地区の心臓に突き立てた。ハンガー・ゲームの過酷さには、パネムの全国民が経験した静かな苦痛、すなわち明日の朝まで命を繫ぐに足る食料に対する渇望が含まれていた。

その渇望は、高潔なキャピトル市民を怪物に変えた。おぞましいことに、飢えで行き倒れた人たちが、食物連鎖の一環となったのだ。ある冬の夜、コリオレーナスとタイガレスはそっとマンションを抜け出し、昼間に路地で見つけた木箱の中身をあさりに行った。途中で三体の遺体を見かけたが、そのひとつはクレーン家の午後の茶会でおいしい紅茶をいれてくれた若いメイドのものだった。湿った雪が激しく降りはじめた街路に、人影はなかった。だが、帰り道で着ぶくれた人物に気づいた二人は、あわてて垣根に隠れ、様子をうかがった。隣人で鉄道業界の大物のネロ・プライスが、メイドの死骸の片脚に大きなナイフを突き立てている。そしてのこぎりをひくように何度もナイフを動かした末、ついに脚を切り落とした。プライスはメイドからスカートをはぎ取り、切り落とした脚を包むと、自宅の裏口に続く脇道をそそくさと走り去った。コリオレーナスたちはこの出来事を決して口外せず、どちらかが触れることもなかったが、彼の脳裏にはしっかりと焼き付けられた。残忍な行為にゆがめられたプライスの表情と、切断された脚の先についていた、足首までの白い靴下とすり切れた黒い靴。そして、自分も食料として見られているかもしれないと気づいたときの、絶対的な恐怖が。

コリオレーナスは、自分が生き残ることができたのは、文字どおりの意味でも道徳的な意味でも、おばあばさまが戦争初期に発揮した先見の明のおかげだと思っていた。両親を失った後、同じく孤児となったタイガレスとともに、コリオレーナスは祖母と暮らすことになった。反乱軍はゆっくりと着実にキャピトルに忍び寄っていたが、市民の多くは傲慢さゆえに現実を認めることを拒んでいた。だがやがて食料不足により、裕福な人々さえ必要な品を求めて闇市場に出向かねばならなくなった。十月の末のある日の午後、おばあばさまとコリオレーナスがさびれたナイトクラブの裏口に立っていたのは、そのためだった。小さな赤いワゴンのハンドルを握りしめた彼は、手袋をはめたおばあばさまにもう片方の手を引かれていた。厳しく冷たい空気が冬の訪れを予感させ、頭上にはどんよりとした灰色の雲が垂れこめていた。ふたりは、プルリブス・ベルに会いにきたのだった。プルリブスは、レモン色の眼鏡をかけ、白い髪粉をつけた腰までとどくかつらをかぶった中年男だ。パートナーの音楽家サイラスとこの店を経営していたのだが、クラブを閉店した後は、闇物資の取引を生業としていた。おばあばさまとコリオレーナスは、缶入りミルクを一ケース買おうとした。新鮮なミルクは、何週間も前から手に入らなくなっていたのだ。だが、プルリブスは品切れだと言った。入荷したばかりの物資は乾燥ライマメで、プルリブスの背後にある鏡張りのステージにいくつも木箱が積み上げてあった。

「このマメは何年ももつよ」プルリブスは、おばあばさまに請け合った。

「あたしも自分用に、二十箱ばかり取り分けておくつもりだったんだ」

おばあばさまは、鼻で笑った。「冗談をお言いよ」

「いいや、冗談なものか。このマメさえ手に入らなくなった日には、それこそしゃれにならんぜ」

プルリブスはくどくどと説明しなかったが、おばあばさまは笑いをひっこめた。彼女はコリオレーナスを見下ろし、一瞬ぎゅっと孫の手を握りしめた。それは無意識の、ほとんど反射的な動作だっただろう。それから彼女は木箱をにらみ、頭の中で考えをめぐらせた。

「どのくらい分けてもらえるのかね？」

コリオレーナスがワゴンに一箱載せて運び、残りの二十九箱は真夜中にこっそり届けられた。買いだめは、厳密には違法行為だったからだ。サイラスとその友人が木箱を階段を使って運び上げ、贅沢な調度品に囲まれた居間の中央に積み上げた。木箱の山のてっぺんに、プルリブスからのサービスの缶入りミルクを一缶置くと、ふたりはお休みと言って帰っていった。コリオレーナスとタイガレスはおばあばさまを手伝って、クローゼットや美しいタンスや、古い時計の中にまで、それらの木箱を隠した。

「だれがこのマメを食べるの？」と、コリオレーナスはたずねた。

当時はまだ、ベーコンやチキンが手に入ったし、ときどきはローストビーフも食べられた。ミルクはたまにしか手に入らなかったが、チーズはたっぷり食べられたし、夕食後にはデザートも——ジャムを塗ったパンだけというときもあったが——出てきた。

「いくらかは、うちで食べるのさ。あとは、取引に使えるだろう」おばあばさまが言った。

「このマメは、私らだけの秘密だよ」

「ライマメなんかきらいだ」コリオレーナスは、頰を膨らませた。「きらいっていうか、好きじゃないんだけど」

「コックにおいしい料理を考えてもらえばいいさ」と、おばあばさまは言った。

だが、そのコックは戦争に行って不在だったし、やがて流感で死んでしまった。そのとき明らかになったのは、おばあばさまはレシピの読み方どころか、コンロの火のつけ方さえ知らないという事実だった。マメをゆでてシチューを作る仕事は、八歳のタイガレスに任された。やがてシチューはだんだん薄くなり、水っぽいスープに変わったが、そのスープが戦争中に一家の命を繋いでくれたのだ。ライマメ、キャベツ、配給のパン。彼らは何年もの間、来る日も来る日もそれだけを食べて生きてきた。当然ながら、この食生活は、コリオレーナスの成長に悪影響を及ぼした。もっとたくさん食べられたなら、身長はもっと伸び、肩幅も広くなっただろう。だが、頭脳はちゃんと発達した――少なくとも、彼はそう願っている。マメとキャベツと黒パン。コリオレーナスはそれらが嫌いになったが、彼が誰に恥じることなく、行き倒れの死骸をむさぼることなく生きながらえることができたのは、それらの食べ物のおかげだった。

コリオレーナスは口にたまった唾液を飲みこみつつ、アカデミーの紋章の浮彫が入った金縁の皿に手を伸ばした。リネンのナプキンとフォークとナイフも手に取る。保温された純銀製の深皿のふたを取ると、ふわりと立ち上った湯気が唇をなでた。タマネギのクリーム煮だ。よだれをたらさないように気をつけながら、控えめにひとすくい取り分ける。ゆでたジャガイモ、夏カボチャ、こんがり焼けたハム。ロールパンをいくつかと、小さなバターのかたまりをひとつ。少し考えてから、バターをもうひとつ取る。皿はいっぱいになったが、意地汚くは見えない程度だ。十代の少年としては適当な量だろう。

コリオレーナスはクレメンシアの隣に皿を置くと、デザートを取りに行った。去年のタピオカは早々に品切れになり、食べ損ねてしまったからだ。扇形に切り分けられ、パネムの紋章をあしらった小さな紙の旗を立てたアップルパイが並んでいるのを見て、彼は胸を躍らせた。パイだ！　最後にパイにありついたのは、いつだっただろう？　中ぐらいの大きさのパイに手を伸ばしかけたとき、大きな一切れを載せた皿が目の前に差し出された。

「大きいやつを取れよ。育ち盛りなんだから、わけなく食べきれるだろう」

ハイボトムの目はまだ腫れぼったかったが、朝ほどうつろではなくなっていた。それどころか、思わぬ鋭さでコリオレーナスを見据えていた。

コリオレーナスは皿を受け取り、少年らしい無邪気さを装ってにっこりと笑った。

「ありがとうございます。パイならいくらでも食べられます」

「そうとも、好物にはついつい手が出る」ハイボトムは言った。「私がいい見本だ」

「そうですね」

コリオレーナスは、相槌を打つタイミングを間違えた。好物にはつい手が出るという部分に同意したつもりが、ハイボトムの自堕落な性格に対する皮肉にも聞こえる。

「そうですね、か」

ハイボトムは、コリオレーナスを見つめる目をすっと細めた。「ところでコリオレーナス、ハンガー・ゲームの後はどうする計画だね？」

「大学に進学するつもりです」

質問に答えながら、なぜわかりきったことを聞くのかとコリオレーナスはいぶかった。

彼の学業成績を見れば、聞かずともわかるだろうに。

「ああ、受賞候補者の中に君の名前も挙がっていた。だが、賞を逃したらどうする？」

コリオレーナスは口ごもった。

「そ、そうですね……その場合はもちろん、大学の授業料を払うことになりますね」

「本当に？」

ハイボトムは、笑い声をあげた。

「よく言うよ、親父のお古のシャツときつい靴でごまかしているくせに。気取り顔でキャピトルをのさばり歩いているが、スノー家には尿瓶ひとつ残ってないだろう。たとえ受賞できたとしてもカツカツだろうに。どうするんだよ、受賞を逃したら？　え？」

コリオレーナスは思わず周囲を見回し、ハイボトムの言葉を誰かに聞かれなかったか確かめた。だが、ほとんどの者は昼食をとりながらおしゃべりに夢中になっていた。

「心配するな、誰も気づいちゃいないさ。ま、せいぜいそのパイを味わうがいい」

自分は一切れのパイも取らずに、ハイボトムはゆうゆうと立ち去った。

コリオレーナスはパイを捨てて逃げ出したかったが、その大きな一切れをそっとカートに戻すにとどめた。やはり、あのあだ名のせいだ。ハイボトムはあだ名をつけられた仕返しをしているとしか思えない。だが、これほど恨まれるようなことだろうか？　教師なら誰でも、少なくともひとつはあだ名をつけられているし、その多くははるかに不名誉なものだ。それにあのハイボールのやつは、自分の悪癖を隠そうともしていなかった。それとも、ハイボトムにこれほど嫌われる理由が、他にあるのだろうか？

どんな理由であれ、コリオレーナスは自分の過ちを正さねばならなかった。こんなことで受賞を逃すわけにはいかない。大学卒業後は、実入りの良い職業に就くつもりだった。低い社会的地位に甘んじる、教育を受けられなければ、どんな将来が開けるというのだろう？　いったい何の仕事をしているだろう？　各地区への石炭配給の管理？　ミュッテーション研究室で遺伝子操作によって作られた怪物の檻の清掃？　町はずれのむさ苦しい家に住み、コルソー通り沿いの宮殿のようなマンションに住むセジャナス・プリンツから税金を徴収するのか？　そんなみじめな仕事でも、まだ運がいい方だ！　キャピトルでは、仕事を得るのが難しい。アカデミーを卒業すれば、彼は無一文になるだろう。どうやって生きていけというのか？　借金か？　キャピトルで借金をするということは、昔から治安維持部隊に入ることを意味する。どことも知れぬ辺境で、二十年の任期を勤め上げなければならない。獣と変わらぬ人々が暮らす、未開の地区に送りこまれるだろう。

希望に満ちていた今日という日が、音を立てて崩れていく。まず、ペントハウスを失う可能性が生じた。続いて、最も見込みのない贄を押しつけられた。そして今、受賞の望みを絶たれ、地区暮らしを宣告されるほど、ハイボトムに嫌われていることが分かったのだ！

地区に送られればどうなるか、誰もが知っていた。存在をなかったことにされ、忘れられてしまう。キャピトルの視点では、それは死と同義だった。

3

コリオレーナスは、がらんとした駅のプラットフォームに立ち、贄の到着を待っていた。片方の手の親指と人差し指で、長く茎を残した白いバラをそっとつまんでいる。贈り物を持っていくのは、タイガレスのアイデアだった。刈入れの日、タイガレスは夜遅く帰宅した。いとこの帰りを待ちわびていたコリオレーナスは、自分を襲った侮辱と恐怖についてぶちまけ、助言を求めた。タイガレスは、悲観的な方向に話が転がることを許さなかった。あなたは受賞するに決まっている、しなくてどうする！　そして大学を卒業して、立派な職業に就くだろう。立ち退き問題については、詳細を調べることが先決だ。もしかしたら、スノー家は税を免除されるかもしれない。たとえ課税されたとしても、すぐに払わなくてもいいかもしれない。なんとかお金をかき集めれば、税金を払う算段がつくかもしれない。とにかく、あなたはハンガー・ゲームに専念し、勝ち残る手立てを考えなさい、と。

タイガレスによると、ファブリシアの刈入れパーティーで、客人たちはだらしなくポスカをすすりながら、コリオレーナスの贄にはスター性があると口をそろえて言ったらしい。贄が進んで協力する気になるように、コリオレーナスの第一印象を良くしなければならないということで、ふたりは意見が一致した。コリオレーナスは、贄が到着する鉄道駅に先回りして出迎えることにした。そうすれば、教育係として一歩先んじることができるし、彼女の信頼も得られるだろう。

「あの子がどんなに怖い思いをしているか想像してごらんなさいよ、コーリョ」と、タイガレスは言った。

「どんなに心細いことでしょうね。私だったら、あなたが思いやりを示してくれたら、どんなに小さなことでもすごく感激すると思う。いいえ、それ以上に自信がつくわ。何か贈り物を持っていきなさいよ。ささやかなものでも、あなたの思いやりがきっと伝わるから」

コリオレーナスは、祖母が育てているバラを思い浮かべた。おばあばさまのバラは、いまだにキャピトルで珍重されている。ペントハウスに付設された屋上庭園の、屋外と小さな温室の両方で、彼女は丹精を込めてバラを育てていた。それらのバラを、彼女はまるでダイヤモンドのように大切にしているので、この美しい花を手に入れるにあたっては説得に骨が折れた。

「贊と信頼関係を築く必要があるんだ。いつもおばあばさまが言っているとおり、おばあばさまのバラは、どんな人の心も開いてくれるからね」

祖母がバラを切ることを許したのは、彼女がスノー家の行く末をひどく案じていることの証左に他ならなかった。

刈入れから、二日が過ぎていた。キャピトルでは酷暑が続き、夜が明けたばかりだというのに、駅の構内は早くも焼けつくような暑さだ。コリオレーナスは、だだっ広く人けのないプラットフォームで自分の姿がひどく目立つことが気になったが、ルーシー・グレイが乗った汽車を見逃すリスクは冒せなかった。階下に住むゲームメーカー見習いのレムス・ドリトルから聞き出せた唯一の情報は、贄たちの汽車が水曜日に到着するということだった。アカデミーに問い合わせることも考えたが、汽車の出迎えは問題視されるかもしれない。コリオレーナスが見たところでは、ほとんどの級友たちはアカデミーの監督下で行われる翌日の顔合わせで贄と対面するつもりのようだった。

一時間がたち、二時間が過ぎようとしても、汽車の影すら見えなかった。ガラスの天窓から、強い陽ざしが容赦なくふりそそぐ。汗が背中を伝って流れ、早朝には美しかったバラも、生気を失ってしおれ始めた。コリオレーナスは自信を失い、計画はすべて失敗で、せっかく出迎えても感謝すらされないのではないかと思いはじめた。他の平凡な少女なら、おそらく喜んでくれるだろう。だが、ルーシー・グレイ・ベアードには、平凡なところなどどこにもなかった。それどころか、畏怖の念さえ抱かされる。なにしろ、区長に殴り飛ばされた直後にあれほど大胆なパフォーマンスをやってのけたのだ。しかも、その直前には他の少女の襟首に毒ヘビを投げ込んでいた。いや、あれが毒ヘビだったかどうかは不明だが――本当に、恐ろしい少女だ。それなのに、制服姿でのこのこんなところに来て、恋に浮かされた男子生徒のように一輪のバラを手にして立っているなんて――いったい何を期待していたんだ？　彼女に気に入ってもらえるとでも思ったのか？　信頼してもらえるとでも？　むしろ、その場で殺されなければ幸運というものではないだろうか。

彼女の協力は、絶対に必要だった。過去のゲームでは、贄たちは午前中にキャピトルに到着するとそのまま闘技場に送られていたが、アカデミーの生徒も参加する今回は、若干の猶予が与えられる。教育係は贄と面談をおこない、テレビの生放送で五分間ずつ自分の贄をパネム国民にアピールすることが決まっていた。贄の誰かを応援したくなれば、人々もハンガー・ゲーム観戦に興味を持つかもしれない。うまくいけば、ゴールデンタイムに放送されることになるだろう。ゲーム中に教育係が番組に招かれて、贄について解説する場合もあるかもしれない。コリオレーナスは、自分に与えられた五分間を番組のハイライトにしてみせるとひそかに誓っていた。

さらにのろのろと一時間が過ぎ、あきらめかけたそのとき、トンネルの奥から汽笛が聞こえてきた。開戦直後の数か月間は、汽笛の音は戦場から父が帰還した合図だった。彼の父親は軍需産業の大物として、自ら軍役に就くことで家業の正当性を高められると考えた。そして、戦略に優れた頭脳と、鋼の精神力と、抜群の統率力で、たちまち出世した。キャピトルに対する忠誠を公に示すため、スノー家は一家総出で駅に出迎えた。コリオレーナスはベルベットのスーツを着て、偉大な父の帰還を待ち受けたものだった。ある日その汽車が、父が反乱軍の凶弾に倒れたという悲報をもたらすまでは。キャピトルではどこへ行こうと忌まわしい記憶がついて回るが、中でもこれは最悪の記憶だった。厳しく近寄りがたい父親に格別の愛情を抱いていたとは言えないが、庇護(ひご)される安心感を覚えていたことは確かだ。父親の死と結びついている恐怖心と寄る辺のなさは、常にコリオレーナスに付きまとって離れなかった。

駅員がホイッスルを鳴らし、駅に滑り込んできた汽車が音を立てて停車した。機関車に車両が二つ連結されているだけの、ごく短い汽車だ。コリオレーナスは、窓からひとめ自分の贄を見ようとしたが、車両には窓がなかった。客車ではなく、貨物運搬車だったのだ。扉には、貨物を守る頑丈な金属鎖と古臭い型の錠前が取り付けられていた。

（この汽車じゃなかったのか……もうあきらめて、帰ることにしよう）

そのとき、一方の車両から明らかに人間の叫び声が聞こえ、コリオレーナスは足を止めた。すぐに治安維持部隊が駆けつけると思ったが、汽車は二十分間放置された。やがて、二、三人の治安維持部隊の兵士が、おもむろに線路に近づいていった。兵士のひとりが姿の見えない機関士と言葉を交わすと、窓から鍵束が投げられた。鍵束を受け取った兵士はゆうゆうとした足取りで最初の車両に近づき、鍵束からひとつ鍵を選び出すと、錠前に差し込んでひねった。錠前と鎖が外れ、兵士は重い扉を押し開けた。車内は空っぽに見えた。兵士は警棒を抜き、扉の枠をガンガンとたたいた。

「さあおまえら、出てこい！」

つぎが当たった黄麻布の服を着た、濃い褐色の肌の背の高い少年が戸口に現れた。コリオレーナスはそのひょろりと手足が長い筋肉質の体を見て、クレメンシアとペアを組む第十一地区の贄だと気づいた。同じ色の肌の、しかし骨と皮にやせた少女が、激しく咳き込みながら少年の隣に立った。二人ともはだしで、両手に手錠をかけられている。地面までは一・五メートルほど高さがあるので、二人は車両の端に腰を下ろしてから、ぎこちない姿勢でプラットフォームに飛び降りた。赤いスカーフを巻き、縞模様の服を着た青白い顔の小柄な少女は、戸口まで這ってたどり着いたものの、飛び降りることができず途方に暮れていた。結局は治安維持部隊に引きずりおろされたが、縛られた両手では身をかばうことができず、したたかに地面に打ちつけられた。治安維持部隊の兵士は車内に腕を突っ込むと、一人の少年を引っ張り出し、同じようにプラットフォームに投げ出した。その少年は、少なくとも十二歳にはなっているはずだが、せいぜい十歳くらいにしか見えなかった。

カビと肥料のにおいが入り混じった、むせ返るような車内の臭気が、コリオレーナスの鼻に届いた。贄たちは家畜運搬用の、しかもあまり清潔ではない車両で運ばれてきたのだ。コリオレーナスは贄たちの姿をテレビでしか見たことがなかったので、こうして直に彼らと対面する心の準備ができていなかった。憐憫と嫌悪の感情が、一度に押し寄せてくる。彼らはまさしく別世界の生き物だった。希望を奪われた、野蛮な世界の。

治安維持部隊は二番目の車両に移り、鎖を外した。扉が開かれると、ジェサップという第十二地区の男子の贄が、駅の照明を受けてまぶしそうに目を細めた。コリオレーナスははっと緊張し、期待に胸を膨らませて背筋を伸ばした。彼女は、ジェサップと一緒にいるはずだ。ジェサップはぎこちなく地面に飛び降りると、列車を振り返った。

ルーシー・グレイ・ベアードが、光の中に現れた。明るさに目が慣れないのか、手錠をかけられた両手を額にかざしている。ジェサップが両腕を差し伸べ、手錠が許す限りに手を広げると、彼女はその手をめがけて飛んだ。ジェサップはルーシー・グレイのウエストを捕まえ、驚くほど優雅に彼女を地面に降ろした。ルーシー・グレイは少年の袖を軽くたたいて礼を言い、プラットフォームに降り注ぐ陽ざしを楽しむように首をそらした。そして巻き毛のもつれを指で梳き、髪の毛についた麦わらを取り除き始めた。

車内に向かって大声をはりあげた兵士たちに、つかの間コリオレーナスは気をとられた。視線を戻すと、ルーシー・グレイがまっすぐに彼を見つめている。思わず怯みそうになったが、考えてみれば、駅には治安維持部隊以外には彼しかいない。その兵士らは、悪態をつきながら仲間の一人を車内に送り込み、出てこようとしない贄たちをひっぱり出そうとやっきになっていた。

（行くなら今しかない）

コリオレーナスはルーシー・グレイに近づいてバラを差し出し、軽くお辞儀をした。

「キャピトルにようこそ」

長時間しゃべっていなかったので、声が少ししゃがれていたが、むしろ大人びて聞こえると思った。

ルーシー・グレイは、値踏みするように彼を見つめた。コリオレーナスは一瞬、そっぽを向かれるか、最悪の場合は笑い飛ばされるのではないかと恐れた。しかし、彼女は手を伸ばすと、彼の手のバラからそっと一枚花弁をちぎった。

「小さいころは、バターミルクとバラの花のお風呂に入れてもらっていたわ」

彼女の口調には、どんなにありえない話も信じさせてしまう魅力があった。ルーシー・

グレイは親指でつやつやした白い花弁をなで、口に含むと、目を閉じて味わった。「おやすみなさいの味ね」

ルーシー・グレイが目を閉じているすきに、コリオレーナスは彼女を観察した。刈入れの日とは、別人のように見える。まだらにはげ落ちた化粧の下の素顔は、幼く見えた。唇はひび割れ、髪は乱れ、鮮やかな色彩のドレスは埃まみれでしわくちゃになっている。区長に殴られた痕は、濃い紫色のあざになっていた。コリオレーナスは、再びパフォーマンスを見せられているような気分になった。ただし今度は、観客は彼一人だ。

「あなたは、こんなとこに来るような人には見えないわね」

ルーシー・グレイは目を開けると、じっとコリオレーナスを見つめた。

「たぶん、来てはいけなかったのかもしれない」コリオレーナスは認めた。「でも、僕は君の教育係だ。そして僕は、自分のやり方で君を出迎えたかった。ゲームメーカーの指示に従うのではなく」

「まあ、反逆者なのね」

〈反逆者〉はキャピトル市民にとって忌まわしい言葉だったが、ルーシー・グレイはまるで誉め言葉のように口にした。それとも、からかっているのだろうか？　コリオレーナスは、彼女がポケットにヘビを入れていたことを思い出し、常識が通じる相手ではないことに気づいた。

「それで私の教育係さんは、バラをくれる以外に何をしてくれるの？」

「最善の努力をして、君を守るよ」

ルーシー・グレイは肩越しに振り返り、治安維持部隊が餓死寸前の男女の贄をプラットフォームに放り出すのを見た。少女はプラットフォームに顔をぶつけて前歯を折り、少年は地面に落ちるや否や、何度も足蹴にされた。

ルーシー・グレイは、にっこりとコリオレーナスにほほ笑んだ。

「あらそう。頑張ってね、すてきな教育係さん」

ルーシー・グレイはジェサップのもとに戻った。コリオレーナスは、バラの花とともに後に残された。

治安維持部隊が、贄たちを駅の正面玄関に追い立てていく。コリオレーナスは、チャンスが自分の手をすり抜けていくのを感じた。ルーシー・グレイの信頼を得ることができなかった。ほんのひととき彼女を楽しませたかもしれないが、それだけだ。明らかに、彼女はコリオレーナスを役立たずだと思っている。そして、彼女は正しいかもしれない。それでも彼は、人生のすべてをかけて挑戦しなければならないのだ。コリオレーナスは駅の構内を駆け抜け、出口に差し掛かった贄たちに追いついた。

「待ってください」

コリオレーナスは、治安維持部隊のリーダーに声をかけた。

「アカデミーから来た、コリオレーナス・スノーといいます」

ルーシー・グレイの方に首を傾ける。

「ハンガー・ゲームで、この贄の教育係を務めることになりました。宿舎まで彼女に同行しても構わないでしょうか」

「それで朝からずっとその辺をうろうろしてたってわけか。ちゃっかりショーに連れてってもらおうって魂胆だな？」

リーダーの兵士は酒臭い息を吐いた。目のふちが赤く染まっている。

「それなら、ぜひ仲間に入りたまえ、スノー君！」

ちょうどそのとき、コリオレーナスは贄たちを待ち受けているトラックに気づいた。トラックというより、車輪がついた檻だ。荷台は金属の柵で囲まれ、鋼鉄製の屋根に覆われている。再びコリオレーナスの脳裏に、子どもの頃に見たサーカスが浮かんだ。サーカスの野生動物たちは——大型のネコやクマなどは——こんな乗り物に閉じ込められていた。贄たちは治安維持部隊の指示に従い、両手を差し出して手錠を外してもらうと、檻の中に入っていった。

コリオレーナスはためらっていたが、ルーシー・グレイに見られていることに気づき、ここが正念場だと肚をくくった。このまま引き下がれば、すべておしまいだ。臆病者だと思われて、完全に見放されるだろう。彼は深く息を吸い込むと、檻の中に飛び込んだ。

背後の扉が音を立てて閉まり、トラックは乱暴に発進した。コリオレーナスはよろけ、反射的に右側の鉄柵に手を伸ばした。そのとき二人の贄が倒れかかってきたため、鉄柵の間に額を挟まれた。力ずくで押し返し、体をひねって同乗者たちに向き直る。前歯を折った。

少年の足に縋り付いている。トラックが大通りに出ると、贄たちはしだいに落ち着き始め

た少女以外は、少なくとも一本の鉄柵をつかんでいた。前歯を折った少女は、同じ地区の

コリオレーナスは、自分が間違いを犯したことに気づいた。屋外にいても、贄たちの悪臭は耐えがたい。体に染みついた家畜運搬車の匂いと、長いあいだ風呂に入っていない人間の体臭がまじりあったもので、軽く吐き気を覚えた。間近で見ると、贄たちはひどく汚れて目が血走り、手足があざだらけだった。ルーシー・グレイは前方の隅に押し込められ、額に新しくできた擦り傷にドレスのフリルを押し当てていた。彼女はコリオレーナスの存在に無関心な顔をしていたが、他の贄たちは、甘やかされたプードルを狙う野生の獣のような目つきで彼をにらんでいた。

(少なくとも、僕の方がこいつらより健康状態がいいはずだ)

コリオレーナスはバラの茎を握りしめ、こぶしを作った。こいつらが襲ってきても、勝つ見込みはあるだろう。だが、本当に勝てるだろうか? なにしろ多勢に無勢だ。

トラックがスピードを落とし、乗客を満載した色鮮やかな路面電車に道を譲った。コリオレーナスはトラックの後部にいたが、乗客たちに気づかれないように顔を伏せた。

路面電車が去り、トラックが再び動き始めた。思い切って顔を上げると、贄たちが彼を見て笑っていた。少なくとも何人かは、コリオレーナスの明らかな狼狽ぶりを見てにやにやしている。

第十一地区の少年が、にこりともせずに言った。

「どうした、気取りやの坊ちゃん？　乗る車を間違えたのか？」

あからさまな憎悪をぶつけられ、コリオレーナスは動揺したが、平静を装って答えた。

「いや、これこそ僕が待っていた車だよ」

少年は素早く手を伸ばし、傷だらけの長い指でコリオレーナスの喉を絞め上げると、鉄柵にたたきつけた。力強い腕で押さえ込まれたコリオレーナスは、身動きができなかった。腕力ではかなわないので、級友たちとの喧嘩における必勝手段に訴える。ひざで相手の股間を蹴り上げると、少年はうめき声をあげて体を二つに折り、コリオレーナスを放した。

「あんた、殺されるわよ」

第十一地区出身の少女が、コリオレーナスの顔に向かって咳き込みながら言った。

「彼は第十一地区で治安維持部隊を殺したの。しかも、まんまと逃げおおせたんだから」

「黙ってろ、ディル」少年がうなり声をあげた。

「もうバレたって平気でしょ」と、ディルが言った。

「こんなやつ、みんなで殺っちまおうぜ」小柄な少年が、憎々しげに言った。

「どうせ、俺たちにはもう手出しできないんだ」

数人の贄が賛同の声を上げ、一歩前ににじり出た。

コリオレーナスは恐怖に体をこわばらせた。

（殺す？　こいつらは、本気で僕を殴り殺すつもりだろうか。白昼堂々、このキャピトルの真ん中で？）

ふいにコリオレーナスは、贄たちが本気であることを悟った。結局のところ、彼らに失うものなどないのだ。胸の動悸を抑えながら、軽く腰を落としてこぶしを突き出すと、コリオレーナスは差し迫る攻撃に備えた。

そのとき、隅の方からルーシー・グレイが歌うように声をあげ、緊張を破った。

「私たちには、手出しできないかもしれない。でも、故郷には家族がいるでしょう？　故郷の大切な人たちが、罰を受けるかもしれないわ」

この一言で、贄たちは気勢をそがれた。ルーシー・グレイは贄たちの間をすり抜け、彼らとコリオレーナスの間に立ちふさがった。

「それに、こいつは私の教育係よ。私を助けてくれるそうなの。だったら、せいぜい協力してもらわなきゃね」

「なんであんたには協力係がいるのよ？」と、ディルがたずねた。

「教育係だよ。君たちにも、一人ずついている」会話の主導権が自分にあることを示そうとして、コリオレーナスが説明した。

「だったら、そいつらはどこにいんのよ？　なんでここに来てないの？」

「そんな勇気なかったんじゃないの？」

ルーシー・グレイはディルから顔を背けると、コリオレーナスにウィンクした。

トラックは狭い脇道に入り、袋小路をガタゴトと走っていた。コリオレーナスは記憶をたどり、過去の贄たちがどこに運ばれたか思い出そうとした。治安維持部隊の廐舎ではなかっただろうか？　到着しだい、治安維持部隊を探して事情を説明し、保護を要請すべきかもしれない。コリオレーナスは、ルーシー・グレイのウィンクを見て以来、この場にとどまる価値があるかもしれないと思いはじめていた。

トラックはバックしながら、薄暗い明かりがともった倉庫のような建物に入っていく。むっとした空気には、腐った魚と古い干し草のにおいが入り混じっていた。コリオレーナスは混乱し、周囲の状況に目を凝らした。すると、二枚の金属の扉が大きく開いたのが見えた。治安維持部隊の兵士が、トラックの後部扉を開けた。降りようとする間もなく檻が傾き、贄たちはじっとりと湿った冷たいセメントの床に放り出された。いや、床というより滑り台だ。たちまちコリオレーナスは、贄たちもろとも急な斜面を滑り落ちていった。バラを取り落とし、しがみつくものを求めてむなしくあがく。優に六メートルは滑り落ちたあげく、砂でざらついた床の上に、贄たちと折り重なるように放り出された。強い陽ざしが照りつける中、コリオレーナスはなんとか贄たちの下から這い出した。そのまま数メートル離れてから立ち上がり、ぞっとして体を硬直させる。そこは、廐舎ではなかった。広々とした砂場。空高くよじれるように積み上げられた人工の岩。ツタに似せた彫刻を施され、大きな弧を描いて設置された、見物客を守る金属柵。それらの柵の間から、キャピトルの子どもたちが、ポカンとした顔で彼を見つめている。

コリオレーナスが放り込まれたのは、動物園のサルの檻の中だった。

4

たとえコルソー通りの真ん中に素っ裸で立たされても、これほど無防備な気分にはならなかっただろう。少なくとも、逃げ出すことができる。檻に囚(とら)われ、見世物にされて、コリオレーナスは初めて身を隠すことができない獣の気持ちを味わっていた。子どもたちが興奮した声をあげ、大人たちの注意をひくように彼の制服を指さしている。柵のすき間というすき間に、人々の顔が鈴なりになった。だが、本当に恐ろしいのは、見物客たちの両側に設置された二台のテレビカメラだった。

キャピトル・ニュース。〈あらゆる事件を逃さずキャッチ〉という小賢(こざか)しいスローガンを掲げ、どこにでも出没する連中だ。

（そうとも、大事件発生だ。たった今、この僕に！）

コリオレーナスは、キャピトル中に自分の姿がさらされているのを感じた。ショックで足に根が生えたように動けないのは、むしろ幸いだった。逃げようとしてむやみに走り回る方が、よほどみっともない。逃げ隠れしようとすれば、恥の上塗りになるだろう。キャピトル・ニュースで大受けするに違いない。大げさな効果音とキャプション付きで、飽きるほど繰り返し放送されるだろう。〈雪(スノー)がなだれ落ちた！〉と。天気予報にも引っ張り出されるだろう。〈季節外れの雪(スノー)！〉と。彼の名誉は完全に地に落ちるだろう。

こうなっては、取るべき道はひとつ。逃げも隠れもせず、まっすぐにカメラを見つめ、救いの手を待つのだ。

コリオレーナスは背筋を伸ばし、軽く胸を張ると、うんざりした表情を作った。見物客たちが、何をやっているの、なぜ檻に入っているの、助けを呼ぼうかなどと、口々にたずねてくる。やがて誰かが気づいたらしく、人々の間にすばやく彼の名前が広まった。時間が経つにつれ、騒ぎはどんどん大きくなっていく。

「ありゃ、スノー家の跡取りだぜ！」

「誰だって？」

「ほら、屋上でバラを作ってるばあさんの孫だよ！」

贄たちがコリオレーナスを取り囲み、罵りはじめた。第十一地区の二人と、彼を殺そうと叫んだ狂暴な少年の他に、新しい顔ぶれもいくつか交じっている。コリオレーナスはトラックで感じた憎悪を思い出し、贄たちが束になって襲ってきたらどうなるだろうと危ぶんだ。おそらく見物客たちは贄たちを応援するだけだろう。

パニックを抑えようとしても、脇腹に汗が流れ落ちる。人々の顔が――目の前の贄たちの顔も、柵から覗いている見物客の顔も――ぼやけ始めた。手足の力が抜け、息苦しさに胸が詰まった。今にも駆け出してすり鉢状の壁を這い上がろうと思ったとき、背後で小さな声がした。

「自信を持ちなさい」

振り返らなくても、彼女だとわかった。ルーシー・グレイだ。孤立無援ではなかったと悟り、計り知れない安堵が湧いてきた。コリオレーナスは、彼女が区長に殴られた直後にすばらしい歌を披露し、巧みに観衆の心をつかんだことを思い出した。そうだ、彼女の言うとおりだ。自ら進んでここにいると人々を納得させられなければ、すべておしまいだ。

コリオレーナスは深呼吸をすると、後ろを振り向いた。ルーシー・グレイは、耳の後ろに差した白いバラをさりげなくいじりながら座っていた。彼女は常に自分の身なりに気を配っているようだ。第十二地区ではドレスのフリルを整えていたし、駅では髪の乱れを気にしていたし、今はバラの花で自分を飾っている。コリオレーナスは、キャピトルで最も高貴な貴婦人に対するかのように、うやうやしく手を差し出した。

ルーシー・グレイは、にこっと唇の端をつり上げた。手を取られたとき、コリオレーナスの腕に弱い電流が走った。まるで、彼女のカリスマ性の一部が乗り移ってきたかのようだ。コリオレーナスが軽くお辞儀をすると、彼女は大げさなほど優雅に立ち上がった。

(彼女は今、舞台に立っている。僕も、舞台に立っているんだ。これはショーなんだ)

コリオレーナスは自分に言い聞かせると、顔を上げてたずねた。

「僕の街の人々に、あなたをご紹介いたしましょうか？」

「よろこんで」ルーシー・グレイは、あたかも午後の茶会の席にいるかのように応じた。

「顔の左側がマシよ」と小声でつぶやき、軽く頰をなでる。

コリオレーナスは、左の方に彼女を導いた。ルーシー・グレイは、見物客ににっこりと笑いかけた。その場にいることを心から楽しんでいるように見えるが、コリオレーナスが柵のそばまで手を引いていく間、彼女は彼の指を万力のような力で握りしめていた。

岩場と柵の間にある浅い堀は、かつては満々と水をたたえて動物と見物客を隔てていたが、今ではすっかり干上がっている。ふたりは三段の階段を下り、堀を渡ると、柵の内側に渡された棚板に上って見物客たちと目の高さを合わせた。コリオレーナスは、一台のカメラから数メートル離れた場所に立ち、カメラが自分に向けられるのを待った。そこには、騒々しい子どもたちの集団が立っている。ふたりが近づいていくにつれ、子どもたちは静かになり、両親の脚にぴたりと体をくっつけた。

コリオレーナスは、先ほどの午後の茶会のイメージが気に入ったので、ここでも軽妙にふるまうことを心掛けた。

「はじめまして」コリオレーナスは、子どもたちの方に身を乗り出した。

「本日は、僕の友人を連れてきました。ご紹介いたしましょうか?」

子どもたちはもじもじし、くすぐったそうに笑った。やがて一人の男の子が叫んだ。

「うん! この人、この前テレビで見たよ」

コリオレーナスは、柵のすぐそばまでルーシー・グレイを連れて行った。

「こちらは、ルーシー・グレイ・ベアード嬢です」

見物客たちは、静まり返っていた。彼女が子どもたちのそばに来たので警戒しているようだが、この風変わりな贄(いけにえ)がどんなことを語るのか、興味をひかれているらしい。ルーシー・グレイは、柵から三十センチほど離れた場所に片膝をついた。

「こんにちは。私は、ルーシー・グレイよ。あなたのお名前は？」

「ポンティウス」

男の子は、母親を見上げて反応をうかがった。男の子の母親は、用心深くルーシー・グレイをにらんでいたが、彼女はその視線を無視した。

「はじめまして、ポンティウス」

育ちのいいキャピトルの少年らしく、男の子は手を差し出した。ルーシー・グレイは握手に応えようとして自分の手を伸ばしたが、見物客に脅威を与えないように、柵から手を出さなかった。その結果、男の子の方から柵の中に手を差し入れ、二人は握手をした。ルーシー・グレイは、男の子の小さな手を温かく握りしめた。

「お会いできて、光栄だわ。こちらは、あなたの妹さん？」

ルーシー・グレイは、男の子の隣に立っている小さな女の子にうなずきかけた。女の子は、目を皿のように見開き、親指をしゃぶっていた。

「この子はヴィーナスっていうの。まだ四歳だよ」

「あら、四歳なら、もう立派なレディーね。はじめまして、ヴィーナス」

「お姉ちゃんのお歌、楽しかった」ヴィーナスが、小さな声で言った。

「ほんと？　どうもありがとう。じゃあ、これからもテレビを見ていてね。そうしたら、また歌ってあげられるかもしれないわ。わかった？」

ヴィーナスはうなずき、母親のスカートに顔をうずめた。見物客たちが笑い、あちこちからはやし声が湧く。

ルーシー・グレイは柵に沿って横向きに歩きはじめ、子どもたち一人一人に声をかけた。コリオレーナスは少し後ろに下がり、彼女のために道を空けた。

「あのヘビも連れてきた？」とけかけたイチゴのアイスキャンディーを持った女の子が、期待に満ちた顔でたずねた。

「連れてこられたらよかったんだけど。あのヘビは、特別な友だちなの。あなたにもペットがいる？」

「お魚を飼ってるわ」女の子は、柵に身を乗り出した。「バブっていうのよ」

女の子はアイスキャンディーを持ち替えると、柵の中のルーシー・グレイに向かって手を突き出した。

「ドレスに触ってもいい？」

女の子のこぶしからひじにかけて、真っ赤なシロップが垂れている。だが、ルーシー・グレイはにっこり笑うと、スカートの端を差し出した。女の子は、おずおずと指先でフリルをなでた。

「きれいね」

「あなたの服もきれいよ」

女の子の服はプリントが色あせ、ほめるべきところはどこにもなかった。しかし、ルーシー・グレイは言った。「水玉模様の服を着ると、いつだって元気が出るわ」

女の子は、パッと顔を輝かせた。

コリオレーナスは、見物客が彼の贄に少しずつ心を開きはじめたのを感じた。もはや、距離を取ろうとする者はいない。わが子が関わってくると、人間はたやすく操られるものだ。子どもが喜ぶ顔を見て、自分たちも喜んでいる。

ルーシー・グレイは本能的にそれを知っているらしく、大人たちには目もくれずに歩いていく。やがて一台のカメラと、そのそばに立っているレポーターの前にたどり着いた。ルーシー・グレイは気づいていたにもかかわらず、顔を上げたときにカメラが自分の顔をとらえているのを見て、軽く飛び上がって笑った。

「あら、こんにちは。私たち、テレビに映っているの？」

キャピトル・ニュースのレポーターは、常に特ダネを追いかけている若い男だった。彼は貪欲（どんよく）に身を乗り出した。「もちろん、映っているよ」

「ところで、あなたはどなたなの？」

「キャピトル・ニュースの、レピドゥス・マームジーだ」レポーターは、ニコッと笑った。

「さてルーシー、君は第十二地区の贄だね？」

「私の名前は、ルーシー・グレイよ。それに、厳密には第十二地区の出身じゃないの。私たちは音楽一座よ。ある日、道を間違えて、そのまま足止めを食らっただけ」

「おや、そうなの……じゃあ、本当はどこの地区の出身なんだい？」

「特にどことは言えないわ。気の向くままに、あちらこちらと渡り歩いているから」

ルーシー・グレイは、今はそうでないことに気づいて、言葉を継いだ。

「とにかく、昔はそうだったの。二、三年前に、治安維持部隊にとっ捕まるまではね」

「でも今は、第十二地区の住人なんだよね？」レポーターは、しつこく確認した。

「あなたがそう言うなら、それでいいわ」

ルーシー・グレイはレポーターとの会話に飽きたように、再び見物客たちに視線を向けた。レピドゥスは彼女が関心を失ったことをすばやく察知し、話題を変えた。

「君のドレスは、キャピトルで大評判だよ！」

「そう？　私たち一座は、明るい色が大好きなの。一座の中でも、特に私はね。このドレスはママのお気に入りだったから、私にとって特別な服なのよ」

「お母さんは、第十二地区にいるの？」

「ええ、ママの骨だけね、お兄さん。真珠みたいに真っ白な骨だけ」

ルーシー・グレイは、レポーターの目をまっすぐに見据えた。二の句が継げずにうろたえる彼をしばらく見つめた後、彼女はコリオレーナスを手で示した。

「ところで、私の教育係はご存じ？　コリオレーナス・スノーっていう、キャピトルの人らしいわ。どうやら私は、クリームたっぷりのケーキを引き当てたみたいね。他の贄（いけにえ）の教育係は、誰もわざわざ迎えに来なかったんですもの」

「そうだね、彼には驚かされたよ。君は先生に言われて来たのかい、コリオレーナス君？」

コリオレーナスはカメラの方に一歩進み出て、いたずらっぽく愛嬌のある表情を作った。

「先生方は、行くなとは言いませんでした」

見物客から、さざ波のような笑いが起こった。

「でも、僕の仕事はルーシー・グレイをキャピトルに紹介することだと聞いていましたから、その任務に全力で取り組もうと思ったのです」

「それで、ためらうことなく贄たちの檻に飛び込んだというわけだね？」と、レポーターが先回りしてたずねた。

「ためらいたくなることは、これからも何度でもあると思います。でも、彼女が勇敢に運命に立ち向かっているのですから、僕も勇敢にならざるを得ないでしょう」

ルーシー・グレイが、横から口を挟んだ。

「あら、言っておきますけど、私には選択の余地はなかったのよ」

「言っておくけど、僕にも選択の余地はなかった」と、コリオレーナスは反論した。

「君の歌を聴いて以来、君の声が頭から離れなくなったんだ。白状すると、君の大ファンになってしまったんだよ」

見物客から、パラパラと拍手が起こった。ルーシー・グレイは拍手に応え、スカートを揺すってみせた。レピドゥスが言った。

「そう、アカデミーも君と同じ意見だといいね、コリオレーナス君。どうやら、お迎えが来たようだよ」

コリオレーナスは、サルの檻の奥を振り返った。窓に鉄格子がはまった金属扉が大きく開き、四人の治安維持部隊兵士が現れて、まっすぐこちらの方に歩いてくる。コリオレーナスは潔く退場することにし、カメラの方を向いた。

「僕らにお付き合いいただき、ありがとうございました。第十二地区代表のルーシー・グレイ・ベアードを、どうぞよろしく。お時間がある方は、ぜひ動物園まで彼女に会いに来てください。きっとその価値はあると思います」

ルーシー・グレイは片手をさしのべ、キスを受けるために、そっと手の甲を差し出した。求めに応じたコリオレーナスは、唇が彼女の肌に触れたとき、ぞくぞくするような心地よさに襲われた。彼は見物客に向かって最後に手を一振りすると、落ち着いた足取りで治安維持部隊に近づいていった。兵士の一人がぶっきらぼうにうなずいた。見物客たちが礼儀正しく拍手する中、彼は無言で治安維持部隊に従い、サルの檻を後にした。

背後で扉が閉まったとき、思わず大きなため息が出て、コリオレーナスはどれだけ自分が恐怖を感じていたかに気づいた。重圧にさらされても品位を保ち続けた自分をひそかに称賛したが、治安維持部隊の兵士らは同意見ではないらしく、しかめ面をしている。兵士の一人がきつい口調で言った。

「いったい何のつもり？　あなたがあの檻に入ることは許可されていないでしょう？」

「僕もそう思っていました。ところが、皆さんのお仲間が、軽率にも僕をあそこに放り込んだのです」

コリオレーナスは、落ち着き払って答えた。自分の立場の優越性を示すために、わざと〈お仲間〉や〈軽率にも〉という言葉を強調する。

「僕は、動物園まで同行させてほしいと申し出ただけです。よろしければ、治安維持部隊の隊長に喜んで事情を説明し、今回の事件に関わった兵士たちを特定しましょう。でも、あなたには、心から感謝申し上げます」

「ああ、そう」女性兵士は、無表情に言った。「あなたをアカデミーまで送り届けるように命じられているの」

「それはなによりです」

コリオレーナスは自信に満ちた口調で答えたが、内心ではアカデミーのすばやい反応に不安を感じていた。

治安維持部隊のバンの後部座席にあるテレビは故障していたが、キャピトル市街に点在する巨大な公共スクリーンの映像によって、先ほどの出来事に関する報道を垣間見ることができた。ルーシー・グレイの映像に続いて、彼自身がにっこりと街を見下ろしているのを見ると、コリオレーナスは興奮で胸がわき立つのを感じた。これほど大胆な行動をとるつもりは決してなかったのだが、起こってしまったことはしかたがない。せいぜい楽しんでおこう。それに、我ながら大した演技力だった。終始冷静で、自信にあふれ、ルーシー・グレイを引き立てている。そしてルーシー・グレイは、天性のスターだった。常に威厳のある態度と、ちくりと皮肉を込めたユーモアを忘れなかった。

アカデミーに到着する頃には、コリオレーナスはすっかり落ち着きを取り戻し、自信に満ちた足取りで階段を上っていった。てっきり事務局に連行されるものと思っていたが、守衛に連れていかれたのは、実に意外な場所だった。科学に優れた才能を持つ最上級生だけが出入りを許される、高等生物学研究室の外のベンチだ。生物学は、特に好きな科目ではなかった――ホルムアルデヒドの臭いを嗅ぐと吐きそうになるし、パートナーと協力して作業せねばならないのがひどくわずらわしい――が、遺伝子操作にかけては、クラスで一目置かれる成績を収めている。もっとも、生まれたときから顕微鏡をのぞいていたと言われるイオ・ジャスパーのような天才とは、比較にならなかった。だが、彼はいつもイオに丁重に接していたので、彼女はコリオレーナスを崇拝していた。人気のない人間というのは、ほんのささやかな気遣いひとつで、たわいもなく騙されるものだ。

だが、そんな偉そうなことを考えている自分はいったい何さまだ、とも思う。ベンチの向かいにある学生用掲示板に、一枚のプリントが貼られていた。

第十回ハンガー・ゲーム

教育係担当表

第一地区

男子　リヴィア・カーデュー

女子　パルミラ・モンティー
第二地区
男子　セジャナス・プリンツ
女子　フロールス・フレンド
第三地区
男子　イオ・ジャスパー
女子　アーバン・キャンビル
第四地区
男子　ペルセポネー・プライス
女子　フェストゥス・クリード
第五地区
男子　デニス・フリング
女子　イフィゲニア・モス
第六地区
男子　アポロ・リング
女子　ダイアナ・リング
第七地区
男子　ヴィプサニア・シックル

女子　プリニー・ハリントン
第八地区
男子　ジュノ・フィップス
女子　ヒラリウス・ヘブンズビー
第九地区
男子　ガイウス・ブリーン
女子　アンドロクレス・アンダーソン
第十地区
男子　ドミティア・ウィムジウィック
女子　アラクネ・クレーン
第十一地区
男子　クレメンシア・ダブコート
女子　フェリクス・レイビンスティル
第十二地区
男子　リシストラータ・ビッカーズ
女子　コリオレーナス・スノー

（僕の地位の危うさを公に示すのに、これ以上痛烈なやり方はあるだろうか？　リストの最後に、まるで付け足しのように、僕の名前を記すなんて!)

やがて守衛が入室を許可した。遠慮がちにノックすると、お入りとハイボトム学生部長らしき声がした。サテュリアが同席するだろうという予測は外れ、ハイボトムの他には、ちぢれた白髪頭の老女しかいない。その小柄な猫背の老女は、ケージに入れられた一匹のウサギを金属の棒でからかっていた。遺伝子操作で闘犬並みに顎を強化されたウサギは、彼女が網の外から突っ込んだ棒をぐいと奪い取ると、二つに噛みちぎった。やがて、老女は精いっぱい腰を伸ばすとコリオレーナスを振り向き、大声で叫んだ。

「ピョンピョン、ウサギちゃん!」

この老女こそ、ヘッド・ゲームメーカーにしてキャピトルの実験的兵器開発部門の陰の実力者でもある、ヴォラムニア・ゴール博士だった。コリオレーナスは、子どもの頃からゴール博士が苦手だった。九歳のときの校外学習で、博士がレーザー光線を研究室のラットに照射する実験を見学させられた。博士はラットの肉をすっかり溶かしてしまうと、家に持て余しているペットはいないかとたずねた。コリオレーナスにはペットを飼う余裕はなかったが、プルリブスが飼っているボアというふわふわした白ネコが、飼い主の膝に乗って髪粉をはたいたかつらの毛先にじゃれつくのを眺めるのが好きだった。ボアはコリオレーナスにもなついており、彼に頭を撫でられると、騒々しい機械のような音を立てて喉を鳴らした。一袋のライマメとキャベツを交換するために、ぬかるんだ雪道をとぼとぼと歩き続けたわびしい日々、コリオレーナスをなぐさめてくれたのは、この愚かなネコの滑らかなぬくもりだった。ボアが研究室で溶かされることを思うと、気分が悪くなった。

コリオレーナスは、ゴール博士が大学で教鞭をとっていることは知っていたが、アカデミーで見かけることはめったになかった。ヘッド・ゲームメーカーとして、ハンガー・ゲーム関連の事柄はすべて、博士が統括している。動物園に行ったことは、博士にここまで足を運ばせるほどの大ごとだったのだろうか？　まさか、教育係をクビになるのだろうか？

ゴール博士は、にやりと歯をむき出した。

「ピョンピョン、ウサギちゃん！　動物園はどうだった？」

博士は声をあげて笑った。

「わらべ歌みたいだね。ピョンピョン、ウサギちゃん！　贄と檻に落っこちた！」

コリオレーナスはどう返事していいかわからず、ひきつった笑みを浮かべて、すがるようにハイボトムを見た。ハイボトムは実験テーブルの前にだらしなく座り、激しい頭痛をこらえているかのように、こめかみをさすっている。助け舟を出す気はないようだ。

「そうですね……」コリオレーナスは言った。

「おっしゃるとおりです。僕らは檻の中に落ちました」

ゴール博士は彼に向かって眉をつり上げ、促すように言った。「それで？」

「それで……その……気づいたらステージの上にいたと言うか……？」

「そう、そのとおり！　君はまさに、ステージの上にいた！」

ゴール博士は、満足そうにコリオレーナスを見た。

「君は、なかなか筋がいい。将来は、ゲームメーカーになるかも知らんな」

ゲームメーカーになろうなどとは、考えたことすらなかった。レムス・ドリトルには悪いが、ゲームメーカーは大した仕事とは思えない。子どもたちと武器を闘技場に放り込み、死ぬまで戦わせるだけで、特別な技術が必要なわけでもない。常々、刈入れの儀式はもっと組織的に行われるべきだし、ゲームは映像で記録すべきだとは考えていたが、自分はもっとやりがいのある仕事に就きたかった。しかし、コリオレーナスは謙虚に答えた。

「ゲームメーカーになりたいと思う前に、学ぶべきことがたくさんあります」

「天性の素質がある。重要なのはそれだよ」ゴール博士は言った。

「そこで聞きたいんだが、どうして檻に入ろうなどと思いついたのだね？」

あれはただの成り行きだった。そう答えようとしたとき、彼はルーシー・グレイのささやきを思い出した。

〈自信を持ちなさい〉

「なぜなら……僕の贄は、小柄な方です。ハンガー・ゲームが始まれば、五分以内に殺されてしまうタイプです。しかし彼女はみすぼらしいなりに、歌や踊りで精いっぱい自分をアピールしていました」

コリオレーナスは一呼吸置き、自分の計画を振り返るふりをした。

「彼女に勝ち目があるとは思いません。しかし、重要なのはそこではありませんよね？僕らは観衆の目を引きつける努力をすべきだと言われました。僕が目指したのはそこです。

ハンガー・ゲームに人々を注目させること。そこで、観衆に近づくにはどうすればいいか自問し、気づいたのです。テレビカメラがいる場所に出向いていけばいいのだ、と」

ゴール博士はうなずいた。

「そうだ。観衆がいなければ、ハンガー・ゲームが存在する意味はない」

博士はハイボトムを振り返った。

「キャスカ、この子は率先して示してくれた。ゲームを盛り上げることがいかに重要か、この子は理解している」

ハイボトムは、疑わしげな視線をコリオレーナスに向けた。

「そうでしょうか？　こいつは良い成績をとるために、目立とうとしているだけじゃないですかね。コリオレーナス、ハンガー・ゲームの目的は何だと思う？」

コリオレーナスは、躊躇（ちゅうちょ）せずに答えた。

「反乱を起こした地区の住民を罰することです」

「そうだ。だが、罰はさまざまな形態をとることができる。なぜハンガー・ゲームなんだ？」

コリオレーナスは口を開き、そしてためらった。なぜハンガー・ゲームなんだ？　爆弾を落とすとか、食料の供給を止めるとか、各地区で処刑をおこなうだけではいけないのか？

コリオレーナスの頭に、再びルーシー・グレイが浮かんだ。柵（さく）の前にひざまずいた彼女は、子どもたちとのやりとりで見物客を和ませていた。彼らは何らかの方法で心を通わせていたが、それをなんと言い表せばいいのか、彼にはわからなかった。

「なぜなら……なぜなら、子どもたちのためです。子どもたちが大切だからです」

ハイボトムは、なおも追及した。

「子どもたちが、どう大切なんだ？」

「人々は、子どもたちを愛しています」

自分で口にしておきながら、コリオレーナスはその言葉に疑いを抱いた。戦争中、彼は爆撃を受け、飢えに苦しみ、乱暴な扱いを受けた。しかも、彼を苦しめたのは反乱軍だけではなかった。キャベツをひったくられたこともあれば、うっかり大統領の邸宅に近づいて治安維持部隊にあざができるほど顎を殴られたこともある。インフルエンザにかかって道で倒れたときも、誰ひとり立ち止まって助けてはくれなかった。夜になって、自分自身も具合が悪いタイガレスが彼を捜し出し、やっとのことで家に連れ帰ってくれたのだ。

コリオレーナスは、やや自信を失った。

「そういう人たちもいます……」

そう付け加えたものの、確信はなかった。コリオレーナスは、白旗をあげた。

「なぜかはわかりませんが……」

ハイボトムは、意気揚々とゴール博士を振り返った。

「お分かりになりましたか？　こいつは、実験で言えば失敗ですよ」

「誰も見てやらなきゃ、そうなるだろうがね！」

ゴール博士はぴしゃりと言い返し、コリオレーナスににっこりとほほ笑みかけた。

「この子自身が、まだ子どもなんだね。長い目で見てやるんだね。私は、この子は見込みがあると思うよ。さて、かわいいミュットたちのご機嫌をうかがいに行くとしようか」

ゴール博士はコリオレーナスの腕を軽くたたき、のんびりした足取りでドアに向かった。

「これは内緒だがね、例の爬虫類(はちゅうるい)たちに、すばらしい変化が起こりつつあるんだよ」

コリオレーナスは博士について行きかけたが、ハイボトムの声に引き止められた。

「では、あのパフォーマンスはすべて計画どおりだったというわけか。だとしたら、妙だな。あの檻の中で立ち上がったときは、今にも逃げだしたそうに見えたが」

「想像していたより、ずっと荒っぽい登場をさせられましたから。場の雰囲気に慣れるのに、少々時間がかかりました。やはり、僕には学ぶべきことがまだたくさんあるようです」

「善悪の区別も学ぶべきだな。本校の生徒を――この場合は、きさま自身だが――傷つけかねない、向こう見ずな行為をした者には罰点が与えられる。素行記録を汚すことになるな」

(罰点だって？　いったいどういう意味だ？)

ハイボトムはポケットから小さな瓶を取り出すと、キャップをひねり、舌の上に透明な液体を三滴たらした。

瓶の中に入っていたのが何であれ――おそらくはモルフリングだが――効果はたちどころに現れた。ハイボトムの全身がぐったりと弛緩(しかん)し、夢見るような表情が目に浮かんだ。

彼は不愉快な笑みを浮かべた。

「罰点が三つそろえば、きさまは退学だ」

5

コリオレーナスは公式に罰を受けたことはなく、素行記録には一点の曇りもなかった。

「でも――」

「もう行け、さもないと不服従で二つ目の罰点を食らうぞ」

ハイボトム学生部長は容赦なく、交渉の余地も見せずに言った。コリオレーナスは、命令に従うしかなかった。

（ハイボトム学生部長が退学と言ったのは、本気だろうか？）

はげしく動揺しながらアカデミーを後にしたが、またもや人々の注目が集まり、コリオレーナスは心痛を忘れた。廊下ですれ違う級友たち。目玉焼きとキャベツスープの食卓を囲むタイガレスとおばあばさま。その夜、ふたたび動物園に向かう道すがら出会った、見知らぬ人々。彼らからの注目が、ゲームに対する意欲をかき立ててくれた。

夕焼けの柔らかなオレンジ色の光が街の隅々を照らし、涼しいそよ風が昼間の炎暑を和らげていた。当局は市民が贄（いけにえ）を見物できるように動物園の営業時間を夜九時まで延長していた。ふたたび動物園を訪れることにしたのは、ルーシー・グレイの様子を見るためと、彼女にまた歌を歌うように勧めるためだ。見物客たちは喜ぶだろうし、テレビカメラを呼び戻すことができるかもしれない。

動物園の曲がりくねった通路をたどるにつれ、檻の多くが空っぽになっているのが見えて、悲しみに襲われた。以前はそれらの檻に、キャピトルの遺伝子研究所で造られた驚くべき生き物たちがたくさん入っていた。それが今は、一匹のリクガメが泥の中で苦しげに呼吸している檻がひとつあるきりだ。あとは泥だらけのオオハシが一羽、檻の上を自由に飛び回り、樹上から高い声で鳴いていた。彼らは戦争を生きのびることができた、ごくわずかな生き物だった。ほとんどの動物は飢え死にするか、食べられてしまっている。旺盛に殖え続けているのはドブネズミだけで、噴水のほとりで追いかけっこをしたり、通路の目の前をちょろりと横切ったりと、いたるところに姿を見せていた。

サルの檻に近づくと、通路に人が増えてきた。百人ほどの見物客が、半円状の檻の端から端まで、ぐるりと取り巻いている。急ぎ足で駆けてきた人が、追い越しざまコリオレーナスの腕にぶつかっていった。見ると、カメラマンを連れたレピドゥス・マームジーが、見物客を押しのけて走って行く。檻の近くで何やら騒ぎが起こっているらしい。コリオレーナスはよく見ようとして岩の上によじ登った。

腹立たしいことに、檻のそばにセジャナスが立っているのが見えた。傍らには、大きなバックパックが置いてある。セジャナスは鉄柵の間に手を差し入れ、サンドイッチらしきものを贄たちに渡そうとしていた。贄たちは誰も受け取ろうとしていない。

(いったいどういうつもりだ？　僕を出し抜いて、手柄を横取りしようというのか？)

やがてセジャナスが彼に気づき、パッと顔を輝かせて手招きした。コリオレーナスは人々の注目を存分に浴びながら、さりげなく近づいていった。

「困っているみたいだな」

コリオレーナスは、ちらりとバックパックに視線を向けた。サンドイッチだけでなく、新鮮なプラムもたくさん入っている。

「誰も僕を信用してくれないんだ。まあ、当然だけどさ」

小生意気な顔をした小さな女の子が二人のそばにつかつかとやってきて、檻の端の支柱に貼ってある注意書きを指さした。

「あそこに『動物にエサをやらないでください』って書いてあるわよ」

「でも、彼らは動物じゃないよ」セジャナスが言った。「人間の子どもたちだ。君や僕と同じだよ」

「あいつらと一緒にしないで！」女の子は抗議した。

「あいつらは、地区の人間よ。だから、檻に入れられてるのよ！」

「じゃあ、僕と同じだ」セジャナスは、そっけなく言った。

「コリオレーナス、君の贄を呼べるかな？　もし彼女がこっちに来たら、他の贄たちも来るかもしれない。きっと腹ペコなはずだよ」

コリオレーナスは、すばやく頭を働かせた。今日はすでに罰点をひとつ食らっているので、これ以上ハイボトムにたてつくことはしたくない。とはいえ、その罰点が与えられたのは、生徒の安全を脅かしたという理由からだ。檻のこちら側にいる限り、彼らは安全そのものだ。それに、ハイボトムよりずっと格上であるはずのゴール博士は、彼の積極性をほめてくれた。そして本音を言えば、彼はセジャナスに主役の座を譲る気はさらさらなかった。この動物園は彼の舞台であり、スターは彼とルーシー・グレイなのだ。この瞬間にも、レピドゥスがカメラマンに彼の名前をささやいているのが聞こえるし、テレビ画面越しにキャピトルの視聴者たちが彼を見つめているのが感じられた。

ルーシー・グレイは檻の奥にいた。膝の高さに取り付けられた水道の蛇口で、手と顔を洗っている。彼女はスカートのフリルで手をぬぐうと、巻き毛を整え、耳の後ろにさしたバラの位置を直した。

「彼女に対して、動物園のエサやりショーみたいなまねはしたくない」

コリオレーナスは、セジャナスに言った。さっきはレディーのように扱っておきながら、柵の間から食べ物をつっこむのは矛盾している。

「あの子にそんなことはできない。でも、ディナーに招待するならいいだろう」

セジャナスは、一も二もなくうなずいた。

「何でも好きなものを持って行ってくれ。母ちゃんが余分に用意してくれたんだ。頼むよ」

コリオレーナスは、バックパックからサンドイッチとプラムを二つずつ選ぶと、檻のそばまで歩いて行った。そこには座るのにちょうどいい、平らな岩がある。どんなに困窮した時期にも、彼は清潔なハンカチをポケットに入れずに家を出たことはなかった。礼儀作法をきちんとしていれば身を持ち崩すことはないと、おばあばさまが厳しく躾けてくれたからだ。無地やレース、花模様の刺繡があるものまで、何世代にもわたって集められたハンカチが、いくつもの引き出しにきちんとしまい込まれていた。コリオレーナスは、すり切れてかすかにしわがよった白いリネンのハンカチを広げ、食べ物を並べた。そして腰を下ろすと、声もかけないうちにルーシー・グレイがふらふらと鉄柵のそばに近づいてきた。

「そのサンドイッチは、誰にあげるの？」

「君だけのために用意したんだよ」

ルーシー・グレイはひざを折って座ると、サンドイッチをひとつ受け取った。中身をしげしげと眺めた後、端っこを少しかじる。

「あなたは食べないの？」

コリオレーナスは迷った。これまでのところはうまくいっていて、カメラは再び彼女をクローズアップし、重要人物のように見せている。だが、彼女と食事をともにするのは、一線を越える行為かもしれない。

「僕より君に食べてほしいんだ。体力を維持しなきゃいけないから」

「どうして？　そうすれば闘技場で、ジェサップの首をへし折れるとでも言うの？　私の強みはそんなことじゃないって、あなたもわかってるはずでしょ」

サンドイッチのにおいに、コリオレーナスの腹の虫が悲鳴をあげた。分厚いミートローフが、白いパンからのぞいている。ルーシー・グレイのサンドイッチからにじみ出るケチャップのしずくを見て、コリオレーナスは決心した。二つ目のサンドイッチを手に取り、かぶりつく。その瞬間、衝撃的な喜びが体を突き抜けた。よほど気を付けていないと、二口ほどでサンドイッチを貪(むさぼ)り食ってしまいそうだった。

「ピクニックみたいね」

ルーシー・グレイが、他の贄たちを振り返った。やや近づいているが、まだ決心がつかないようだ。

「みんなも一つもらいなさいよ。本当においしいわ！」

ルーシー・グレイは、贄たちに呼びかけた。「ほら、ジェサップ！」

その声に励まされたように、ルーシー・グレイと同郷の少年がゆっくりとセジャナスに近づき、彼の手からサンドイッチを受け取った。すると、いきなり他の贄たちが鉄柵に突進してきて、柵の間から手を突き出した。セジャナスは精いっぱい手早く食べ物を配り、一分もしないうちにバックパックはほぼ空になった。贄たちは檻の中に散らばり、体を丸めて自分の取り分を守りながら、がつがつと食べた。

ただひとりセジャナスに近づこうとしなかったのは、彼自身の贄(いけにえ)だった。第二地区の少年は、檻の奥に立ったまま、たくましい体の前で腕を組み、自分の教育係をにらみつけていた。

セジャナスはバックパックから最後のサンドイッチを取り出し、少年に差し出した。

「マーカス、これは君の分だ。取ってくれ、頼むよ」

しかしマーカスは石のように表情を変えず、微動だにしなかった。セジャナスは、懇願するように言った。

「お願いだ、マーカス。腹が減っているだろう？」

マーカスはセジャナスの頭から爪先までねめつけると、あからさまに背を向けた。

ルーシー・グレイは、ふたりのやりとりを興味深そうに眺めていた。

「あのふたり、何かあるわね」

「どういう意味？」コリオレーナスはたずねた。

「よくわからないけど、個人的な何かだと思う」

トラックでコリオレーナスを殺そうと言った小柄な少年が飛び出してきて、引き取り手のないサンドイッチをひったくった。セジャナスは、止めようともしなかった。インタビューしようとしたテレビの取材班を払いのけると、セジャナスは空っぽのバックパックを背負い、人ごみの中に消えていった。取材班はしばらく贄たちを撮影してから、ルーシー・グレイとコリオレーナスの方にやってきた。コリオレーナスは背筋を伸ばし、歯の間に挟まったミートローフを舌の先で取り除いた。レピドゥスは、二人にマイクを突き付けた。

「こちらは、動物園のコリオレーナス・スノー君と彼の贄のルーシー・グレイ・ベアード嬢です。ついさっき、別の生徒がサンドイッチを配っていましたが、彼も教育係ですか？」

セジャナスにスポットライトが当たるのは癪だったが、彼の存在はお守りになるかもしれない。ハイボトム学生部長と言えど、アカデミー再建の立役者の息子に罰点はつけられまい。ハイボトムに呼びつけられて叱責される事態になれば、隣にセジャナスがいた方が安心だ。

「彼は同じクラスの、セジャナス・プリンツです」

「贄たちにこんな上等なサンドイッチを持ってきたりして、彼はどういうつもりなのかな？　贄たちにはキャピトルがちゃんと食事を与えているはずなのに」

「あら、参考までに言っておくと、私が最後に食事をしたのは、刈入れの前の晩よ」

ルーシー・グレイが、きっぱりと言った。「つまり、三日は食べてなかったわ」

「ほほう、なるほど。じゃあ、そのサンドイッチを楽しんでね」

レピドゥスは、カメラマンに他の贄を映すように合図した。

ルーシー・グレイはさっと立ち上がり、鉄柵に身を乗り出して取材班を呼び戻した。

「ねえレポーターさん、お願いがあるの。もし食べ物が余っている人がいたら、動物園まで持ってきてくれないかしら。ハンガー・ゲームを見るにしたって、私たちが腹ペコで戦えなかったら、つまらないでしょ？」

「君の意見にも、一理あるね」レポーターは、どうしたものかと困惑した顔で言った。

「私はね、甘いものが好き。でも、えり好みはしないわ」

「はいはい、わかったよ」レピドゥスは、なだめるように言った。

コリオレーナスには、レポーターの立場の難しさが理解できた。彼女が市民に食べ物をねだるのを公然と許せば、キャピトルへの批判と受け取られかねない。

取材班が他の贄たちの方に行ってしまうと、ルーシー・グレイはコリオレーナスの向かい側に戻った。「やりすぎたかしら？」

「大丈夫だと思うよ。それより、君に食べ物を持ってくることを思いつかなくてごめん」

「実はね、誰も見てないときに、このバラの花びらを食べてたの」彼女は肩をすくめた。

すでに日は沈み、昇りかけた月が太陽に代わって光を放っている。そろそろ閉園の時間だろう。コリオレーナスは言った。

「考えたんだけどさ、君はまた歌うといいよ」

ルーシー・グレイは、プラムの種をしゃぶった。

「うーん、まあ、そうかもね」

彼女は口のまわりをドレスのフリルでそっとぬぐい、スカートの乱れを直した。そして、ふだんの陽気な口調から一転して、まじめな声でたずねた。

「ところで、私の教育係なんかになって、あなたに何の得があるの？　あなた学生でしょ？　何が狙いなの？　私が目立てば、いい成績がもらえるの？」

「たぶんね」

コリオレーナスは、自分を恥じた。彼女が数日後に死ぬ運命にあることに気づいたからだ。いや、彼女が死ぬことは、初めからわかっていた。自分は彼女を持ち駒のように考えていたのだ。レースに出場する馬や、試合で戦う犬と同じだ。しかし、特別な存在として扱うほどに、彼女を人間として見るようになった。セジャナスがあの女の子に言ったように、たとえキャピトルの人間でなくとも、ルーシー・グレイは獣ではない。

（いったい僕はここで何をしているんだろう。ハイボトムが言ったように、目立ちたいだけじゃないだろうか？）

「本当のところ、僕に何の得があるかはわからない」コリオレーナスは言った。「これまでのゲームでは、教育係はいなかったからね。気が進まないなら、別にいいんだ。つまり、歌わなくてもいいって意味だけど」

「わかってる」

「でも、もしみんなに気に入られれば、君に食べ物を持ってきてくれるかもしれない。うちには、余分な食べ物はあまりないんだ」

暗闇の中で、コリオレーナスは顔を赤らめた。スノー家の厳しい台所事情を打ち明けるなんて、どうかしている。

「そうなの？　キャピトルでは、食べ物がいっぱい余っているんだとばかり思ってた」

ばかなことを言ったと、コリオレーナスは自分を責めた。だが、ルーシー・グレイにじっと見つめられているのに気づき、彼女が初めて心から彼に興味を抱いたことを悟った。

「まさか。特に、戦争中はひどかったよ。一度、痛いくらいおなかがすいたとき、糊を瓶の半分も食べたことがある」

「ほんと？　おいしかった？」

コリオレーナスは、虚を突かれた。思わず笑い出し、笑った自分に驚いた。

「口の中が、ねばねばしたよ」

ルーシー・グレイは、にやりと笑った。

「でしょうね。それでも、私が食べてたものよりはましみたい。張り合うつもりはないけど」

「もちろん」コリオレーナスも笑みを返す。

「ねえ、本当に悪かったよ。食べ物は僕がなんとかする。そのために歌うことはないさ」

「実を言えば、食べるために歌うのはこれが初めてじゃないわ。今までも、何度も同じことをしてきた。それに、歌うのは大好きだし」

スピーカーから、十五分後に閉園するというアナウンスが流れてきた。

「もう行かなきゃ。でも、明日も会いに来るよ」

「私の居場所なら、わかっているわね」

コリオレーナスは立ち上がり、ズボンを手で払った。ハンカチを一振りしてたたむと、鉄柵の間から彼女に手渡した。「これは清潔だよ」

「ありがとう。自分のは、家に置いてきたの」

ルーシー・グレイが口にした家という言葉が、しばらくふたりの心に引っかかっていた。二度と開けることがない扉や、もはや会うことができない家族たち。コリオレーナスは、わが家から引き離されることを思い、耐えがたい気持ちになった。どう答えればいいかわからなかったので、彼はうなずいて、お休みを言った。

二十歩も歩かないうちに、コリオレーナスは足を止めた。ルーシー・グレイの甘く澄んだ声が、夜風に乗って聞こえてきた。

谷間を下ろう　はるかふもとまで
とっぷりと更けた夜に　汽笛がひびく
いとしい君よ　汽笛がひびく
とっぷりと更けた夜に　汽笛がひびく

ぞろぞろと帰りかけていた見物客たちが、振り返って耳を澄ましていた。

私にお屋敷を建ててよ　高くそびえるお屋敷を
愛する人が通りすぎるのが見えるように
いとしい君が　通りすぎていく
愛する人が通りすぎるのが見えるように

誰もが息を潜めていた——見物客も、贄(いけにえ)たちも。聞こえてくるのは、ルーシー・グレイの歌声と、彼女をクローズアップするカメラの軽いうなりだけだ。ルーシー・グレイはまだあの隅に座り、頭を鉄柵に凭(もた)せかけていた。

私に手紙を書いて　郵便で届けて
焼いて、切手を貼って　キャピトル刑務所に届けて

いとしい君よ　キャピトル刑務所に届けて
焼いて、切手を貼って　キャピトル刑務所に届けて

ルーシー・グレイの声はひどくもの悲しく、哀愁を帯びていた。

バラは赤く　スミレは青い
天国の鳥たちは知っている　私があなたを愛していることを
私があなたを愛していることを　私があなたを愛していることを
天国の鳥たちは知っている　私があなたを愛していることを

コリオレーナスは、その歌を聞いて棒立ちになった。彼の母親は、寝る前に歌を歌ってくれたものだった。この歌ではなかったが、同じ歌詞があった。〈バラは赤く、スミレは青い〉。コリオレーナスは、ナイトテーブルの上の銀の写真立ての写真を思い浮かべた。二歳くらいの彼を抱いた、美しい母。写真の中の二人は見つめ合い、笑っている。ルーシー・グレイの歌は彼の記憶の底から母親の姿を呼び覚ました。おしろいの繊細なバラの香りや毎晩やさしく体を包んでくれた温かい毛布の感触さえ蘇(よみがえ)ってくるほど、母の存在が、生前の母の面影が、ありありと感じられた。戦争が始まって数か月がたち、反乱軍の最初の大規模空襲によってキャピトルが機能不全に陥った、あの恐ろしい日々。出産が始まっ

た母を病院に連れていくことができず、お産は難航した。みるみるシーツを染めていく血を、コックとおばあばさまがなんとか止めようとしていた。タイガレスは、彼を部屋から連れ出した。やがて母は亡くなり、赤ん坊も——妹になるはずだった女の子も——死んでしまった。母の死の直後に父親も亡くなったが、父の死は母のときほど彼の世界を空虚にはしなかった。母のコンパクトは今もナイトテーブルの引き出しにしまってある。苦しかった時期には、眠れない夜があると、コンパクトを開けておしろいの繊細なバラの香りを嗅いだものだ。そうすると、母に愛された幸せな記憶が蘇り、気分が落ち着くのだった。

爆弾と血。それらによって反乱軍は母を殺したのだ。ルーシー・グレイの母親も、同じように殺されたのだろうか。

〈真珠みたいに真っ白な骨だけ——〉

ルーシー・グレイは、第十二地区に何の愛着も抱いていないようだ。いつも自分とは関係がないかのように語っている。そして自分のことは——そう、音楽一座だと。

「さっきは手を貸してくれて、ありがとう」

セジャナスの声に、コリオレーナスははっと我に返った。セジャナスは少し離れた岩陰に座り、歌声に聴き入っていた。

コリオレーナスは、咳払いをした。

「たいしたことはしてないぜ」

「君以外のクラスの連中は、僕を助けようともしてくれないさ」セジャナスは指摘した。

「僕ら以外の連中は、ここに来ようともしなかった」コリオレーナスは答えた。

「そこからして、連中と僕らは違う。ところで、何で贄たちに食べ物をやろうと思った？」

セジャナスは、足元に置いた空のバックパックを見下ろした。

「刈入れ以来ずっと、自分が彼らの一人だったらと想像しているんだ」

コリオレーナスは思わず笑いだしそうになったが、セジャナスが真剣なことに気づいた。

「変わった暇のつぶしかただな」

「自分でも止められないんだ」

セジャナスの声は、耳を澄まさなければ聞こえないほど小さくなっていた。

「僕の名前が読み上げられる。僕はステージに歩いていく。手錠をかけられる。理由もなく殴られる。汽車に乗せられる。車内は真っ暗で、僕は腹ペコだ。周りにいるのは、これから殺し合うことになっている子たちだけ。そして見世物にされ、見知らぬ大勢の人が自分の子どもを連れてきて、檻の中の僕を見物させる……」

さびついた車輪がきしむ音が聞こえてきて、二人はサルの檻を振り返った。円筒形に束ねられた干し草が十二個ばかり檻に落とされ、床の上に積み重なった。

「見ろよ、きっとあれが僕のベッドだ」セジャナスが言った。

「セジャナス、君がそんな目に遭うことはあり得ない」

「でも、あり得たかもしれないんだ。簡単にね。僕らが今、こんなに金持ちじゃなかったら、僕は第二地区にいたはずなんだ。まだ学校に通っているか、鉱山で働いているか知らないけど、間違いなく刈入れの儀式に参加している。僕の贄を見たか？」

「彼は目立つからね」コリオレーナスは認めた。「優勝の可能性は大いにあるだろう」

「彼とは同じクラスだった。つまり、僕がキャピトルに来る前の、故郷での話だけど」

セジャナスは、なおも言葉を継いだ。

「特に親しかったわけじゃない。でももちろん、仲が悪かったわけじゃないんだ。いつだったか、僕がドアに指を挟んで怪我しちまったとき、マーカスは窓の桟から雪をすくってきてくれた。これで指を冷やせって。先生を呼ぶまでもなく、そうしてくれたんだ」

「彼は君を覚えていないのかもしれないぜ。君らは小さかった。それに、あれからいろんなことがあったじゃないか」

「覚えているに決まってるさ。故郷では、プリンツ家はすこぶる評判が悪かったからね」

セジャナスはつらそうな顔をした。「評判が悪かったし、ものすごく嫌われていた」

「それが今や、君は彼の教育係だ」

セジャナスは、感情のない声で繰り返した。

「それが今や、僕は彼の教育係だ」

コリオレーナスは、マーカスが蛇口から水を飲み、頭から水をかぶるのに目を留めた。

マーカスが立ち上がって干し草の束に近づいていくと、他の贄たちが小さく見えた。

セジャナスは、バックパックを軽く蹴った。

「彼は僕からサンドイッチを受け取ろうとしない。僕から食べ物をもらうくらいなら、腹ペコのままゲームに出る方がましだと思ってるんだろう」

「でも、それは君のせいじゃない」

「わかってる。わかっているよ。何ひとつ僕のせいじゃない。僕はそれに腹が立つんだ」

コリオレーナスがセジャナスの発言の意図について考えようとしたとき、檻の中でいさかいが起こった。二人の少年が一つの干し草の束を取り合って、殴り合いのけんかを始めたのだ。マーカスが止めに入り、二人の襟首をつかんで引き離すと、藁人形か何かのように放り投げた。少年たちの体は宙を飛び、数メートル離れた場所に折り重なって倒れた。二人がこそこそと物陰に隠れると、マーカスは彼らの小競り合いなど意にも介さぬように、その干し草の束を自分の寝床にしてしまった。

「腹ペコだろうが、きっと彼が勝つよ」コリオレーナスは言った。

たとえこれまでマーカスの優勝をかすかにでも疑っていたとしても、あのずば抜けた強さを見せつけられては、そんな考えは消え去った。コリオレーナスは、プリンツ家が最も強い贄を与えられたことに、再び憤りを覚えた。そして、父親が金にあかせて勝者を手に入れてくれたのに、セジャナスがいつまでも泣きごとを言うのにもうんざりした。

「教育係なら誰でも、喜んで彼を自分の贄にしただろうに」

セジャナスは、少しだけ表情を明るくした。

「本当か？　じゃあ、君にやるよ。彼の教育係になってくれ」

「冗談言うなよ」

セジャナスは、さっと立ち上がった。

「百パーセント本気さ。君にマーカスの教育係になってもらいたい。そして、僕はルーシー・グレイをもらうよ。それでもやっぱりつらいけど、少なくとも僕は彼女を知らない。彼女は観客たちに人気があるけど、闘技場でそれが何の役に立つ？　彼女は絶対にマーカスに勝てないよ。僕の贄と君の贄を交換してくれ。そして、ゲームに優勝するんだ。栄冠は君のものだよ。頼む、コリオレーナス。この恩は絶対に忘れないから」

コリオレーナスは、囚われた獣のように檻にもたれているルーシー・グレイをちらりと見やった。薄暗い光の下では、鮮やかな色彩も、特別な雰囲気も色あせ、ただのさえない傷ついた生き物にしか見えない。他の女子の贄と比べても特に強そうではなく、ましてや男子の贄とは比べ物にならない。彼女でマーカスに勝とうなんて、お笑い種だ。歌う鳥をハイイログマと戦わせるようなものじゃないか。

承知したと言いかけて、ふとコリオレーナスは思いとどまった。

マーカスで優勝したとしても、何の意味もない。ルーシー・グレイで勝つ可能性は途方もなく低いが、もし勝利をもぎ取れたとしたら、歴史に名が残るだろう。それに、そもそも勝つことがそれほど重要だろうか？　それより、観客たちを夢中にさせることの方が大事ではないのか？　彼のおかげで、ルーシー・グレイは今のところハンガー・ゲームのスターだ。誰が優勝しようと、最も人々の記憶に残るに違いない。コリオレーナスは、動物園でルーシー・グレイとともに世界に戦いを挑んだとき、彼女としっかり手を繋いでいたことを思い出した。彼女は、彼を信じたのだ。彼女を捨ててマーカスを取るなどとは、口が裂けても言えない。ましてや、観客に向かってそんなことが言えるわけもなかった。

それに、セジャナスを無視したマーカスが、コリオレーナスに対しても同じ態度を取らないとは言いきれない。マーカスは、キャピトルの人間すべてに反抗するタイプのように見える。そうだとすれば、コリオレーナスはばかを見るだろう。セジャナスのまわりでくるくる踊るルーシー・グレイを横目に、マーカスの関心をひこうと苦心せねばならない。

さらにもう一つ考慮すべき点があった。セジャナス・プリンツが喉(のど)から手が出るほど欲しがっているものを、自分が手にしているという事実だ。セジャナスはすでに、地位や、財産や、美しい服や、キャンディーや、サンドイッチや、スノー家の人間に与えられてしかるべき特権を、コリオレーナスから奪っていた。そしていま、ペントハウスを、大学生活を、将来そのものを奪おうとしている。それなのに、恥知らずにも我が身の幸運を呪っているのだ。

(拒絶してやれ。拒絶することが、彼に対する罰になる。マーカスを手に入れたことでセジャナスが苦しむのなら、おおいに苦しませてやろうじゃないか。ルーシー・グレイだけは、僕のものだ。セジャナスには、絶対に渡さない)

「すまない、セジャナス」

コリオレーナスは、やさしく言った。

「でも、僕の贄は彼女だ」

6

セジャナスの顔に失望の色が浮かぶのを見て、コリオレーナスは満足した。だが、そんなつまらない感情に、いつまでも浸っているつもりはなかった。

「セジャナス、君がどう思うかは知らないが、僕は君のためを思って言うんだ。考えてみろよ。せっかく君のために苦労して手に入れた贄を、さっさと君が取り換えてしまったと知ったら、お父上はどう思う?」

「知るもんか」セジャナスは強気に言ったが、その言葉に説得力はなかった。

「わかった、お父上のことはいい。だが、アカデミーはどうするだろう? 贄の交換が許されるとは思えない。僕は今日、ルーシー・グレイを出迎えただけで罰点を食らったんだ。彼女を他の贄と交換しようとしたら、どうなると思う? それに、あの気の毒な子は、もう僕に心を開いているんだ。彼女を捨てるなんて、子ネコを足蹴にするようなものさ。そんなひどい仕打ちはできないよ」

「変なことを頼んでごめん。君に迷惑をかけるかもしれないなんて、思いもしなかった。すまなかったよ。ただ……」セジャナスの口から、とめどなく言葉があふれ出た。「このハンガー・ゲームに関する何もかもが、頭にくるんだ! だって、僕らがやっていることは何だ? 子どもたちを闘技場に閉じこめて、殺し合いをさせるんだぜ? あらゆる意味で、間違っているよ。動物だって、子どもを守るじゃないか。人間だってそうだ。子どもたちを守ろうとするじゃないか！　それは人間の本能なんだ。こんなこと、本当にやりたいと思っているやつがどこにいる？　不自然だよ！」

「ほめられたことじゃないよな」コリオレーナスは、周囲を見回しながら相槌を打った。

「腐ってるよ。この世で正しいと僕が信じていることすべてに反している。僕はこんなことに加担したくない。マーカスが絡んでいるなら、なおさらだ。何とかしてゲームから抜けなくちゃ」セジャナスは、目に涙をためて言った。

　セジャナスの苦しむ姿を前にして、コリオレーナスは気まずくなった。彼自身は、ゲームに参加できることをとても誇りに思っていたのだ。

「他の教育係に頼めばいい。彼と自分の贄を取り換えたいと思うやつは、いくらでもいるさ」

「だめだ、他の教育係には渡せない。安心して任せられる相手は、君しかいないよ」

　セジャナスは、檻の方を振り返った。檻の中では、贄たちが眠りにつこうとしていた。

「ああ、どうせ関係ないさ。マーカスでなくたって、他の誰かが贄に選ばれてただろう。知らない子だったらまだ気楽だったかもしれないけど、それでも間違っていることに変わりはない」

　セジャナスは、バックパックを拾い上げた。

「もう帰らなきゃ。きっとまた叱られるな」

「君は何のルールも破っていないと思うけど」

「僕は大っぴらに地区の味方をしている。父から見れば、一番重要なルールを破っているんだ」

セジャナスは、コリオレーナスに向かって小さくほほ笑んだ。

「とにかく、さっきはありがとう。力を貸してくれて」

「サンドイッチをごちそうさま。おいしかったよ」

「母ちゃんに伝えとく。きっと、大喜びするよ」

コリオレーナス自身も、帰宅後に叱られるはめになった。ルーシー・グレイと一緒にサンドイッチを食べたことで、おばあばさまの不興を買ったのだ。

「あの子に食べ物をやるのは構わないよ。だが、あの子と一緒に食事すれば、おまえはあの子を同等の人間とみなしたことになる。でも、あの子はそうじゃない。地区の人間には、必ず野蛮なところがあるんだ。おまえの父親はいつも言っていたよ。地区の連中が水を飲むのは、血の雨が降らないからだろうって。覚えておかないと痛い目に遭うよ、コリオレーナス」

タイガレスがとりなした。

「あの子は普通の女の子よ、おばあばさま」

「でも、地区の人間だ。それに言っておくが、あの子はもうとっくに子どもじゃないよ」

コリオレーナスはトラックで贄たちが彼を殺す相談をしていたことを思い出し、ぞっとした。彼らは確かに血に飢えていた。ルーシー・グレイだけが、彼を殺すことに反対したのだ。

「ルーシー・グレイは違うよ。トラックで他の贄たちが僕を攻撃しようとしたとき、彼女だけは味方してくれた。それに、サルの檻でも僕を助けてくれたんだ」

おばあばさまは、一歩も譲らなかった。

「自分の教育係じゃなくても、味方をしてくれたかね？　もちろんしなかっただろうよ。あの子は人を見りゃすぐに操ろうとする、小賢しい女だ。せいぜい気をおつけ――私が言いたいのはそれだけさ」

コリオレーナスは、言い返そうともしなかった。おばあばさまは、地区のこととなると最悪の見解を選ぶのが常だからだ。まっすぐ寝室に行き、疲れ切ってベッドに倒れこんだが、心を鎮めることはできなかった。ナイトテーブルの引き出しから母親のコンパクトを取り出し、ずっしりとした銀のケースに刻まれたバラの花に指を這わせる。

バラは赤く　スミレは青い

天国の鳥たちは知っている　私があなたを愛していることを……

留め金を外すと、ふたが開いて花の香りがふわりとたちのぼった。コルソー通りからさし込む薄暗い明かりに照らされ、わずかにゆがんだ丸い鏡の中から薄青い目が見つめ返している。

「おまえの父親にそっくりだ」と、おばあばさまは何度となく言うが、コリオレーナス自身は、父ではなく母の目がほしかった。だが、口に出して言ったことはなかった。きっと、父親に似てよかったのだ。母はこの世界で生きていけるほど強くなかったから。ようやくコリオレーナスはうとうとしはじめた。母親のことを考えていたはずが、夢の中に現れたのは、虹色の服を着てくるくる回りながら歌うルーシー・グレイの姿だった。

翌朝、コリオレーナスはおいしそうなにおいで目を覚ました。台所に行くと、夜も明けないうちに、タイガレスが何やらオーブンで焼いている。彼はいとこの肩を抱いて言った。

「タイガレス、もっと寝るようにしなきゃだめだよ」

「眠れなかったの。動物園でどんなことが起こっているかと思うと。今年の贄には、特に幼く見える子が何人もいたわ。私が年をとっただけかもしれないけど」

「彼らが檻に閉じ込められているのを見るのはつらいよね」コリオレーナスは認めた。

「あなたが閉じ込められてるのを見たときだって、つらかったわよ！」

タイガレスは鍋つかみを手にはめ、ブレッドプディングを載せたトレーをオーブンから取り出した。

「ファブリシアに、パーティーで余ったパンを捨てるように言われたんだけど、もったいないと思って」

焼きたての、コーンシロップをたっぷりかけたブレッドプディングは、コリオレーナスの好物のひとつだった。

「おいしそうだね」コリオレーナスは、タイガレスに言った。

「たっぷりあるから、ルーシー・グレイに一切れ持って行ってあげるといいわ。甘いものが好きだって言ってたもの――この先、あの子が甘いものを口にする機会がそうそうあるとは思えないし」

タイガレスは、ガチャンと大きな音を立ててトレーをオーブンに戻した。

「ごめんね、乱暴なことして。私、いったいどうしちゃったのかしら。ねじを巻きすぎた時計みたいに、キリキリしたりして」

コリオレーナスは、そっといとこの腕に手を置いた。

「ハンガー・ゲームのせいだよ。僕が教育係を立派に務めなきゃならないからだ。卒業式で、賞をもらうために。君やおばあさまのためにも、僕は優勝しなきゃならない」

「そうね、コーリョ。そのとおりだわ。私たちはあなたをとても誇りに思っているし、あなたは本当に頑張っていると思う」

タイガレスはブレッドプディングを大きく一切れ取り分けると、皿の上に載せた。「さあ、食べなさい。遅刻しちゃいけないわ」

アカデミーに着くと、友人たちから昨日の向こう見ずな冒険を口々に賞賛されたので、コリオレーナスの不安はきれいに融けていった。リヴィアだけは、ズルをしたのだから即刻教育係をクビになるべきだと主張したが、他の級友たちは彼を褒めたたえた。教授陣は特に表立って褒めはしなかったが、にっこりほほ笑んだり、軽く背中を叩いたりした。

ホームルームの後で、サテュリアが彼を呼びつけた。

「よくやったわ。ゴール博士に気に入られれば、教授会でもあなたの評価が高まるでしょう。博士がレイビンスティル大統領に好意的な報告をしてくれれば、アカデミー全体の名誉になるわ。ただ、慎重に行動してね。昨日のことは、運がよかったのよ。檻の中であいつらに襲われていたら、どうするつもりだったの？　あなたの救出に治安維持部隊が駆り出される騒ぎになっただろうし、双方に犠牲者が出たかもしれない。もしあの虹色の服を着た女の子があなたの味方につかなかったら、状況はまるで違っていたかもしれないわ」

「だからこそ、セジャナスに贄を取り換えようと言われたとき、きっぱりと断ったんです」

サテュリアは、口をぽかんと開けた。

「まさか！　もしそんな話が公になったら、ストラボン・プリンツがなんと言うでしょう」

「公にならなかったら、さぞかし僕に恩に着るでしょうね」

いまいましいストラボン・プリンツを脅迫することを想像し、コリオレーナスは大いに溜飲(りゅういん)を下げた。

サテュリアは笑った。

「さすがはスノー家の跡継ぎね。さあ、授業に行きなさい。これから罰点をたくさん食らうつもりなら、これ以上素行点を下げるわけにはいかないわ」

午前中、二十四名の教育係は、歴史学のクリスプス・デミングロス教授のセミナーに出席した。教授は、ハンガー・ゲームに世間の注目を集めるためには、教育係プログラムの導入以外にどんな方法があるか、生徒たちに自由に意見を述べさせた。

「君たちの教育に費やした四年間が無駄ではなかったことを示してくれよ」

教授は、忍び笑いをもらしながら言った。

「歴史が教えてくれるのは、どうすれば気が進まない人間を巻きこめるかということだからな」

セジャナスが、真っ先に手を挙げた。

「何かね、セジャナス？」

「ゲームを観戦させる方法について話し合う前に、まずはゲームを観戦するのが正しいことかどうか、議論すべきじゃないでしょうか？」

「論点をそらさないでくれたまえ」

教授はくだらないことを聞くなと言わんばかりに、他の生徒たちを見回した。

「多くの人にゲームを観戦してもらうには、どうすればいいか？」

フェストゥス・クリードが手を挙げた。彼は同世代の子どもたちの中でひときわ身体が大きく、たくましい。コリオレーナスとは、生まれたときから親しくしている仲間だった。クリード家は、古くからキャピトルに住む富裕な一族だ。おおむね第七地区の製材業によって成した彼らの財産は、戦争中は打撃を被ったが、戦後の都市再建の波に乗って順調に回復している。フェストゥスが第四地区の女子の贄を獲得したことは、彼の地位を正確に反映していた。すなわち、評価は高いが、抜きんでてはいない。

「君の意見を聞かせてくれ、フェストゥス」デミングロス教授が言った。

「簡単です。直ちに刑罰を科せばいい」フェストゥスが答えた。「ゲームの観戦を奨励するにとどまらず、法律にしてしまうのです」

「観戦しなければ、どうなるの？」

クレメンシアが、挙手もせずにたずねた。ノートから目を上げようともしない。彼女は生徒にも教授にも人気があり、人望があるので、たいていのことは大目に見られていた。

フェストゥスは、楽しそうに答えた。

「地区の人間の場合は、処刑。キャピトルの人間の場合は、地区送り。そして次の年も同じ罪を犯せば、やっぱり処刑」

教育係たちは笑った。その後、彼らはフェストゥスの意見を真剣に検討し始めた。その法律を守らせるにはどうすればいいか？　治安維持部隊に各家庭を調べさせるわけにはいかない。無作為に選んだ人々に、ゲームを観戦していないと答えられない質問をするのはどうだろう？　そしてもし観戦していなかった場合は、どのような罰が適当だろうか？　処刑や追放はだめだ――極端すぎる。キャピトルの市民なら特権のはく奪、地区の住民なら公開鞭打ち刑はどうだろう？　それならば、すべての人にとって重い罰と言えるだろう。

クレメンシアが言った。

「問題の本質は、ゲームが見るに堪えない代物だという点よ。だから、誰も見ないの」

セジャナスが、待っていたとばかりに口を挟んだ。

「当然だよ！　子どもたちが集団で殺し合うのを見たがる人がどこにいる？　心がねじ曲がった、邪悪なやつらだけだ」

「あんたに何がわかるの？」リヴィアがぴしゃりとはねつけた。「地区から来た人間に、キャピトルの私たちが何を見たがるか、わかるもんですか。戦争中、あんたはキャピトルに住んでさえいなかったのよ」

反論することができず、セジャナスは黙り込んだ。

「私たちのほとんどは、基本的に良識のある人間です」

リシストラータ・ビッカーズが、ノートの上にきちんと手を重ねて発言した。彼女は、あらゆる点できちんとしていた。一筋の乱れもなく几帳面に編みこまれたおさげ、きれいに切りそろえられた爪。まっ白に洗い上げられ、ていねいにアイロンをかけられた制服のブラウスの袖口が、なめらかな茶色の肌を引き立てている。

「だから、ほとんどの人は、他の人たちが苦しむところを見たがらないのだと思います」

「戦争中は、もっとひどいものを見たよ。戦後もね」コリオレーナスは、リシストラータに指摘した。暗黒の時代には、テレビで恐ろしい場面が放送されることがあった。反逆防止協定が結ばれた後も、残虐な処刑が何度も行われていた。

「でもコーリョ、あのときは私たち自身が関わっていたわ！」

右隣の席のアラクネ・クレーンが、コリオレーナスの腕をたたいた。いつもながら大きな声だ。そして、何かと言えば人をたたこうとする。クレーン家の住まいはスノー家の向かいのマンションだが、コルソー通りを挟んでいても、ときどき夜に彼女が大声で叫んでいるのが聞こえてきた。

「私たちは、自分の敵が死ぬところを見ていたのよ！　反乱軍のクズどもや、その他大勢がね。知り合いでもないあの子たちが死のうと生きようと、誰が気にするっていうの？」

「たぶん、彼らの家族がね」と、セジャナスが言った。

「つまり、とるに足りない地区の人間が、ほんの少しね。だったら何なの？」

アラクネは、大声をはりあげた。

「家族でもない私たちが、どの贄が優勝するか気にする義理がある？」

リヴィアが、セジャナスをにらみつけながら言った。

「私は気にしないわ」

「僕も、闘犬の方がよっぽど興奮するな」フェストゥスが認めた。「お金を賭けている場合は、なおさらね」

「つまり、贄たちにオッズをつけてやればいいわけか？」コリオレーナスがまぜかえした。

「そうすれば、ゲームに興味が湧く？」

「まあね、そうすりゃ確実に盛り上がるぜ！」フェストゥスが大声をあげた。

何人かがクスクス笑ったが、やがてみんな黙り込み、そのアイデアについて真剣に考えはじめた。

「趣味が悪いわ」

クレメンシアが、髪の毛を指でくるくるもてあそびながら、考え深そうに言った。

「本気で言ってるの？　どの贄が優勝するか、賭けをすべきだと？」

「そういうわけじゃないよ」

コリオレーナスはそう言って、首をかしげた。

「でも、もし賭けで世間の注目を集められるなら、ぜひやってみるべきだと思うよ、クレミー。僕はハンガー・ゲームにギャンブルを導入した人物として、歴史に名を残したいな！」

クレメンシアは、あきれたように首を振った。しかしコリオレーナスは、食堂に向かう間も、ゲームに賭けを導入するというアイデアは悪くないと思わずにはいられなかった。

食堂の料理人たちは、まだ刈入れのビュッフェの残飯処理に苦労しているらしい。だが、ハムのクリーム煮を載せたトーストは絶品だった。

昼食後、教育係は贄との公式の顔合わせに先だって、ヘブンズビー・ホールのバルコニーに集合するよう指示された。各教育係は、会話のきっかけをつかむためと、贄の記録を残すためという二つの理由から、ペアを組む贄に関する簡単なアンケートを渡された。従来のゲームでは贄たちに関する情報がほとんどなかったので、その点を改善する試みでもあった。教育係の多くは緊張を隠しきれず、大きすぎる声でしゃべったり冗談を言ったりしながら歩いていた。コリオレーナスは既に二度、ルーシー・グレイと顔を合わせているので、くつろいだ気分でいられた。むしろ、再会を待ち望む気持ちさえあった。あの歌のお礼を言い、タイガレスのブレッドプディングを渡し、インタビューの戦略をたてるのだ。

バルコニーのドアを押し開け、眼下に待ち受けていたものを見たとき、教育係たちはおしゃべりをやめた。刈入れの儀式のお祭り気分はすっかり拭い去られ、がらんとしたホールは冷たく威圧的に見えた。二十四個の小さなテーブルが整然と並べられ、テーブルを挟んで向かい合うように、折りたたみ椅子が二脚ずつ置かれている。それぞれのテーブルには、地区番号の他に男、もしくは女と書かれた表示があり、その隣には上に金属の輪がついたコンクリートブロックが置いてあった。

教育係たちがこの光景について話し合う暇もなく、治安維持部隊の兵士がふたり現れた。彼らが正面入り口の警護に立つと、贄たちが一列に並んで入ってきた。贄ひとりにつきふたりの治安維持部隊が見張っているが、そもそも贄たちが脱走を企てることはできそうもない。頑丈な手錠と足かせを着けられているからだ。贄たちはそれぞれの地区と性別に該当するテーブルに連行され、椅子に座らされ、コンクリートブロックに繋がれた。

あごが胸につくほどうなだれている贄もいたが、反抗的な者たちは首をそらし、ホールをながめまわしていた。このホールは、キャピトルで最も立派な集会場のひとつだ。堂々たる大理石の柱や、アーチ形の窓や、ドーム型の天井を、口をあんぐりと開けて見つめている贄もいた。彼らにとっては驚嘆に値する眺めに違いないと、コリオレーナスは思った。多くの地区に特徴的な、平たく醜い構造の建物とは、まるで比較にならないだろう。ホールを眺めまわしていた贄たちの視線は、やがて教育係が立っているバルコニーにたどり着いた。二つの集団は、長い間じっとにらみ合っていた。

シックル教授が背後のドアを大きな音を立てて閉めたので、教育係たちは一斉に飛び上がった。

「じろじろ見てないで、下に降りたまえ」シックル教授は命じた。

「時間は十五分しかないから、ぐずぐずするな。そして、われわれが記録をつけられるように、そのアンケートをできるだけ埋めるんだぞ」

コリオレーナスは、先頭に立ってホールへのらせん階段を下りていった。ルーシー・グレイと目が合ったとき、彼女が彼を探していたことがわかった。彼女が鎖につながれているのを見て、コリオレーナスは動揺したが、安心させるようににっこりと笑って見せた。

彼はルーシー・グレイの向かいの席にさっそうと座り、手錠に視線を向けると、顔をしかめて近くの治安維持部隊に合図した。

「すみません、これを外していただけないでしょうか？」

治安維持部隊の兵士はコリオレーナスの頼みを聞いて、扉の横に立っている上官に確認したが、やがて鋭く首を横に振ってみせた。

「とりあえず、聞いてみてくれてありがとう」ルーシー・グレイが言った。

髪の毛はきれいに編み直してあったが、彼女の顔は疲れて悲しげに見えた。頬のあざはまだくっきりと残っている。コリオレーナスの視線に気づくと、彼女はあざに手を触れた。

「そんなに目立つ？」

「治りかけているよ」コリオレーナスは言った。

「鏡がないから、想像するしかないの」

ルーシー・グレイがカメラの前で作る生き生きとした表情を見せなかったので、コリオレーナスはむしろうれしかった。たぶん、彼女は彼を信頼しはじめているのだ。

「気分はどう？」

「眠い。怖い。おなかがすいた。今朝は、動物園まで食べ物を持ってきてくれた人が二、三人しかいなかったの。リンゴをもらえたのはよかったけど、おなかいっぱいにはならなかった」

「実は、その件については解決策があるんだ」

コリオレーナスは、通学カバンからタイガレスに持たされた包みを取り出した。

ルーシー・グレイは少し明るい表情になり、丁寧にワックスペーパーをはがした。大きな四角いブレッドプディングが現れると、彼女の目に涙があふれた。

「ごめん、ブレッドプディングは嫌いだった？　だったら、別のものを持ってくるよ――」

ルーシー・グレイは、首を横に振った。

「ブレッドプディングは、私の大好物よ」

彼女はごくりとつばを飲み込むと、小さくひときれちぎり、唇の間に滑り込ませた。

「僕も大好きなんだ。いとこのタイガレスが今朝焼いたから、まだ新しいよ」

「完璧（かんぺき）だわ。ママが焼いたのと同じ味がする。タイガレスに、ありがとうと伝えてちょうだい」

ルーシー・グレイはもうひと口食べたが、まだ涙を押しとどめるのに苦労していた。

コリオレーナスの胸が鋭く疼いた。彼女の頬に手を触れ、何も心配いらないと言ってやりたい。だが、もちろんそんなはずはない。彼女に心配するなという方が無理なのだ。コリオレーナスはお尻のポケットを探り、ハンカチを取り出してルーシー・グレイに渡した。

「昨夜もらったのを、まだ持っているわ」と、彼女は自分のポケットに手を入れた。

「うちのタンスの引き出しに山ほど入ってるんだ。いいから、取っといてくれ」

ルーシー・グレイはハンカチを受け取り、軽く両目をぬぐうと鼻水をふいた。そして深呼吸し、背筋を伸ばした。

「それで、今日はどういう計画になっているの？」

「君の生い立ちに関するアンケートに答えてもらうことになっているんだ。いいかな？」

コリオレーナスは、一枚の紙を取り出した。

「ちっとも。私、自分のことを話すのって大好き」

アンケートは、基本的な質問から始まっていた。名前、住所、生年月日、髪と目の色、身長と体重、障害の有無など。家族構成に関する質問は、返答がやや難しかった。ルーシー・グレイの両親と二人の兄は、全員亡くなっていた。

「ご家族はみんな亡くなっているの？」

「いとこが二人いるわ。それと、音楽一座のみんなが」

ルーシー・グレイは、アンケート用紙に身を乗り出した。

「一座のみんなのことを書く欄があるかしら？」

そのような欄はなかった。だが、あってもいいはずだと彼は思った。あの戦争は、多くの家族をばらばらに引き裂いてしまったのだから。自分を心配してくれる人のための欄があるべきだ。

「結婚している？」

コリオレーナスは笑ったが、地区によっては早く結婚する習慣があることを思い出した。わからないじゃないか、もしかしたら第十二地区に夫がいるかもしれない。

「どうして？　私にプロポーズするつもり？」

ルーシー・グレイは、まじめな顔でたずねた。コリオレーナスは、驚いて顔を上げた。

「私たちなら、うまくいくかもしれないわね」

からかわれたことに気づき、コリオレーナスは顔を少し赤らめて言った。

「君にはきっと、もっとすてきな人がお似合いだよ」

「そんな人には、まだ出会っていないわ」

ルーシー・グレイはふと表情を曇らせたが、すぐににっこりと笑った。

「あなたに夢中って女の子は、さぞかし大勢いるんでしょうね」

媚びるような彼女の口調に、コリオレーナスは一瞬言葉を失った。

（どこまで回答したっけ？）

彼はアンケートを確認した。（そうだ、家族構成だ）

「君は誰に育てられたの？　つまり、ご両親が亡くなった後に」

「あるおじいさんが、有料で私たちを引き取ってくれたの。私たちっていうのは、孤児になった一座の子ども六人のことだけど。たいして構ってくれなかったけど、暴力も振るわなかったから、ましな方だったと思うわ」ルーシー・グレイは言った。

「本当よ、感謝しているの。私たち六人をよろこんで引き取ろうなんて人はいなかった。おじいさんは去年、黒肺塵症で死んじゃったけど、何人かは、もう働ける年になったし」

続いては、職業に関する質問だった。十六歳のルーシー・グレイは、炭坑で働く年齢にはなっていなかったが、学校にも通っていなかった。

「私の仕事は、みんなを楽しませることよ」

「……歌ったり踊ったりして、お金をもらっているということ？　地区の住民に、そんな余裕があるとは思えないけど」

「ほとんどの人はね」ルーシー・グレイは説明した。

「みんなでお金を出し合うこともあれば、二、三組のカップルが同じ日に結婚式を挙げることもある。そんな時に、私たちが雇われるの。六人のうちの、残った子たち。治安維持部隊は、私たちを逮捕しても楽器までは奪わないの。あの人たちは、いいお得意様よ」

コリオレーナスは、刈入れの日に治安維持部隊が笑いをこらえていたことや、彼女の歌と踊りを誰も止めようとしなかったことを思い出した。彼はルーシー・グレイの仕事を記入し、アンケートの回答を終えたが、彼自身が聞きたい質問がまだたくさん残っていた。

「音楽一座のことを話してくれ。君たちは、戦争ではどちら側についていたんだ？」

「どちらでもないわ。私たちは、どちらの味方でもなかった。私たちは、私たちよ」

ルーシー・グレイは、コリオレーナスの後ろの何かに気づいて言った。

「あなたのお友だちの名前は、何だったかしら？　あの、サンドイッチをくれた人。あの人、何か困っているみたいよ」

「セジャナスが？」

コリオレーナスは背後を振り返り、後ろの列で向かい合って座っているセジャナスとマーカスを見た。手つかずのローストビーフ・サンドイッチとケーキが、二人の間にぽつんと置いてある。セジャナスは懇願するようにひたすら話しかけているが、マーカスは視線をじっと前に向けて腕を組んだまま、まったく反応しなかった。

ホールを見渡してみると、他の贄（いけにえ）たちの態度はさまざまだった。何人かは顔を覆い、対話を拒否していた。二、三人は泣いていた。用心深く質問に答えている者たちでさえ、敵意を抱いているように見えた。

「あと五分だ」シックル教授が大声で言った。

その声で、コリオレーナスはある大切な五分間のことを思い出した。

「ところで、ゲーム開始前日の晩、テレビで五分間インタビューの時間をもらえるんだ。そのときは、何でも好きなことができる。僕は、君がまた歌えばいいと思うんだけど」

ルーシー・グレイは、それについて考えをめぐらせた。

「そんなことをしても、意味があるとは思えないわ。つまり、刈入れのときに歌ったあの歌は、キャピトルの人たちとは何の関係もなかった。私は、歌おうと思って歌ったわけじゃないの。あれは、私以外は誰も気にしない、長く悲しい物語の一部にすぎないのよ」

「あの歌は、人々の胸を打ったよ」コリオレーナスは指摘した。

「それに、昨日の谷間の歌は、あなたが言ったとおり、食べ物を手に入れる方便だったし」

「あの歌は、美しかった。まるで母が……母は、僕が五歳のときに亡くなったんだ。あの歌は、母が僕によく歌ってくれた歌を思い出させてくれた」

「お父さんはどうしたの？」

「実は、父も亡くなった。同じ年にね」

ルーシー・グレイは、温かくうなずいた。

「じゃあ、あなたも私と同じで、孤児なのね」

コリオレーナスは、孤児と言われることが好きではなかった。幼い頃、リヴィアに両親がいないことをからかわれたとき、自分がひとりぼっちで誰からも愛されていないような気がしたものだ。他の子どもたちのほとんどに理解してもらえない虚しさを感じていた。だが、ルーシー・グレイは理解してくれた。彼女自身が、孤児だったから。

「僕にはおばあさまがいたから、まだましさ。おばあさまっていうのは、祖母のことだけど。それと、タイガレスとね」

「お父さんとお母さんが恋しい？」

「いや、父にはそれほど親しみは持てなかった。母のことは……もちろん、恋しいよ」

コリオレーナスにとって、母親について話すのはいまだにつらいことだった。「君は？」

「とっても。二人とも、大好きだったから。今だって、ママのドレスを着ていることで、やっと気持ちを保っているの」

ルーシー・グレイは、ドレスのフリルに指を這わせた。

「この服を着ていると、ママに抱かれているような気持ちになれるから」

コリオレーナスは、母親のコンパクトを思い浮かべた。あのバラの香りのおしろいを。

「僕の母は、いつもバラの花の香りがした」

その言葉を口にしたとたん、きまりが悪くなった。家でもめったに母親について口にしないのに、どうしてこんなことを言ってしまったんだろう？

「とにかく、君の歌は大勢の人の心を動かしたと思うよ」

「そう言ってもらえるとうれしいわ、ありがとう。でも、インタビューで歌う理由にはならないわね。ゲーム開始前夜なら、歌った後で食べ物をもらえるわけじゃない。そこまできたら、みんなを味方につける意味がないでしょ」

コリオレーナスは必死で理由を考え出そうとしたが、インタビューで彼女が歌っても得をするのは彼だけだった。

「でも、残念だな。せっかくいい声なのに」

「あなたにだけ、こっそり何節か歌ってあげるわ」

説得はまたの機会に譲ることにして、コリオレーナスは無理強いしなかった。その代わり、残りの数分間を使ってルーシー・グレイの質問に答え、家族について、戦争中にどうやって生きのびたかについて語った。どういうわけか、ルーシー・グレイには何でも話してしまうことができた。数日もすれば、打ち明けたことすべてが闘技場に消えてしまうのがわかっているからだろうか？

ルーシー・グレイは元気が出たようで、もう涙ぐむ様子はなかった。お互いの話をするにつれ、二人の間に親しみの感覚が芽ばえ始めた。会合の終わりを告げるホイッスルが鳴ったとき、ルーシー・グレイはハンカチをきれいにたたんで通学カバンのポケットに戻し、感謝のしるしに彼の前腕をぎゅっと握った。

教育係たちは、おとなしく正面出口に向かった。出口に立っていたシックル教授が、彼らに言った。「諸君は高等生物学研究室に出頭し、報告をおこなうことになっている」

あえて教授にたずねる者はいなかったが、廊下に出ると、なぜ高等生物学研究室に行かねばならないのか、教育係たちは口々に不思議がった。コリオレーナスは、ゴール博士が研究室にいてくれることを願った。彼がきちんと最後まで記入したアンケート用紙は、級友たちの穴だらけのそれとは対照的だった。またもや頭角を現すチャンスかもしれない。

「私の贄は口をきこうとしなかったわ。一言もよ！」クレメンシアが言った。

「アンケートに回答できたのは、刈入れのときにわかったことだけ。彼の名前よ。リーパー・アッシュっていうの。子どもにリーパー（刈り手）なんて名前を付けるから、刈入れで贄に選ばれるはめになったんじゃないかしら」

「彼が生まれたときは、刈入れはなかったわ」リシストラータが指摘した。「リーパーは、よくある農民の名前よ」

「私の贄はしゃべったわよ。かんべんしてって思ったくらい！」アラクネが大声で言った。

「どうして？　あの子、なんて言ったの？」クレメンシアがたずねた。

「あの第十地区の女子ったら、ほとんど一日じゅう、食肉用のブタを殺しているらしいの」アラクネは、吐き気がするという顔をしてみせた。

「冗談じゃないわよ。そんなこと聞かされて、どうしろっていうの？　もうちょっとましな回答を思いつけばいいんだけど」

そのとき、急にアラクネは足を止めた。後ろを歩いていたコリオレーナスとフェストゥスは、彼女にぶつかってしまった。

「そうだ、そうしようっと！」フェストゥスは、アラクネを前に押した。

「気をつけろよ！」

アラクネはフェストゥスを無視して、みんなの関心をひくようにしゃべり続けた。

「ちゃんとした回答をでっちあげればいいんだわ！　ほら、私は第十地区に行ったことがあるんだし。第二の故郷と言ってもいいくらいよ」

戦争前は、クレーン家はリゾート地に高級ホテルを開発していた。アラクネはパネム国内を広く旅した経験があり、いまだにそれを自慢している。戦争以来、彼女も他の生徒たちと同様に、キャピトルを離れられずにいるのだが。

「とにかく、ブタをどうしたこうしたっていうのよりも、ましな回答を考えるわ！」

「君は運がいいよ」

プリニー・ハリントンが言った。第四地区沖の海域を警護する海軍司令官の父親と区別するために、彼はパップと呼ばれている。父親は理想どおりの息子に育てようとして、彼の髪を短く刈り、ピカピカの靴を履かせようとしたが、パップは生来の怠け者だった。彼は歯列矯正器に挟まったハムを親指の爪でほじくり、ピンと床にはじいて捨てた。

「少なくとも、あの子は血を怖がらないだろ」

「なんで？　あんたの贄（いけにえ）は怖がるの？」

「さあね。あの女、十五分間ずっと泣きっぱなしだったんだ」パップは顔をしかめた。「第七地区に住んでいたって、爪のささくれ一つなんとかできないらしいや。あれじゃ、ハンガー・ゲームどころじゃないな」

「授業の前に、上着のボタンを留めた方がいいわよ」リシストラータが注意した。

「あ、そうだった」

パップはため息をついた。一番上のボタンを留めようとしたが、留めるそばから外れてしまう。「まったく、この制服ときたら！」

教育係たちがぞろぞろ研究室に入っていくと、ゴール博士が出迎えた。コリオレーナスは一瞬喜んだが、教授のテーブルの後ろにハイボトム学生部長が控え、アンケート用紙を集めているのが見えたので、たちまち意気消沈した。ハイボトムはコリオレーナスを見ても知らん顔をしていたが、他の生徒たちに対しても特に親しげなそぶりは見せなかった。ゴール博士は教育係たちが着席し終わるまで、ミュッテーションのウサギをつついていた。開口一番に、博士は言った。

「ピョンピョン、ウサギちゃん！　顔合わせはどうだった？　贄たちは友好的だったかね、それとも黙ってにらめっこをしただけか？」

博士がアンケート用紙を取りに行く間、教育係たちは戸惑ったように顔を見合わせていた。

「知らない者がいるかもしれないから、自己紹介しておこう。私はヘッド・ゲームメーカーの、ゴール博士だ。諸君ら教育係の教育係を務める。それでは、諸君のお手並みを拝見しようか」

彼女はアンケート用紙をパラパラめくり、顔をしかめ、一枚を抜き出すと生徒たちに示した。

「これこそ、求められていた仕事だよ。ありがとう、スノー君。さて、それ以外の諸君はどうかな？」

内心は有頂天だったが、コリオレーナスは無表情を保っていた。今は級友たちの肩を持つべきときだ。しばらく間を置いてから、おもむろに口を開く。

「僕の場合は、贄に恵まれました。彼女はおしゃべりだったんです。でも、ほとんどの贄は対話に応じようとしません。それに、僕の贄でさえ、インタビューに出ることの重要性が理解できませんでした」

セジャナスが、コリオレーナスを振り向いた。

「当然じゃないか。インタビューに出ても、贄たちに何の得がある？　何をしようと、闘技場に放り込まれて、命を懸けて戦わされるんだから」

同意の声が部屋中から上がった。

ゴール博士は、セジャナスをじろりと見た。

「君は、贄たちにサンドイッチを配っていたね。どうしてそんなことをした？」

セジャナスは体をこわばらせ、博士から目をそらした。

「彼らは腹を空かせていました。僕らはこれから、彼らに殺し合いをさせるんです。その前から彼らを苦しめる必要があるでしょうか」

「ふむ。反逆者のシンパか」

ノートに視線を落としたまま、セジャナスはなおも言いつのった。

「彼らは反逆者とは言えません。贄たちの何人かは、戦争終結時はわずか二歳だったんです。最年長者でも八歳だ。それに、もう戦争は終わったのだから、彼らもれっきとしたパネム国民じゃないですか。僕らと同じだ。キャピトルの国歌にもあるでしょう？『こそれ　再び　君が光に』って。つまり、パネム国民全員のための政府ってことでしょう？」

「それが一般的な考え方だ。続けなさい」ゴール博士は、セジャナスを促した。

「ええと、だから、政府はみんなを守るべきなのです。それが一番の仕事です！　だから僕には、贄たちを死ぬまで戦わせることがなぜ国民を守ることになるのか、理解できないのです」

「どうやら、君はハンガー・ゲームには反対のようだ」ゴール博士は言った。

「教育係になったのは、君にとってつらいことに違いない。自分の信念と矛盾するからね」

セジャナスは、しばらくだまった。やがて彼は背筋を伸ばし、意を決したように博士の目を見据えた。

「できれば、僕を教育係から外し、もっとふさわしい生徒と交替させてください」

他の教育係たちが、はっと息をのんだ。

「とんでもない」ゴール博士は、ククッと笑った。

「同情こそ、ゲームの鍵だよ。我々に欠けていた要素は、共感さ。そうだね、キャスカ?」

博士は、ハイボトム学生部長を見やった。ハイボトムは、ペンをもてあそぶだけで答えなかった。

セジャナスは落胆の表情を浮かべたが、反論はしなかった。ひとまず矛を収めたものの、彼はまだあきらめていないだろうと、コリオレーナスは思った。セジャナス・プリンツは、見かけによらず芯が強い。面と向かってゴール博士に教育係をやめたいと言うなんて。

しかし、今のやりとりで、ゴール博士はむしろエンジンがかかったようだった。

「さて、すべての観客がこの若者のように、贄たちに共感できるようになったら、すばらしいと思わないか？　それこそが、われわれの目指す道だ」

ゴール博士は、額をピシャッと叩いた。

「君のおかげで、すばらしいことを思いついた。人々がゲームに参加する方法だよ。観客が、闘技場の贄たちに食料を送れるようにしたらどうだ？　この生徒が動物園でしたように。そうすれば、観客たちもゲームに参加している気になれるんじゃないか？」

フェストゥスが、にわかに張り切りだした。

「食料を送る贄にお金を賭けられるようにすれば、僕なら絶対に参加します！　今朝もコリオレーナスと、贄にオッズをつけるべきだと話してたんです」

ゴール博士は、コリオレーナスにほほ笑みかけた。

「実にスノー君らしい意見だ。では諸君、みんなで知恵を絞って考えるんだ。このアイデアを実現するにはどうすればいいか、提案書にまとめてきてくれ。私のチームが検討する」

「検討する？　私たちのアイデアが、採用されるということですか？」リヴィアがたずねた。

「もちろんだ。良い意見はどんどん取り入れなければ」

ゴール博士は、アンケート用紙の束をテーブルに放り出した。

「若い頭脳は経験が不足している分を、理想主義で埋める傾向がある。若い頃は、不可能などないと思うものだ。あそこにいるキャスカがハンガー・ゲームの構想を思いついたのは、私の教え子として大学で学んでいた頃だ。今の諸君とほとんど年が変わらん」

みんなの目がハイボトムに集まった。ハイボトムは、ゴール博士に言った。

「あれはただの理論にすぎませんでした」

「これも同じだよ。有効だと証明されない限りは、ただの理論だ」ゴール博士は言った。「提案書は、明日(あした)の朝までに私のデスクに提出してくれ」

コリオレーナスは、内心ため息をついた。またグループ課題か。協力の名のもとに、妥協を強いられることになる。

教育係たちは、投票で三人のまとめ役を選んだ。もちろんコリオレーナスは選ばれ、断ることはできなかった。ゴール博士は会議に出なければいけないので、教育係たちだけで議論を進めるように指示された。まとめ役に選ばれたコリオレーナスとクレメンシアとアラクネは、夕方に集まることになったが、三人とも自分の贄に先に会いに行きたかったので、八時に動物園に集合することにした。その後で図書館に行き、提案書をまとめるのだ。

昼食をたっぷり食べたので、コリオレーナスは昨日のキャベツスープの残りとアカインゲンという夕食にも不満を感じなかった。少なくとも、ライマメではない。タイガレスが上品な陶製の器に最後のひとすくいを盛りつけ、屋上庭園で摘んだばかりの新鮮なハーブを散らすと、ルーシー・グレイに出しても恥ずかしくない料理に見えた。彼女にとっては、見栄えが大切なのだ。マメ料理に関しては、とりあえず空腹を満たしてくれる。

動物園に入ると、コリオレーナスは見通しが開けたような気分になった。朝の来園者は少なかったかもしれないが、今は急速に見物客が増えていて、サルの檻(おり)の前まで行けるかどうか不安になるほどだ。だが、彼が新たに手に入れた名声が役に立った。コリオレーナスに気づいた観客たちは彼のために道を開け、他の客に声をかけてくれさえした。彼は一般市民ではない――教育係なのだ！

いつもの場所に行くと、ポロとディディのリング兄妹が岩の上に座っていた。この二人は、双子であることが気に入っていて、いつも同じ服装と同じ髪型をしている。陽気な性格までそっくりだ。コリオレーナスが何も言わないうちに、兄妹は場所を空けた。

「座って座って、コーリョ」ディディが兄の手を引っぱって立たせながら言った。

「うん、僕らはもう贄に食べ物をやったからさ」ポロがつけ加えた。

「そうだ、提案書のまとめを押し付けちゃってごめんよ」

「そうよ、私たちはパップに投票したんだけど、他の子たちが加勢してくれなかったの！」

二人はけらけらと笑い、人ごみの中に走り去った。

ルーシー・グレイはすぐに近づいてきた。コリオレーナスが一緒に食べようとしなくても、彼女はとてもすてきな器だとほめてから、むさぼるように豆料理を食べはじめた。

「見物客から他に食べ物をもらった？」

「女の人が、古いチーズの皮をくれたわ。あと、男の人が投げ込んでくれたパンを取り合って、他の贄たちがけんかしてたわね。いろんな人が食べ物を持って来てるみたいだけど、たぶん私たちに近づくのが怖いのよ。こうして治安維持部隊が檻の中から私たちを見張っているっていうのに」

ルーシー・グレイは、檻の奥の壁際に立っている四人の治安維持部隊兵士を指さした。

「でも、あなたが来てくれたから、みんな少しは安心したんじゃないかしら」

ゆでたジャガイモを持った十歳くらいの男の子が、人ごみの間をうろうろしている。コリオレーナスは、男の子にウィンクし、手招きしてやった。男の子が父親を見上げると、父親は行っておいでと言うようにうなずいた。男の子はコリオレーナスの後ろにやってきたが、近くまではこなかった。コリオレーナスは、男の子にたずねた。

「そのジャガイモ、ルーシー・グレイに持ってきてくれたの？」

「うん、晩ごはんのをとっといたんだ。ほんとは食べたかったけど、あのお姉ちゃんにあげたかったから」

「そう。じゃあ、あげておいでよ」コリオレーナスは、男の子を励ますように言った。

「大丈夫、かみついたりしないから。でも、お行儀よくするんだよ」

男の子は、もじもじしながらルーシー・グレイに近づいていった。

「あら、こんばんは。お名前はなんていうの？」ルーシー・グレイが男の子にたずねた。

「ホラスだよ。僕のジャガイモをあげる」

「まあ、ありがとう。いま食べてもいい？　それとも、後にとっとく？」

「いま食べて」男の子は、おずおずとジャガイモを手渡した。

ルーシー・グレイは、まるでダイヤモンドをもらったかのように、うれしそうにジャガイモを受け取った。

「まあ、こんなにおいしそうなジャガイモは初めて」

男の子は、誇らしげに顔を赤らめた。

「それじゃ、いただきまーす!」

ルーシー・グレイは一口かじり、うっとりと目を閉じた。

「こんなにおいしいジャガイモ、食べたことないわ。ありがとう、ホラス」

ルーシー・グレイが小さな女の子からしおれたニンジンを、女の子の祖母からだしを取った後の骨を受け取る様子を、テレビカメラはクローズアップで撮影した。誰かに肩をたたかれ、コリオレーナスが振り向くと、プルリブス・ベルが小さな缶入りミルクを持って立っていた。

「昔なじみのよしみさ」

プルリブスはにっこり笑って缶のふたに穴を二つ開け、ルーシー・グレイに手渡した。

「刈入れのときの歌、よかったよ。あれは君が作ったの?」

贄の中で協調性のある者たちが——あるいは、最も腹をすかせた者たちが——鉄柵(てっさく)のそばで待機しはじめた。地面に座り込み、両手をさしのべ、頭を下げて、ひたすら食べ物を待っている。ほとんどは子どもだが、彼らに駆け寄って何かを渡し、すばやく飛び退(しさ)る者が、ちらほらと現れた。贄たちが我先に人々の注意を引こうとしはじめると、テレビカメラの向きは檻の中央に集まった。体が柔らかい第九地区の少女は、ロールパンを受け取ると後ろ宙返りをして見せた。第七地区の少年は、三個のクルミで器用にジャグリングをした。見物客たちは、芸を披露する贄たちに喝采(かっさい)とさらに多くの食べ物を与えた。

ルーシー・グレイとコリオレーナスはいつもの場所に戻り、贄たちのショーを観た。

「私たち、正真正銘のサーカス団ね」骨についていたわずかな肉をむしりながら、ルーシー・グレイが言った。

「誰も、君の足元にも及ばないさ」

これまでは教育係を避けていた贄たちも、食べ物を差し出されれば近づいてくるようになっていた。セジャナスが固ゆで玉子と小さく切り分けたパンを持って現れると、マーカス以外の贄たちは駆け寄っていった。だが、マーカスは彼を無視することに決めているようだった。

コリオレーナスは、彼らをあごで指していった。

「セジャナスとマーカスについては、君の言うとおりだった。あの二人は第二地区で同級生だったんだ」

「まあ、それじゃ複雑ね。私たちにはそんな問題がなくてよかった」

「そうだね。今でも十分複雑なのに」

コリオレーナスは軽い気持ちで言ったが、冗談にはならなかった。

ルーシー・グレイは、せつなそうにほほ笑んだ。

「そうね。別の状況で出会えていれば、すてきだったでしょうね」

「たとえば？」

これ以上この話を続けるのは危険だと思いながら、コリオレーナスは聞かずにはいられなかった。

「たとえば、あなたが私のショーを観に来て、私の歌を聞いてくれるとか。ショーの後で、あなたは私に挨拶に来るの。たぶん二人で一杯やって、ダンスを踊ったりするんだわ」

コリオレーナスには、彼女が語る場面がありありと想像できた。プルリブスのナイトクラブのようなステージで歌うルーシー・グレイ。二人の目と目が合い、心が通い合う……。

「そして、次の晩も僕はショーに行くんだね？」

「世間ではよくあることよね」

二人の物思いは、大きなかけ声によってかき乱された。

「ヒャッホー！」

第六地区の贄たちが、おどけたダンスをはじめていた。リング兄妹が音頭を取り、リズムに合わせて見物客たちに手拍子させている。それからは、お祭りのような騒ぎになった。人々は大胆に贄たちに近づき、話しかける者さえ出てきた。

おおむねいい展開だと、コリオレーナスは思った。ルーシー・グレイ以上の才能がなければ、彼らがインタビューの主役になることはない。せいぜい他の贄たちに花を持たせてやり、閉園間際にルーシー・グレイに歌わせようと彼は思った。閉園までの時間、コリオレーナスはその日教育係たちで話し合ったことを彼女に報告し、観客が贄に食べ物を送れるようになるかもしれないので、人気を集めれば闘技場で役に立つことを強調した。

内心では、コリオレーナスは再び自分の資力に不安を抱いていた。ルーシー・グレイに食料を買い与えられる裕福な視聴者を、もっと大勢味方につける必要がある。スノー家の贄が闘技場で何も贈り物をもらえなければ、みっともないに違いない。提案書に但し書きをつけ、自分の贄には贈り物ができないことにすべきかもしれない。さもなければ、とても他の教育係に太刀打ちできない。今も鉄柵のそばで、アラクネが自分の贄にちょっとしたごちそうを準備している。焼きたてのパンにチーズ、そしてあれはブドウか？　ブドウなんてよく手に入ったものだ。どうやら旅行業界は、景気が上向いてきているらしい。

コリオレーナスは、アラクネが持ち手に真珠貝をはめ込んだナイフでチーズを切り分けるのを見つめていた。彼女の贄のおしゃべりな第十地区の少女は、アラクネの正面にしゃがみ込み、柵の間に首をつっこまんばかりに身を乗り出している。分厚いサンドイッチを作ったアラクネは、すぐには手渡そうとしなかった。何ごとか、贄の少女に説明しているようだ。かなり長い説明だった。途中で贄の少女が柵から手を出そうとすると、アラクネはサンドイッチを引っ込めた。見物客たちが笑い声をあげた。アラクネは振り返り、にやりと笑ってみせると、贄に向かって人差し指を振った。そして再びサンドイッチを差し出し、また引っ込める。またしても、見物客から笑い声があがった。

「あんなふうにからかっちゃ、危ないわ」ルーシー・グレイが言った。

アラクネは見物客たちに手を振ると、サンドイッチを一口かじった。

贄の表情が曇り、首の筋肉がこわばった。贄の指がすばやく柵を離れ、ナイフの持ち手を握る。コリオレーナスは立ち上がり、危ないと叫ぼうとしたが、遅かった。

贄は流れるような動作でアラクネをぐいと引き寄せると、一気に彼女の喉を切り裂いた。

7

間近にいた見物客から悲鳴があがった。アラクネの顔からさっと血の気が引き、手からサンドイッチが落ちた。首を押さえた指の間から、みるみるうちに血が噴き出す。第十地区の少女が軽く押しやると、アラクネは後ずさり、後ろを振り返った。血の滴る手を見物客たちにさしのべ、助けを求めるが、誰もが驚きと恐怖に身がすくんで動けない。膝をつき、なすすべもなく血を流すアラクネを見て、多くの人が後ずさった。

コリオレーナスも、とっさに他の人々のように後ずさりし、サルの檻にしがみつこうとした。だが、ルーシー・グレイがかん高い声で叫んだ。

「あの子を助けて！」

ふと、テレビの取材班がキャピトルの視聴者に向けて実況放送していることを思い出した。震える足を叱咤し、真っ先にアラクネに駆け寄った。シャツにしがみついてきたアラクネの体から、命が少しずつ抜け落ちていくのがわかった。

「救急車だ！」

コリオレーナスは、アラクネを地面に横たえながら叫んだ。

「お医者さまはいませんか？　誰か助けて下さい！」

出血を止めようと傷口に手を当てると、アラクネは喉を詰まらせたような声をあげた。

コリオレーナスは、慌てて手を離した。

群衆をかき分けて駆けつける二人の治安維持部隊の動きが、まるでスローモーションのようにゆっくりとして見える。

ふと後ろを振り向くと、第十地区の少女がチーズサンドイッチを拾い上げ、がぶりとかぶりついていた。そのとたん、複数の弾丸が彼女の体を貫いた。鉄柵にぶつかって倒れた少女から噴き出した血が、アラクネの血と入り混じる。食べかけのサンドイッチが口からこぼれ、赤い血だまりの中に落ちた。

パニックを起こした人々が駆け出したのを皮切りに、見物客たちは雪崩を打って逃げ出した。暮れてゆく空が、いっそう切迫感をあおる。コリオレーナスの目の前で、小さな男の子が転んだ。人々に踏まれそうになり、危ういところで一人の女性に助け起こされる。しかし、そのように幸運な者ばかりではなかった。

アラクネの唇が動き、声にならないつぶやきをもらした。だが、コリオレーナスには聞き取れなかった。ふいに呼吸が途絶えたが、蘇生を試みるのは無駄だと思った。人工呼吸をしたところで、首の傷口から息が漏れるだけだろう。いつの間にか、フェストゥスが隣に来ていた。コリオレーナスとフェストゥスは、途方に暮れて顔を見合わせた。

アラクネから身を引いたコリオレーナスは、赤くぬらぬらした血に染まった自分の手を見てたじろいだ。振り返ると、ルーシー・グレイは鉄柵にもたれてうずくまり、スカートのフリルに顔をうずめて震えている。コリオレーナスは、自分も震えていることに気づいた。血しぶきや弾丸のうなりや人々の叫び声は、幼い頃の最悪の瞬間を蘇らせる。音高く響く反乱軍の靴音、彼とおばあばさまを襲った銃撃、すぐそばで身をよじる瀕死の人々。血まみれのベッドに横たわる母。食料を求めて店に殺到し、殴り合う人々の顔とうめき声。

彼は恐怖を遮断する応急措置をとった。両手を握りしめ、こぶしを作る。できるだけゆっくりと深呼吸する。ルーシー・グレイが嘔吐しはじめたので、吐き気を誘発されないように顔を背けた。

救命士たちが到着し、アラクネを担架に乗せた。女性救命士が彼の顔を覗き込み、けがはあるか、手についた血液は君の血かとたずねてきた。そうではないと答えると、救命士たちは血をふくタオルをくれ、他の人々を助けに行った。

手についた血をぬぐっていたとき、セジャナスが贄の死体のそばにひざまずいているのが見えた。柵の中に手を差し入れ、贄の体に白いものをふりかけながら、何ごとかつぶやいているようだ。だが、次の瞬間には治安維持部隊がやってきて、セジャナスを遺体から引き離した。いつの間にか大勢の兵士たちが周囲を行き交い、まだ残っていた見物客を追い出したり、贄たちに頭の後ろで手を組ませ、檻の奥に整列させたりしていた。少し落ち着いたコリオレーナスは、ルーシー・グレイの視線を捕らえようとしたが、彼女はじっと地面を見つめていた。

兵士のひとりがコリオレーナスの肩をつかみ、敬意をこめて、しかし有無を言わせぬ力で出口に押しやった。気づけば、彼はフェストゥスの後に続いて広い通路に向かって歩いていた。途中の水飲み場で立ち止まり、ぬぐいきれなかった血を洗い落とす。二人とも、言うべき言葉が見つからなかった。アラクネのことは特に好きではなかったが、彼女とは生まれたときからの付き合いだった。赤ん坊の頃は一緒に遊んだし、誕生パーティーに招き合ったり、配給の行列に並んだり、一緒に授業を受けたりした。コリオレーナスの母親の葬儀に、アラクネは頭から爪先(つまさき)まで黒いレースの喪服を着て参列したし、彼女の兄がつい去年アカデミーを卒業したときは、一緒にお祝いした。キャピトルを守り続けてきた裕福な名家の一員として、彼女は家族同然だった。家族のことは、必ずしも好きでなくてもいい。すでに確かな絆(きずな)があるのだから。

コリオレーナスは言った。

「僕はアラクネを救えなかった。出血を止めることができなかった」

「誰にも助けられなかったよ。少なくとも、おまえは助けようとした。大事なのはそこだ」フェストゥスが、彼を慰めた。

クレメンシアが、二人を見つけた。強いショックを受け、全身を震わせている。三人は互いに支え合うようにして、動物園を出た。

フェストゥスが言った。

「うちに寄ってけよ」

だが、マンションに着くと、彼はふいに泣き出した。コリオレーナスとクレメンシアは、エレベーターまでフェストゥスを見送り、お休みを言って別れた。

クレメンシアを家まで送っていく途中で、ようやく二人はゴール博士の宿題を思い出した。闘技場の贄に食料を送る方法と、ゲームに賭けを導入することに関する提案書だ。

「こんな事件があったんだもの、博士だって課題を提出しろなんて言わないわよ。今夜は無理だわ。課題のことなんて、考えられない。だって、アラクネはもういないのよ」

クレメンシアは言った。

コリオレーナスは同意したが、家に帰る道すがら、ゴール博士のことが頭に浮かんだ。彼女はどんな状況下においても、締め切りを破った生徒に罰を与えそうなタイプだ。念のために、何か書いて提出しておいた方がいいかもしれない。

マンションの階段を十二階分上ると、興奮しきったおばあばさまが地区の住民をののしりながら、アラクネの葬儀に着ていく一張羅の黒いドレスに風を通していた。おばあばさまはコリオレーナスに駆け寄り、胸や腕のそこら中を叩いて、怪我がないことを確認した。一方、タイガレスは涙にくれていた。

「アラクネが亡くなったなんて、信じられないわ。今日の午後、市場であのブドウを買っているところを見かけたばかりなのに」

コリオレーナスは二人をなぐさめ、自分の身が安全であることを力説した。

「こんなことは、もう二度とないよ。不慮の事故みたいなものだったんだ。それに、警備もきっと厳しくなるはずだし」

二人が落ち着いたようなので、コリオレーナスは寝室に引きあげ、血で汚れた制服を脱ぎ捨てて浴室に向かった。やけどするほど熱いシャワーを浴び、アラクネの血の痕跡を洗い流す。そのとき、急に胸が痛み、激しい嗚咽がこみ上げた。一分ほどでその衝動は過ぎ去ったが、それがアラクネの死に対する悲しみなのか、それとも彼自身の苦境に対する自己憐憫なのか、コリオレーナスにはわからなかった。おそらく、その両方だろう。彼はかつて父親が着ていたすり切れた絹のガウンをまとい、提案書に取り組むことにした。とても眠れそうになかった。アラクネの喉から血が流れ出すごぼごぼという音が、耳について離れない。今夜ばかりは、バラの香りのおしろいも役に立ちそうになかった。課題に没頭していると、気分がいくらか落ち着いた。コリオレーナスは、一人で作業することを好んだ。誰にも邪魔されることなく、彼は簡潔にして充実した提案書を書き上げた。

　今回初めて、スポンサーが食べ物——一切れのパンや、ひとかたまりのチーズ——を買い、ドローンで特定の贄に送り届けられるようになる。各食品の性質と価値を見直すために、パネルを設置する必要があるだろう。スポンサーは、ゲームに直接かかわりのない模範的なキャピトル市民に限定する。これにより、ゲームメーカーや教育係や贄を警護する治安維持部隊兵士や、その近親者は除外される。賭けについては、第二のパネルを設け、市民が公式に優勝者に賭け、オッズをつけ、勝者への支払いを監督する場を作ることを提案した。これらのプログラムの収益をゲームの必要経費にあてれば、パネム政府から資金援助を受ける必要がなくなる。

　コリオレーナスは、金曜日の朝が白々と明けるまで、せっせと課題に取り組んだ。窓から朝日が差し込むと、清潔な制服を身につけ、提案書を抱え、できるだけ静かに家を出た。ハンガー・ゲームに関する用件なので、シタデルと呼ばれる陸軍省の堂々たる建物を目指して歩いていく。見張りの治安維持部隊は高セキュリティゾーンに通してくれなかったが、提案書をゴール博士のデスクに届けることを約束してくれた。コリオレーナスには、それ以上どうすることもできなかった。

コルソー通りに戻る途中、明け方にはパネムの紋章しか表示されていなかったスクリーンに、昨夜の出来事が映し出されていた。それを見ても、彼は奇妙なほど何も感じなかった。まるで、シャワーを浴びていたときに襲ってきたあの一瞬によって、すべての感情が枯渇してしまったかのようだ。アラクネの災難に対するとっさの反応はいくぶん思慮に欠けていたので、カメラがアラクネを助けようとする彼の勇敢で責任感ある姿だけを記録していたのを見て、ほっとした。

家に着いたときには、タイガレスとおばあさまはアラクネの死のショックからどうにか立ち直っていた。二人は、コリオレーナスを国民的英雄だと誉めそやした。彼は取り合わなかったが、内心では誇らしかった。

フライドポテトと冷たいバターミルクの朝食の後、コリオレーナスは友人の死にふさわしい沈鬱な表情でアカデミーに向かった。アラクネと幼馴染だったことはよく知られており、真っ先に助けに駆けつけたことからも、彼が会葬者代表に選ばれた。廊下を歩けば、あちこちからお悔やみの言葉がかけられ、勇敢な行動が賞賛された。彼がアラクネを姉妹のように大切にしていたという者もいた。実際にはそんなことはなかったが、コリオレーナスは否定せずに受け入れた。死者を侮辱する必要はない。

アカデミーの学生部長として、学校葬を取りしきるのはハイボトムの役目のはずだったが、彼は姿を現さなかった。ハイボトムの代わりに、サテュリアがアラクネの資質を褒め称えた。大胆さ、率直さ、ユーモアのセンス。コリオレーナスは両目をぬぐいながら、それらの資質はすべて彼女の欠点であり、最終的に死を招いたのだと思った。マイクを受け取ったシックル教授が、倒れた仲間の救助に駆けつけたコリオレーナスを称賛した。スクールカウンセラーのヒポクラータ・ラントは、心の整理がつかない者、特に自分や他の生徒に対して暴力的な衝動を覚える者は、いつでも自分のオフィスを訪れるようにと言った。その後サテュリアがふたたびマイクを取り、アラクネの公式の葬儀が翌日行われること、全校生徒が彼女の思い出に敬意を表して葬儀に出席することを発表した。葬儀はパネム全国に生中継されるので、キャピトルの若者にふさわしい身だしなみと行動を心掛けるように、とサテュリアは締めくくった。授業は昼食後に再開されることになった。

どろりとした魚のサラダを載せたトーストを食べた後、教育係たちは予定通り再びデミングロス教授の教室に集まった。だが、気が進まないというのが皆の本音だった。教授が真っ先に贄の名前を追加した教育係担当表を配り、「これはゲームの進捗状況を把握する役に立つぞ」と言っても、彼らの意気は上がらなかった。

第十回ハンガー・ゲーム
教育係担当表

第一地区
男子（ファセット）　リヴィア・カーデュー
女子（ベルベリーン）　パルミラ・モンティー
第二地区
男子（マーカス）　セジャナス・プリンツ
女子（サビン）　フロールス・フレンド
第三地区
男子（サーク）　イオ・ジャスパー
女子（テスリー）　アーバン・キャンビル
第四地区
男子（ミズン）　ペルセポネー・プライス
女子（コーラル）　フェストゥス・クリード
第五地区
男子（ハイ）　デニス・フリング
女子（ソル）　イフィゲニア・モス

第六地区
男子（オットー）　アポロ・リング
女子（ジニー）　ダイアナ・リング
第七地区
男子（トリーチ）　ヴィプサニア・シックル
女子（ラミーナ）　プリニー・ハリントン
第八地区
男子（ボビン）　ジュノ・フィップス
女子（ウォービー）　ヒラリウス・ヘブンズビー
第九地区
男子（パンロー）　ガイウス・ブリーン
女子（シーフ）　アンドロクレス・アンダーソン
第十地区
男子（タナー）　ドミティア・ウィムジウィック
女子（ブランディー）　アラクネ・クレーン
第十一地区
男子（リーパー）　クレメンシア・ダブコート
女子（ディル）　フェリクス・レイビンスティル

第十二地区
男子（ジェサップ）　リシストラータ・ビッカーズ
女子（ルーシー・グレイ）コリオレーナス・スノー

コリオレーナスは、周りの教育係たちと同じように、機械的に第十地区の女子の贄の名前に線を引いて消した。だが、アラクネの名前も同様にしたものかどうか迷い、ペン先をさまよわせたあげく、しばらくそのままにしておくことにした。そのように線一本で彼女をリストから消し去ってしまうのは、ひどく冷酷な行為に思えた。

講義が始まって十分ほどした頃、事務局から連絡が届き、コリオレーナスとクレメンシアは即刻シタデルに出頭するよう命じられた。彼が提出した提案書に対する反応に違いない。コリオレーナスは、興奮と不安に襲われた。ゴール博士はあの提案書を気に入ったのか、それとも気に入らなかったのか？　いきなり呼びつけるとは、どういうことだろう？

「アラクネが死んだ直後に提案書を書き上げたなんて、信じられない！　私は一晩中泣き明かしたのよ！」

コリオレーナスが提案書のことを話すのを忘れていたので、クレメンシアは腹を立てた。

クレメンシアの泣きはらした目が、その言葉が嘘ではないことを証明していた。

「僕だって、とても眠れなかったよ」コリオレーナスは言い返した。

「アラクネは、僕の腕の中で死んだんだ。何かしていなければ、気が変になりそうだった」

「ええ、わかってる。悲しみにどう対処するかは、人それぞれだもの。言いすぎたわ」

クレメンシアはため息をついた。「それで、私が共同で書いたことになっているその提案書には、なんて書いたの？」

コリオレーナスは内容をかいつまんで説明したが、彼女の怒りはまだ収まらなかった。

「ごめんよ、君に話すつもりだったんだ。ごく基本的な内容だし、ある程度はグループで議論してあったし。実は、僕は今週すでに罰点をひとつ食らっているんだ。これ以上成績に響く失点は避けたかったんだよ」

「少なくとも、私の名前も書いておいてくれたわよね？　自分に与えられた職務も果たせないほど能無しだと思われたら、やりきれないわ」

「誰の名前も書かなかったよ。だってあれは、グループ課題なんだから」

コリオレーナスは、腹立ちまぎれに両手を振り上げた。

「かんべんしてくれよ、クレミー。僕は良かれと思ってやったのに！」

「わかった、わかったわよ」

クレメンシアは、いくらか態度を和らげた。

「たぶん、あなたに感謝すべきなんでしょうね。でも、少なくとも先に読ませてほしかったわ。とにかく、博士に内容を細かく聞かれたら、私を援護してね」

「するに決まってるだろ。それにどうせ、博士には気に入ってもらえなかったと思うよ。自分では結構内容が濃いと思うけど、博士の行動基準は常人とはまるでかけ離れているし」

「本当よね」クレメンシアはうなずいた。

「そもそも、こんなことになって、ハンガー・ゲーム自体が開催されると思う？」

コリオレーナスは、ハンガー・ゲームが中止になるとは思ってもみなかった。

「わからない。アラクネのことがあって、葬儀も行われるし……開催されるにしても、延期になるだろうな。どのみち、君はハンガー・ゲームが嫌いだし」

「あなたは好きなの？　ハンガー・ゲームが好きな人っているかしら？」

「たぶん、贄たちは故郷に送り返されることになると思うけど」

ルーシー・グレイの立場を思えば、贄たちが送り返される事態は、コリオレーナスにとってまったく歓迎できないことではなかった。アラクネの死の余波は、彼女にどんな影響を与えるだろう。贄たち全員が罰せられるのだろうか？　彼女に会うことはもう許されないだろうか？

「そうね。それとも、彼らをアボックスにするとか」クレメンシアが言った。

「それだってひどいけど、闘技場に放り込まれるよりましだわ。だって、私なら舌を切られたとしても、死ぬより生きていたいもの。そう思わない？」

「思う。でも、僕の贄はそう思わないかもしれないな。舌を切られても歌える？」

「どうかしら。鼻歌なら……たぶんね」

二人はシタデルの門の前にたどり着いた。

「子どもの頃は、この場所が怖かったわ」

「僕は今でも怖い」コリオレーナスの言葉に、クレメンシアは笑った。

治安維持部隊の詰所で二人は網膜をスキャンされ、キャピトルのデータファイルに照合された。通学カバンを預けた後、守衛の後に従って長い灰色の廊下を歩き、エレベーターに乗る。エレベーターは、少なくとも二十五階は降下した。これほど深く地下に降りたのは初めてだったが、意外なことに彼はそれが気に入った。ここでは、何者も彼に手出しできないような気がする。

エレベーターのドアが開き、二人は巨大な開放型の研究室に足を踏み入れた。研究用テーブルや、見慣れない機械や、ガラスケースが、はるか遠くまでずらりと並んでいる。コリオレーナスは守衛を振り返ったが、彼女はドアを閉めると何も言わずに立ち去った。

「行こうか」コリオレーナスは、クレメンシアをうながした。

二人は用心深く研究室の奥に入っていった。

「何か壊しちゃいそうで怖いわ」クレメンシアが、小さな声でささやいた。

彼らの横には、高さが五メートル近くあるガラスケースが無数に並んでいた。ケースの中には、さまざまな生き物が入れられている。それらの獣は、あてもなく歩きまわり、あえぎ、どさりと倒れるなど、いかにも不幸そうに見えた。通りすぎる二人に向かって、過剰に大きな牙(きば)や、爪や、ひれ足でガラスを強打している。

白衣を着た若い研究者が二人を呼び止め、爬虫類(はちゅうるい)のケースが並んだ区画に連れていった。ゴール博士はそこにいた。何百匹ものヘビが入っている大きな飼育器を覗(のぞ)き込んでいる。へビたちは人工的に体色を変えられており、ピンクや黄や青などの蛍光色をしている。定規ほどの長さで鉛筆くらいの太さのヘビたちは、互いに絡み合い、まがまがしい色彩のカーペットのように、ケースの底を覆い尽くしていた。

「ああ、来たか」

ゴール博士は、にやりと笑った。「私の新たなベイビーたちに挨拶(あいさつ)してくれ」

「やあ、こんにちは」

コリオレーナスはガラスに顔をよせ、のたくるヘビたちを覗き込んだ。ヘビたちの姿は何かを思い出させたが、それが何かはわからなかった。

「こんな色をしているのには、何か意味があるんですか？」クレメンシアがたずねた。

「何ごとにも意味はある。あるいは、意味などまったくない。ものごとの見方しだいだ」ゴール博士は言った。

「意味と言えば、君たちの提案書だ。気に入ったよ。君たち二人だけで書いたのかね？それとも、君たちのあの恥知らずな友人も、喉(のど)をかき切られる前に協力したのか？」

クレメンシアは動揺して口をつぐんだが、やがて表情を引き締めた。

「教育係全員で議論しました」

「そして、昨夜アラクネとも協力して提案書を作成するはずでしたが、しかし……先生がおっしゃったような事態になってしまって」と、コリオレーナスがつけ加えた。

「しかし、君たち二人は気丈に課題をやり遂げた、そういうことかね？」

「そうです」クレメンシアが言った。

「私たちは図書館で提案書を書き上げ、昨夜家で私が印刷しました。それをコリオレーナスに渡し、今朝届けてもらったのです。指定されたとおりに」

ゴール博士は、コリオレーナスに問いかけた。

「それで間違いないかね？」

コリオレーナスは、返答に困った。

「確かに、今朝お届けしました。ただ、警護の治安維持部隊に渡しただけです。中に入れてもらえなかったので」

コリオレーナスは、責任を回避するように言った。博士の質問の仕方には、どこか引っかかるところがあった。

「いけなかったでしょうか？」

「その提案書が、確かに君たち二人の手によるものかどうか、確認したかっただけさ」

「グループで議論した点が提案書にどのように活かされているか、説明できますが」

「いいね。コピーは持ってきたか？」

クレメンシアは、当然のようにコリオレーナスを振り返った。

「いいえ、持ってきていません」

コリオレーナスは、クレメンシアが責任をなすりつけたことが癪に障った。彼はクレメンシアにたずねた。

「君は持ってきた?」

「通学カバンを取り上げられたもの」クレメンシアは、ゴール博士を振り向いて言った。「先生に提出した分を使ってはいかがですか?」

博士は笑いながら言った。

「うん、そうできればよかったんだがね。私が昼食をとっている間に、助手がその提案書をヘビたちの敷物にしてしまったんだよ」

コリオレーナスは、体をのたくらせ、チラチラ舌をのぞかせているヘビたちのかたまりを凝視した。とぐろを巻いたヘビたちのすき間に、確かに彼が書いた文章が見えた。

「君たちで取り戻してはどうかね?」ゴール博士が提案した。

それは一種のテストのようだった。どうも裏がありそうだが、コリオレーナスには博士の真の目的が何か想像もつかなかった。

クレメンシアは、ゴール博士にこわばった笑みを向けた。

「そうですね。ケースの上の通気口から手を入れればいいですか?」

ゴール博士は、ケースのふたを丸ごと取り外した。

「いいや、この方がやりやすいだろう。スノー君、君からだ」

コリオレーナスは、ゆっくりと手を差し入れた。ケース内の空気は暖められていた。

「そうそう……優しく手を動かせよ。ヘビたちを驚かすな」

彼は提案書の一枚の端をそっと指でつまむと、ヘビたちの下からゆっくりと抜き取った。

ヘビたちはドサッと重なり合って下に落ちたが、特に気にするそぶりを見せなかった。コリオレーナスは、青い顔をしているクレメンシアに言った。

「ヘビたちは、僕の指に気づかなかったみたいだ」

「じゃあ、次は私ね」

クレメンシアが、ガラスケースの中に手を入れた。

「このヘビたちは視力がよくない。そして、聴力はさらに弱い」ゴール博士が言った。「でも、ヘビたちは君がそこにいることを知っている。舌でにおいを感知できるんだ。これらのミュットたちは、特に鋭い嗅覚を持っている」

クレメンシアは一枚の提案書に爪をかけ、そっと持ち上げた。ヘビたちが、もぞもぞと身じろぎした。

「よく知っている人物で、そのにおいと心地よいものが関連づけられていれば——例えば、暖かい水槽だね——ヘビたちは侵入者の存在を気にしない。だが、新しいにおいや初めて出会う人物は、彼らにとっては脅威だ」ゴール博士は言った。

「頼りは自分だけだよ、お嬢ちゃん」

コリオレーナスが事態を把握しかけたそのとき、クレメンシアがハッと警戒の表情を浮かべた。慌てて水槽から引き上げた手には、既に六匹もの蛍光色のヘビたちが牙を突き立てていた。

8

クレメンシアは血も凍るような叫び声をあげ、毒ヘビを振り払おうとして半狂乱で手を振り回した。小さな牙の咬み痕から、ヘビたちの体と同じ蛍光色の液体がにじんでいる。明るいピンクや黄や青色の液体が、彼女の指からしたたり落ちた。

白衣を着た助手たちが、どこからともなく現れた。二人がかりでクレメンシアを床の上に押さえつけ、もう一人が恐ろしげな黒い液体を注射する。唇が紫色に変わり、すっと血の気が引いたと思うと、クレメンシアは失神した。助手たちは彼女を担架に乗せ、すばやく運び去った。

コリオレーナスは後を追おうとしたが、ゴール博士に呼び止められた。

「君はいい、スノー君。ここに残りたまえ」

「でも僕は――彼女は――」コリオレーナスは口ごもった。「彼女は、死ぬんですか？」

「どうだろうね」

ゴール博士は再び水槽に手を入れ、ねじ曲がった指でペットの体を軽くなでた。

「どうやら、あの子のにおいは紙についていなかったようだ。つまり、君はあの提案書を一人で書いたのだね？」

「そうです」

もはや嘘をつく理由はなかった。嘘がおそらくクレメンシアの命取りになったのだ。明らかに、いま目の前にいる相手は正気ではない。細心の注意を払って対応しなければ。

「よろしい。やっと本当のことが聞けた。嘘つきには用がないのでね。嘘とは、何らかの弱みを隠す試みに他ならない。もし君がまた嘘をつくようなことがあれば、私は君を切り捨てるよ。ハイボトムが君に罰を与えても、かばいだてはしない。わかったね？」

博士はピンク色のヘビをブレスレットのように手首に巻き、ほれぼれとながめた。

「よくわかりました」

「よかったよ、君の提案書。よく考え抜かれているし、実行しやすい。私のチームに改めて検討させ、第一段階の草案を作らせるつもりだ」

「はい」

コリオレーナスは、恐ろしくて言葉を継ぐことができなかった。なにしろ、彼女の意のままになる毒ヘビに囲まれているのだ。

ゴール博士は笑った。

「さあ、帰りたまえ。あるいは、君の友人がまだそこにいれば、様子を見に行くといい。私はクラッカーとミルクの時間だ」

コリオレーナスは急いで退出した。慌てるあまり何度も道を間違えたあげく、いつのまにか不気味な一角に紛れこんだ。ずらりと並んだガラスケースには、動物の一部を体に移植された人間たちが入れられている。首のまわりに襟巻のように小さな羽毛が生えている者。指の代わりにかぎ爪や触手がある者。胸に何か――もしかして、えらだろうか？――埋め込まれた者。彼らはコリオレーナスが現れたことに驚き、何かを訴えるように口を開いた。そのとき、彼はそれらの人々がアボックスであることに気づいた。言葉にならない叫びをあげる彼らの頭上に、ちらりと小さな黒い鳥たちの姿が見えた。オシャベリカケスだ。遺伝学の授業で概要を学んだことがある。この鳥は人間の会話を復唱することができ、諜報(ちょうほう)活動の道具に使われていた。だが、やがて反乱軍がその能力を察知し、偽の情報を流すようになったのだ。役立たずの鳥たちは今、研究室中に悲しげな嘆きを響かせていた。

　ようやく、大きなピンク色の遠近両用眼鏡をかけた白衣の女性がコリオレーナスに気づいた。女性は鳥たちを驚かせた彼を叱ると、エレベーターまで連れていってくれた。エレベーターを待つ間、コリオレーナスは監視カメラが自分に向けられていることに気づき、握りしめていた一枚きりの提案書のしわを必死に伸ばそうとした。地上に戻ると、治安維持部隊が二人の通学カバンを彼に渡し、シタデルの外に連れ出した。

　通りに出て角を曲がったところで足の力が抜け、コリオレーナスは縁石の上に座り込んだ。強い陽ざしに目が痛み、呼吸を整えることができない。前の晩に寝ていないので疲れ切っていたが、体中をアドレナリンが駆け巡っていた。

（今のは何だったんだ？　クレメンシアは死んだのか？　アラクネの突然の死についても、まだ心の整理がついていないのに！）

　まるでハンガー・ゲームのようだが、彼らは贄(いけにえ)ではない。キャピトルが彼らを守ってくれるはずなのだ。コリオレーナスは、セジャナスの言葉を思い出した。たとえ地区の住民だろうとすべての国民を守るのが政府の仕事だと、彼はゴール博士に言った。しかしコリオレーナスは、その建前と、地区の住民がつい最近まで敵だったという事実にどう折り合いをつければいいのか、いまだにわからなかった。だがもちろん、スノー家の息子は最優先されてしかるべきだ。あの提案書を書いたのが彼ではなくクレメンシアだったら、彼は死んでいたかもしれない。コリオレーナスは混乱し、怒り、何より恐怖を感じていた。ゴール博士も、キャピトルも、あらゆるものが怖かった。守ってくれるはずの人々が彼の命をないがしろにするなら、どうやって生き残ればいいのだ？　彼らを信用してはいけない、それだけは確かだ。だが、彼らを信じられないとすれば、誰を信じればいいのか？

もし彼女が死んでいたら、それは彼のせいだろうか？　彼女の嘘を止めなかったのだから。コリオレーナスはクレメンシアの手に咬みついたヘビの牙を思い出し、体を丸めた。もしクレメンシアが死ねば、彼はあらゆる点で困った立場に追いやられるだろう。

急を要する病人は近くのキャピトル病院に搬送されるはずだと気づくや、コリオレーナスは病院に向かって走り出していた。冷房の効いたホールに入るが早いか、表示をたどって救急救命室に向かう。自動ドアが開いたとたん、クレメンシアの叫び声が聞こえてきた。少なくとも、彼女はまだ生きている。コリオレーナスはカウンターの看護師に声をかけようとしたが、言葉にならなかった。相当ひどい顔をしていたらしく、看護師は栄養クラッカーを二袋と、炭酸入りの甘いレモンジュースをくれた。コリオレーナスは飲み物を一口飲んだ後、一気に飲み干した。お代わりが欲しかった。糖分を摂取したおかげで少し気分が回復したが、クラッカーを食べる元気はなかったので、ポケットにしまった。担当医が奥の部屋から現れたときには、コリオレーナスはほぼ自分を取り戻していた。医師は彼を安心させるように言った。以前にも研究室で事故に遭った人を治療したことがある。迅速に解毒剤が投与されたので、クレメンシアが命を取り留める可能性は十分ある。もっとも、ある程度神経に損傷が残るかもしれない。容態が安定するまで、彼女は入院することになるだろう。二、三日後には、面会可能なまでに回復するかもしれない。

コリオレーナスは医師に礼を言い、クレメンシアの通学カバンを預けた。入り口に戻る途中で、クレメンシアの両親が慌ただしくやってくるのが見え、間一髪で戸口に身を隠す。ダブコート夫妻がどのような説明を受けたかわからないが、声をかける気にはなれない。まずは何が起こったのか、自分なりの説明を考えるのが先決だ。もっともらしい説明、できればクレメンシアの災難に対して責任を取らずに済む説明を思いつかないことには、アカデミーにも家にも帰ることはできない。

タイガレスは早くても夕食の時間までは帰宅しないだろうし、おばあばさまに相談しても心配させるだけだろう。奇妙なことに、話を聞いてもらいたいと思える人物は、ルーシー・グレイしかいなかった。彼女は頭がいいし、彼の話を他言する可能性もない。

深く考えることもなく、コリオレーナスの足は自然と動物園に向かっていた。だが、やがてそこが物々しい雰囲気に包まれていることに気づいた。動物園を立ち入り禁止にするよう指示が出されていたのだ。最初、兵士らはコリオレーナスを追い払おうとしたが、彼には教育係という切り札があった。また、数名の兵士が、彼がアラクネを救おうとした少年であることに気づいた。特例が認められたらしく、治安維持部隊は直接ゴール博士に電話をかけた。兵士の一人が付き添うことを条件に、短時間だけ面会が許可された。

　サルの檻に向かう通路には、逃げまどう見物客たちが落としていったゴミがいまだに散らばっていた。何十匹ものドブネズミが走り回り、腐りかけた食べ物のかけらや人々が落としていった靴などの、昨夜の騒動の残骸にかじりついていた。まだ日は高いというのに、数匹のアライグマがゴミ箱をあさり、小さな前足で器用に食べられるものをより分けている。ドブネズミの死骸にかみついていた一匹が、他のアライグマに獲物を盗られるのを警戒してうなり声をあげた。

「俺が知ってる動物園とは大違いだ」治安維持部隊の兵士が言った。「子どもが檻に閉じ込められて、害獣どもが自由に外を走り回っているとはな」

　通路に沿って、岩の下や壁際に、白い粉を入れた容器が置かれていた。コリオレーナスは、包囲戦のときにキャピトルが使用した殺鼠剤を思い出した。あの食料難の時期でも、ドブネズミは増え続けた。人間——特に、人間の死骸——が、彼らの日常的な食料になっていたのだ。

「あれは、殺鼠剤ですか？」

「ああ、今日から新しい薬を試しているそうだ。だが、ネズミどもは頭がよくて、近寄りもしない」兵士は肩をすくめた。「何か対策を考えなきゃならんな」

檻の中の贄たちは、再び手錠と足かせを着けられていた。できるだけ目立たないように、奥の壁に体を押しつけたり、岩棚の陰に身を潜めたりしている。

「やつらにあまり近づくんじゃないぞ」兵士が言った。

「君の贄は狂暴そうに見えないが、実際のところはわからん。他の贄が襲ってくるかもしれんしな。あいつらの手が届かない場所にいるようにしてくれ」

コリオレーナスはうなずき、いつもの場所に向かったが、岩の上には座らず、後ろに立った。贄を恐れているわけではないが、ハイボトムに彼を罰する口実を与えたくなかった。

初めのうちはルーシー・グレイがどこにいるか分からなかったが、やがてジェサップと目が合った。奥の壁にもたれて座り、スノー家のハンカチらしきものを首にあてていた。ジェサップは、傍らにいた何かを揺すった。すると、ルーシー・グレイがはっとしたように身を起こした。

一瞬、彼女は自分がどこにいるかわからないようだった。コリオレーナスに気づくと、目をこすって眠気を払い、指でおくれ毛を掻き上げた。立ち上がろうとしたが、バランスを崩し、手を伸ばしてジェサップの腕につかまった。まだふらふらしながらも、彼女は足かせの鎖を引きずりながら、ゆっくりと近づいてきた。

（暑さにやられたのか？　昨日の事件のショックか？　それとも空腹なのか？）

キャピトルは贄に食料を与えていないのだから、アラクネが殺されてからは何も食べていないはずだ。それに、あのとき彼女は見物客たちにもらった貴重な食料を吐いてしまった。おそらくは、午前中に食べたブレッドプディングとリンゴも。つまり、彼女は五日近くもミートローフサンドイッチとプラムだけで持ちこたえているのだ。彼女にもっと食べさせる方法を考えなくてはならない。たとえキャベツスープしかないとしても。

ルーシー・グレイが干上がった堀を渡ったとき、コリオレーナスは制止するように手を挙げた。

「すまない、近くには行けないんだ」

ルーシー・グレイは、鉄柵の一メートルほど手前で立ち止まった。

「来てくれただけでも驚きよ」

暑い午後の陽ざしにさらされ、彼女の喉も、肌も、髪も、何もかもが乾ききって見えた。腕についた大きなあざは、昨晩にはなかったものだ。誰に殴られたんだろう? 他の贄か、それとも警備の兵士か?

「起こすつもりはなかったんだ」

ルーシー・グレイは肩をすくめた。

「いいの。ジェサップと交替で眠っているから。キャピトルのドブネズミは、人間の味がお好みらしいわね」

コリオレーナスはぞっとしてたずねた。

「ドブネズミに食べられそうになったのか?」

「ここに着いた日の夜、ジェサップが何かに首を咬まれたの。暗くてよく見えなかったけど、毛が生えてたんですって。そして昨夜は、何かが私の脚の上を這(は)いまわっていた」

彼女は檻のそばの白い粉を入れた容器を指さした。

「あんなもの、何の役にも立たないわ」

コリオレーナスは、ルーシー・グレイの死体にドブネズミが群がる様子を思い浮かべ、慄然(りつぜん)とした。最後の気力のかけらが吹き飛び、絶望に飲みこまれる。

「ああ、ルーシー・グレイ。すまない、本当にすまない。こんなことになってしまって」

「あなたのせいじゃないわ」

「僕を憎んでいるだろう。当然だよ。僕だって、こんなやつ憎むと思う」

「憎んでなんかない。ハンガー・ゲームを考え出したのは、あなたじゃないもの」

「でも、僕はゲームに参加している。ゲームに加担しているんだ！」

コリオレーナスは自分を恥じ、うなだれた。

「セジャナスみたいに、少なくとも教育係を辞退すべきだった」

「だめよ！　お願いだから、辞退なんかしないで。私をひとりぼっちでゲームに放り出さないで！」

ルーシー・グレイは一歩彼に近づき、そのまま気を失いかけた。手で柵(さく)をつかみ、ずるずると地面に倒れこんでいく。

コリオレーナスは警護の兵士の警告を忘れ、衝動的に岩を飛び越えると、柵を挟んで彼女の向かいにしゃがみ込んだ。

「大丈夫か？」

ルーシー・グレイはうなずいたが、とてもそうは見えなかった。それまでコリオレーナスは、ヘビたちやクレメンシアが死にかけた恐ろしい事件のことを、ルーシー・グレイに話すつもりだった。彼女に助言をもらいたかった。だが、ルーシー・グレイの状況を見たら、どうでもいいことに思えてきた。彼は看護師にもらったクラッカーを思い出し、ポケットを探ってしわくちゃの小袋を取り出した。

「これを持ってきたよ。たいした量はないけど、とても栄養があるんだ」

われながら、間抜けな発言だと思った。クラッカーの栄養価など、ルーシー・グレイはどうでもいいに違いない。戦争中、戦争中に先生に言い聞かされたことを彼女にそのまま繰り返していただけだった。戦争中、子どもたちが学校に通い続けた理由の一つは、政府から支給される無料のおやつだった。その固くて味もそっけもないクラッカーを水で飲み下し、それだけが一日に食べるすべてだという子どももいた。コリオレーナスは、小さな骨ばった手でクラッカーの小袋を破り、中身を夢中でかみ砕いていた級友たちを思い出した。

ルーシー・グレイはすぐさま小袋を破り、二つ入っていたクラッカーの一つを口に入れた。彼女はその乾いた食べ物をかみ砕き、苦労して飲み込んだ。腹に手を当て、ため息をつくと、二つ目はもっとゆっくり食べる。

「ありがとう。気分がよくなったわ」

「もう一袋も食べたら」コリオレーナスは、二つ目の小袋を顎で指した。

「ううん、ジェサップのためにとっておくわ。彼と同盟を結んだの」

「同盟？」

コリオレーナスは戸惑った。ハンガー・ゲームで、同盟なんか結べるのだろうか？

「ええ。第十二地区の贄どうし、死ぬときは一緒よ。彼は燦然と輝くスターじゃないかもしれないけど、牡牛みたいに強いわ」

クラッカー二枚だけでは、ジェサップの庇護を受ける対価としては安すぎるだろう。

「できるだけ早く、食べ物を持ってくるよ。それに、観客が闘技場に食べ物を届けることが許されるようなんだ。公式に決まった」

「それはいいわね。もっと食べる物があるとうれしいわ」彼女は首を傾け、鉄柵に頭を凭せかけた。

「それなら、あなたが言っていたように、歌う意味があるわね。私を助けたいとみんなに思わせられるもの」

「インタビューのときに、またあの谷間の歌を歌うといいよ」

「そうね」ルーシー・グレイは額にしわを寄せて考え込んだ。

「そのインタビューはパネム全国に放送されるの、それともキャピトルだけ？」

「パネム全国だと思う。でも、地区の住民は食べ物を届けられないよ」

「そんなこと期待してないわ。大事なのはそこじゃないの」彼女は言った。

「でも、たぶん私は歌うわ。ギターか何かあれば、もっといいんだけど」

「探してきてあげるよ」

とはいえ、スノー家には楽器などひとつもなかった。おばあばさまの日課の国歌と、幼い頃に母が歌ってくれた子守歌以外、ルーシー・グレイが現れるまでは、コリオレーナスの生活は音楽にほとんど縁がなかった。

「おい！」治安維持部隊の兵士が、通路から手招きした。

「近づき過ぎだぞ。それに、もう時間だ」

コリオレーナスは立ち上がった。

「もう行かなきゃ。次に来たとき、入れてもらえなかったら困るから」

「ええ、そうね。ありがとう。クラッカーとか、いろんなこと」

柵につかまって立ち上がろうとしながら、ルーシー・グレイが言った。

コリオレーナスは檻に手を差し入れ、彼女を立たせてやった。「たいしたことじゃないさ」

「あなたにとっては、たいしたことじゃないかもしれない。でも、誰かに大切にしてもらうってことは、私にとってすごく大きな意味があるのよ」

「君は大切な人だよ」

「大切な人は、例えばこんなものを着けられたりしないわ」

ルーシー・グレイは、鎖をガチャガチャ鳴らして引っ張ってみせ、空を仰いだ。

「僕にとって、君は大切な人だ」

コリオレーナスは、なおも言いつのった。キャピトルにとっては価値がなくても、彼にとってルーシー・グレイは大切な存在だった。

（たった今、僕は彼女に本心を告白したのではないだろうか？）

「スノー君、時間だ！」治安維持部隊の兵士が呼んでいた。

「君は僕の大切な人だよ、ルーシー・グレイ」

コリオレーナスは繰り返した。彼女は再び彼を見たが、その視線はよそよそしかった。

「おい君、学校に報告するぞ！」治安維持部隊の兵士が叫んだ。

「行かなきゃ」コリオレーナスは立ち去ろうとした。

「ねえ！」

ルーシー・グレイが張りつめた声をあげた。コリオレーナスは振り返った。

「ねえ、覚えておいて。あなたがここに来たのはいい成績をとるためや、ほめてもらうためだなんて思ってないわよ。あなたみたいな人はめったにいないわ、コリオレーナス」

「君みたいな人も、めったにいないよ」

ルーシー・グレイはコクンとうなずくと、ジェサップのそばに戻っていった。足かせの鎖が、汚れた干し草やドブネズミのフンに覆われた床に跡を残していく。相棒の隣にたどり着くと、彼女は横たわって体を丸めた。この短い会合で疲れ切ったかのようだった。

動物園を出るまでの間に、コリオレーナスは二回つまずいた。それで、自分もまた疲れ切っていることに気づいた。何を考えるにしても、これではとても良い解決策は思いつくまい。コリオレーナスは、家に帰ることにした。だが、運悪く級友のペルセポネー・プライスとばったり出会ってしまった。ペルセポネーは、昔メイドの脚を切断して持ち去った、あのネロ・プライスの娘だ。二人の家は近所なので、一緒に帰ることになった。彼女は第四地区のがっしりとした十三歳の少年ミズンの教育係であり、コリオレーナスとクレメンシアが呼び出されたときにその場にいた。提案書のことで何か聞かれないか不安だったが、ペルセポネーはまだアラクネの死にひどく動揺しており、他の話題には触れなかった。コリオレーナスはふだんから、ペルセポネーを避けていた。戦争中に食べたシチューに何が入っていたか、彼女は知っていただろうかと考えずにはいられないからだ。しばらくの間、彼はペルセポネーが怖かった。だが今は、彼女を見ても嫌悪感を催すだけだ。彼女は何も知らないのだと、何度自分に言い聞かせても無駄だった。愛らしいえくぼと、金色がかった緑色の瞳を持つペルセポネーは、クレメンシア——つまり、ヘビに咬まれる前のクレメンシア——と学年で一、二を争う美少女だ。だが、彼女が涙ながらに彼を抱きしめ、別れの挨拶をしている今も、頭にはメイドの切り落とされた脚しか思い浮かばなかった。

コリオレーナスは、重い体を引きずるように階段を上っていった。ルーシー・グレイは、あとどれだけ持ちこたえられるだろう？　彼女は急速に衰弱している。体力も気力も失い、負傷し、打ちひしがれている。何より、飢えによってゆっくりと死に向かっている。明日には、もう立ち上がれないかもしれない。なんとか食べ物を与える方法を見つけなければ、ハンガー・ゲームが始まる前にルーシー・グレイは死んでしまうだろう。

9

ペントハウスに帰りついたコリオレーナスを一瞥するや、おばあばさまは夕食前に仮眠をとることを命じた。気が立っていてとても眠れないと思いながらベッドに倒れこんだが、ふと気がつくと、タイガレスにやさしく肩を揺すられていた。ナイトテーブルの上のトレーには、ヌードル・スープが温かい香りを放っている。

「コーリョ、サテュリリアから三回も電話があったわ。もう言いわけが思いつかないから、夕食の後であなたからかけ直してね」

コリオレーナスは、思わず口を滑らせた。

「クレメンシアのことを何か聞いてた？　みんなは知ってるの？」

「クレメンシア・ダブコート？　いいえ。どうして？」

「実は、大変なことになったんだ」

コリオレーナスは、むごたらしい出来事を事細かに語った。話を聞くにつれ、タイガレスの顔から血の気が引いていった。

「ゴール博士が、毒ヘビに彼女を襲わせた？　そんなたわいない嘘をついたくらいで？」

「そうなんだ。それに、クレミーが助かったかどうかさえ、ぜんぜん気にしてなかった。午後のおやつの時間だからって、僕を追い払ったんだ」

「なんて残酷な！　そんなの、完全に間違ってるわ。通報すべきかしら？」

「通報するって、誰に？　あの人は、ヘッド・ゲームメーカーだよ。大統領の直属の部下だ。嘘をついた僕らが悪いって言われるだけさ」

タイガレスは、じっと考えこんだ。

「わかった。通報するのはやめておきましょう。博士にたてつくのもね。とにかく、できるだけ彼女と顔を合わせないようにするの」

「僕は教育係だから、それも難しいな。博士はウサギのミュットと遊ぶために、しょっちゅうアカデミーに来る。そして、とんでもない質問を山ほどするんだ。僕の受賞は、博士の言葉ひとつにかかっているんだよ」

コリオレーナスは、両手で顔をごしごしこすった。

「アラクネは死んだし、クレメンシアは体じゅうに毒が回っている。そしてルーシー・グレイは……そうだ、これもひどい話なんだよ。彼女はハンガー・ゲームが始まるまで生きていられないかもしれない。でも、彼女のためにはその方がいいのかもしれないな」

タイガレスは、彼にスプーンを握らせた。

「スープを飲みなさい。私たちは、これよりつらいことを乗り越えてきたじゃないの。雪は高嶺（たかね）に舞い降りる、でしょ？」

「雪は高嶺に舞い降りる」

コリオレーナスの言い方があまりにも自信なさそうだったので、思わず二人は笑いだした。笑ったことで、彼は少し気が楽になった。いとこを安心させるためにスープに口をつけると、たちまち空腹だったことを思い出し、ぺろりと平らげてしまった。

サテュリアがまた電話をかけてきた。用件は、翌朝のアラクネの葬儀で国歌を歌ってほしいということだった。

「動物園のことは立派だったし、そもそも歌詞を全部覚えている生徒はあなただけだから、あなたが適任だと教授陣の意見が一致したの」

「もちろん、謹んでお受けします」

「よかった」

サテュリアが飲み物を口に含んだらしく、グラスの氷がカランと鳴った。一呼吸おいて、彼女は言葉を継いだ。

「あなたの贄（いけにえ）だけど、調子はどう？」

コリオレーナスは返答をためらった。苦情を申し立てるのは、子どもじみている。まるで、自分の力で問題に対処できないみたいじゃないか？　ふだんから、彼がサテュリアに助力を仰ぐことはほとんどなかった。だがそのとき、鎖の重みで倒れそうになっていたルーシー・グレイの姿が目に浮かんだ。気が付くと、後先も考えずに口を開いていた。

「よくありません。今日もルーシー・グレイに会ってきたんです。ほんの少しだけですが。彼女はとても弱っています。キャピトルがまったく食べ物を与えていないので」

「第十二地区を出てからずっと？　それじゃ、もう何日食べてないのよ、四日？」

「五日です。あれでは、ハンガー・ゲーム開始までもたないと思います。せっかく教育係になれたのに、僕は贄を失うかもしれない」

コリオレーナスは、だめ押しするようにつけ加えた。

「僕だけでなく、大勢の教育係が贄を失うでしょう」

「まあ、それはひどいわ。まるで壊れた器具を使って実験しろって言うようなものじゃない」サテュリアは憤慨したように言った。

「それに、ゲームの開始は少なくとも一、二日は延期されるでしょうし」

サテュリアはしばらく考え込み、やがて言った。

「なんとかしてみましょう」

コリオレーナスは電話を切り、タイガレスを振り返った。

「葬儀で国歌を歌えってさ。クレメンシアのことは、何も言ってなかった。きっと極秘扱いなんだ」

「だったら、あなたも口をつぐんでなきゃ」タイガレスは言った。

「博士たちは、すべてをなかったことにするつもりね」

「博士は、ハイボトムにも黙っているかも」

コリオレーナスは、明るい気分になった。だが、ふと別の心配事が頭に浮かんだ。

「ねえ、タイガレス。いま思い出したけど、僕は音痴だった」

ふたりは、こんなにおかしな話はないとばかりに笑い転げた。

しかし、おばあばさまにとっては笑い事ではなかった。翌朝、彼女は孫息子を特訓すべく、暗いうちから彼をたたき起こした。国歌の一節を歌い終えるごとに、定規であばらをつつかれ、「息を吸って！」と怒鳴られるので、しまいにはコリオレーナスも祖母の指導どおりに歌えるようになった。おばあばさまは、その週三本目のバラを犠牲にし、淡い青色のバラのつぼみを、きちんとアイロンをかけた制服の上着に丁寧にピンでとめた。

「そら、おまえの目の色によく似合うよ」

身なりに隙はなく、腹はオートミールで膨らませてある。脇腹はあざだらけだが、呼吸法は習得した。準備万端整えて、コリオレーナスはアカデミーに出かけた。

土曜日にもかかわらず、全校生徒が各教室に集合し、アカデミーの玄関前の階段に、クラスごとに分かれてアルファベット順に整列した。コリオレーナスは国歌を歌う大役を務めるため、教授陣や偉大なレイビンスティル大統領をはじめとする高名な来賓たちとともに、最前列に並んでいた。サテュリアが式次第について簡単に説明してくれたが、頭に残っているのは、彼の国歌独唱で儀式の幕が開くということだけだ。人前で話すことには慣れているが、歌を歌ったことは一度もない——パネムでは、そのような機会はほとんどないのだ。ルーシー・グレイの歌に注目が集まったのは、それも一因だった。たとえ犬の鳴き声のように聞こえたとしても、比較対象がないから大丈夫だと自分に言い聞かせ、コリオレーナスは緊張を抑えた。

会葬者のために大通りの向かい側に設（しつら）えられた仮設スタンドに、続々と人が集まっていく。コリオレーナスはクレーン家の人々を探したが、群衆の中に彼らの姿は見当たらなかった。アカデミーと周辺の建物には葬儀用の垂れ幕が掛けられ、すべての窓にキャピトルの旗が掲げられている。葬儀を撮影するテレビカメラがいたるところに配置され、大勢のキャピトルテレビのレポーターが実況中継を行っている。アラクネにはもったいないほど立派な葬儀だと、コリオレーナスは思った。生前の彼女も、彼女の死にざまも、こんな立派な葬儀に値しない。そもそもあんな馬鹿な見せびらかしをしなければ、彼女は死なずに済んだはずなのだ。戦争で勇敢に戦った多くの人が、ほとんど顧みられずに死んでいったことを思うと、コリオレーナスは無性に腹が立った。

(何はともあれ、アラクネは家族同然だったんだから)

コリオレーナスは、自分に言い聞かせた。

アカデミーの時計が九時を打ち、会葬者たちは静かになった。コリオレーナスは合図とともに起立し、演壇に歩いていった。サテュリアが伴奏してくれるはずだったが、沈黙はあまりにも長く続いた。もう歌いはじめようと息を吸い込んだとき、ようやく音響装置が耳障りな音を立て、十六小節の前奏を奏ではじめた。

パネムの珠宝

至上の都

幾年を経て　輝く光

彼の歌いぶりは美しさで人の胸を打つというより、訥々とした語りに近かったが、国歌そのものはそれほど難しい歌ではなかった。祖母に定規でつかれた記憶を頼りに、コリオレーナスは一音も外さず、息切れすることもなく歌いきった。彼は惜しみない拍手と大統領の満足そうなうなずきを受けて着席し、入れ替わりに大統領が演壇に立った。

「一昨日、アラクネ・クレーンの若く貴重な人生が幕を閉じました。今なお我々を取り巻いている反逆者らの犠牲となった彼女に、深い哀悼の意を捧げます」大統領は、詠唱するように述べた。

「彼女の死は、戦場に散った数々の命と等しく尊いものであり、平和の世に彼女を失ったことは、はるかに深刻な事態です。この病巣が我が国の良識と尊厳を食い荒らしているうちは、いかなる平和も存在しません。我々は今日、彼女の犠牲に敬意を表し、決して悪を繁栄させてはならないということを、いま一度心に刻まねばなりません。そして我らが偉大なキャピトルがパネムに正義をもたらす日を、再びこの目で見届けるのです」

低くゆっくりと打ち鳴らされる太鼓の音に、人々が振り返った。葬列が角を回り、大通りに入ってくる。スカラーズ通りはコルソー通りほど広くはないが、二十人の治安維持部隊の儀仗兵が肩を並べ、四十列にわたって堂々と行進することができた。兵士たちは太鼓の音に合わせ、一糸乱れぬ動きでしずしずと歩いてきた。

コリオレーナスは、贄がキャピトルの少女を殺害した事件を各地区に知らせることに何の意味があるのかと不思議に思っていたのだが、このとき合点がいった。治安維持部隊の後ろから、クレーンを搭載した大型トラックが現れた。クレーンに高々と吊るされているのは、銃弾でハチの巣にされた第十地区のブランディーの死骸だ。残る二十三人の贄は、トラックの荷台に鎖でつながれ、汚らしく打ちひしがれた姿をさらしていた。鎖が短くて立てないので、贄たちはむき出しの鉄板の上にしゃがむか、座り込んでいる。これもまた、彼らが劣った存在であり、抵抗すれば報いを受けるということを各地区の住民に思い知らせる機会の一つなのだ。

ルーシー・グレイは、必死に自己の尊厳を守ろうとしていた。鎖の長さが許す限り背筋を伸ばし、まっすぐに前を向いて、頭の上でゆらゆら揺れている死骸を無視している。だが、無駄な抵抗だった。埃まみれで鎖につながれ、見世物にされる屈辱は、とても覆せない。同じ立場に置かれたらどうするだろうと想像しかけ、自分がセジャナスと同じことをしているのに気づき、コリオレーナスは我に返った。

贄たちの後に再び治安維持部隊の大隊が行進し、続いて四頭の馬が現れた。花飾りをつけられ、花で覆われた純白の棺を載せた豪華な馬車をひいている。棺の後ろから、クレーン家の人々が一頭立ての馬車で現れた。少なくともアラクネの家族は良識ある人々らしく、大仰な扱いにとまどっているようだ。棺が演壇の前に到着すると、葬列は止まった。

大統領の隣に座っていたゴール博士が、マイクに近づいた。このように厳粛な瞬間に、彼女にしゃべらせるのは間違いだとコリオレーナスは思った。だが、博士は日頃の奇矯なじめた。
言動とピンク色のヘビを自宅に置いてきたらしく、厳かで知的な歯切れよい口調で語りは

「アラクネ・クレーンさん。パネムの同胞である我々は、あなたの死を無駄にしないことを誓います。我々は、同志が打たれれば、二倍の強さで打ち返します。我々は今まで以上の努力と熱意をかけて、ハンガー・ゲームを推進します。あなたの名前は、正義と国家を守って命を落とした無辜の人々の長いリストに加えられるでしょう。あなたの友人や家族や同胞の市民はあなたに敬礼し、第十回ハンガー・ゲームをあなたの思い出に捧げます」

〈あのうるさいアラクネは、正義と国家の守護者となったわけだ。そうとも、彼女は命を投げ出してまで、サンドイッチで贄をからかった。墓石には、〈愚かなおふざけの犠牲者〉とでも刻むがいい〉コリオレーナスは思った。

赤い肩章をつけた治安維持部隊が銃を取り、ゆっくりと動き出した葬列の上に数発の礼砲を撃った。葬列は数ブロック先の角を曲がり、やがて見えなくなった。

会葬者たちが帰っていく中、コリオレーナスの険しい表情を見て、アラクネの死を悼んでいるのだと解釈する者もいた。自分をうまく抑えられたと思っていたが、ふと後ろを振り返ると、ハイボトム学生部長が見透かしたような目で立っていた。

「大切な友人を亡くして、気の毒だったな」

「先生こそ、大切な生徒を亡くされてお気の毒でした。誰にとってもつらい日ですが、とても感動的な葬儀でしたね」

「本当にそう思ったか？　俺は、大げさで悪趣味だと感じたがな」

虚を突かれたコリオレーナスは思わず笑い声をもらしたが、すぐにはっとして驚いた表情を作った。学生部長は、彼の青いバラのつぼみに視線を落とした。

「たいしたもんだよ。世の中は何も変わらない。あれほど人が殺されたのに。あれほど犠牲者を忘れないと涙ながらに誓ったのに。それなのに、俺にはそのつぼみと花の区別がつかん」

ハイボトムは人差し指でバラをはじき、傾いたつぼみを元通りに直すと、ほほ笑んだ。

「昼めしに遅れるんじゃないぞ。今日はパイが出るらしいからな」

ハイボトムとの会話で唯一の良いニュースは、昼食に本当にパイが出たことだった。今度は桃のパイが、食堂の特別ビュッフェで提供された。刈入れの日とは違い、コリオレーナスはフライドチキンを皿に山盛りにし、できるだけ大きなパイを取った。ビスケットにバターをたっぷり塗りつけ、グレープジュースを三杯お代わりした。最後のお代わりはグラスになみなみと注いだので、こぼしてリネンのナプキンを汚してしまった。

（笑いたいやつは笑えばいい。会葬者代表は腹が減るんだ！）

しかし食べ終わらないうちに、その山盛りの昼食が日頃の自制心が薄れている証のように思われてきた。コリオレーナスは、ハイボトムのしつこい嫌がらせのせいにした。

（あいつはさっき、何をあてこすっていたんだろう。つぼみや花が何だっていうんだ？良識あるキャピトル市民のためにも、あんなやつはどこかに閉じこめておくか、いっそ辺

境の地へ追放すればいいんだ）
ハイボトムのことを思い出しただけで、コリオレーナスはもう一切れパイを取りに行きたくなった。

しかしセジャナスは、皿の上のチキンとビスケットをつつくだけで、一口も食べようとしなかった。コリオレーナスはあの葬列に嫌悪を抱いたが、彼は絶望を覚えたに違いない。

コリオレーナスは、そっと注意してやった。

「食べ物を粗末にしたら、先生に報告されるぞ」

セジャナスを心配したわけではないが、彼が罰を受けるところを特に見たくはない。

「そうだね」

セジャナスは返事をしたが、ジュースを一口飲む以外は何も喉を通らないようだった。

昼食会が終わりに近づくと、サテュリアが残る二十二名の教育係を集め、今後の方針を発表した。ハンガー・ゲームは敢行される。かくなるうえは、最も見ごたえのあるゲームにしなければならない。これを念頭において、教育係は今日の午後、自分の贄を連れて闘技場見学をおこなう。見学の模様は、生中継で全国に放送される。そうすることで、ゴール博士が葬儀で語った決意を実行するのだ。ヘッド・ゲームメーカーは、キャピトルの教育係と各地区の贄たちを引き離せば、敵に弱みを見せることになると考えている。まるで、キャピトルの若者たちが敵に怖気づいているように見えるではないか。治安維持部隊の精鋭の狙撃班が警護に加わるが、教育係は自分の贄と並んで歩かなければならない。

コリオレーナスは、他の教育係たちの戸惑いを感じた。アラクネの死後、一部の保護者たちが、警備の手ぬるさに苦情を申し立てているというのに。だが、誰も表立って異議を唱えなかった。臆病者と思われたくないのだ。コリオレーナスは、危険で思慮に欠ける決定だと思った。贄たちが教育係に襲いかからないという保証はない。ゴール博士はさらなる暴力を望んでいるのではないかという思いが、ちらりと頭をかすめた。そうすれば、また別の贄を罰することができる。もしかしたら、今度は生きたまま、テレビカメラの前で。ゴール博士の酷薄さをさらに見せつけられた気がして、コリオレーナスは反発を覚えた。彼はセジャナスの皿をちらりと見て言った。

「済んだか？」

「今日はとても食べられそうにない。こいつをどうしたらいいだろう？」

周囲には人がいなかった。コリオレーナスはテーブルの下で染みのついたリネンのナプキンを広げ、膝の上に置いた。ナプキンに描かれたキャピトルの紋章が目に入り、いっそう悪いことをしている気分になる。彼はこっそり目配せして言った。

「ここに置けよ」

セジャナスはまわりを見回すと、すばやくチキンとビスケットをナプキンに移した。コリオレーナスはそれらをナプキンで包み、通学カバンに入れた。食堂から食べ物を持ち出すことは禁じられている。もちろん贄に与えることも許されていないが、こうでもしなければ、闘技場見学の前に食べ物を手に入れることができなかった。テレビカメラの前でルーシー・グレイに食べさせることはできないが、彼女のドレスには大きなポケットがついている。戦利品の半分をジェサップに分けてやらねばならないのは残念だが、ゲームが始まれば、投資した分の見返りはあるだろう。

厨房に流れていくベルトコンベアーにトレーを運びながら、セジャナスは言った。

「ありがとう。君もなかなかの反逆者だね」

「ああ、僕を見損なうなよ」コリオレーナスは、機嫌よく応じた。

教育係たちはアカデミーのバンに分乗し、キャピトルの闘技場へ向かった。闘技場は、観衆が繁華街に殺到しないように、川の対岸に建てられている。全盛期には、この最先端の巨大円形競技場で、数々のスポーツや娯楽や軍事的行事が行われた。戦争中は敵の重要人物の処刑が行われたため、反乱軍の爆撃の標的となった。建物の骨格は残っているものの、爆撃で荒れ果てており、もはやハンガー・ゲームの会場にしか使われていない。果てしなく広がるむき出しの地面は爆弾の穴だらけで、生い茂る雑草が唯一の緑だ。爆撃で破壊されたものの破片が――金属の塊や石などが――いたるところに転がっており、フィールドを囲む高さ四・五メートルの壁は、榴散弾を受けてひび割れ、でこぼこに穴が開いている。毎年、贄たちはナイフや剣やこん棒、その他の殺し合いの道具だけを与えられ、闘技場に閉じ込められる。観客たちは、自宅のテレビで彼らの戦いを観戦する。ゲームが終了すると、生き残った贄は故郷の地区に送り返される。死体は片づけられ、武器は回収され、翌年のゲーム開始まで闘技場の入り口は閉ざされる。補修も、清掃もされない。風や雨が血痕を洗い流すのに任せ、キャピトルはいっさい手を施さなかった。

闘技場に到着すると、付き添いのシックル教授が、持ち物をバンに置いていくように指示した。コリオレーナスは、ナプキンに包んだ食料をズボンの前ポケットに入れ、上着の裾で隠した。冷房の効いた車内から焼けつくような陽ざしの下に出ると、重装備の治安維持部隊に見張られた贄たちが、手錠をかけられて一列に並んでいるのが見えた。教育係は、自分の贄の隣に並ぶように指示された。贄たちは地区順に並んでいたので、コリオレーナスはルーシー・グレイとともに、最後から二番目に並んだ。後ろにいるのは、ジェサップと教育係のリシストラータだけだ。コリオレーナスの前には、クレメンシアの贄のリーパーが――トラックで彼の首を絞めた少年が――地面をにらみつけて立っていた。もし教育係と贄が対決することになれば、こちらが勝つ見込みは薄そうだった。

小柄なリシストラータは、はかなげな外見に似合わず芯が強い。彼女はレイビンスティル大統領の主治医の娘で、幸運にも教育係に選ばれると、ジェサップと信頼関係を築く努力を重ねてきたようだった。リシストラータは、小声でジェサップにささやいていた。

「首につける軟膏を持ってきたわ。でも、ちゃんと隠しとくのよ」

ジェサップは、承知したしるしに軽くうなった。リシストラータはさらに言葉を継いだ。

「隙を見て、あなたのポケットに入れてあげるわね」

治安維持部隊が、入り口をふさいでいた重い横木を取り除いた。巨大な扉が押し開けられ、広いロビーが見えた。ロビーには、板で閉ざされた売店や、ハエのフンで汚れた戦前のイベントのポスターが並んでいる。贄（いけにえ）と教育係は二列に並んだまま、兵士らの後に続いてロビーの奥まで歩いた。そこには埃（ほこり）をかぶった背の高い回転ゲートが並び、湾曲した金属バーを三本ずつ突き出していた。入場するには、今も路面電車で使われているコインが一枚必要だった。

貧しい人たち用の入り口だな、とコリオレーナスは思った。あるいは、貧しいという表現は適切でないかもしれない。〈平民〉という言葉が頭に浮かんだ。スノー家の人々は、ベルベットのロープで仕切られた別の入り口を使っていた。当然ながら、路面電車のコインでは、彼らのボックス席は利用できなかった。他の観覧席とは違って、彼らの席は屋根に覆われ、長方形のガラス窓があり、暑い日でも快適に過ごせるように冷房が効いていた。アボックスの給仕係が一人ついていて、食べ物や飲み物を運んだり、コリオレーナスとタイガレスにおもちゃを持ってきてくれたりした。退屈したときは、クッションが利いたフラシ天張りの座席で昼寝をしたものだった。

治安維持部隊が二台の回転ゲートのそばに立ち、贄と教育係が同時に入場できるように、コインを次々に投入していった。金属バーが回転するたびに、「いってらっしゃい！」と陽気な声がする。

「いちいちこうしないと中に入れんのか？」シックル教授がたずねた。

「鍵（かぎ）があればゲートを開けられるのですが、その鍵がどこにあるかわからないのです」治安維持部隊の兵士が答えた。

「いってらっしゃい！」

回転ゲートが、金属バーを押し開けたコリオレーナスに叫んだ。腰の位置にあるバーを後ろに押してみた彼は、退場できないことに気づいた。回転ゲートの上は、アーチ状の天井部分まで金属柵（さく）でふさがれている。おそらく安い席の利用者は、闘技場を出るときは別の通路を使うのだろう。人混みを分散させる意味ではいい方法だったのだろうが、疑問の余地が多い闘技場見学に神経を尖（とが）らせている教育係としては、不安材料でしかなかった。

回転ゲートを通り抜けると、治安維持部隊の一団が、床の非常灯の赤い光だけを頼りに通路に入っていった。通路の両側には、各区画の客席に通じる小さめのアーチ形の門が並んでいる。贄と教育係たちの列は、治安維持部隊にきっちりと付き添われながら、階段にさしかかった。暗闇に入ると、コリオレーナスはリシストラータを見習って、ナプキンに包んだ食料を手錠で縛られたルーシー・グレイの手にすばやく渡した。ナプキンの包みは、たちまちドレスのポケットにおさまった。

（これでよし。僕がいる限り、彼女を飢え死にさせはしない）

ルーシー・グレイが彼の手を取り、指を絡めてきた。コリオレーナスの体に電流が走った。暗闇に守られた、ささやかな親密さ。最後にぎゅっと彼女の手を握りしめると、コリオレーナスは手を離し、日の光が射す通路の奥に向かった。明るい太陽の下では、とても許されない行為だった。

取材班の姿を見てコリオレーナスは我に返り、スノー家の人間らしく、何ごとにも動じないふりを装った。重い足かせをつけられていないので、ルーシー・グレイは注意力や敏捷性を取り戻したようだ。彼女はレピドゥス・マームジーに向かって手を振った。だが、彼は他のレポーターたちと同様に石のように無表情で、無反応だった。彼らの意図は明らかだった。威厳と報復がこの日のテーマなのだ。

サテュリアの〈見学〉という言葉には、遠足のような響きがあった。そんなに楽しいものではないだろうとは思っていたが、闘技場がこれほど寂しい場所だとは、コリオレーナスは予想していなかった。隣に付き添っていた治安維持部隊が散開した後も、教育係と贄たちは従順に先導隊の後に従い、埃っぽい楕円形のトラックの内側を、活気のないパレードのように歩いた。コリオレーナスは、同じ場所をサーカスの芸人たちが、ゾウや馬に乗って楽しげに行進していたことを思い出した。おそらくセジャナスを除くすべての級友たちが、あの行進を見物していただろう。皮肉にも、アラクネは彼の隣のボックス席にいた。きらびやかなスパンコールのドレスを着て、声を限りに喝采していた。

コリオレーナスは闘技場を見渡し、ルーシー・グレイに有利になりそうなものを探した。観客が飛び出さないようにフィールドの周囲に巡らされた高い壁は、役に立ちそうだ。壁の表面には手や足をかける穴がたくさん開いているので、身軽な贄は観覧席までよじ登ることができるだろう。壁に沿って左右対称に配置されたゲートもやはり傷だらけだが、その向こうのトンネルに何が潜んでいるかわからないので、これらに近づくときは注意が必要だろう。簡単に閉じ込められてしまう。ルーシー・グレイに壁が登れたら、スタンドに逃げるのが最善策であることは間違いない。

行列の間隔が開きはじめると、彼は声を潜めてルーシー・グレイに話しかけた。

「今朝はつらかったよ。君のあんな姿は見たくなかった」

「でも、少なくともあれの前に食べ物がもらえたわ」

「本当に?」

昨夜サテュリアに贄の窮状を訴えたのが効いたのだろうか?

「昨夜、治安維持部隊が私たちを捕まえようとしたとき、二人の贄が失神したの。たぶん、ゲームまでに贄が全滅したら困るから、エサを与えることにしたんでしょうね。パンとチーズぐらいだったけど、夕食も、朝食も出たわ。でも安心して、いまポケットに入っているものも、ペロッと食べられるから」

ルーシー・グレイの口調は、以前の明るさを取り戻していた。

「あのとき歌っていたのは、あなた?」

「ああ、うん。僕とアラクネは親友だと思われていたから、頼まれたんだ。別に仲良くなかったんだけど。それに、君に聞かれていたと思うと恥ずかしいよ」

「あなたの声、好きよ。私のパパが聞いたら、きっと威厳のある声だって言ったでしょうね。ただ、あの歌はあんまり好きじゃないけど」

「ありがとう。君にほめてもらえるなんて、本当にうれしいよ」

ルーシー・グレイは、肘(ひじ)で彼を小突いた。

「そんなこと大っぴらに言わない方がいいわよ。キャピトルの人たちは、私のことをヘビの腹より下品だと思っているもの」

コリオレーナスは、にやにやしながら首を振った。

「なあに？」

「君はおもしろいことを言うよね。いや、おもしろいと言うと語弊があるな。多彩と言った方がいいか」

「まあ確かに、私は『語弊がある』なんてきどった言葉は使わないわね。そういうこと？」

「違うよ、僕は君のしゃべり方が好きなんだ。おかげで、自分の口調がずいぶん堅苦しく思えてくる。あの日動物園で、僕のことを何て言ったっけ？　確か、ケーキが何とかって言ってたよね」

「ああ、クリームたっぷりのケーキってやつ？　ここではそんなふうに言わないの？　あれはね、ほめ言葉よ。第十二地区のケーキは、だいたいパサパサしているの。そしてクリームは、歯が生えたメンドリくらい珍しいのよ！」

コリオレーナスは笑った。ほんのひととき、自分たちがいる場所も、どれほど重苦しい状況にいるかも忘れた。そこにあるのはルーシー・グレイのほほ笑みと、音楽のように快い彼女の声と、ささやかな媚びだけだった。

次の瞬間、世界が火を噴いた。

10

コリオレーナスは爆風に吹き飛ばされながらも、両手で頭をかばった。地面にたたきつけられると、反射的に腹ばいになり、頬を地面に押し当てて、片方の腕で無防備な目と耳を守る。

メインゲート付近で発生したと思われる最初の爆発以降、闘技場のいたるところで連鎖反応的に爆発が発生した。逃げることなど、とてもできない。地響きのする地面にへばりつき、爆発が止むことを願いながら、パニックを起こさないようにするのが精一杯だ。コリオレーナスは、彼とタイガレスが〈爆弾タイム〉と呼ぶ状態に陥っていた。科学の法則に反して時間が伸び縮みするように感じられる、非現実的な感覚だ。

戦争中、キャピトルの監視システムは電力に依存していた。反乱軍が第五地区を占領して電力の供給が不安定になると、警報を当てにすることができなくなり、不意打ちを食らって地下室に避難する暇がないことがよくあった。そんなときコリオレーナスたちは、おばあばさまが国歌を歌っていない限り、奥の部屋に鎮座する一枚岩の大理石から作られた重厚なテーブルの下に隠れた。窓のない部屋に隠れ、堅い岩に頭上を守られていても、爆弾のうなりを聞くとコリオレーナスの筋肉は恐怖にこわばり、まともに歩けるようになるまで何時間もかかるのだった。それなのに、今はさえぎる物のない闘技場で無防備に攻撃にさらされ、いつ果てるとも知れない〈爆弾タイム〉の終わりを待っている。コリオレーナスは、ふと気づいた。

（ホバークラフトがいない……？）

　闘技場の上空に、ホバークラフトは一台も見えなかった。つまり、爆弾はすべて闘技場内部に仕掛けられていたのだ。煙のにおいがすることから、焼夷弾も混じっていると思われる。コリオレーナスは常に携帯しているハンカチを口と鼻にあてた。黒煙とフィールドから巻き上がる土埃で見通しがきかないが、じっと目をこらした。四メートルあまり離れたところに、ルーシー・グレイが体を丸め、指先を耳に突っ込んで地面に突っ伏している。手錠をかけられているので、そうするのが精いっぱいなのだ。彼女はひどく咳き込んでいた。コリオレーナスは叫んだ。

「顔を覆え！　ナプキンを使うんだ！」

　ルーシー・グレイは振り向かなかったが、声は聞こえたらしい。体を横に倒し、ポケットからナプキンを取り出した。ナプキンを顔に当てたとき、チキンとビスケットが地面に落ちた。こんなことになっても彼女はまだ歌えるだろうか、とコリオレーナスはぼんやり思った。

　ひとしきり静寂が続き、爆発が止んだと思ったコリオレーナスが顔を上げたそのとき、すぐそばのスタンドに仕掛けられていた最後の爆弾が軽食の屋台を破壊した。かつてはピンク色の綿菓子やリンゴ飴を売っていた店が粉々にくだけ散り、燃え盛る残骸が雨あられと降り注ぐ。何か重いものが頭に当たったと思うと、太い梁が斜めに落ちてきて、地面にうつぶせになったまま身動きが取れなくなった。

しばらくの間、コリオレーナスはそのまま呆然としていた。ツンとする臭気が鼻を刺し、落ちてきた梁が燃えていることに気づいた。ハッとして這い出そうとしたが、めまいに襲われ、桃のパイの酸っぱい胃液がこみ上げてきた。コリオレーナスは叫んだ。

「助けて！」

周囲から同様の叫びが聞こえてきたが、たちこめる煙で負傷者の姿は見えなかった。

「助けて！」

炎が髪を焦がしはじめた。梁の下から這い出そうとさらに力を込めたが、まったく身動きがとれない。首と肩がじりじりと痛みはじめ、このまま焼け死ぬのだと思った瞬間、恐怖に飲みこまれた。コリオレーナスは夢中で叫んだ。そのとき、地獄のような光景の中で立ち上がった人影が見えた。ルーシー・グレイが彼の名前を呼び、続いてさっと後ろを振り向いた。コリオレーナスからは見えない何かに注意を引かれたようだ。二、三歩離れかけ、ためらうように立ち止まる。どうやら迷っているらしい。

「ルーシー・グレイ！」

コリオレーナスは、しゃがれた声で懇願した。

「頼む、助けてくれ！」

彼女は心をひかれていたものに最後の一瞥をくれると、コリオレーナスのそばに駆けつけた。梁が一瞬だけ背中から持ちあがったが、再びずしりと落ちてきた。やがてもう一度持ちあがったとき、コリオレーナスは何とか這い出すことができた。ルーシー・グレイは彼を助け起こすと、腕をとって自分の肩に担ぎ上げた。二人はよろよろと炎から逃れ、やがてフィールドの真ん中に倒れこんだ。

初めのうちは激しく咳き込み、呼吸をするだけで精いっぱいだった。どういうわけか、ルーシー・グレイの焼け焦げたスカートを、まるで命綱のように握りしめている。目の前には、手錠をかけられ、痛々しいやけどを負った彼女の手がぎゅっと握られていた。

煙が収まってみると、爆弾はフィールドの周囲に一定の間隔で仕掛けられ、特に大きな爆弾が入り口に仕掛けられていたことがわかる。入り口付近は大きく破壊され、向こう側の道路が見えていた。折しも、二つの人影が闘技場から逃げていく。ルーシー・グレイは、助けに来る前にあれを見て足を止めたのだろうか？　もしかしたら脱出できるかもしれない、と？　他の贄（いけにえ）たちは、もちろんこのチャンスに飛びついただろう。そういえば、サイレンが鳴っている。通りから叫び声も聞こえる。

救命士たちががれきをかき分け、負傷者たちのもとに駆けつけた。コリオレーナスは、ルーシー・グレイに声をかけた。

「もう大丈夫、救助が来たよ」

彼は救命士たちに抱え上げられ、担架に乗せられた。ルーシー・グレイも担架に乗せられるだろうと思い、コリオレーナスはスカートを放した。だが、救命士たちに運ばれながら振り返ったとき、彼女は治安維持部隊の兵士に腹ばいにさせられ、首を銃身で押さえつけられ、口汚くののしられていた。

「ルーシー・グレイ!」

コリオレーナスは叫んだが、誰にも取り合ってもらえなかった。

頭部を強打したせいで集中力が鈍っていたが、意識ははっきりしていた。救急車に乗せられ、担架に乗ったまま前日にレモンジュースを飲んだ待合室のドアを通り抜けた。診察台に移され、まぶしい光に照らされて、医師たちに負傷の程度を調べられた。眠りたかったが、医師たちはいつまでも顔を近づけてきて、返事をするよう要求した。彼らの息に混じる昼食のにおいで、コリオレーナスはまた吐き気を催した。いくつもの検査装置に入れられ、出され、注射針を突き立てられた後、ありがたいことにやっと眠ることを許された。だが、その夜は定期的に誰かに起こされ、目に光をあてられた。基本的な質問に答えられることが確認されると、また眠りの世界にもどることができた。

翌日の日曜日、ようやくはっきりと意識を取り戻したときには、窓から午後の光が射していた。おばあさまとタイガレスが、心配そうにじっと覗(のぞ)きこんでいる。コリオレーナスは、胸が温かくなった。

(僕はひとりぼっちじゃない。ここは闘技場じゃない。安全なんだ)

タイガレスが声をかけた。

「コーリョ、私たちよ」

「やあ」

コリオレーナスは、なんとかほほ笑もうとした。「〈爆弾タイム〉を見逃しちゃったね」

「その場にいない方が、よほどつらいわ。あなたがひとりぼっちであんな目に遭っていたと思うとね」

「ひとりぼっちじゃなかったよ」

モルフリングと脳震盪(のうしんとう)のせいで、はっきりと思い出せないが――。

「ルーシー・グレイと一緒だった。たぶん、彼女が僕の命を救ってくれたんだ」

そのことについては、きちんと考えることができなかった。甘いような気持ちと、不安でざわついた気分が入り混じっている。

タイガレスは、コリオレーナスの手をぎゅっと握った。

「そうでしょうね。彼女はいい人みたいだもの。最初から、あなたを他の贄たちから守ろうとしてくれたわ」

おばあばさまは、それほど簡単に納得しなかった。コリオレーナスが爆発の一部始終を時系列に沿って説明すると、彼女はこう結論づけた。

「おおかた、逃げたって治安維持部隊に撃ち殺されると踏んだんだろうよ。だがそれにしたって、なかなか見上げた根性だね。もしかしたら、自分で言っているとおり、あの子は地区の人間とは違うのかもしれない」

おばあばさまとしては、これが精いっぱいの賛辞だった。

タイガレスにその後の経緯を細かく聞くうちに、コリオレーナスはキャピトルがこの事件についてひどく神経を尖らせていることに気づいた。闘技場で起こった出来事――少なくともキャピトル・ニュースが起こったと主張している出来事――の直接の被害と、将来また同様の事件が起こるかもしれないという不安の両方が、市民を苦しめていた。爆弾を仕掛けた犯人も不明だった。反逆者であることは間違いないが、彼らはどこから来たのだろう？　十二の地区のいずれかかもしれないし、第十三地区から逃れた流れ者かもしれない。あるいは、想像するのも恐ろしいことだが、長年キャピトルに潜伏していた危険分子かもしれない。事件までの時間の流れも不可解だった。闘技場は、ハンガー・ゲームの開催期間以外は無人のまま閉ざされており、まったく顧みられていない。したがって、爆弾が仕掛けられたのは六日前かもしれないし、六か月前かもしれなかった。闘技場の周囲の入り口にはいずれも監視カメラが設置されているが、外壁が崩れているため、どこからでも建物によじ登り、侵入することができる。爆発が遠隔操作によるものか、手違いだったのかさえ分からなかったが、予期せぬ犠牲はキャピトルの根幹を揺るがしていた。第六地区の贄の二人が榴散弾で死亡したことは特に関心を引かなかったが、同じ爆弾でリング家の双子が命を落としていた。また、教育係が三人入院していた――コリオレーナスと、第九地区の贄を担当していたアンドロクレス・アンダーソンと、ガイウス・ブリーンだ。コリオレーナス以外の二人は重傷で、ガイウスは両脚を失っていた。教育係も贄も治安維持部隊の兵士も、現場に居合わせたほとんど全員が何らかの治療を必要としていた。

コリオレーナスは動揺した。ポロとディディのことは、心から好きだった。

（あんなに仲がよくて、ゆかいな二人だったのに）

そして、この病院のどこかには、母親と同じくキャピトル・ニュースのレポーターになりたがっていたアンドロクレスが入院している。そして、シタデル職員の息子でセンスのないジョークを連発していたガイウスは、生死の境をさまよっている。

「リシストラータは？　彼女は大丈夫だった？」

おばあばさまは、ちょっと顔をしかめた。

リシストラータは、コリオレーナスの後ろにいたのだ。

「ああ、あの子かい。あの子は元気だよ。あのでかくて不細工な第十二地区の贄が、身を挺（てい）してかばってくれたって言いふらしている。だが、ほんとかどうかわかったもんじゃないよ。ビッカーズ家の人間は、目立ちたがりだからね」

「そうかな？」

レイビンスティル大統領の完璧（かんぺき）な健康状態に関して年に一度開かれる短い記者会見を除けば、ビッカーズ家の人々が注目を集めるところなど、ただの一度も思い出せない。リシストラータは優秀だが控えめな性格で、決して他人の注目を浴びたがることはなかった。

彼女がアラクネの同類のように言われただけで、コリオレーナスは腹が立った。

「爆発の直後に、一言だけレポーターにコメントしただけよ。それに、あの子が言ったことは本当だと思うわ、おばあばさま」と、タイガレスがとりなした。

「もしかしたら、第十二地区の人たちは、おばあさまがお考えになるほど悪い人たちじゃないのかもしれない。ジェサップもルーシー・グレイも、どちらも勇敢だったもの」

「ルーシー・グレイを見た？　つまり、テレビでさ。彼女は無事だった？」

「わからないわ、コーリョ。テレビでは、動物園の様子を映さないもの。でも、死亡した贄の中に彼女の名前はなかったわよ」

「他にも死亡者がいるの？　第六地区の二人以外に？」

気を付けていても、ついうれしそうな声が出た。ルーシー・グレイのライバルは、少ないに越したことはない。

「ええ、爆発の後に何人か死んだわ」

第一地区と第二地区の贄たちは、入り口付近の爆発で崩れた壁の穴をめがけて逃走した。第一地区の二人は射殺され、第二地区の女子の贄は川まで逃げることができたが、壁を飛び越えた際に転落死した。第二地区の男子であるマーカスは、煙のように姿を消していた。追い詰められた屈強で危険な少年が、キャピトルに野放しになったのだ。市内のどこかでマンホールのふたが外れていたところから、キャピトルの地下に巡らされたトランスファーという鉄道路線網に逃れた可能性があるが、確かなことはわかっていない。

「反逆者どもは、あの闘技場を一つのシンボルと見なしているんだろう」おばあさまが言った。

「戦争中もそうだったもの。いまいましいことに、各地区へのテレビ中継を止めるまでに二十秒近くかかったんだよ。地区の連中はさぞかし喜んでいることだろう。けだものめが」

タイガレスが反論した。

「でもおばあばさま、地区であの放送を観ていた人はほとんどいなかったんですってよ。地区の人たちは、ハンガー・ゲーム関連の番組を観たがらないから」

「たとえほんの一握りでも、誰かが観てりゃ噂は広まるよ。いかにもやつらが喜びそうな話だもの」

クレメンシアがヘビに咬まれたときに会った医師が病室に入ってきて、ウェインと名乗った。ウェイン医師はタイガレスとおばあばさまを家に帰し、コリオレーナスの状態を簡単にチェックした。脳震盪は軽度のもので、やけども順調に回復しているという。完治までには時間がかかるが、おとなしく回復に努めれば、二、三日後には退院できるらしい。

「僕の贄がどうしているか知りませんか？　両手をひどくやけどしたようなのですが」

「僕にはわからないな」医師は言った。

「だが、動物園には優秀な獣医がいる。ゲーム開始までには、きっと元気になっていると思うよ。でも、それは君が心配することじゃない。君は自分が回復することだけを考えていればいいんだ。そのためにも、少し眠りなさい」

コリオレーナスは、喜んで医師の指示に従った。再び眠りに落ちると、月曜日の朝まで目を覚まさなかった。頭が痛み、体に傷を負っていては、急いで退院したいとは思わなかった。やけどをした肌に冷房の涼しい風は快かったし、口当たりの良い食事も定期的にたっぷり食べられる。彼はコップになみなみと注いだレモンジュースをちびちび飲みながら、大画面テレビのニュースで事件の経過を追った。翌日は、リング兄妹二人の葬儀が行われるらしい。マーカスの捜索はまだ続いていた。キャピトルも各地区も、セキュリティレベルが引き上げられていた。

教育係三名が亡くなり、三名が——実際には、クレメンシアを入れて四名が——入院していた。六名の贄が死亡し、一名が逃亡し、数名が負傷している。ゴール博士の望みがハンガー・ゲームを変身させることだったとしたら、その目的は達成されたわけだ。

午後になると、フェストゥスを筆頭に、大勢の見舞客が訪れた。フェストゥスは吊り包帯で固定された腕と、金属の破片で切った頬の傷あとを得意げに見せびらかした。アカデミーは休校になったが、生徒たちは翌朝のリング兄妹の葬儀に参列することになっているらしい。フェストゥスは双子の話題になると、涙で声を詰まらせた。コリオレーナスは、モルフリングの効き目が切れても自分はフェストゥスのように悲しみを覚えるだろうかと危ぶんだ。モルフリングは、苦痛と喜びのどちらも鈍らせてしまうのだ。続いてサテュリアがクッキーの手土産を持って現れ、教授陣からのお見舞いを伝えてくれた。サテュリアが言うには、事件に巻き込まれたのは不運だったが、おかげでコリオレーナスの受賞の可能性が高まったらしい。サテュリアの後に、負傷を免れたセジャナスが、バンからコリオレーナスの通学カバンを取ってきてくれた。彼は母親が作ったおいしいミートローフサンドイッチをお見舞いにくれたが、逃走中のマーカスの話題になると、言葉少なに黙り込んでしまった。最後に、タイガレスがおばあばさま抜きで顔を出した。おばあばさまは家で休んでいたが、退院するときに着る清潔な制服をタイガレスに持たせてくれていた。テレビ局が取材に来た場合に備えて、身だしなみを整えさせたいらしい。二人でサンドイッチを分け合った後、タイガレスは彼が眠りに落ちるまで痛む頭を撫でてくれた。子どもの頃に頭痛に悩まされたときも、彼女はこうして頭を撫でてくれたものだった。

火曜日の未明に、何者かに揺り起こされた。検温に来た看護師かと思ったが、ぞっとしたことに、恐ろしく変貌したクレメンシアがのぞき込んでいた。ヘビの毒のせいか、それとも解毒剤の作用か、黄金色に輝いていた肌は皮がむけ、白目は卵の白身のように濁っている。何より不気味なのは、ひっきりなしに全身を痙攣させていることだった。顔をしかめ、ぺろぺろと舌を突き出し、両手を差し出したかと思うとさっと引っ込める。

「シーッ、静かに！」

クレメンシアは、息を潜めてささやいた。

「本当は、来ちゃいけないことになってるの。私が来たことは、誰にも言わないで。でも、医者は私のこと何て言ってた？　どうして誰もお見舞いに来ないのかしら？　うちの親は、何があったか知ってるの？　まさか、私が死んだと思ってるんじゃないでしょうね！」

眠気と薬の作用で朦朧としていたコリオレーナスには、彼女が何を言っているのか、うまく理解できなかった。

「君のご両親？　ご両親はここに来てたよ。あのとき見かけたもの」

「いいえ、誰も会いに来てないわ！」

クレメンシアは、声をはりあげた。

「私はここから出たいのよ、コーリョ。彼女は私を殺すつもりなんだわ。ここは危険よ、私たちは命の危険にさらされてるのよ！」

「何だって？　誰が君を殺そうとしてるんだ？　君の言っていること、意味不明だよ」

「ゴール博士に決まってるでしょ！」

クレメンシアが腕をぎゅっとつかんだので、やけどの痛みがぶり返した。

「知ってるくせに！　あのとき、あなたもあそこにいたんだから！」

コリオレーナスは、クレメンシアの手を振りほどこうとした。

「自分の部屋に戻るんだ。君は病気なんだよ、クレミー。ヘビに咬まれたせいだ。だから、そんな馬鹿なことを想像するんだ」

「これでも想像にすぎないって言うの？」

クレメンシアは寝巻の襟元を広げ、片方の肩から胸元を露わにした。鮮やかな青やピンクや黄の鱗がまだらに広がり、水槽にいたヘビたちそっくりの、爬虫類のような皮膚に変わっている。コリオレーナスが息をのむと、クレメンシアは金切り声をあげた。

「しかも、どんどん広がっているのよ！　広がっているんだってば！」

そのとき、病院の職員が二人現れ、彼女を抱えて部屋から連れ出した。コリオレーナスは夜明けまでまんじりともできず、ヘビたちや、クレメンシアの肌や、ゴール博士の研究室のガラスケースの中にいた、不気味な姿に変えられたアボックスたちのことを考えていた。

（クレメンシアも、あのアボックスたちのようになってしまうのだろうか？　そうじゃないなら、なぜ彼女の両親は娘に会いに来ないのだろう？　なぜ僕以外は誰も何が起こったのか知らないのだろう？　もしクレメンシアが死んだら、唯一の目撃者である僕も殺されるのだろうか？　この話を打ち明けたタイガレスの身まで危なくなるのではないだろうか？）

心地よい休息を与えてくれた病室が、息の根を止めようとする油断ならない罠のように思えてきた。時間がたっても誰も様子を見に来ないのが、よけいに不審をあおる。夜が明ける頃になって、ようやくウェイン医師が枕元に現れた。

「昨夜クレメンシアがここに来たんだってね。びっくりしたかい？」

「ええ、少し」コリオレーナスは、平静を装って答えた。

「彼女はちゃんと回復するよ。あの毒は、体から抜けるときにいろいろと変わった副作用を引き起こすんだ。だから、ご家族にもお見舞いに来るのを遠慮してもらっている。ご両親は、非常に感染力の強い流感にかかって隔離されていると思っているんだ。あと一日か二日すれば、彼女は人前に出られるようになるよ」

ウェイン医師はコリオレーナスに言い聞かせた。

「君さえよければ、お見舞いに行ってあげるといいよ。励ましになるかもしれない」

「わかりました」

コリオレーナスは、少しだけ安心した。しかし、一度見てしまったものを見なかったことにはできない。この病院で見たものも、ゴール博士の研究室で見たものも。モルフリングの点滴が外されたので、それまでおぼろげだったことがくっきりと意識に浮かび上がってきた。彼を喜ばせてくれたもののすべてが、疑わしく思えてしまう。ホットケーキとベーコンのたっぷりとした朝食も、アカデミーから贈られた新鮮な果物とお菓子のバスケットも。アラクネの葬儀での国歌が好評で、コリオレーナス自身も事件で負傷したことから、リング兄妹の葬儀でも彼の歌う国歌が流されることが決まったと聞いても、素直に喜べなかった。

葬儀のテレビ中継は式典が始まる前の午前七時から開始され、九時には全校生徒が再びアカデミー前の階段に集合していた。国歌については、前回の葬儀の記録映像がスクリーンに映し出されるのだろうと思っていたが、演壇の後ろに現れたのは映像ではなく、ホログラムだった。コリオレーナスはよく大人たちから、端整な顔立ちがますます父親に似てきたと言われるが、初めて自分でもそう思った。目元だけでなく、あごの輪郭や髪の毛や、誇りに満ちた物腰まで、実によく似ている。そしてルーシー・グレイの言うとおり、彼の声には本物の威厳があった。総体的に言って、彼の歌は非常に印象的だった。

キャピトルはアラクネの葬儀の二倍も努力を払っていた。あの双子にふさわしい立派な葬儀だ、とコリオレーナスは思った。スピーチも、治安維持部隊の人数も、横断幕の数も、前回より多い。贄の死亡者も増えていた。爆発で負傷した第九地区の二人が新たに死んだのだ。動物園の獣医は最善を尽くしたようだが、彼らを入院させてほしいという再三の要請は却下されたらしい。彼らの傷ついた亡骸は、第六地区の贄たちの遺体の残骸とともに馬の背に乗せられ、スカラーズ通りを行進した。第一地区の二人と第二地区の女子の贄の遺体は、逃亡を企てた卑怯者にふさわしく、馬たちの後ろに引きずられていた。その後方に、コリオレーナスが動物園まで乗せられた、荷台が檻になったトラックが二台続き、贄たちが男女別に乗せられていた。コリオレーナスは目を凝らしてルーシー・グレイを探したが見当たらず、さらに不安な気持ちになった。傷の痛みと飢えに耐えかねて、ぐったりと床に横たわっているのだろうか？

兄妹おそろいの銀色の棺が、画面に映し出された。そのときコリオレーナスの頭に浮かんだのは、戦争中に双子たちが考え出した〈リングを囲め！〉という愉快なゲームだった。ディディとポロが校庭を逃げ回り、鬼になった他の子どもたちが手を繋いで二人を追いかけ、双子を囲い込んで捕まえる遊びだ。最後はいつも、リング兄妹を含めた全員がもつれあって地面に倒れ、腹が痛くなるほど笑い転げたものだった。

（ああ、七歳の頃に戻れたらどんなにいいだろう！　友達と好きなだけ遊び、教室に戻れば、机に栄養クラッカーが置いてあったんだ！）

昼食後、ウェイン医師が現れて、おとなしくベッドに寝ていると約束するなら退院してもよろしいと言った。もはや病院に魅力を感じなくなっていたので、コリオレーナスは直ちにきれいな制服に着替えた。タイガレスが迎えに来て、路面電車で家まで送ってくれたが、彼女はその後すぐに仕事に戻らねばならなかった。コリオレーナスとおばあさまは仲良く午後を昼寝に費やし、目覚めるとセジャナスの母ちゃんがおいしい煮込み料理を届けてくれていた。

タイガレスがうるさく言うので、コリオレーナスは日没とともにベッドに入ったが、眠ることはできなかった。目を閉じるたびに、炎に取り囲まれ、地面が揺れ、息詰まる黒煙のにおいがする。意識の片隅でずっと気になっていたルーシー・グレイのことが、まったく頭から離れなくなった。

（ルーシー・グレイはどうしているだろう？　僕が冷房の効いた病院のベッドの上でモルフリングの点滴を受けている間、動物園の獣医は彼女の両手のやけどを治療してくれただろうか？　あの煙のせいで、彼女の美しい声が損なわれてしまったのではないだろうか？　僕を助けるために、彼女は闘技場でスポンサーを得るチャンスを棒に振ったのではないだろうか？）

コリオレーナスはナイトテーブルの引き出しを探り、母親のコンパクトを取り出した。おしろいのバラの香りを吸い込むと少し落ち着いたが、居ても立ってもいられず、ベッドから起き出した。それから数時間、彼はペントハウス中をさまよい、窓から夜空を見上げ、コルソー通りを見下ろし、向かいのマンションの窓を覗きこんだ。やがて、ふと気づけば屋上庭園に出ておばあさまのバラの間にたたずんでいた。階段を上ったことも、庭園に出たことも覚えていない。バラの香りに満たされた新鮮な夜の空気を吸って、いくらか気分が晴れた。だが、たちまち震えるような寒さに襲われ、体じゅうが痛みはじめた。

夜が明ける何時間も前から台所に座っていたところへ、タイガレスが現れた。彼女はお茶を淹(い)れてくれ、二人は煮込み料理の残りを鍋(なべ)から直接食べた。肉とジャガイモとチーズを重ねたおいしい料理が、心を慰めてくれる。タイガレスは、ルーシー・グレイの苦しみはあなたのせいではないと、やさしく言い聞かせてくれた。結局のところ、彼も彼女もまだ子どもにすぎない。彼らの運命は、権力者の意のままに翻弄(ほんろう)されるしかないのだ。

ようやく落ち着いたコリオレーナスは数時間まどろみ、サテュリアからの電話で起こされた。可能なら今朝から登校した方がいいと、サテュリアは強く勧めた。インタビューの準備をするために、贄との会合が予定されている。インタビューを受けるかどうかは、もはや完全に任意だという。

アカデミーに出かけたコリオレーナスは、バルコニーからヘブンズビー・ホールを見下ろして、空席が多いことに胸を痛めた。八人の贄が死に、一人が行方不明になっていることは、頭では理解していた。だが、その事実が二十四個の小さなテーブルの列にどのような波紋を投げかけるか、いかに不規則で無秩序な混乱が生まれるか、予想していなかった。第一地区、第二地区、第六地区、第九地区の贄はいなくなり、第十地区は一人しか残っていない。残った贄も、ほとんどは負傷しており、全員が健康を害しているように見えた。教育係がそれぞれの贄と対面すると、寂寥感(せきりょうかん)はさらに強くなった。六名の教育係が亡くなるか入院している上、逃亡を企てた第一地区と第二地区の贄の教育係は、贄が処刑されたので、会合に出席する理由がなくなったのだ。リヴィア・カーデューはしきりに抗議し、地区から新たな贄を連れてくるか、クレメンシアの贄のリーパーを自分の贄に変更することを要求していた。誰もが、クレメンシアは流感で入院していると思っている。リヴィアの要求は聞き入れられず、乾いた血がにじんだ包帯を頭に巻いたリーパーは、一人でテーブルについていた。

コリオレーナスが向かい側の席に座っても、ルーシー・グレイはにこりともしなかった。ゼイゼイと苦しそうに咳き込んでおり、服にはいまだに爆煙の煤がこびりついている。だが、思っていたより獣医は手を尽くしてくれたようで、両手のやけどは順調に回復していた。

「やあ」

コリオレーナスは、ピーナッツバター・サンドイッチとサテュリアがくれたクッキー二枚を、さっとテーブルに滑らせた。

「どうも」

ルーシー・グレイがしわがれた声で言った。媚びるそぶりも、親愛のしるしも、一切見せない。サンドイッチを軽くたたいたが、食べるには疲れすぎているようだった。「ありがと」

「いいや、こちらこそ、命を救ってくれてありがとう」

コリオレーナスは軽い口調で言ったが、彼女の目を覗きこんで、たちまち後悔した。

「みんなにも、そう言ってる？」ルーシー・グレイはたずねた。「私があなたの命を救ったって？」

　タイガレスとおばあばさまには話したものの、どうすればいいかわからなかったので、まるで夢だったかのように忘れていた。こうして命を落とした者たちの空席に囲まれ、闘技場でルーシー・グレイが助けてくれたときの状況がまざまざと思い出されてくると、事の重大さに改めて気づかされる。ルーシー・グレイが助けてくれなければ、コリオレーナスは間違いなく死んでいたはずだ。花に埋もれた銀色に輝く棺が、座る者のない椅子が、もう一つ増えていたはずなのだ。コリオレーナスは再び口を開き、喉（のど）につかえた言葉を無理やり絞り出した。

「家族には話した。本当だよ。ありがとう、ルーシー・グレイ」

「まあね、たまたま手が空いてたものだから」

　ルーシー・グレイは、クッキーに砂糖衣で描かれた花模様を震える指でなぞった。「きれいなクッキーだこと」

　コリオレーナスは混乱した。ルーシー・グレイに命を救われた自分は、彼女に借りがある。だが、その借りを何で返せばいいだろう？　サンドイッチ一つとクッキー二枚、それが彼の彼女に対する返礼だった。命を救ってもらったことに対して、それはいかにも安すぎる。本来なら、彼女が求めるすべてを与えてしかるべきなのだ。コリオレーナスは、頬に血がのぼるのを感じた。

「君は逃げることもできた。でも、もし君が逃げていたら、救助が来る前に僕は焼け死んでいただろう」

「逃げる？　どうせ撃ち殺されるだけなのに、わざわざそんな面倒くさいことしないわ」

コリオレーナスは、首を横に振った。

「笑い飛ばしてもいい。でも、君が僕のために犠牲を払ってくれたことに変わりはない。何とか君に恩返しがしたいと思っているんだ」

「私も、そう思っているわ」

この短いやりとりのうちに、二人の力関係は変化していた。これまでは、ルーシー・グレイの教育係であるコリオレーナスは、恵み深い与え手であり、常に感謝される立場にあった。ところが今や、状況は一転した。彼女は何よりも重要な贈り物を彼に与えたのだ。表面上は何も変わっていないように見える。鎖につながれた少女に少年が食べ物を与え、治安維持部隊が警護している。だが一皮むけば、二人の関係性は決定的に変化していた。命ある限り、コリオレーナスはルーシー・グレイに借りがある。そしてルーシー・グレイには、彼に要求する権利があるのだ。コリオレーナスは白状した。

「どうすればいいか、わからないけど……」

ルーシー・グレイはホールを見渡し、負傷したライバルたちを観察した。それから、コリオレーナスの目を見つめ、苛立ちの混じる声で言った。

「まずは、本気で私の優勝を目指すことね」

第二部
賞

11

ルーシー・グレイの言葉に耳が痛かったが、考えてみれば、当然のことだった。コリオレーナスは、彼女がハンガー・ゲームに優勝するとは、心の底では信じていなかった。彼はただ、ルーシー・グレイの魅力とスター性の輝きを借りて、自分が成功しようと思っていただけだ。スポンサー獲得のためと称して歌うことを勧めたのさえ、彼女のおかげで集めることができた世間の注目を、できるだけ長く浴びていたかったからだ。ついさっき彼女の両手のやけどが治ったことを喜んだのも、インタビューの夜にギターを弾くことができるからであり、闘技場で彼女が身を守れるようになったからではなかった。ルーシー・グレイが彼にとって大切な存在だと動物園で主張したことも、事態を悪くしていた。それが事実なら、たとえどれほど分が悪かろうと、彼女が優勝するように力を尽くすべきだったのだ。

「あなたのことをクリームたっぷりのケーキと言ったのは、本当にそう思っていたからよ」ルーシー・グレイは言った。

「わざわざ会いに来てくれたのは、あなただけだった。あなたと、お友だちのセジャナスだけ。あなたたち二人は、私たちを人間扱いしてくれた。でも、あなたが本当に私に報いたいと思うなら、私が生き残れるように協力するしかないわ」

「わかった。これからは、僕らは優勝を目指す」

ルーシー・グレイは手を差しだした。

「決まりね？」

コリオレーナスは、その手を慎重に握った。

「約束だ」

困難な挑戦を目の前にして、彼は奮い立った。

「第一段階だ。僕が戦略を考えるよ」

「私たち二人で、戦略を考えるのよ」

ルーシー・グレイは訂正した。だが、彼女はほほ笑んで一口サンドイッチをかじった。

「そうだね。僕たち二人で考えよう」

コリオレーナスは、改めて計算した。

「残ったライバルは十四人だけだ。マーカスが見つからない限りはね」

「あなたがあと何日か私を生かしておいてくれれば、不戦勝で優勝できるかもね」

コリオレーナスはホールを見渡し、ルーシー・グレイのライバルたちの様子をうかがった。鎖につながれた贄(いけにえ)たちは一様に傷つき、疲れ果てている。一瞬コリオレーナスは希望を持ったが、ルーシー・グレイの状態も彼らと大差はなかった。それでも第一地区と第二地区の贄が脱落したこと、ジェサップと同盟を結んだこと、そして新たにスポンサー制度が導入されることを考慮すれば、彼女が勝つ見込みはキャピトルに到着した当初に比べて大幅に増えていた。もしかしたら、ルーシー・グレイに食べ物を与え続けることさえできれば、彼女は闘技場のどこかに逃げ込んで、殺し合いや飢えで他の贄たちが全滅するまで隠れていられるかもしれない。

「一つ教えてくれ。いざとなったら、君は誰かを殺すか？」コリオレーナスは言った。

ルーシー・グレイは、もぐもぐと口を動かしながら質問の重みについて考えこんでいた。

「自分の身を守るためなら、たぶんね」

「これはハンガー・ゲームだ。すべての行為は正当防衛だよ。でもたぶん、他の贄から逃げるのが最上の策だろう。そして、スポンサーに食べ物を提供してもらう。そうやって形勢を見守るんだ」

「ええ、私にはその戦略の方がいいわね。悲惨な状況を耐え抜くのは、私の特技の一つよ」ルーシー・グレイは、乾いたパンを喉に詰まらせて咳き込んだ。

コリオレーナスは、通学カバンから水のボトルを取り出して手渡した。

「インタビューはまだ行われる予定だ。でも、出演は任意らしい。君はどうする？」

「何言ってるの？　このハスキーボイスにぴったりの歌を用意してあるんだから。ギターは見つかった？」

「いいや。でも、今日手配するよ。誰か持っている人に借りてくる。もしスポンサーを獲得できれば、優勝に向かって大きく前進できるよ」

ルーシー・グレイは少し元気になり、インタビューに用意した歌について語りはじめた。

しかし与えられた時間は十分しかなかったので、高等生物学研究室に戻れと教育係たちに命じるシックル教授の声で、短い会合はあっけなく終わった。

セキュリティが厳重化されたらしく、治安維持部隊が研究室まで付き添い、ハイボトム学生部長が一人ずつ名前をチェックした後で、教育係たちは一列になって自分の席に移動した。死亡または逃亡した贄の教育係で健康な者は、リヴィアとセジャナスを含め、既に研究室のテーブルについていた。ゴール博士は、例のウサギのケージにニンジンを放り込んでいた。コリオレーナスは全身から汗が噴き出すのを感じた。久々に間近で見るゴール博士は、あいかわらず異様そのものだった。

「ピョンピョン、ウサギちゃん！　ニンジンと棒のどっちが欲しい？　贄たちは死にかけていて、諸君は……」

博士は促すように教育係たちを振り返った。しかし、セジャナス以外は視線をそらした。

「うんざりしています」と、セジャナスが続けた。

ゴール博士は笑った。

「同情的なやつだ。君の贄はどこにいる？　何か手がかりはあったかね？」

キャピトル・ニュースでは相変わらずマーカスの捜索について報道されていたが、しだいに間遠になっていた。当局によると、トランスファーのどこかに罠が仕掛けられ、間もなく逮捕されるとのことだ。キャピトル市民は安心し、彼は既に死んでいるか、やがて捕まると考えていた。いずれにせよ、マーカスはトランスファーから出て無辜のキャピトル市民を殺して回るより、逃げることに専念したいようだ。

「彼はもうすぐ自由になれるかもしれません」セジャナスは、感情を抑えた声で言った。「あるいは、捕まって闇に葬られたのかもしれません。負傷して隠れているのかもしれません。それとも死んでしまったのかも。僕にはわかりません。博士はどうお考えですか？」

コリオレーナスは、セジャナスの度胸に感心せずにはいられなかった。もちろん、セジャナスはゴール博士がどれほど危険な人物か知らない。気をつけないと、ゾウの胴体とインコの羽根をくっつけられ、檻に入れられてしまうかもしれないというのに。

「いや、答えていただかなくて結構です」セジャナスは吐き捨てるように言った。「たとえ死んでいなくても、彼はもうすぐ死にます。捕まれば、鎖につながれて市中を引き回されるのですから」

ゴール博士は反論した。

「それは私たちの権利だよ」

「いいえ、違います！ 博士が何とおっしゃろうと構いません。理由もなく他人を飢えさせ、罰する権利など、あなたたちにはありません。彼らの命や自由を奪う権利もありません。戦争に勝ったからって、そんな権利はありません。武器をたくさん持っているからって、そんな権利はありません。キャピトルに生まれたからって、そんな権利はありません。そんな権利は、誰にもないのです。ああ、何で僕はこんなところにいるんだろう」

セジャナスは憤然と立ち上がり、急ぎ足で扉に向かった。だが、ドアノブが動かない。

セジャナスはドアノブをガタガタ揺らすと、さっとゴール博士に向き直った。

「今度は僕らを閉じ込めるんですか？　まるでサルの檻の縮小版だ」

「まだ退出を許可していないよ」ゴール博士は言った。「席に戻りたまえ」

「いやです」

しばらくして、ハイボトム学生部長が間に入った。

セジャナスの口調は静かだったが、それでも数人の生徒が身を震わせた。

「扉は外側から鍵がかけられている。こちらが知らせるまで邪魔をするなと、治安維持部隊に命じてあるんだ。とにかく、座ってくれ」

「それとも、治安維持部隊にどこかへ送らせようか？　君の父上のオフィスは、この近くだったと思うが」

セジャナスを名前で呼ぼうとしないにもかかわらず、ゴール博士は彼が誰の息子かよく知っているようだった。

セジャナスは怒りと屈辱に顔を赤らめたが、微動だにしなかった。あるいは、動けなかったのかもしれない。その場に立ちつくしたまま、じっとゴール博士をにらみつけている。耐えがたいほどの緊張感が、研究室に広がった。

自分でも気づかないうちに、コリオレーナスは口を開いていた。

「僕の隣が空いているよ」

その声で、セジャナスは気勢を削がれたようだった。深呼吸し、ゆっくりと戻ってくると、スツールに腰を下ろした。片方の手は通学カバンの肩ひもを握りしめ、もう片方の手はテーブルの上でこぶしを作っている。

コリオレーナスは、よけいなことを言ったと後悔した。ハイボトムが訝しげな視線を向け、すぐさまノートを開いてペンのキャップを外したのが見えた。

「諸君は感情が高ぶっているんだ」ゴール博士は、教育係たちに言った。

「それは理解できる。本当だよ。だが、君たちは感情を抑制し、制御する術を学ばねばならない。戦争に勝つために必要なのは頭脳であり、心ではないのだ」

「戦争はもう終わったと思っていましたが」

リヴィアが発言した。彼女も怒っているようだが、セジャナスほどではない。自分のたくましい贄を失ったことが気に入らないだけだろうと、コリオレーナスは見当をつけた。

「そうかな？　闘技場であんな恐ろしい経験をしたというのに？」

「はい、そうです」リシストラータが口を挟んだ。

「それに、戦争が終わったのなら、厳密には殺し合いも終わるはずではないのですか？」

「僕は、戦争は絶対に終わらない気がしてきました」フェストゥスがおずおずと言った。

「地区の連中はこれからも僕らを憎むだろうし、僕らもずっとあいつらを憎むだろうと思います」

「いいところに気がついたね。では、戦争がずっと続くものと仮定してみよう。戦闘に浮き沈みがあるとしても、完全に終結することは決してない。その場合、我々は何を目指すべきか？」

「つまり、戦争に勝つことはできないということですか？」リシストラータがたずねた。

「仮に、できないとしよう」ゴール博士は言った。「その場合、我々はどのような戦略をとるべきだね？」

コリオレーナスは、うっかり答えを口走らないように固く口をつぐんだ。たとえゴール博士に賞賛されるチャンスだとしても、博士を避けろというタイガレスの意見が正しいことはわかっていた。教育係たちが考えこんでいる間、ゴール博士は通路を行ったり来たりしながら待っていた。やがて、博士はコリオレーナスのテーブルの前で立ち止まった。

「スノー君、終わりのない戦争では、我々はどうすべきだと思うかね？」

コリオレーナスは、必死で自分を抑えた。博士はもう高齢だ。永遠に生きられる人間はいない。

「スノー君？」

ゴール博士は追及をゆるめなかった。コリオレーナスは、自分があのウサギになって金属の棒でつつかれているような気分になった。

「いちかばちか、答えてみないか？」

「戦いを支配すればいいのです」コリオレーナスは静かに言った。

「戦争に終わりがないのなら、戦いを永遠に支配する必要があります。ちょうど今、我々がそうしているように。治安維持部隊に各地区を占領させ、厳格な法律を布き、ハンガー・ゲームのような、どちらが支配者か相手に思い知らせる手段を行使するのです。いかなる場合においても、敗者ではなく勝者になるためには、敵の上手を取ることが望ましいでしょう」

セジャナスがつぶやいた。

「でも、僕らの場合は、明らかにモラルに欠けている」

「正当防衛はモラルに反しないわ」リヴィアが鋭く言い返した。

「それに、敗者より勝者になりたいと思わない人なんている?」

「私は別に、どちらにもなりたいと思わないわ」リシストラータが言った。

「どちらにもならないという選択肢はないんだ」

コリオレーナスは、リシストラータに言い聞かせた。

「勝者と敗者のどちらになりたいか、という質問だよ。そこのところを考えれば、その選択肢はあり得ない」

「そこのところを考えればその選択肢はない。そうだね、キャスカ?」

ゴール博士は、通路を引き返しながら言った。

「ちょっとした思いつきで、多くの命が救われることがあるぞ」

ハイボトム学生部長は、リストの上にいたずらにペンを走らせていた。

(もしかしたら、ハイボトムも僕と同じように、あのウサギに過ぎないのかもしれない)

コリオレーナスは、ハイボトムのことで頭を悩ますのは時間の無駄かもしれないと思った。

「だが、安心したまえ」ゴール博士は快活に続けた。「人生における大方の問題と同様に、戦争にも良い点と悪い点がある。そこで、諸君に次なる課題を与えよう。戦争の美点をすべて、レポートにまとめたまえ。戦争に関して好きな点を全部書き出すのだ」

級友たちの多くは愕然(がくぜん)として顔を上げたが、コリオレーナスは驚かなかった。面白半分にヘビにクレメンシアを襲わせるような人間だ。明らかに、博士は他人の苦しみを見て楽しんでおり、他の人間も同じだと思っている。

リシストラータが、顔をしかめた。

「戦争の美点、ですか？」

「ずいぶん短いレポートになりそうだ」フェストゥスが言った。

「グループ課題ですか？」リヴィアがたずねた。

「いや、全員に提出してもらう。グループ課題の悪いところは、たいてい誰か一人がすべての仕事を押しつけられるという点だ」

ゴール博士は、コリオレーナスにウィンクした。コリオレーナスは、ぞっと肌が粟(あわ)だった。

「だが、家族から知恵を借りても構わない。驚くべき発見があるかもしれんぞ。そして、できる限り正直に書くこと。日曜日のミーティングのときに提出してくれ」

ゴール博士はポケットからさらに数本のニンジンを取り出すと、例のウサギの方に向き直った。もはや教育係たちのことは忘れてしまったようだった。

研究室から解放されるや、セジャナスが廊下を追いかけてきた。

「僕をかばうのは、もうやめた方がいい」

コリオレーナスは首を振った。

「自分でもどうしようもないんだ。条件反射みたいなものかな」

セジャナスは、声を落とした。

「あの博士は邪悪だ。誰かがあいつを止めなきゃいけないんだ」

ゴール博士をヘッド・ゲームメーカーの座から引きずり下ろそうとしても無駄だとコリオレーナスは思ったが、同情するように言った。

「君は止めようとしたよ」

「そして失敗した。家族で故郷に帰れたら、どんなにいいだろう。第二地区が、僕らの居場所なんだ。もっとも、第二地区の人たちも僕らを歓迎してはくれないけど」

セジャナスは思いつめたように続けた。「キャピトルにいたら、僕はおかしくなっちまう」

「今はつらいときだよ、セジャナス。ハンガー・ゲームがあるし、爆破事件もあったしさ。絶好調なやつなんて一人もいない。短気を起こして逃げるんじゃないぜ」

コリオレーナスは、セジャナスの肩をたたきながら心の中でつけ加えた。

（おまえには、頼みを聞いてもらわなきゃならないかもしれないからな）

「逃げるって、どこへ？　どうやって？　何のために？」セジャナスは言った。

「でも、君が僕の味方をしてくれて、本当にありがたいと思っているよ。何かお礼ができたらいいのに」

実のところ、コリオレーナスには必要なものがあった。

「もしギターを持っていたら、借りたいんだけどな」

プリンツ家にはギターがなかったので、コリオレーナスはルーシー・グレイとの約束を果たすために、水曜日の午後いっぱい奔走した。学校で心当たりをたずねて回ったが、あるかもしれないと返事をしたのはヴィプサニア・シックルだけだった。動物園でクルミを使ってジャグリングを披露した、トリーチという第七地区の男子の教育係だ。

「そう言えば、戦争中はうちにギターがあったと思うわ」ヴィプサニアは彼に言った。

「探してまた連絡するわね。あなたの贄（いけにえ）の歌を、ぜひまた聞きたいもの！」

彼女を信じていいかどうか、コリオレーナスにはわからなかった。シックル家の人々が音楽好きとは思えなかったからだ。ヴィプサニアは、おばのアグリッピナの負けず嫌いな性質を受け継いでいる。コリオレーナスが知る限り、彼女はルーシー・グレイのパフォーマンスを邪魔しようとしていた。だが、そっちがその気なら、こっちにも考えがある。君は救いの女神だと礼を言いつつ、コリオレーナスはギター探しを続けた。

アカデミーでは収穫がなかったが、ふとプルリブス・ベルを思い出した。おそらくプルリブスなら、ナイトクラブ時代の楽器をまだ持っているだろう。

裏通りに面した扉を開けた瞬間、白ネコのボアがコリオレーナスの脚に絡みつき、エンジンのような音を立てて喉を鳴らした。十七歳になるボアはすっかり年老いており、コリオレーナスは抱き上げるのにも気を遣った。

「ああ、おなじみさんに会えてご機嫌だな」

プルリブスは、コリオレーナスを中に招き入れた。

地区が戦争に敗れても、プルリブスの商売にほとんど変化はなかった。彼はいまだに闇市場の取引で生計を立てている。もっとも、今では高級品を扱うようになっていた。上等な酒類、化粧品、タバコなどは、依然として入手困難だ。第一地区は少しずつキャピトル用の嗜好品の生産に力を入れるようになってきたが、誰でも手に入れられるわけではなかったし、それらの品は高価でもあった。スノー家はもはや常連客ではなかったが、タイガレスはときどき肉やコーヒーの配給券を売りに来ていた。肉やコーヒーを買う権利だけもらっても、実際に買うお金がないからだ。裕福な人々は、余分に子羊の脚を買う特権に喜んで金を払った。

プルリブスは口が堅いことで有名で、コリオレーナスが裕福なふりをする必要がない、数少ない相手のひとりだった。プルリブスはスノー家の台所事情を知っていたが、決してそれを他言せず、彼らを見下すこともなかった。今日もプルリブスはコリオレーナスを椅子に座らせると、アイスティーとケーキを山盛りにした皿を勧めてくれた。二人は爆破事件について話し合い、あの事件でよみがえった戦争のつらい記憶を語り合ったが、話題はすぐにルーシー・グレイに移った。プルリブスは、彼女をとても気に入っていた。

「あの子みたいな歌手が何人かいたら、またクラブをやってもいいんだがな」

プルリブスは、しんみりと語った。

「もちろん闇の商売は続けるけどさ、週末だけショーをやったっていい。実際、あたしらは殺し合いにかまけて、楽しむことを忘れちまったんだ。でも、彼女はちゃんとわかっている。君のあの子はね」

コリオレーナスはインタビューの計画をプルリブスに打ち明け、ギターを貸してほしいと頼んだ。

「丁寧に扱いますから。彼女が弾かないときは家に置いておきますし、インタビューが終わったら、すぐにお返しします」

プルリブスには、面倒な交渉は必要なかった。

「知ってのとおり、爆撃でサイラスを失った後、あたしは何もかもしまい込んでしまった。馬鹿だよ、本当に。そんなことしたって、最愛の人を簡単に忘れられはしないのに」

プルリブスは立ち上がり、古いクローゼットの扉をふさいでいた香水の木箱の山を動かした。扉を開けると、さまざまな楽器が棚の上に美しく並べてあった。プルリブスは塵ひとつ積もっていない革のケースを取り出すと、ふたを開けた。古い木材とニスのいい香りがして、黄金色に輝く楽器が現れた。女性の体のような優美な曲線。長いネックに沿って六本の弦が走り、先端のペグで止められている。プルリブスは、軽くその楽器を爪弾いた。

ひどく調子はずれだが、豊かな響きがコリオレーナスの体にまっすぐ伝わってきた。

コリオレーナスは、慌てて首を振った。

「これは上等すぎます。壊したら大変ですから」

「君を信頼しているよ。君のあの子のこともね。あの子がこのギターでどんな歌を歌ってくれるか、聞きたいんだ」

プルリブスはケースのふたを閉じ、彼に差し出した。

「持って行ってくれ。あたしが幸運を祈っていると、あの子に伝えておくれよ。聴衆の中に味方がいれば、心強いものだからね」

コリオレーナスは、ありがたくギターを受け取った。

「ありがとう、プルリブス。クラブを再開できたら本当にいいですね。僕は常連になりますよ」

「お父上のようにかね？」プルリブスはクスクス笑いながら言った。

「お父上は君くらいの頃、毎晩のようにこの店に来て、閉店まで粘っていたものだよ。あの悪党の、キャスカ・ハイボトムと一緒にね」

プルリブスの言葉は、まったくあり得ないことのように聞こえた。厳しくユーモアのかけらもない、あの謹厳な父親が、ナイトクラブではめを外していた？　しかも、こともあろうに、あのハイボトムと一緒に？　父とハイボトムの名が一緒に語られるのを聞いたことはなかったが、考えてみれば、彼らは同じ年頃だった。

「冗談ですよね？」

「いやいや！　あの二人は、なかなかの悪ガキコンビだった」

だが、プルリブスが詳しく話そうとしたとき、お客が来て話は中断された。

コリオレーナスは細心の注意を払って戦利品を持ち帰り、部屋のタンスの上に置いた。ギターを見たタイガレスとおばあさまは感嘆の声をあげたが、彼はルーシー・グレイの反応を見るのが待ち遠しかった。彼女が第十二地区でどんな楽器を持っていたかは知らないが、プルリブスのギターにはとてもかなわないだろう。

頭痛がしたので日没とともにベッドに入ったが、眠りにつくまで時間がかかった。父親と〈あの悪党のキャスカ・ハイボトム〉の関係が、気になってしかたがなかったのだ。プルリブスが言うように、二人がかつて友人どうしだったとしても、その友情はかけらも残っていない。ナイトクラブに通っていた頃にどれだけ親しかったとしても、二人の関係はいい結末を迎えなかったと考えざるを得なかった。なるべく早くプルリブスに詳しい話を聞こうと、コリオレーナスは思った。

だが、それから数日間は、適当な機会に恵まれなかった。ルーシー・グレイのインタビューの準備に忙しかったのだ。インタビューは、土曜日の夜に予定されていた。教育係と贄のペアは、準備のために教室を一つずつあてがわれた。治安維持部隊の兵士二人が警護についていたが、ルーシー・グレイは足かせと手錠を外された。タイガレスが自分の古着を提供し、ルーシー・グレイさえよければ、インタビューに備えてドレスを洗濯し、虹色のフリルにアイロンをかけようと申し出てくれた。ルーシー・グレイはためらっていたが、コリオレーナスがタイガレスから預かったもう一つの贈り物の、ラベンダーの香りがする花の形のせっけんを渡すと、彼に後ろを向かせ、服を着替えた。

ルーシー・グレイがギターをまるで生き物のように愛情を込めて扱うのを見て、コリオレーナスは彼女が自分とはかけ離れた、想像もつかないような人生を歩んできたことを悟った。ルーシー・グレイはたっぷりと時間をかけて楽器の音程を合わせた後、次から次へとさまざまな曲を演奏した。彼女は音楽に飢えていたのだ。彼が与えた食べ物に示した貪欲さにも引けを取らなかった。コリオレーナスは、スノー家に用意できる限りの食べ物をルーシー・グレイに食べさせ、痛めた喉を鎮静させるためにコーンシロップで甘くしたお茶を飲ませた。そのおかげで、インタビューの夜には、彼女の声帯はかなり回復していた。

『ハンガー・ゲーム：インタビューの夕べ』が、アカデミーの講堂に集まった観客を前にして始まった。この特別番組は、パネム全国で放送される。司会はキャピトルテレビの名物気象予報士、ラッキーことルクレチウス・フリッカーマンだ。ラッキーはラインストーンをあしらった襟の高いブルーのスーツを着て、ジェルでなでつけた髪に赤褐色のパウダーをふりかけ、にぎやかな明るさを振りまいている。ステージの奥のカーテンは、戦前の品を引っ張り出してきたものだ。星が瞬く夜空の絵柄どおり、美しくきらめいている。

軽快にアレンジされた国歌が演奏された後、ラッキーは十年目を迎えて装いを新たにしたハンガー・ゲームを観客たちに紹介した。今回は、気に入った贄のスポンサーになることで、キャピトル市民もゲームに参加できるのだ。

「皆さんはこう思っていますよね？『それって私に何の得があるの？』って」

ラッキーはかん高い声をはりあげ、賭けのシステムを説明した。戦前に競馬を楽しんだ者ならよく知っている、単純なルールだ。優勝者か、最後の二人に残ったうちの一人か、最後の三人に残ったうちの一人を当てればいい。お気に入りの贄に食料を送りたい、あるいは賭けに参加したいという人は、最寄りの郵便局に行けば、局員が手続きをしてくれる。明日から郵便局は午前八時から午後八時まで営業するので、ハンガー・ゲームが始まる月曜までに、どの贄に賭けるか考える時間はたっぷりある――。

ゲームの新趣向に関する説明が済んだ後は、インタビューに関する資料を読みあげることしかラッキーの仕事はなかった。だが、彼は隙あらば得意の手品を披露し、ワインボトルから色とりどりの酒をグラスに注いでキャピトルに乾杯したり、ひらひらした上着の袖口からハトを飛ばしたりした。

インタビューに出演できた贄のうち、何らかの芸を持っている者は半数しかいなかった。コリオレーナスは、登場の順番を最後にしてもらった。ルーシー・グレイに太刀打ちできる贄はいないとわかっていたし、最後に出た方が視聴者の印象に残るからだ。他の教育係たちは、それぞれのセールスポイントを盛り込んだ贄の基本情報を提供し、視聴者からスポンサーを募っていた。リシストラータはジェサップのたくましさをアピールするために、ちょこんと椅子に座った自分を軽々と頭上まで持ち上げさせた。イオ・ジャスパーの贄のサークという第三地区の男子は眼鏡を使って火を起こせると主張し、科学に詳しいイオが、火を起こすのに最適な角度と時間帯について解説した。横柄な性格のジュノ・フィップスは、小柄なボビンの教育係に任命された当初はがっかりした、と告白したが、ボビンが縫い針一本で人を殺す方法を五通りも知っていたのですっかり見なおした、と締めくくった。フェストゥスの贄であるコーラルという第四地区の女子は、故郷で広く用いられている三叉の矛を扱えると語った。彼女は古い箒を使って実演してみせたが、そのしなやかな動きから、優れた腕前の片鱗が見て取れた。乳製品会社の一人娘、ドミティア・ウィムジウィックの牝牛に関する知識は、結果的に財産となった。生来陽気な彼女は、タナーというたくましい第十地区の男子に詳しく食肉処理の技術について語らせ、時間をオーバーしそうになって、ラッキーに止められる始末だった。亡くなったアラクネは、同じ第十地区の女子を担当していたが、食肉処理の技術がどれだけ人々の心に訴えるか読み切れなかったのだ。ここまでのところ、タナーは最も多くの喝采を集めていた。

ルーシー・グレイと一緒にステージに出る準備をしながらも、コリオレーナスは油断なく耳を澄ましていた。大統領を大おじに持つフェリクス・レイビンスティルは、ディルという第十一地区の女子を懸命に売り込もうとしていたが、彼女のセールスポイントがどこなのか、いまひとつよくわからなかった。ディルはますます健康状態が悪化し、咳をする気力さえなさそうだ。

タイガレスは、またもや奇跡を起こしてくれた。ルーシー・グレイのドレスは、汚れや煤が跡形もなく消えていた。まっさらによみがえった虹色のフリルは丁寧に糊付けされ、アイロンがかけられていた。また、ファブリシアが捨てた、わずかに中身が残った頬紅の瓶も贈ってくれた。体を洗い、頬と唇に紅をさし、刈入れのときのように髪を結い上げたルーシー・グレイは、プルリブスが言ったように、楽しむことを知っている人間に見えた。

「きっと、君のオッズは分刻みで上がっているよ」

コリオレーナスは、彼女の髪に挿したあざやかなピンクのバラのつぼみを直してやった。おそろいのバラが、彼の上着の襟にもついている。こうしておけば、ルーシー・グレイが誰の贄であるか一目瞭然だ。

「でも、よく言うでしょう？　マネシカケスが鳴くまでショーは終わらないって」

「マネシカケス？」コリオレーナスは笑った。「それ、君が作ったことわざだろう！」

「ちがうわ。マネシカケスは、正真正銘の鳥よ」

「そしてその鳥は、君のショーで鳴くの？」

「私のショーじゃないわ、あなたたちのよ。とにかく、キャピトルのショーよ」

ルーシー・グレイが言った。「私たちの出番みたい」

美しいドレスと、しわひとつない制服をまとった二人が登場すると、観客たちから自然に喝采が沸いた。コリオレーナスは、彼女にありきたりな質問をして時間を無駄にはしなかった。軽く自己紹介をした後、彼はルーシー・グレイ一人をスポットライトに残して引き下がった。

「こんばんは」

ルーシー・グレイが観客に挨拶をした。

「私はベアード一座から来た、ルーシー・グレイ・ベアードです。今から歌うのは、まだ第十二地区にいた頃、どんな結末になるかもわからずに作りはじめた歌です。古くから伝わる曲に、私が歌詞をつけました。私が生まれた地方で、バラッドと呼ばれる歌です。歌の中で語られている物語は、たぶん私の物語だと思います。『ルーシー・グレイのバラッド』をお聴きください」

この数日間、コリオレーナスはルーシー・グレイの歌をいくつも聞いていた。春の美しさを賛美するもの、母親を亡くした胸がつぶれるような絶望を歌ったもの、子守歌や陽気なダンス曲、哀歌から素朴な短い歌まで、ありとあらゆる種類の曲があった。彼女はそれらの歌についてコリオレーナスに意見を求め、彼の反応をうかがっていた。コリオレーナスは、恋に落ちる喜びを描いたチャーミングな歌に決めた。だが、冒頭の数小節を聞いて、彼女が聞かせてくれた中にはなかった曲だと気づいた。耳に残る美しいメロディーに合わせ、ルーシー・グレイは煙と悲しみでかすれた声で歌い出した。

泣きながら生まれた赤ん坊は
やがて恋をしてあなたの腕の中
どん底に落ちて希望を失い

あなたは破滅し、私は媚びを売って生きる
私は食べるために踊り、蜜のようにキスをふりまく
あなたが盗み、賭けをしても　私は責めたりしない
私たちは食べるために歌い、お金が続く限り飲む
そしてある日あなたは去る　おまえはもう用なしだと言って

そうよ私はろくでなし　でも、あなたもほめられたものじゃない
そうよ私はろくでなし　でも、わかっていたはずよ
私を愛せないと言うけれど　私もあなたを愛しはしない
ただ、私があなたにとって　かけがえのない存在だってことを忘れないで

だって、酔いつぶれたあなたを探したのは私
勇敢だったあなたを知っているのは私
あなたの寝言を聞いたのも私
あなたの思い出は墓場まで持っていくわ
遅かれ早かれ　私は土の下

遅かれ早かれ　あなたはひとり残される
その後あなたは　誰を頼りにするの？
いとしいあなた、あの鐘が鳴ったらひとりぼっちよ

あなたの涙は私しか知らない
あなたが守り抜こうとする魂を私は知っている
お気の毒ね　刈入れで私を失って
私がお墓に入ったら、いったいあなたはどうするの？

ルーシー・グレイが歌い終えたとき、講堂は水を打ったように静まり返っていた。やがて洟(はな)をすする音や咳払い(せきばらい)が聞こえ、講堂の後ろの方でプルリブスが「ブラボー」と叫んだのをきっかけに、嵐のような喝采がわき起こった。

コリオレーナスは、ルーシー・グレイの歌が人々の胸を打ったことを確信した。この哀愁に満ちた感動的な歌は、彼女の人生の記録そのものだ。闘技場に彼女への贈り物が殺到するに違いない。今この瞬間も、彼女への賞賛がコリオレーナスにも波及し、彼自身も賞賛の渦に巻き込まれていた。雪は高嶺(たかね)のみならず、あらゆる場所に舞い降りる。謙虚な表情を保ちつつも、内心は小躍りしてもおかしくない展開だった。

だが、そのとき彼の胸を占めていたのは、激しい嫉妬(しっと)の念だった。

12

〈そして最後の最後に残った第十二地区の女子の教育係は……コリオレーナス・スノーだ〉

〈実際、あたしらは殺し合いにかまけて、楽しむことを忘れちまったんだ。でも、彼女はちゃんとわかっている。君のあの子はね〉

彼の贄（いけにえ）。君のあの子。キャピトルでは、ルーシー・グレイはあたかもコリオレーナスの所有物であるかのように考えられていた。あの独善的なセジャナスさえ、彼女を取引の道具のように考えていた。だが、それが所有者の権利というものではないか？　だがルーシー・グレイは、コリオレーナスではない他の誰かの歌を歌ったことで、彼女が彼のものだという前提を否定していた。彼女は他の誰かを〈いとしいあなた〉と呼んでいた。コリオレーナスは彼女に愛情を求める権利はないにしろ——何しろ、彼女のことをほとんど何も知らないのだ——ルーシー・グレイが他の誰かを愛しているとは思いたくなかった。彼女の歌は明らかに大好評を博したにもかかわらず、コリオレーナスは裏切られたような気がした。侮辱されたとすら感じていた。

ルーシー・グレイは立ち上がっておじぎをし、コリオレーナスに手をさしのべた。一瞬ためらった後、彼は彼女とともにステージの前に出て、立ち上がった観客たちの喝采（かっさい）に応（こた）えた。プルリブスがアンコールを呼びかけたが、ラッキーが注意したように持ち時間が尽きていたので、彼らは最後のおじぎをし、手に手を取ってステージを降りた。

舞台のそでに入り、ルーシー・グレイが手を離そうとしたが、コリオレーナスはさらに固く握りしめた。

「大成功だよ。おめでとう。今のは新曲かな？」

「少し前から作っていたんだけど、ついさっき最後の節を思いついたの。どうして？　気に入らなかった？」

「驚いたんだよ。君には僕の知らない面がたくさんあるんだね」

「そうね」

ルーシー・グレイは彼の手を離し、ギターの弦に指を這（は）わせて最後のメロディーを爪弾（つまび）いた後、そっとケースに戻した。

「それで、あの歌は？」コリオレーナスはうながした。

「あの歌？」彼女は聞き返した後、しばらく考え込んだ。

「私は第十二地区に、やり残してきたことがあるの。私が贄に選ばれたのは……まあ、運が悪かったこともあるけど、汚いインチキのせいよ。本当に、最低のインチキ。しかも、私にさんざん借りがあるやつが、そのインチキに一枚かんでいたの。あの歌は、一種の仕返しね。ほとんどの人には意味がわからないでしょうけど、音楽一座のみんなには、はっきりと伝わるわ。そして、私にとって大事なのは、一座のみんなだけ」

「一度聞いただけでわかるの？　あっという間に終わってしまったのに」

「いとこのモード・アイボリーなら、一度でじゅうぶんよ。あの子は、一度聞いた歌は絶対に忘れないもの」ルーシー・グレイは言った。「どうやら、私はまたしょっぴかれるみたい」

ルーシー・グレイの両脇に立った治安維持部隊の二人は、いくらか態度をやわらげていた。ほほ笑みが浮かぶのを抑えつつ、彼女に帰る準備を促している。第十二地区の治安維持部隊と同じだ。コリオレーナスは、彼女はその気になればどれだけ愛想よくなれるのだろうと思わずにいられなかった。彼は兵士らを非難がましくにらんだが、効果はなかった。兵士らはルーシー・グレイを連行しながら、彼女の歌に賛辞を送っていた。

コリオレーナスは苛立ちを飲みこみ、あちこちから寄せられる賛辞に応えた。人々の様子を見ていると、自分こそが今夜のスターだと思えてくる。ルーシー・グレイは勘違いしているかもしれないが、キャピトルの人々から見れば、彼女はコリオレーナスの従属物にすぎない。地区から来た少女に花を持たせる意味などないではないか？　そう思いかけたとき、プルリブスと出くわした。プルリブスは、興奮を隠しきれずにまくしたてた。

「なんてすごい才能だ、あの子は本物だよ！　もしあの子が生き残れたら、絶対にうちの看板スターにしてみせるぞ！」

「それはちょっと難しそうですね。優勝しても、第十二地区に送り返されるんじゃないでしょうか？」

「あたしにも、コネのひとつやふたつはあるんだよ」プルリブスは言った。

「ああコリオレーナス、彼女は大スターじゃないか！　あの子が君の贄になって、こんなにうれしいことはない。スノー家には幸運がついて回るんだな」

（何をばかなことを！　幸運じゃなくて、僕の演出力の賜物だぞ！）

コリオレーナスが言い返そうとしたとき、サテュリアが現れて耳打ちをした。

「これできっと、賞はあなたのものよ」

気を良くしたコリオレーナスは、プルリブスに言いたいように言わせておいた。

そこへ、今夜も真新しいスーツに身を包んだセジャナスが現れた。高価そうな花柄のドレスを着た小柄なしわくちゃの女性と腕を組んでいる。この女性が、セジャナスの〈母ちゃん〉に違いなかった。

セジャナスに紹介されると、コリオレーナスは彼女の手を取って温かくほほ笑んだ。

「プリンツ夫人、お目にかかれて光栄です。お礼状を差し上げるのが遅れまして、申し訳ありません。おいしい煮込み料理をありがとうございました」

プリンツ夫人は顔をくしゃくしゃにして喜び、照れたように笑った。

「お礼を言わなければならないのはこちらの方ですわ、コリオレーナス。セジャナスにこんなすてきなお友だちができて、本当に喜んでいるんですの。もし何か私たちにできることがあれば、遠慮なくおっしゃってね」

「僕の方こそ、ぜひお役に立ちたいと思っているんですよ」

コリオレーナスは、わざとらしいほど丁重に返事をした。だが、セジャナスの母親は、人を疑うことを知らなかった。彼のいかにも立派な態度に言葉を失うほど感動し、目に涙をため、感極まって嗚咽をもらした。小型のスーツケースほどもある趣味の悪いハンドバッグを探り、レースの縁取りのハンカチを取り出して洟をかみ始めたとき、誰にでもやさしいタイガレスがタイミングよく彼を探しに来て、プリンツ家の面々とのおしゃべりを引き取ってくれた。

ようやくすべてが片付くと、コリオレーナスとタイガレスは歩いて帰宅した。道すがら、二人はルーシー・グレイの頬紅の使い方が上品だったことから、セジャナスの母ちゃんのドレスが似合っていなかったことまで、その夜の出来事をあれこれ話し合った。

「でもコーリョ、これ以上はないほどうまくいったと思うわ！」

「もちろん僕もうれしいよ。きっとルーシー・グレイにはスポンサーがつくと思う。ただ、あの歌に反感を持った人がいなきゃいいんだけど」

「あら、私はすごく感動したわ。ほとんどの人が感動してたと思う。あなたは気に入らなかったの？」

「もちろん気に入ったさ。でも、あの歌で、彼女は何を言おうとしてたんだと思う？」

「私には、彼女が何かつらい経験をしたように聞こえたけど。愛する人に裏切られたとか」

「それは歌の半分でしかないよ。媚びを売って生きている、とか言っていただろう」

「あれは、どんな意味にもとれるわ。だって、彼女は歌手なんだもの」

コリオレーナスは、じっと考え込んだ。「そうだろうね」

「あなたは、ルーシー・グレイが両親を亡くしたって言ってたわね。たぶん、彼女は何年も一人で頑張って生きてきたの。戦争中と戦後を生き残ってきた人は、誰も彼女を責めることはできないと思う」

タイガレスは視線を落とした。

「君はしなかっただろ」コリオレーナスは言った。「私たちはみんな、人に自慢できないようなことをしてきたんだもの」

「そうかしら？」

タイガレスは、柄にもなく鋭く言い返した。

「私たちはみんな、ひどいことをしてきたわ。もしかしたら、あなたは小さすぎて覚えていないのかもしれない。それとも、戦争がどんなにひどいものか、本当のところを知らないのかもしれないわね」

「よくもそんなことが言えるな。僕には戦争の記憶しかないよ！」

「だったら人にやさしくしなさい、コーリョ」

タイガレスは、ぴしゃりと言った。

「そして、死と不名誉のどちらかを選ばなくてはならなかった人たちを軽蔑するのはやめなさい」

タイガレスに叱られて、コリオレーナスはショックを受けた。だが、彼女が自分の不名誉な行為をほのめかしたことの方が、さらに大きな衝撃だった。コリオレーナスは、刈入れの朝を思い出した。あのとき闇市場でタイガレスが売ることができるものについて考えたが、本気で彼女がそんなことをするとは信じていなかった。それとも、そうではなかったのだろうか？　タイガレスが彼のために我が身を犠牲にすることなど、考えたくなかっただけではないだろうか？　タイガレスははっきりとは言わなかったし、スノー家が不名誉と見なす事柄はあまりにも多いので、ルーシー・グレイの歌のように、彼女の言葉は〈どんな意味にもとれる〉のだった。そして、詳しいことが知りたいかと聞かれれば、答えはノーだった。本当のところは、彼は知りたくなかった。

コリオレーナスがマンションのガラス扉を開けると、タイガレスは驚いた声をあげた。

「うそでしょ！　エレベーターが動いているわ！」

コリオレーナスは信じられなかった。このエレベーターは、戦争初期から故障していたのだ。しかし現に、エレベーターのドアは開いており、鏡張りの壁が照明をキラキラと反射させている。重苦しい雰囲気が紛れたことにほっとして、コリオレーナスは深々とお辞儀をすると、タイガレスを促した。「お先にどうぞ」

タイガレスはクスクス笑い、本来の身分にふさわしい貴婦人のような足取りでエレベーターに乗り込んだ。「ご親切に」

コリオレーナスは、タイガレスの後からエレベーターに滑り込んだ。しばらくの間、二人は各階のボタンを見つめていた。

「最後にこのエレベーターが動いているのを見たのは、父さんの葬儀から帰ってきたときだった。あれ以来、ずっと階段を上り下りしてきたんだな」

「おばあばさまはきっと喜ぶわ」タイガレスが言った。

「あの膝では、とても階段を上り下りできないもの」

「僕だってうれしいよ。おばあばさまが、たまには出かけてくれるかもしれないしね」

タイガレスは彼の腕を小突いたが、その目は笑っていた。

「まじめに言ってるんだよ。五分でいいから、僕らだけで過ごせたらどんなにいいだろう。朝の国歌を聞かずに済むかもしれないし、夕食のときにネクタイを締めなくてもいいかもしれない。とはいえ、おばあばさまがいろんな人にしゃべって回るのも困るな。『コリオレーナスが大統領になったら、毎週火曜日にシャンパンの雨が降るだろう』って！」

「あのお年だもの、みんな大目に見てくれるわよ」

「そう願いたいね。では、ボタンを押していただけますかな？」

タイガレスは手を伸ばし、ペントハウスのボタンをゆっくりと押した。一瞬の間の後、音もなくドアが閉まり、エレベーターは上昇を始めた。

「今になって自治会が修理を決めたのは驚きね。きっとお金がかかったでしょうに」

コリオレーナスは顔をしかめた。

「自宅の売却を見越して、建物の補修を始めたんじゃないだろうね？　ほら、新しい税金の関係で」

タイガレスの表情はたちまち曇った。

「その可能性が高いわね。ドリトルさんのお宅でも、適当な値段がつけば売ることも考えているらしいし。あそこの家族には広すぎるからって言ってたけど、それが理由じゃないのはわかりきってるわ」

「僕らもそんな言い訳しなきゃならないのか？　先祖代々の家が、広くなりすぎたって？」

コリオレーナスがそう言ったとき、エレベーターのドアが開き、ペントハウスの玄関が見えた。

「降りよう。僕はまだ宿題があるんだ」

おばあばさまは、二人を待ちかねていた。彼女はコリオレーナスをほめそやし、インタビューのハイライトが何度も放送されていると言った。

「おまえの贄（いけにえ）は、みすぼらしいなりに、妙に人を引き付けるね。もしかしたら、あの声のせいかもしれない。あの声は、どういうわけか心に残るんだよ」

ルーシー・グレイは、おばあばさまさえ攻略した。この分ならパネムの全国民を屈服させるのは簡単だ、とコリオレーナスは思った。彼女の過去を誰も気にしないのなら、彼が気にする必要もない。

コリオレーナスはコップにバターミルクを注ぎ、父親のシルクのガウンに着替えて、戦争の美点に関するレポートを書き始めた。

〈言うまでもなく、戦争は悲劇です。しかし、それなりに魅力がないわけではありません〉

悪くない書き出しだが、どう続ければいいかわからない。三十分たっても、まるで進展がなかった。フェストゥスが指摘したように、とても短いレポートになりそうだ。だが、それではゴール博士が満足しないことはわかりきっていたし、心にもないことを書けば、かえって不興を買うだろう。

タイガレスがお休みを言いにきたので、コリオレーナスは彼女の意見を聞いてみた。

「戦争に関して好きだと思ったことって、ひとつでも思い出せる?」

タイガレスはベッドの端に座り、じっと考え込んだ。

「軍服の中には、すてきなものもあったわ。今の治安維持部隊の制服じゃなくて、金色の玉縁がついた赤い上着を覚えてる?」

「パレードで見たやつ?」

兵士や楽隊の行進を窓辺で眺めたことを思い出し、コリオレーナスはふと胸に熱いものがこみ上げるのを感じた。

「僕はパレードが好きだった?」

「大好きだったわよ。パレードの日は朝から大はしゃぎで、朝食を食べさせるのに一苦労したわ。パレードの日は、いつもたくさんお客さまが来たわね」

「何しろ、特等席だったからね」

コリオレーナスは下書きの紙に〈軍服〉と〈パレード〉と走り書きし、それから〈花火〉と付け加えた。

「きっとあの頃の僕には、派手な見世物は何でも魅力的に見えたんだろうね」

「あの七面鳥を覚えている?」唐突にタイガレスが言った。

それは戦争の最後の年、反乱軍の包囲網によってキャピトルが共食いと絶望に追い詰められていた頃のことだった。ライマメさえ底を突きかけ、肉らしいものはもう何か月も食卓に上らなかった。キャピトル政府は士気の高揚を試み、十二月十五日を国民的英雄の日に定めた。キャピトルを守って命を落とした十数名の市民を称える特別番組が放送され、コリオレーナスの父であるクラッスス・スノー将軍もその一人に数えられていた。番組の放送に合わせて電力が供給されたが、そのために前日は丸一日電気が止められ、暖房もつかなかった。おばあばさまのベッドの上で身を寄せ合って過ごした三人は、そのまま戦争の英雄を称える番組を観た。当時でさえコリオレーナスは父親をほとんど覚えておらず、写真で顔は知っていたものの、深い声音と地区の反乱軍に対する容赦のない言動にひどく驚かされたものだった。国歌が流れた後、玄関の扉にノックの音がした。コリオレーナスたちがベッドから降りて扉を開けると、礼装軍服に身を包んだ若い兵士が三人立っていた。兵士らは、政府から贈られた記念銘板と、一キロ近くもある冷凍の七面鳥が入ったバスケットを届けに来たのだった。キャピトルの往時の贅沢を再現しようとしたらしく、バスケットの中にはくすんだ壺に入ったミントゼリーと、サーモンの缶詰と、くだけたパイナップルキャンディー三本と、ヘチマのスポンジと、花の香りのろうそくが入っていた。兵士たちは玄関ロビーのテーブルにそのバスケットを置くと、政府からの礼状を読み上げ、挨拶をして帰っていった。彼らを見送った後、タイガレスはわっと泣き出し、おばあばさまはへたへたと座り込んだが、コリオレーナスは何よりもまず玄関に走り、思いがけず転がり込んだ宝物を守るために、扉の鍵を閉めたのだった。

三人は、缶詰のサーモンをトーストにのせて食べた。タイガレスは翌日学校を休み、七面鳥の料理法を調べた。コリオレーナスは、スノー家の紋章入りの夕食会の招待状をプルリブスに届けた。プルリブスは、ポスカとへこんだアプリコットの缶詰を手土産に現れた。コックの古い料理本の助けを借りて、タイガレスは実力以上の腕前を発揮した。パンとキャベツの詰め物をし、ゼリーをかけた七面鳥に、皆は舌鼓を打った。後にも先にも、あの七面鳥以上においしいものを食べたことはない。

「あれはいまだに、僕にとって人生最高の思い出だよ」

あの思い出をどう表現するか迷ったコリオレーナスは、ようやく〈耐乏生活からの脱却〉とリストに書き加えた。

「君は本当にすごいよ、あの七面鳥をあんなにおいしく料理したなんて。あの頃の僕には、君はずいぶん年上に見えたけど、実際にはほんの小さな子どもだったのに」

タイガレスはほほ笑んだ。

「あなたもね。屋上に家庭菜園を作ってくれたわ」

「パセリが好きなら、僕にお任せってね！」

コリオレーナスは笑った。だが、彼は自分が育てたパセリに誇りを持っていた。スープの味をぐんと引き立ててくれたし、取引の材料にもなったのだ。〈やりくりの工夫〉と彼はリストに追加した。

コリオレーナスは子ども時代の喜びを思い出しながらレポートを書き進めていったが、やがてそれでは不十分だという気がしてきた。彼はこの二週間を振り返り、闘技場爆破事件で級友を失い、マーカスが逃亡し、キャピトルが包囲された当時の恐怖が蘇ったことを思い返した。あの頃も今も変わらず重要なことは、あの恐怖のない世界で生きることだ。そこでコリオレーナスはもう一段落追加し、戦争に勝利したときに深い安堵を覚えたことと、彼に残酷な仕打ちをし、家族に大きな犠牲を要求したキャピトルの敵が膝を屈したのを見て、暗い喜びを覚えたことを書きつづった。敵の敗北がもたらした安心感というなじみのない感覚を、彼は愛した。力のある者だけが手に入れられる安全。状況を支配する能力。そうだ、それこそが何より魅力的な点だ。

翌朝、コリオレーナスはぞろぞろと日曜日のミーティングに集まってくる他の教育係たちを見ながら、もし戦争がなければみんなどんな人間になっていただろうと想像してみた。もし配給や爆撃や飢えや恐怖を消し去り、生まれながらに約束されていたバラ色の人生と取り換えることができたとしたら、彼らは顔かたちからしてまったく変わっていたのではなかろうか？

クレメンシアのことを思い出すと、コリオレーナスは良心の呵責を覚えた。まだお見舞いに行っていない。自分自身の療養と、宿題と、ルーシー・グレイをハンガー・ゲームに出場させる準備に追われていた。とは言え、忙しかったことだけが理由ではなかった。また病院に行って、彼女の状態を確認する気にはどうしてもなれなかったのだ。もしあの医師が嘘をついていて、鱗が彼女の全身に広がっていたら？　もし完全なヘビに変身していたら？　我ながら馬鹿げていると思うが、ゴール博士の研究室はひどく不気味なので、ついつい極端な想像に走ってしまう。うかつに病院に行けば、待ちかまえていたゴール博士の部下に閉じ込められてしまうのではないか？　だが、それは理屈に合わない。もし彼を捕まえたければ、入院していた時こそチャンスだったはずだ。すべては愚かな妄想だ、とコリオレーナスは結論づけた。できるだけ早く、クレメンシアのお見舞いに行かなければ。

明らかに朝型人間らしいゴール博士と、明らかにそうではないハイボトム学生部長が、昨夜のインタビューを総括した。コリオレーナスとルーシー・グレイが人気をさらったものの、少なくとも賛をインタビューのステージに立たせることができた教育係たちにも、ポイントが与えられた。キャピトルテレビでは、ラッキー・フリッカーマンが中央郵便局から賭けに関する最新情報を提供していた。優勝予想ではタナーとジェサップが有力とされていたが、贈り物の数では、ルーシー・グレイが二位に三倍もの大差をつける人気を誇っていた。

「視聴者の反応を見てごらん」ゴール博士は言った。「失恋したやせっぽちの女の子にパンを送っておきながら、誰もあの子が優勝するなんて思っちゃいない。さて、このことから何がわかる？」

フェストゥスが発言した。「闘犬では、立っているのがやっとの駄犬を応援する人たちがいます。つまり人間は、一か八かの大博打が好きなのです」

かわいらしいえくぼを浮かべ、ペルセポネーが言った。

「それより、みんなすてきなラブソングが好きなのだと思います」

リヴィアがせせら笑って言った。

「みんな馬鹿なのよ。あの子が勝てるわけないじゃない」

「でも、ロマンチストはたくさんいるぜ」

パップがリヴィアにウィンクし、チュッとキスするような音をたてた。

ゴール博士が、研究室のスツールに腰かけて言った。

「そう、ロマンチックな考えや理想主義的な概念は、場合によっては非常に魅力的だ。さて、諸君の課題にうまくつながったところで、レポートを発表してもらおうか」

ゴール博士はレポートを集める代わりに、一人ずつ読み上げさせた。級友たちは、コリオレーナスが思いつきもしなかった点を数多く挙げていた。兵士たちの勇気に憧れ、いつか自分も英雄になりたいと考えていた者。力を合わせて戦う兵士たちの固い絆や、キャピトルを守る高潔さに言及した者もいた。

「私たち一人ひとりが、より大きな、重要なものの一部なのだと感じました」

ドミティアが、頭のてっぺんで結んだポニーテールを揺らし、厳粛な顔でうなずきながら言った。

「誰もが犠牲を払いましたが、それはこの国を救うためだったのです」

コリオレーナスは、級友たちの〈ロマンチックな考え〉に全く共感を覚えなかった。彼らのように戦争を美化する気にはなれなかったのだ。戦場で勇気が必要になるのは、誰かが戦況を見誤ったせいである場合が多い。いざというときにフェストゥスの身代わりに銃弾を受ける覚悟があるかどうか、彼にはわからなかったし、わかろうとも思わなかった。キャピトルの高潔な理想に至っては、級友たちが本当に信じているとも思えなかった。コリオレーナスが望むことは高潔さとはほとんど関係なく、支配力がすべてだった。しかし、彼が道徳規範を持っていないわけではない。もちろん、コリオレーナスは強い道徳規範を持っていた。だが、宣戦布告から戦勝パレードに至るまでの戦争に関するほとんどすべてが、資源の無駄であるように思えた。コリオレーナスは級友たちの発表を熱心に聞くふりをしながら、片方の目で時計をにらんでいた。早く時間が過ぎて、自分のレポートを読まずに済めばいいのに。パレードのくだりは浅はかすぎるし、権力が持つ魅力に触れた部分は真理をついているだろうが、級友たちのたわごとに比べれば無情に聞こえる。パセリを育てた思い出に関しては、書かなければよかったとさえ思った。あまりにも子どもっぽすぎる。

順番が回ってきたとき、コリオレーナスは七面鳥のエピソードを書いた部分だけを読んでごまかした。ドミティアは感動的だと言い、リヴィアは馬鹿にしたように目をクルッと回した。ゴール博士は眉(まゆ)をつり上げ、それだけかね、とたずねた。彼はそうだと答えた。

「では、プリンツ君はどうだ？」

セジャナスは、ミーティングの間じゅう押し黙っていた。彼は一枚の紙切れを裏返して読み上げた。

『戦争に関してよかったと思う唯一の点は、僕がまだ故郷に住んでいたという事実です』。それ以上の価値についておたずねでしたら、戦争は過ちを正す機会だったとお答えします」

「で、過ちは正されたかね？」ゴール博士がたずねた。

「ちっとも。各地区の状況は、いっそう悪くなっています」

たちまち教育係たちから異議が飛んだ。

「いい加減にしてよ！」

「あいつ、本気で言ってるぜ」

「だったら第二地区に帰れ！　誰も止めやしないぞ」

セジャナスは今、精いっぱい戦っているとコリオレーナスは思った。だが、同時に腹を立てていた。双方にそれぞれの言い分があるから、戦争になるのだ。第一、あの戦争は反乱軍が始めた。あの戦争のせいで、自分は孤児になったのだ。

セジャナスは級友たちを無視し、ゴール博士一人を相手にしていた。

「ゴール博士、博士が戦争に関して気に入っていたことをお聞きしたいのですが」

ゴール博士は長い間セジャナスを見つめていたが、やがてほほ笑んで言った。

「戦争で、私の正しさが証明されたことだ」

どうやって証明されたのかという質問が出る前に、ハイボトムが昼食の時間だと告げた。

教育係たちはレポートを置いて、ぞろぞろと研究室を出ていった。

昼食時間は三十分間与えられたが、コリオレーナスは食べるものを持ってくるのを忘れていた。日曜日なので、食堂も開いていない。彼はアカデミー前の階段の日陰に寝そべって暇をつぶし、フェストゥスと第八地区の女子の教育係を務めるヒラリウス・ヘブンズビーが、女子に有利な戦略について語り合うのを聞くともなく聞いていた。駅で見かけたヒラリウスの贄のことは、ぼんやりと記憶していた。縞模様の服を着て、赤いスカーフを巻いていた彼女を覚えていたのは、ボビンと一緒にいたからだった。

「女子の贄の問題は、男子みたいに戦うことに慣れてないってとこだよな」とヒラリウスが言った。ヘブンズビー家は、ちょうど戦前のスノー家のように、きわめて裕福だ。だが、恵まれた境遇にもかかわらず、ヒラリウスは常に家名の重圧に苦しんでいるように見えた。

「それはどうかな」フェストゥスが反論した。

「俺の贄のコーラルは、男子の贄にも引けを取らないと思うぜ」

「僕の贄はちっちゃいしなあ」

ヒラリウスは爪の先まで手入れが行き届いた手で、ステーキ・サンドイッチをつまんだ。

「あいつ、自分で自分をウォービーって呼ぶんだぜ。とにかく、僕はあのウォービーをインタビューに備えて訓練しようとしたよ。でも、まるっきり個性ってものがないんだ。誰も応援してくれないから、あいつにやる食べ物もない。たとえあいつが他の贄からうまく逃げられたとしても」

「もし生き残れたら、後援者がつくだろ」フェストゥスが言った。

「僕の話を聞いてたのかよ？ あいつは戦えないし、何とかしてやろうにも資金がないんだ。うちの家族は、賭けに参加できないから」ヒラリウスは情けない声で言った。

「せめてゲームの後半まで残ってくれりゃ、親に顔向けできるんだがな。ヘブンズビー家がろくな見せ場も作れないのは恥だって言われてるんだ」

昼食後、教育係たちはサテュリアに連れられてキャピトル・ニュースのスタジオを訪れ、ハンガー・ゲームの舞台裏を見学した。ゲームメーカーたちは、いくつかのみすぼらしいオフィスで働いており、指令室はまずまずの広さだったが、毎年恒例の一大イベントの指令室としては少し手狭なようだった。コリオレーナスから見れば、全体的に少々期待外れだった。もっと華やかな場所を想像していたのだ。だが、ゲームメーカーたちは今年のハンガー・ゲームの新趣向にかなり期待しているらしく、教育係の解説やスポンサーの参加について、楽しげにしゃべり続けていた。遠隔操作カメラのチェックが行われているブースは、活気に満ちていた。また、六人のゲームメーカーたちは、スポンサーからの贈り物を贄に届けるドローンのテストに余念がなかった。これらのドローンは、顔認証技術によって贄を見分け、一度にひとつずつ品物を運ぶことができるという。

インタビューを成功させたばかりのラッキー・フリッカーマンが司会者に抜擢され、キャピトル・ニュースのレポーター数名が、彼の補佐をすることになっていた。コリオレーナスは、翌朝の八時十五分に解説の順番が回ってくるのを見て喜んだ。すると、ラッキーが言った。

「君のことは、早いうちに呼んでおきたかったんだよ。君の贄が殺される前にね」

コリオレーナスは、腹を殴られたような気がした。口が悪いリヴィアや、頭がおかしいゴール博士にルーシー・グレイは勝つ見込みがないと言われても、無視することができた。だがどういうわけか、お人好しのラッキー・フリッカーマンの言葉は、あの二人とは比べ物にならないほど深く彼の痛いところを突いた。ルーシー・グレイとの最後の面会の準備をするためにマンションに歩いて帰る途中、コリオレーナスの頭に繰り返し浮かんだのは、明日のこの時間には彼女は生きていないかもしれないという思いだった。昨夜の彼女のろくでなしの恋人に対する嫉妬心や、彼女のスター性の陰で自分の存在がかすんでしまうことへの苛立ちは、煙のように消え去った。ひょっこりと思いがけなく、優雅に彼の人生に現れたルーシー・グレイに、コリオレーナスは意外なほど親しみを覚えていた。彼女のおかげで彼に賞賛がもたらされたからというだけではない。心から彼女が好きになっていた。キャピトルの少女たちの誰よりも、はるかにルーシー・グレイが好きだった。もし彼女が生き残れたら——ああ、なんと甘美な仮定だろう——生涯続く関係を結ばずにはいられないだろう。だが、口では前向きなことを言いながら、彼女が勝つ可能性が低いことを彼は知っていた。コリオレーナスは深い憂鬱にとらわれた。

家に帰ると、コリオレーナスはベッドに横たわった。つらいことだが、これからルーシー・グレイに別れを告げなければならない。彼女が与えてくれたものに対する感謝のしるしとして、何か美しいものを贈りたいと思った。彼女が与えてくれたものとは、新たな価値観であり、輝かしいチャンスであり、確実に賞を獲得する見込みであり、そしてもちろん、彼の人生だった。彼女への贈り物は、とても特別な、貴重なものでなければならない。バラはだめだ。厳密には、おばあばさまのものなのだから。贈り物は、彼自身のものでなくてはならない。闘技場でピンチが訪れたときに、手に握りしめられるもの。彼が見守っていることを思い出させるもの。そして、死ぬときも決してひとりぼっちではないとなぐさめてくれるもの。あの深いオレンジ色の美しい絹のスカーフなら、彼女は髪に結んでくれるだろうか。それとも、優秀な成績を収めたときに授与された、彼の名前入りの黄金のピンがいいだろうか。それとも、髪の毛を一ふさ、リボンで結んで贈ろうか。それ以上に心のこもった贈り物があるだろうか？

ふいに、コリオレーナスは激しい怒りにかられた。彼女が身を守るために利用できるものでない限り、何の価値もない。彼女の死体を美しく飾るものを贈ってどうする？　もしかしたら、スカーフで誰かの首を絞め、ピンで誰かを突き刺すことはできるかもしれない。だが、武器なら闘技場に有り余るほどあるのだ。

贈り物についてまだ頭を悩ませているとき、タイガレスが夕食を告げた。彼女は牛ひき肉を四百五十グラム買い、ハンバーグを四個焼き上げていた。タイガレスの分は見るからに小さく、コリオレーナスはつい抗議したくなったが、彼女が料理の途中で生肉をつまみ食いする癖があることを思い出した。タイガレスは生肉が大好きで、おばあばさまに禁じられなければ、自分の分はすべて生で食べるに違いない。ハンバーグの一つはルーシー・グレイのために取り分けてあり、ソースをかけて大きなパンに挟んであった。付け合わせにはフライドポテトとコールスローが用意されており、さらにコリオレーナスは入院中にもらったお見舞いのバスケットから一番おいしそうな果物と菓子を選んだ。タイガレスは鮮やかな羽の鳥たちが描かれた小さな紙箱にリネンのナプキンを敷き、きれいにごちそうを並べると、雪のように白い布をかけ、おばあさまが提供してくれた最後のバラのつぼみを載せた。コリオレーナスが選んだ果物は、深紅を帯びた豊かな色合いのモモだった。明るい色彩を好む音楽一座の中でも、とりわけルーシー・グレイは美しい色を好むからだ。

「彼女に伝えて」タイガレスが言った。「私が応援しているって」

「私からも伝えておくれ」おばあさまがつけ加えた。「私らはみんな、あんたが死ななくちゃならないのが残念だって」

夕暮れの柔らかな陽ざしのぬくもりが残る屋外とは対照的な、冷えびえとしたヘブンズビー・ホールは、コリオレーナスに両親が眠るスノー家の霊廟を思い出させた。生徒たちの姿と喧騒がないがらんとしたホールは、足音からため息まですべての音が大きく響き、ただでさえ陰気な会合にもの悲しさを添えていた。窓から差し込む夕暮れの光だけで十分だと見なされて照明がつけられなかったことが、明るい時間に行われたこれまでの会合との対照をいっそう際立たせていた。残った教育係たちはバルコニーに集まり、下にいる自分の贄をひっそりとながめていた。

「実を言うとね」リシストラータが、そっとコリオレーナスにささやいた。「私、ジェサップに何となく情が移っちゃったの」

彼女はしばし黙り込み、チーズをかけたベイクド・ヌードルの包みをきれいに整えた。

「何と言っても、彼は命の恩人だもの」

闘技場で爆破事件が起こったとき、リシストラータは何か見たのだろうかとコリオレーナスは思った。あのとき、彼女は誰よりも彼の近くにいた。彼がルーシー・グレイに助けられたのを見たのだろうか？　彼女はそれをほのめかしているのか？

自分のテーブルに歩いていきながら、コリオレーナスは努めて前向きに考えた。最後の十分間を二人で泣きながら過ごしても仕方がない。それよりは、勝つための戦略をたてるべきだ。ルーシー・グレイが、このホールでの前回の会合より元気そうに見えるのは何よりだった。こざっぱりと身だしなみが整っており、薄暗い光の中でも、ドレスはまだ洗い立てのように見える。その姿を見る限り、これから彼女が向かうのは殺戮の場ではなく、パーティー会場であるかのように思えた。ルーシー・グレイは、彼が持参した箱を見て目を輝かせた。

コリオレーナスは軽くお辞儀をし、箱を差し出した。

「ささやかな贈り物を持ってきたよ」

ルーシー・グレイは上品なしぐさでバラを手にし、香りを嗅いだ。花弁を一枚ちぎり、唇の間に滑り込ませる。

「おやすみなさいの味ね」彼女は寂しげにほほ笑んだ。「すごくきれいな箱」

「タイガレスが、特別なときのためにとっておいたんだ」彼は言った。「おなかがすいてるなら、いま食べてくれ。まだ温かいよ」

「いただくわ。文明人としての、最後の食事ね」

ルーシー・グレイはナプキンを取り、箱の中身をうっとりとながめた。

「まあ、おいしそう」

「たくさんあるから、ジェサップに分けてやっても大丈夫だよ」コリオレーナスは言った。

「でも、彼にはリシストラータが何か用意してきたみたいだけど」

「分けてあげたいんだけど、彼、何にも食べなくなっちゃったのよ」

ルーシー・グレイは、心配そうにジェサップを見やった。

「神経が参っているのかも。行動もちょっと変だし。とは言え、今じゃ私たちは変なことばかりしゃべってるけど」

「例えば？」

「例えば、昨夜リーパーは、私たち一人ひとりに謝ってきたの。君を殺さなきゃならなくてごめん、って。そして優勝したら、きっと私たちの仇をとるって言うの。キャピトルに復讐するつもりだって。そっちのほうは、私たちを殺すって言ったときほど自信満々じゃなかったけど」

コリオレーナスは、すばやく視線をリーパーに向けた。リーパーは力が強いだけでなく、心理戦にも長けていそうだ。

「それで、みんなは何て言ってた？」

「ほとんどの子は、黙って見つめ返しただけ。ジェサップは、彼の目につばを吐きかけたわ。私は、マネシカケスが鳴くまでショーは終わらないって言ってやったんだけど、意味がわからなかったみたい。たぶん、リーパーは彼なりにゲームと折り合いを付けようとしたんでしょうね。私たちみんな、気持ちがぐらぐら揺れちゃってるのよ。だって、簡単なことじゃないわ……自分の人生にさよならするってことは」

ルーシー・グレイは下唇を震わせ、一口かじっただけのサンドイッチを脇に押しやった。会話が致命的な方向に向かっているのを感じ、コリオレーナスは別の話題を持ち出した。

「君はさよならしなくていいからラッキーだ。他の贄たちの三倍も贈り物が届いているよ」

ルーシー・グレイは、驚いたように眉をつり上げた。「三倍も？」

「そう、三倍も。君はきっと優勝できるよ、ルーシー・グレイ。僕は全部考えたんだ。ゴングが鳴った瞬間、君は逃げろ。できるだけ速く走ってスタンドに上り、他の贄たちから逃げるんだ。そしていい隠れ場所を探せ。そうしたら、僕は食べ物を送る。食べ物を受け取ったら、また別の隠れ場所に逃げるんだ。そうやって逃げ続けて生き残れば、そのうち他の贄たちは殺し合うか飢え死にして全滅するよ。君ならきっとできる」

「そうかしら。私の優勝を信じろと啖呵を切っておきながら、昨夜、あの闘技場にいる自分を想像しちゃったの。閉じ込められて、武器がたくさんあって、リーパーが追いかけてくる。昼間はまだいいけど、暗くなったらすごく怖くなるの。それで——」

ふいに涙がルーシー・グレイの頬を伝いはじめた。彼女が涙をこらえきれなくなったのは、初めてのことだった。刈入れの際にステージで区長に殴られたときも、コリオレーナスにブレッドプディングをもらったときも、彼女は泣きそうになりながらも涙はこぼさなかった。それなのに、今はまるでダムが決壊したかのように、とめどなく涙を流している。ルーシー・グレイの絶望を目の当たりにし、コリオレーナスは自分の無力さをひしひしと感じた。彼は彼女に手を差し伸べた。

「ルーシー・グレイ……」

「死にたくないわ」ルーシー・グレイは小さな声でつぶやいた。

コリオレーナスは、指で彼女の涙をぬぐった。

「もちろんだ。僕は君を死なせたりしない」

ルーシー・グレイは、激しく泣きじゃくった。

「君を死なせたりするもんか、ルーシー・グレイ！」

「いいのよ。私はずっとあなたのお荷物でしかなかったんだもの」

彼女は声を詰まらせた。

「あなたを危険にさらしたり、あなたの食べ物を食べちゃったり。それに、インタビューで歌った歌が気に入らなかったんでしょう？　明日には私を厄介払いできるわ」

「明日になれば、僕は参ってしまうよ！　君は僕にとって大切だと言ったのは、贄としてじゃない。君そのものが大切なんだ。ルーシー・グレイという、一人の人間として大切なんだ。大切な友だちとして。大切な――」

何と言えばいいのだろう？　恋人か？　ガールフレンドか？　この気持ちが一時の気の迷いでないとは言い切れないし、一方的な思いかもしれない。だが、彼女に心を奪われたことを認めても、失うものは何もなかった。

「君のあの歌を聞いて、僕は嫉妬（しっと）した。君には過去の誰かじゃなくて、僕のことを考えていてほしかったから。馬鹿げてるのはわかっている。でも、君みたいなすてきな女の子に会ったことがなかったんだ。本当だよ。君は、あらゆる点で並外れている。そして……」

自身も涙がこみ上げたが、コリオレーナスはまばたきをしてこらえた。お互いのためにも、彼は毅然（きぜん）としていなければならない。

「僕は君を失いたくない。絶対に君を死なせたりしない。頼むから、泣かないでくれ」

「ごめんね。ごめんなさい。もう泣かないわ。ただ……ひとりぼっちのような気がして」

「君はひとりぼっちじゃないよ」

コリオレーナスは、彼女の手を取った。

「闘技場でも、君は一人じゃない。僕らはいつも一緒だ。いつだって君のそばにいるよ。いつも君を見守っているよ。二人で力を合わせて優勝するんだ、ルーシー・グレイ。約束する」

ルーシー・グレイは彼にすがりついた。

「あなたが言うと、できそうな気がしてきたわ」

「できそうなだけじゃない」

コリオレーナスは、力強く言った。

「ほぼ確実だ。計画どおりにすれば、必ず優勝できる」

「本当にそう思う？」

ルーシー・グレイは、彼の顔をじっと見つめた。

「あなたがそう信じているなら、私にも信じられそうな気がする」

最後の一押しが必要だった。幸い、彼には奥の手があった。それまではリスクを測りかね、迷っていたのだが、寄る辺のない彼女をこのまま放り出すことはできなかった。それは名誉の問題だった。ルーシー・グレイは彼の贄であり、命の恩人だ。彼女を守るために、あらゆる努力をしなければならない。

「よく聞いてくれ、いいね？」

ルーシー・グレイはまだ泣いていたが、しゃくりあげる声は小さく、間遠になっていた。

「母が亡くなるとき、僕に遺してくれたものがあるんだ。僕が一番大切にしている宝物だよ。それを、お守りとして闘技場に持っていってほしい。でも、貸すだけだからね。君ならきっと、後で返してくれると信じているよ。さもないと、とてもこれは渡せない」

コリオレーナスはポケットに入れた手を差し出すと、ゆっくりと指を開いた。手のひらには、母の形見の銀のコンパクトが、夕暮れの最後の光を浴びて輝いていた。

ルーシー・グレイは、コンパクトを見てぽかんと口を開けた。すぐには状況を飲みこめないようだ。コンパクトに手を伸ばし、古風な銀細工の精巧なバラ模様をなでたが、やがて残念そうに手を引っ込めた。

「受け取れないわ。私にはもったいないもの。そう言ってくれただけで十分よ、コリオレーナス」

「本当に？」

彼はからかうように言った。慣れた手つきで留め金を外すとコンパクトを差し出し、鏡に彼女の顔を映してみせる。

ルーシー・グレイはハッと短く息を吸うと、笑い声をあげた。

「まあ、人の弱みにつけこむのが上手なのね」

そのとおりだった。彼女は常に身だしなみに気を遣っていた。うぬぼれではなく、自意識が高いのだ。彼女は一時間前にはおしろいが入っていたくぼみに気づいた。

「ここにはおしろいが入っていたのかしら？」

「うん、だけど――」

コリオレーナスは、開きかけた口をつぐんだ。これを言ってしまえば、もう後戻りはできない。だが言わなければ、彼女を永遠に失ってしまうかもしれない。彼は声を落とし、小さくささやいた。

「取り出しておいたんだ。君には、何か入れたいものがあるだろうと思って」

13

ルーシー・グレイは、すぐにその言葉の意味を察した。さっと治安維持部隊に視線を走らせ、誰も見ていないことを確認すると、身を乗り出してコンパクトの香りを嗅ぐ。

「うん、まだいいにおいがするわ。すてきね」

「バラの香りだ」

「あなたと同じ香り」ルーシー・グレイは言った。

「これを持っていれば、本当にあなたと一緒にいるような気がするでしょうね」

「持って行ってくれ」彼はなおも勧めた。「僕を一緒に連れて行ってくれ。頼む」

ルーシー・グレイは、手の甲で涙をぬぐった。

「わかった、でも借りておくだけよ」

彼女はコンパクトを手に取り、ポケットに入れると、上からポンとたたいた。

「頭の中をすっきりさせるのに役に立つわ。ゲームに優勝するってとてつもなく大変なことだから、うまく想像できないの。でも、『これをコリオレーナスに返さなきゃいけない』ってことだけを考えていれば、なんとかやっていけそう」

二人は主に闘技場のレイアウトや隠れるのに最適な場所について、さらに少し話し合った。コリオレーナスがルーシー・グレイにサンドイッチの半分とモモを全部食べさせたところで、シックル教授がホイッスルを吹いた。その瞬間のことを、コリオレーナスはよく覚えていない。気がつけば、彼はルーシー・グレイを抱きしめていた。ルーシー・グレイは彼のシャツの胸元を握りしめ、コリオレーナスはやさしく彼女の体を揺すった。

「闘技場では、あなたのことだけを考えるわ」ルーシー・グレイは小さな声でささやいた。

「第十二地区にいる彼のことじゃなくて？」コリオレーナスは、おどけて言った。

「いいえ、あいつは自分から私の思いをきれいさっぱり捨てていったの。いま私の胸の中にいるのは、あなただけよ」

ルーシー・グレイは彼にキスをした。頰に軽くではなく、唇を合わせる本物のキスだ。かすかにモモとおしろいの香りがする柔らかく温かい唇が自分の唇に重なったとき、コリオレーナスの体にぞくぞくと快い感覚が駆け巡った。彼は身を引く代わりにルーシー・グレイをいっそう固く抱きしめ、めくるめくキスの味と感触に酔った。

（これがキスというものだったのか。これがみんなを夢中にさせていたのか！）

ようやく身を離した後、彼は深い水底から浮かび上がったかのように大きく息をついた。ルーシー・グレイが伏せたまつげを見開くと、そのまなざしには彼と同じ感情が浮かんでいた。二人は同時に身を寄せ、もう一度キスしようとしたが、駆けつけた治安維持部隊に引き離された。

ホールから出るとき、フェストゥスが肘で彼をつついた。

「情熱的な別れだったな」

コリオレーナスは肩をすくめた。

「しょうがないだろ？　もてる男はつらいよ」

「そうかもな」フェストゥスは認めた。「俺なんか、頑張れよってコーラルの肩をたたこうとしたら、危うく手首を折られそうになった」

一人で歩いて帰宅する間、コリオレーナスは別れの甘酸っぱい気持ちを楽しみ、自分の大胆さに酔いしれた。彼女にコンパクトを与え、殺鼠剤を入れろとほのめかしたのはルール違反だったかもしれないが、どうせ誰にもばれやしない。ハンガー・ゲームに正規のルールブックはないのだ。仮に規則を破ったと認めるにしても、ルーシー・グレイのことを思えば、それだけの価値はあった。

殺鼠剤を持ち込んだところで、必ずしもゲームの形勢が変わるわけではない。他の贄を毒殺するには、抜け目のなさと幸運が必要だ。他の贄たちに毒を飲ませるとすれば、おとりに使う食べ物を彼女に与えなければならない。見守ること以外に役目ができて、コリオレーナスはささやかな支配力を手に入れた気がした。

おばあばさまが寝室に退いた後、彼はタイガレスにそっと打ち明けた。

「彼女は僕に恋をしたみたいだ」

「それは当然よ。あなたの方は、彼女をどう思っているの？」

「わからない。彼女にさよならのキスをしたけど」

タイガレスは、驚いて眉をつり上げた。「頬に？」

「いや、昏に」

コリオレーナスは説明しようとしたが、結局「彼女は特別な人だから」としか言えなかった。いろいろな意味で、そのとおりだった。実のところ、コリオレーナスは異性経験が乏しく、恋愛に関してはさらに無知だった。スノー家の窮状を隠しとおすことが、常に最優先事項だったためだ。彼もタイガレスも、友人を自宅に招くことはめったになく、タイガレスがアカデミーの最終学年に大恋愛したときでさえそうだった。いつまでも自宅に招待されない恋人が、タイガレスは自分に気がないと誤解したことが、別れの決定的な原因となった。コリオレーナスはこの出来事を教訓に、誰とも深く関わらないように気を付けていた。同じクラスの女子の多くが彼に関心を示したが、コリオレーナスは巧みに一定の距離を保ち続けた。エレベーターの故障はいい口実となり、おばあばさまが絶対安静を要する病気を抱えているという作り話もでっちあげた。去年、駅の裏通りで女の子に声をかけたことがあったが、それはロマンスと言うより、フェストゥスにけしかけられた度胸試しに近かった。ポスカの酔いと暗闇に紛れ、細かいことはほとんど記憶していない。振り返ってみれば、相手の名前を聞いたかどうかも怪しかったが、この一件で彼は女の子に手が早いという評判がたった。

だが、ルーシー・グレイは彼の贄で、これから闘技場に向かうのだ。そして、たとえ状況が違っていても、彼女が地区の住民であることに変わりはなかった。少なくとも、キャピトル市民ではない。二級市民だ。人間ではあるが、卑しい存在だ。賢いかもしれないが、無学だ。一方、もしルールに例外というものが存在するとしたら、それはルーシー・グレイ・ベアードだ。一言では説明できない人物。彼と同じくらい、独特な存在。そうでなければ、彼女と唇を重ねただけで、彼の膝から力が抜けてしまうはずがない。コリオレーナスはその夜、ルーシー・グレイとのキスを頭の中で何度も反芻しながら眠りについた。

ハンガー・ゲーム初日の朝は、明るく爽やかに明けた。コリオレーナスは身支度を整え、タイガレスが用意してくれた卵料理を食べると、キャピトルテレビまでの暑く長い道のりを歩いた。ラッキーが自らべっとりと塗りたくっているような濃いメイクは断ったが、汗だくでカメラの前に立ちたくなかったので、軽くおしろいをはたいてもらう。冷静沈着、それがスノー家の人間が放つべき雰囲気だ。

「おはよう、スノー君」

ゴール博士の声で、コリオレーナスははっと我に返った。当然、博士もこのスタジオに来ているはずだった。ハンガー・ゲーム初日の朝に、他にどこへ行くというのだ？

ハイボトム学生部長がなぜここに来るつもりになったかはわからないが、彼は血走った目でコリオレーナスをにらみつけていた。

「昨夜の贄とのお別れ会では、実に感動的な場面を演じたらしいな」

（勘弁してくれ！）

なぜあのキスのことを知っているのだろう？　シックル教授はゴシップ好きには見えないから、教育係の誰かがしゃべったに違いない。おそらく、ほとんどの生徒に見られていたはずだ……。まあいい。この二人は、からかったりはしないだろう。

「ゴール博士がおっしゃっていたとおり、感情が高ぶっていたものですから」

「そうだな。あの子が今夜までもちそうにないのは、実に残念だよ」ゴール博士は言った。

コリオレーナスは、心からこの二人を憎んだ。意地悪くほくそ笑み、彼をなぶっている。

それでもコリオレーナスは自分を抑え、さりげなく肩をすくめるにとどめた。

「よく言われるように、マネシカケスが鳴くまでショーは終わりませんから」

二人の顔にとまどったような表情が浮かぶのを見て、彼は満足を覚えた。二人がその言葉の意味を問いただすひまもなく、レムス・ドリトルが現れて、第五地区の贄の男子が喘息か何かの合併症で、獣医の手当てもむなしく昨夜亡くなったと知らせてきた。ゴール博士とハイボトムは、贄の死亡を発表するためにスタジオを出ていった。

どれだけ記憶を探っても、コリオレーナスはその少年を覚えていなかった。それどころか、誰が教育係だったかさえもわからなかった。彼はゲーム開始の準備として、デミングロス教授にもらった教育係担当表を通学カバンから取り出し、最新の犠牲者を消すことにした。

第十回ハンガー・ゲーム
教育係担当表

第一地区
男子（ファセット）――リヴィア・カーディュー
女子（ベルベリーン）――パルミラ・モンティー
第二地区
男子（マーカス）――セジャナス・プリンツ
女子（サビン）――フロールス・フレンド
第三地区
男子（サーク）――イオ・ジャスパー
女子（テスリー）――アーバン・キャンビル
第四地区
男子（ミズン）――ペルセポネー・プライス
女子（コーラル）――フェストゥス・クリード
第五地区
男子（ハイ）――デニス・フリング
女子（ソル）――イフィゲニア・モス
第六地区
男子（オットー）――アポロ・リング
女子（ジニー）――ダイアナ・リング

第七地区
男子（トリーチ）　ヴィプサニア・シックル
女子（ラミーナ）　プリニー・ハリントン
第八地区
男子（ボビン）　ジュノ・フィップス
女子（ウォービー）　ヒラリウス・ヘブンズビー
第九地区
~~男子（パンロー）　ガイウス・ブリーン~~
~~女子（シーフ）　アンドロクレス・アンダーソン~~
第十地区
男子（タナー）　ドミティア・ウィムジウィック
~~女子（ブランディー）　アラクネ・クレーン~~
第十一地区
男子（リーパー）　クレメンシア・ダブコート
女子（ディル）　フェリクス・レイビンスティル
第十二地区
男子（ジェサップ）　リシストラータ・ビッカーズ
女子（ルーシー・グレイ）　コリオレーナス・スノー

ルーシー・グレイのライバルは、すでに十三人に減っていた。しかも、今減ったのは、男子の贄だ。これは彼女にとって朗報に違いない。

担当表がしわくちゃになりかけていたので、コリオレーナスはきちんと四つにたたみ、取り出しやすいように通学カバンの外ポケットに入れておくことにした。ポケットを開けたとき、ハンカチが入っているのに気づいた。ハンカチは常に身に着けておく習慣だったので一瞬まごついたが、すぐに思い出した。これはルーシー・グレイにブレッドプディングを与えた日に、彼女が涙をふいた後で彼に返したものだ。コリオレーナスには、そのハンカチが個人的な思い入れのある護符のように大切に思われた。彼はハンカチのそばに、そっと担当表をしまった。

ゲーム開始直前番組に招待された教育係は、インタビューに出演した七人だった。優勝の見込みがなさそうな贄の教育係も多かったが、インタビューに出たことで、彼らはハンガー・ゲームにおけるキャピトルの顔となったのだ。スタジオの一角に、リビングルームを模したセットが組まれていた。布張りの椅子が数脚とコーヒーテーブルが置かれ、わずかにゆがんだシャンデリアが吊り下げられている。

ほとんどの教育係は自分の贄の基本情報を繰り返すだけにとどまったが、インタビューの持ち時間すべてをルーシー・グレイの歌に費やしたコリオレーナスだけは、目新しい情報を提供することができた。喜んだラッキー・フリッカーマンは、割り当ての時間をオーバーして語らせてくれた。ルーシー・グレイに関する基本的な情報を伝えた後、コリオレーナスは残り時間のほとんどを使って音楽一座について語った。彼は、カメラに向かって強調した。ルーシー・グレイは、本当の意味では地区の住民とは言えない。彼女の一座は楽団として長い歴史があり、メンバーはまれに見る優れたアーティストであり、キャピトル市民と同様に地区の住民とは異なる存在なのだ。実際のところ、考えてみれば、彼らはほとんどキャピトル市民と言える。不運な出来事が重なり、おそらくは何らかの手違いによって、第十二地区にたどり着き、拘束されたのだ。ルーシー・グレイがキャピトルで水を得た魚のようにふるまっていたのは、誰の目にも明らかだったではないか？　コリオレーナスの問いかけに、うんうん、確かにあの子にはどこか特別なところがある、とラッキーは同意した。

　コリオレーナスに続いて席についたリシストラータは、すれちがいざまに怒ったように彼をにらんだ。彼女がジェサップとルーシー・グレイを結びつけ、第十二地区のペアとして同情を買う作戦を立てていたことに気づき、コリオレーナスは申し訳なく思った。リシストラータは、次のように主張した。ジェサップが根っからの第十二地区の炭坑労働者であることは明らかだが、彼とルーシー・グレイは、刈入れの儀式で最初におじぎをしたときから、自然にパートナーとしてふるまっていた。あの二人が極めて親密であることに気づかない者はいない。同じ地区の出身でも、あそこまで仲がいい二人はめったにいなかった。実のところ、自分は彼らが愛し合っていると確信している。ジェサップの強さとルーシー・グレイの観客を引き付ける魅力を合わせれば、今年の優勝者は第十二地区の贄のどちらかに違いない。

ハイボトム学生部長がこの場にいる理由は、リシストラータと入れ替わりに彼が席に着いたときに明らかになった。ハイボトムは、まるでドラッグを使っていたことなどないかのように、てきぱきと教育係プログラムについて論じた。それどころか、非常に鋭い見解をいくつか述べさえしたことに、コリオレーナスは軽く動揺した。ハイボトムは、当初は地区の贄にある種の偏見を抱いていたキャピトルの学生たちが、刈入れから二週間の間に贄に対して新たな見方と敬意を持ち始めた点に注目していた。

「よく言われるように、敵を知ることは極めて重要です。ハンガー・ゲームで力を合わせて戦うことほど、お互いを深く知る方法はありません。キャピトルは長く苦しい戦いを経てようやく勝利を手にしたにもかかわらず、先だって闘技場を爆破されました。敵に我々のような知性、力、勇気が欠けていると思ったら大間違いです」

「まさか、あなたはキャピトルの若者と地区の贄たちを比較しているわけではないでしょう？」ラッキーがたずねた。

「キャピトルの若者の方が人種的に優れていることは、一目瞭然じゃないですか」

「キャピトルの若者の方がたくさん食べられ、上等な服を着られ、歯の手入れが行き届いていることは、一目瞭然です」ハイボトム学生部長は答えた。

「それ以上に、身体的、精神的、特に道徳的にも優れていると考えるなら、それは間違いです。そのような傲慢さが、あの戦争では危うく命取りとなるところでした」

「興味深い見解ですな」

ラッキーが言った。それ以上なんと言っていいのかわからないらしい。

「あなたの見解は、非常に興味深い」

「ありがとう、フリッカーマンさん。他ならぬあなたにそう言っていただけるとは、実に光栄です」

ハイボトムは、大真面目な顔で言った。腹の中では舌を出しているに違いないとコリオレーナスは思ったが、ラッキーは素直に頬を赤らめた。

「恐縮です、ハイボトムさん。ご存じのとおり、私は一介の気象予報士にすぎません」

「新進のマジシャンでもありますよ」

ハイボトムの言葉に、ラッキーはうれしそうに応じた。

「恥ずかしながら、そいつは認めなければなりませんな！　おや、これは何だ？」

ラッキーはハイボトムの耳の後ろに手をやると、鮮やかな縞模様の小さな平たいキャンディーを取り出した。

「これはきっと、あなたのものでしょう」

ラッキーはハイボトムにキャンディーを差し出した。湿った手のひらに、くっきりとキャンディーの跡がついている。

ハイボトムは、キャンディーを受け取るそぶりも見せなかった。

「驚いたな。いったいどこからそんなものが出てきたんです、ラッキーさん?」

ラッキーは、わざとらしい笑みを浮かべた。

「職業上の秘密でして。こればかりは、お教えできませんな」

アカデミーへの送迎車が彼らを待っていた。ふと気づけば、コリオレーナスはフェリクスとハイボトム学生部長と並んでいた。フェリクスとハイボトムは社交上のつながりがあるらしく、ずっと噂話をしていてコリオレーナスを無視していた。その間を利用して、コリオレーナスはハイボトムが地区の人間に関して語ったことを思い返していた。彼らが本質的にキャピトル市民と同等であり、物質的に恵まれていないだけだということ。学生部長が公の場で述べるには、かなり急進的な思想だ。当然ながら、おばあばさまをはじめとする多くの人々が反発するだろう。また、ハイボトムの意見は、ルーシー・グレイを地区の人間とは全く異なる存在として紹介したコリオレーナスの努力を無にするものだった。

ヘブンズビー・ホールに向かう途中でフェリクスがテレビのカメラマンに呼び止められたとき、コリオレーナスの腕に誰かがそっと手を置いた。

「第二地区から来た君の友だち――あの感情的なやつのことだが」ハイボトム学生部長が彼に言った。

「セジャナス・プリンツですね」

友だちというわけではなかったが、ハイボトムには知ったことではないだろう。

「あいつは、扉の近くに座らせておいた方がいいかもしれんぞ」

学生部長はポケットから小さなボトルを取り出すと、近くの柱の陰に隠れ、モルフリングを数滴自分の口に垂らした。

ハイボトムの言葉について考えようとしたとき、リシストラータが血相を変えて現れた。

「もう、コリオレーナスったら、少しは協力してくれたっていいでしょ！　ジェサップはずっとルーシー・グレイのことを仲間だって言ってたのよ！」

「それが君の作戦だってことに気づかなかったんだよ。本当に、君の邪魔をするつもりはなかったんだ。またもし機会があれば、僕も二人の同盟を強調する路線でいくよ」

「もし機会があればね」リシストラータは憤慨を抑えきれないように、わざとらしくため息をついた。

教育係たちをかき分けてやってきたサテュリアが、険悪な空気に無頓着に歓声をあげた。

「賢い作戦だったわよ、コリオレーナス！　私でさえ、あの子がキャピトル生まれだと信じそうになったわ。さあいらっしゃい、あなたもよ、リシストラータ！　バッジとコミュニカフをもらってこなくちゃ！」

サテュリアは先に立ってホールを歩いていった。昨年までとは違い、ホールは活気にあふれていた。あちこちから頑張れと声をかけられ、インタビューについてほめられる。コリオレーナスは人々の注目を楽しんだが、その賑わいにどこか不穏なものが潜んでいることも否定できなかった。従来のハンガー・ゲームでは、人々は感情を露わにすることはなく、互いに視線を避けながら、必要最小限の言葉しか交わさなかった。それが今は、大人気のエンターテインメントが始まろうとしているかのように、ホール内は興奮に満ちている。

テーブルの一つで、ゲームメーカーが教育係に支給品を配布していた。〈教育係〉と彫り込まれた明るい黄色のバッジは全員に配られ、襟元につけることを義務付けられた。コミュニカフは贄が生存している教育係だけに支給されたので、他の教育係からうらやましがられた。手首に装着するコミュニカフには、小さなスクリーンがついていて、スポンサーから届いた贈り物の数が赤い文字で表示される。食品リストをスクロールしながら品物を選び、ダブルクリックするだけで、その品物をドローンで届けるようにゲームメーカーに依頼することができた。贄たちの中には、まったく贈り物をもらえない者もいた。一方リーパーは、インタビューに出演しなかったにもかかわらず、動物園で彼に目を付けた数人の市民がスポンサーになっていた。だが、彼の教育係であるクレメンシアの姿はなく、テーブルに残った彼女のコミュニカフを、リヴィアが物欲しげに見つめていた。

コリオレーナスはそっとリシストラータを呼び、コミュニカフのスクリーンを見せた。

「ほら、贈り物がこんなに届いている。もしあの二人が一緒に行動するなら、僕は両方に食べ物を送るよ」

「ありがとう、私もそうする。あんなふうに怒鳴るつもりはなかったの。あなたのせいじゃないのにね。もっと早く話しておけばよかったわ」

リシストラータは、声を潜めた。

「ただ……昨夜は眠れなかったの。ゲームを最後まで見届けなきゃいけないと思うとね。地区に対する罰だというのはわかるけど、もう十分罰したじゃない？　あの戦争をいつまで引きずっていかなきゃいけないのかしら」

「ゴール博士は、永遠に引きずるべきだと考えているだろうね。この前僕らに言っていたように」

「博士だけじゃないわ。みんなを見て」

リシストラータは、まるでパーティー会場のようなホールを手で示した。

「ぞっとするわ」

コリオレーナスは、リシストラータをなだめようとして言った。

「僕のいとこは、これは僕たちのせいじゃないって言ってたよ。ハンガー・ゲームが始まったとき、僕らはまだ子どもだったんだ」

リシストラータは悲しげに言った。

「だとしても、あんまりだわ。こんなふうに利用されるなんて。だって、教育係が三人も死んでいるのよ」

（利用される？）

コリオレーナスは、教育係を務めることは名誉以外の何物でもないと思っていた。キャピトルに貢献する方法の一つであり、多少の賞賛を得る機会であるかもしれない、と。しかし、リシストラータの言い分にも一理あった。ゲームの大義が名誉あるものではないとすれば、ゲームに参加することにどんな名誉があるというのだ？　コリオレーナスは混乱した。操られているような気分になり、ひどく無防備な気がした。まるで、教育係ではなく贄になったような気がした。

リシストラータが言った。

「こんなこと、すぐに終わるわよね」

「こんなことは、すぐに終わるよ」コリオレーナスは請け合った。

「一緒に座らないか？　贄に送る食料の相談をしよう」

「ええ、お願い」

すでに全校生徒がホールに集まっていた。コリオレーナスたちは、刈入れのときと同じ場所に設けられた二十四名の教育係専用席の方へ歩いていった。教育係は、ゲームに出場する贄がいなくても、可能な限り出席するよう求められていた。

「最前列はやめましょう」リシストラータが言った。

「ジェサップが殺されたときに、カメラに顔を映されたくないもの」

リシストラータの言うとおりだった。あのカメラは教育係を映し出すだろう。もしルーシー・グレイが死んだら――特にルーシー・グレイが死んだら――必ずや、コリオレーナスは長々とクローズアップされるに違いなかった。

コリオレーナスは、リシストラータを安心させるために最後列に向かった。席に着くと、彼は巨大なスクリーンに目を向けた。ラッキー・フリッカーマンが、さながらツアーガイドのように各地区の産業について解説し、ときおり天気に関する豆知識や手品を披露している。彼にとって、ハンガー・ゲームはまさしく飛躍の一歩なのだ。第五地区のエネルギー産業について解説するときには、何かの仕掛けを使って髪の毛を逆立たせ、「ビリビリッ！」と叫んでみせさえした。

「救いようがないわね」

小声で悪態をついたリシストラータが、ふと何かに気づいて驚いた声をあげた。

「相当、重症だったみたいね……」

リシストラータの視線を追ったコリオレーナスは、テーブルから自分のコミュニカフを取り上げたクレメンシアを見つけた。

（ホールを見渡して、誰かを探しているみたいだ――ああ、僕か！）

目が合うや否や、クレメンシアはまっすぐに最後列に歩いてきたが、その顔はうれしそうではなかった。それどころか、ひどく具合が悪そうだ。ギラギラと黄色く光っていた瞳の色は薄く落ち着き、鱗に覆われた肌は大きな襟がついた長袖の白いブラウスに隠されているが、それでも彼女は病的な雰囲気を放っていた。カサカサに乾燥した顔の皮膚を無意識につまみながら、舌先で頰の内側を嘗め回している。さすがにぺろぺろと舌を突き出したりはしないようだ。クレメンシアはコリオレーナスの前まで来ると、はがれた皮膚をでたらめに弾き飛ばしながら、立ったままじっと彼を見つめた。やがて、彼女は口を開いた。

「お見舞いに来てくれなかったわね、コーリョ」

「行くつもりだったんだよ、クレミー。でも、僕はすごく参っていて――」

コリオレーナスの言い訳をさえぎり、彼女はさらに言いつのった。

「うちの親に連絡してもくれなかった。私の居場所を親に教えてもくれなかった」

リシストラータが不思議そうな顔をした。

「あなたが入院していたことは私たちも知ってたわよ、クレミー。感染症だから、お見舞いに行っちゃいけないと言われてたの。私、一度電話してみたんだけど、あなたは眠っているって言われたわ」

コリオレーナスは、リシストラータの話に便乗した。

「僕も電話したんだよ、クレミー。何度もね。でも、いつもごまかされるんだ。それに君のご両親については、もうじき来るはずだって医者に聞かされたんだよ」

どれも真実ではなかったが、他に何と言えばいいかわからなかった。明らかに、クレメンシアはヘビの毒で正気を失っている。さもなければ、人前で彼女があの事件のことを持ち出すわけがないのだ。

「もし僕が間違っていたら、すまなかった。さっきも言ったように、僕だって療養していたんだ」

「本当に？」クレメンシアは言った。「インタビューでは絶好調に見えたけど。あなたも、あなたの贄も」

ちょうど現れたフェストゥスが二人の口論を聞きつけ、仲裁に入った。

「落ち着けよ、クレミー。君が病気になったのは、こいつのせいじゃないだろ」

「フェストゥスは黙っててよ。何も知らないくせに！」

クレメンシアは吐き捨てるように言うと、憤然と前の席に歩いていった。

フェストゥスは、リシストラータの隣に座った。

「クレメンシアはどうしちゃったんだ？　脱皮でもしそうな感じだったぜ」

「さあ？　そんなこと言ったら、私たちみんなひどい状態だと思うけど」

「それにしたって、彼女らしくないよ。いったい――」

コリオレーナスはフェストゥスをさえぎるように、大声で叫んだ。

「セジャナス！　こっちだ！」

話題を変えたかった彼にとって好都合なことに、隣は空席だった。

「ありがとう」

セジャナスは、コリオレーナスの隣にどさりと座り込んだ。体の具合が悪いのか、疲れ切っているらしく、熱があるときのように肌が汗で光っている。

コリオレーナスの反対側に座っていたリシストラータが、身を乗り出してセジャナスの腕にそっと手を置いた。

「早く始まれば、それだけ早く終わるわ」

「でも、すぐに来年がくる」

セジャナスは反論したが、感謝を込めてリシストラータの手をそっとたたき返した。

生徒たちが着席を命じられるとほぼ同時に、スクリーンにキャピトルの紋章が浮かび上がった。国歌が流れ、全員起立する。コリオレーナスが高らかに歌う一方で、他の教育係たちは小さな声でつぶやくばかりだった。

（まったく、いい加減に国歌ぐらい覚えればいいのに！）

ラッキー・フリッカーマンが再びスクリーンに登場し、視聴者を歓迎するように両手を広げた。その手のひらには、手品のキャンディーの跡がくっきりと残っていた。

「全国の皆さま、ただいまより第十回ハンガー・ゲームを開催いたします！」

画面が切り替わり、闘技場内部のワイドショットが映し出された。生き残った十四名の贄たちが大きな円を描くように位置につき、ゴングが鳴るのを待っている。だが、彼らに注意を払う者は一人もいなかった。フィールドに散乱するあの爆破事件による新たな破壊の跡にも。埃っぽい地面にばらまかれた武器にも。闘技場の装飾として今回初めてスタンドに設置されたパネム国旗にも。

すべての視線は、テレビカメラとともに動いていた。カメラは闘技場の正面入り口付近に立っている、二本の鋼鉄の柱にゆっくりとズームインした。高さ六メートルの柱には、同じくらいの長さの太い梁が渡されている。その中心に、マーカスが手錠で吊り下げられていた。傷だらけで血まみれなので、コリオレーナスは死体がさらされているのだと思った。そのとき、腫れ上がった唇が動き、折れた歯がのぞいた。彼がまだ生きていることに、疑いの余地はなかった。

14

コリオレーナスは胸が悪くなったが、目をそらすことができなかった。イヌでもサルでも、ドブネズミでさえも、生き物がこんな姿でさらされているのは見るに堪えない――ましてや、少年をこんな目に遭わせるとは！　しかも彼が犯した唯一の罪は、命が惜しくて逃げたことだけなのだ。コリオレーナスの脳裏に、アラクネの葬列が蘇(よみがえ)った。身の毛もよだつ最悪の見世物――鉤(かぎ)から吊り下げられたブランディーと、市中を引き回される贄たち――は、死者に捧(ささ)げられていた。ハンガー・ゲーム自体には、地区の子ども同士を戦わせることでキャピトルが直接手を汚さずに済むという、ゆがんだ利点があった。だが、マーカスに対する拷問には前例がなかった。ゴール博士の指導のもと、キャピトルの報復は新たな段階に達していた。

凄惨(せいさん)な光景を目の当たりにし、浮き立っていたヘブンズビー・ホールの雰囲気は一気にしぼんでいった。闘技場の内部には、周囲の壁にマイクがいくつか設置されているだけなので、マーカスが何か言おうとしたとしても、声を拾うことはできない。早くゴングが鳴ることを、コリオレーナスは強く念じた。そうすれば贄たちが動き出し、張りつめた空気も変わるだろう。だが、ゲーム開始前の不気味な静けさはいつまでも続いた。

ふと気づけば、セジャナスが怒りに身を震わせていた。落ち着かせようと肩に手を置こうとしたとき、セジャナスはパッと立ち上がって前方に走っていった。教育係専用席は、最前列の五席が犠牲になった生徒を偲んで空席になっていた。セジャナスはその端の椅子をつかむと、マーカスの傷ついた顔を映し出しているスクリーンにたたきつけた。

「化け物どもめ！」

セジャナスは叫んだ。

「おまえらはみんな、化け物だ！」

セジャナスは通路を駆け戻り、ホールの正面入り口から出て行った。観客たちは凍りついたように座ったまま、誰も彼を止めようとしなかった。

その瞬間にゴングが鳴り、贄たちが一斉に動き出した。ほとんどの贄は、この前の爆破事件で扉を破壊されたゲートのいずれかを目指し、その先のトンネルに逃げた。鮮やかなドレスのルーシー・グレイが闘技場の奥に走っていくのを見つけたコリオレーナスは、椅子の端を固く握りしめ、心の中で声援を送った。

（走れ、走れ！ そこから逃げるんだ！）

少数の力自慢の贄たちは、武器の方に駆け寄った。急いでいくつか拾い上げると、タナー、コーラル、ジェサップはそれぞれの方角へ散っていった。リーパーだけは、熊手と長いナイフで武装して戦う気満々のようだったが、彼が攻撃に出る頃には他の贄たちは姿を消していた。後ろを振り返ったリーパーは逃げていく敵の背中をにらみつけると、腹立たしげに前に向き直り、近くのスタンドによじ登って狩りを開始した。

ゲームメーカーたちは、この隙にラッキーを再び画面に登場させた。

「賭けに参加したかったけど郵便局に行けなかった、あるいは、やっと応援する贄が決まったという方はいませんか？」

スクリーンの下に、パッと電話番号が表示された。

「これからは、電話一本でオーケー！　下記の番号に電話し、市民番号と、贄の名前と、賭ける金額、あるいは贄への贈り物を申告するだけで、ゲームに参加できます！　また、ご自分で手続きをしたいという方のために、郵便局は毎日朝八時から夜八時まで営業しております。この歴史的瞬間を、どうぞお見逃しなく！　キャピトルに貢献するチャンスですし、ちょっとしたお小遣いも稼げますよ！　ハンガー・ゲームに参加して勝者になろう！　では、闘技場にお返しします！」

この数分間で、リーパー以外の贄は全員隠れてしまっていた。しばらくスタンドをうろうろしていたリーパーも、やがて姿を消した。再び、マーカスのむごたらしい姿とその苦しみぶりがゲームの見どころとなった。

リシストラータがそっとささやいた。

「セジャナスを追いかけなくていいの？」

「たぶん、一人になりたいんじゃないかな」

コリオレーナスはささやき返した。おそらくそのとおりだろうが、本音を言えば、ゲームの展開を何ひとつ見逃したくなかった。彼とセジャナスが親友だという認識が広まり、地区出身の危険分子の相談相手という役回りが定着しつつあることに、コリオレーナスは不安を感じていた。贄たちにサンドイッチを配るのはともかく、スクリーンに椅子を投げつけるなど、言語道断だ。あの行動は間違いなく波紋を呼ぶはずだし、セジャナスのことがなくても彼は十分すぎるほど問題を抱えていた。

ひどく長く感じられる三十分が過ぎた頃、観客の関心を引く動きがあった。例の爆破事件で、闘技場の入り口付近に仕掛けられた爆弾でメインゲートが吹き飛ばされていたため、スコアボードの下にバリケードが築かれていた。コンクリートと材木と鉄条網を何層も重ねたバリケードは、目障りであるだけでなく反乱軍の攻撃を思い出させるので、ゲームメーカーたちはほとんど画面に映していなかった。ところが、他に大きな展開がなかったためか、そのバリケードから手足の長い痩せた少女が這い出してきたところがスクリーンに映し出された。

「ラミーナだ！」

コリオレーナスの二列前に座っていたパップが、隣の席のリヴィアに言った。

コリオレーナスは、パップの贄については、最初の顔合わせのときにずっと泣いていたことしか覚えていなかった。パップは彼女をインタビューに出すことができず、視聴者に売り込むチャンスをふいにしていた。

（あの子はどこの地区から来たんだっけ……確か、第五地区だったか？）

耳障りな雑音とともに解説が入り、コリオレーナスは我に返った。

「こちらは、第七地区から来た十五歳のラミーナです」ラッキーが言った。

「彼女の教育係は、我らがプリニー・ハリントンです。第七地区がキャピトルに供給している木材は、この闘技場の補修にも利用されています」

ラミーナはマーカスの苦境を値踏みするかのように、しげしげと彼を眺めていた。夏のそよ風が吹き、彼女のブロンドの髪の光輪を乱した。小麦袋で作ったと思しき服にベルト代わりの荒縄を締め、脚には虫刺されの痕が点々とついている。腫れぼったい目は疲れ切って血走っていたが、涙の跡はなかった。それどころか、過酷な状況に置かれている割には、不思議なほど落ち着いて見える。慌てず、騒がず、ラミーナは武器の方に歩いていくと、ゆうゆうと吟味しはじめた。まずはナイフを手に取り、続いて小型の斧を取ると、それぞれの刃を親指にあてて切れ味を確かめる。ナイフをベルトにさし、斧の重さを測るように前後にゆっくり振ると、柱の片方に近づいていった。さびつき、塗料がはがれかけた鋼鉄の表面を、片手でなでる。コリオレーナスは、林業が盛んな地区出身だからといってあの柱は切り倒せないだろうと思った。すると、ラミーナは斧の柄を口にくわえ、両膝とタコができた足で柱を挟み、器用によじ登り始めた。まるで植物の茎を登る芋虫のように自然な動きだったが、体育の授業のロープのぼりで居残りを命じられたことがあるコリオレーナスには、それがどれだけ筋力を要する作業であるかよくわかった。

柱の上までたどり着くと、ラミーナは再び立ち上がり、斧をベルトにさした。大梁の幅は十五センチほどしかなかったが、彼女はすたすたと歩いていき、やがてマーカスの真上に立った。大梁にまたがり、足首を絡めて体を支えると、マーカスの傷だらけの首に向かってかがみこむ。何か話しかけているようだが、マイクは音声を拾えなかった。だが、マーカスには聞こえたらしく、彼女に応えて唇を動かしている。ラミーナは体を起こし、どうすべきか考えこんでいるようだった。やがて再び足で梁を抱え込むと、逆さまにぶら下がり、マーカスの首に横から斧をたたきつけた。一回。二回。三回目に血しぶきがあがり、彼女はマーカスを殺すことに成功した。ラミーナは再び梁にまたがり、スカートで手をぬぐうと、闘技場の内部をじっとねめつけた。

「さすが、僕の贄だ！」

パップが大声で叫んだ。ふいにパップの姿がスクリーンに映った。ヘブンズビー・ホールのテレビカメラが、教育係の反応を撮影しているのだ。パップの二列後ろに座っている自分がちらりと映ったのを見て、コリオレーナスは居住まいを正した。パップは歯列矯正器に朝食の卵が挟まっているのも知らず、満面の笑みを浮かべてガッツポーズをした。

「本日最初の快挙！　あれが僕の贄、第七地区から来たラミーナです！」

パップはカメラに自分の手首を向けて言った。

「僕のコミュニカフは、いつでも準備オッケーです。皆さんの応援と贈り物をお待ちしています！」

スクリーンに再び電話番号が表示されると、ラミーナへの贈り物が届いたことを示す小さな電子音が、パップのコミュニカフから続けざまに響いた。思っていたよりハンガー・

ゲームの趨勢は流動的で、刻々と変化するものらしい。コリオレーナスは自分に言い聞かせた。

(目を覚ませ！　おまえは観客じゃない、教育係なんだぞ！)

「ありがとう！」

　パップはテレビカメラに向かって手を振った。

「さてと、ラミーナにご褒美をやるとするか！」

　パップはコミュニカフを操作し、期待に満ちた表情でスクリーンを見上げた。カメラは再びラミーナを映していた。観客たちも、期待をこめて注視している。贄に贈り物を届ける初の試みだ。一分が経ち、やがて五分が経過した。肝心なときにゲームメーカーたちは失敗したのかとコリオレーナスが思ったとき、五百ミリリットル入りの水のボトルを抱えた小さなドローンが、闘技場の上空に現れた。ドローンは入り口の脇を通過すると、ふらふらしながらラミーナに近づいていった。だが、宙返りし、急降下し、逆戻りさえしたあげく、ラミーナから優に三メートルは離れたところで大梁に激突し、叩き潰された虫のように地面に落ちた。ボトルは割れ、水はたちまち地面に染み込んだ。

　ラミーナは何も期待していなかったかのように無表情に贈り物を見下ろしていたが、パップは怒りを爆発させた。

「待てよ、ひどいじゃないか！　あの水を送るために大金を払った人がいるんだぞ！」

観客たちは同意するようにざわめいた。救済措置はすぐにはとられなかったが、十分後に替わりのボトルが飛んできたときには、ラミーナもドローンからひったくることに成功した。この二機目のドローンも、一機目と同じ運命をたどった。

ときどきラミーナがボトルの水を一口飲む以外、ほとんど状況に変化はなく、マーカスの死骸にハエがたかるばかりだった。ラミーナは、大梁の上にとどまることにしたようだ。実際、それは悪くない戦略だった。地上にいるより安全なのは間違いない。ラミーナにはちゃんと作戦があったのだ。そのうえ、人を殺すこともできる。ゲーム開始から一時間と経たぬうちに、彼女は一躍ハンガー・ゲームの優勝候補に躍り出た。いずれにせよ、ラミーナはルーシー・グレイよりずっと強そうだ。ルーシー・グレイは、今どこにいるのだろうか。

長い時間が過ぎた。ときおりスタンドをうろつくリーパーを除けば、他の贄たちはターゲットを探すことはおろか、武装している姿さえ見せなかった。マーカスがさらし者にされ、ラミーナが彼の息の根を止めなければ、まれに見る低調な幕開けになっていただろう。例年なら、ゲーム開始直後に血まみれの死闘が繰り広げられるのだが、今年は有力な贄の多くがすでに死んでしまっている。フィールドに残った贄のほとんどは、餌食にされる方だった。

闘技場の映像が縮小されて隅に押しやられたかと思うと、ラッキー・フリッカーマンがスクリーンに現れた。ラッキーはさらに各地区の情報を解説し、気象情報をおまけにつけ加えた。ハンガー・ゲームにフルタイムの司会者をつけるのも初の試みで、ラッキーは新たな役割を創り上げることに奮闘していた。タナーが闘技場のスタンドに登り、観覧席の最上段をゆっくりと歩きはじめると、ラッキーはすばやく中継に戻った。だが、タナーはしばらく陽ざしを浴びて座っていただけで、やがてスタンドの下の通路に消えていった。

ヘブンズビー・ホールの奥が騒がしくなり、観客たちは振り返った。レピドゥス・マームジーが、テレビカメラを引き連れて通路を歩いてくる。レピドゥスはパップを呼び、インタビューを始めた。これまで注目されていなかったパップは、ラミーナに関する情報を思いつく限り提供した。とっさにでっち上げたような逸話もいくつか付け加えたが、それでもインタビューは数分で終わった。午前中は、このパターンが繰り返された。教育係に贄の情報を求める短いインタビューと、闘技場の長い沈黙。昼休みに入ったときは、誰もがほっとした。

「すぐに終わるって言ったじゃない」

ホールのテーブルに用意されたベーコンサンドイッチの列に並びながら、リシストラータが小声で文句を言った。

「これから展開は早くなるさ。間違いないよ」コリオレーナスは言った。

だが、その見込みはなさそうだった。長く暑い午後の間、姿を見せたのは二、三人の贄と、マーカスの死骸の上をゆっくりと旋回する四羽のハゲタカだけだった。ラミーナはマーカスを吊るしていた手錠を何とか切り落とし、彼の死骸を地面に落とすことに成功した。その努力に報いて、パップはパンを一切れ送った。ラミーナはパンを細かくちぎり、ボールのように丸めると、一つずつ口に運んだ。パンを食べてしまうと、腹ばいになり、細い体を荒縄のベルトでしっかりと大梁に固定して、うとうとと眠りはじめた。

キャピトル・ニュースは、闘技場前の広場の中継につかの間の活路を見出していた。広場には売店が並び、闘技場入り口の両脇に設置された二つの巨大スクリーンでハンガー・ゲームを観戦しにきた人々に、飲み物や菓子を売っていた。闘技場での動きがあまりにも少ないので、人々の関心はルーシー・グレイとジェサップの仮装をさせられた二匹のイヌに集まっていた。コリオレーナスは、複雑な気分だった。ルーシー・グレイの虹色の衣装を着せられたプードル犬など見たくもなかったが、コミュニカフが二回電子音を響かせると、たとえどんなことでも注目されるのは悪くないと考えを改めた。だが、散歩に飽きたイヌたちが家に帰った後も、あいかわらず何も起こらなかった。

五時前になって、ラッキー・フリッカーマンがゴール博士を視聴者に紹介した。番組進行の重圧で見るからに憔悴したラッキーは、降参したように両手を振り上げた。

「いったいどうしたことでしょうな、ヘッド・ゲームメーカーさん？」

ゴール博士はおおむねラッキーを無視し、直接カメラに向かって語りかけた。

「ゲームの低調なスタートに気をもんでおられる方もいるでしょうが、現在に至るまでに波乱万丈の展開が繰り広げられたことを思い出していただきたい。贄たちの実に三分の一以上がこの闘技場にたどり着くことすらできず、残った者のほとんども、決して力自慢の贄ではありません。死者の数で言えば、昨年のゲームとほぼ同じ状況と言っていい」

「ええ、それはおっしゃるとおりです。でも、大勢の視聴者を代弁してお聞きしたいのですが、今年の贄たちはどこにいるのでしょう？　例年なら、もっと姿を見せるのですが」

「おそらく皆さんは、先日の爆破事件をお忘れですな」ゴール博士は言った。

「昨年までは、贄たちが立ち入れる場所はフィールドと観覧席にほぼ限られていました。しかし、先週の爆破で生じた無数のひび割れや亀裂（きれつ）により、闘技場の周壁内部の入り組んだトンネルに逃げることが可能になったのです。つまり、これまでとは全く違う、新たなゲームに生まれ変わったわけですな。まずは他の贄を捜し出し、真っ暗なトンネルからおびき出す必要があるのです」

「おやおや」ラッキーは失望したように言った。

「では、もう二度と姿を見られない贄たちもいるというわけですか」

「ご心配なく。そのうち腹が減れば、顔を出すでしょう」ゴール博士は答えた。

「それもまた、新たな展開の一つです。視聴者が食料を供給する限り、ゲームはいつまでも続くでしょう」

「いつまでも？」

「あなたも、手品のタネをたっぷりと用意しておくことですな！」

ゴール博士は、かん高い声で笑った。

「私が飼っているウサギのミュットを、ぜひ帽子から出していただきたい。ブルテリアの顎（あご）を持つウサギですぞ」

ラッキーはやや青ざめ、ひきつった笑みを浮かべた。

「遠慮しておきます。自分のペットで間に合ってますよ、ゴール博士」

コリオレーナスは、リシストラータにささやいた。

「なんだか、ラッキーが気の毒になってきたよ」

「私はそうでもないわ」リシストラータが答えた。「どっちもどっちだもの」

五時になり、ハイボトム学生部長が一般の生徒たちを帰したが、贄が生き残っている十四人の教育係はそのまま残った。アカデミーかキャピトル・ニュースのトランスミッターを介さなければコミュニカフが機能しないというのが、主な理由だった。

七時頃、〈タレント〉用の夕食が届けられた。コリオレーナスは重要人物になったような気分になり、ゲームの当事者であることを実感した。ポークチョップとポテトは、家の夕食よりはるかに上等だ。ルーシー・グレイに生き残ってほしいと思う理由が、また一つ増えた。皿のグレービーソースをパンでぬぐいながら、ルーシー・グレイは腹をすかせているだろうかと思った。クリームを載せたブルーベリータルトを取りに行ったとき、コリオレーナスはリシストラータを脇に呼び、状況を話し合った。彼らの贄たちは、最後の会合で手に入れた食料を隠し持っているに違いない。特にジェサップは食欲を失っていたので、食べ物には困っていないだろう。だが、水はどうだろうか？　闘技場の内部に水場はあるだろうか？　水を送ってやるにしろ、彼らの隠れ場所を暴露せずに送るにはどうしたらいいだろうか？　おそらくゴール博士が言うとおり、何か欲しければ贄たちは顔を出すだろう。それまでじっと待つのが得策だという結論に至った。

デザートを食べ終えた頃、闘技場で動きがあり、教育係たちは席に戻った。イオ・ジャスパーの贄のサークという第三地区の男子が、入り口付近のバリケードから這(は)い出してきて、周囲を見回すと誰かに手招きした。縮れた黒っぽい髪の小柄なみすぼらしい少女が、彼の後から急いで出てきた。大梁(おおばり)の上で仮眠していたラミーナは、この二人が自分を脅かすかどうか、片目を開けて見張っていた。

「心配いらないよ、僕のかわいいラミーナ！」パップがスクリーンに向かって話しかけた。

「あの二人には、はしごだって登れやしない」

どうやらラミーナも同意見らしく、より快適な姿勢を求めて寝返りを打っただけだった。

襟にナプキンの端を挟み込み、あごにブルーベリーソースをつけたラッキー・フリッカーマンがスクリーンの隅に登場し、あの二人はテクノロジーが進んだ第三地区の贄だと視聴者に解説した。サークは、自分の眼鏡を使って火を起こすことができると主張した少年だ。

「そして、女子の贄の名前は……」

ラッキーはカンニングペーパーを求めて横を向いた。

「テスリーです！　第三(スリー)地区から来た、テスリーです！　彼女の教育係は、我らが……」

ラッキーはまた横を向いたが、今度はカンニングペーパーが見つからないようだ。

「我らが……えー……」

「もう、ちゃんと覚えとけよな」

最前列に座っていたアーバン・キャンビルが文句を言った。イオと同じように、確か彼の両親も科学者だったはずだ。物理学者だっただろうか？　アーバンはひどく怒りっぽい性格なので、彼が微積分のテストで満点を取ったときも誰も賞賛しなかった。コリオレーナスは、贄をインタビューに出す努力を怠った彼に、ラッキーを責める資格はないと思った。テスリーは小柄だが、取り柄がないわけではない。

「我らがターバン・キャンビルです！」ラッキーが叫んだ。

「ターバンじゃない、アーバンだ！　プロの司会者を呼んでこいよ、まったく！」アーバンが苛立たしげに言った。

「残念ながら、ターバンとテスリーはインタビューに登場していませんね」ラッキーが言った。

「あの贄が僕と口をきこうとしなかったからだ！」アーバンが腹立ちまぎれに怒鳴った。

「不思議だねえ、あいつの魅力が通じなかったとは」フェストゥスが言うと、最後列に笑いが起こった。

「今すぐサークに何か送ってやらなきゃ。今度いつ顔を見られるかわからないもの」

イオが言い、コミュニカフを操作しはじめた。アーバンも、イオに続いてコミュニカフをいじりはじめた。

サークとテスリーは、マーカスの死体をすばやく迂回すると、壊れた二機のドローンの前にしゃがみ込んで何やら調べ始めた。両手を器用に動かし、機械の損傷具合を調べ、彼らが調べなければ誰も気づかなかっただろう内側の仕切りを探る。サークは電池と思われる長方形の物体を取り除き、テスリーに向かって親指を立ててみせた。テスリーが自分の側のドローンのワイヤーを繫ぎ直すと、機体のライトがピカピカと瞬いた。サークとテスリーは顔を見合わせてにっこり笑った。

「こりゃ驚きだ！」ラッキーが叫んだ。「面白いことになってきましたよ！」

「あの二人がドローンの操縦器を持っていたら、もっと面白くなっただろうけどね」アーバンは憎まれ口をたたいたが、腹立ちはやや収まったようだった。

サークとテスリーがなおもドローンを調べている間に、さらに二機のドローンが飛んできて、彼らの近くにパンと水を落とした。サークとテスリーは何やら相談し、それぞれドローンを拾い上げると急いでバリケードの方に引き返した。二人が贈り物を拾い集めたとき、闘技場の奥に人影が現れた。奥の人影は、リーパーだった。リーパーはトンネルの一つに潜り込んだかと思うと、誰かを抱えて出てきた。カメラが彼らを映し出したとき、コリオレーナスはそれがディルであることに気づいた。ディルは一回り縮んだようで、胎児のように体を丸めている。生気のない肌をまだらに照らす夕暮れの光をぼんやりながめ、咳をすると口の端から血液が混じった唾が糸のように垂れた。

フェリクスが、誰にともなくつぶやいた。

「あの子が今まで死なずにいたとは驚きだ」

リーパーは爆発で崩れたがれきを迂回し、日の当たる場所まで来ると、焼け焦げた材木の上にディルの体を横たえた。暑さにもかかわらず、ディルはガタガタ震えていた。リーパーが太陽を指さして何か言ったが、ディルは反応を示さなかった。

「あいつは、他の贄を皆殺しにすると宣言したんじゃなかったっけ？」パップが言った。

「そこまで非情なやつには見えないな」アーバンが言った。

「ディルは彼と同じ地区から来たのよ」リシストラータが言った。「それに、もう長くはないわ。たぶん結核ね」

リシストラータの言葉を聞いて、みんな黙り込んだ。結核はいまだにキャピトルじゅうで発生しており、治癒が望めないことはもちろん、慢性病としての治療も行き届いていない。そして各地区の住民にとって、結核に感染することは死を意味していた。

リーパーはしばらく落ち着かなげに歩き回っていた。贄たちの追跡に戻りたいのか、ディルの苦しみを見ていられないのだろう。やがて彼はディルを励ますように肩を軽くたたくと、大股でバリケードの方に去っていった。

「リーパーに何か送ってやらなくていいの？」ドミティアがクレメンシアに言った。

「どうして？　リーパーはあの子を殺さなかったじゃない。ただあそこに運んでやっただけじゃ、ご褒美をやるわけにはいかないわ」クレメンシアは言い返した。

コリオレーナスは一日中クレメンシアを避けていたが、この発言を聞いて自分の判断は正しかったと思った。今のクレメンシアは、本来の彼女ではない。たぶん、ヘビの毒に脳をやられてしまったのだろう。

「僕は何か送ってやった方がよさそうだ。これをディルにやろう」

フェリクスはそう言うと、コミュニカフに何か打ち込んだ。

水のボトルが二本、ドローンで運ばれていった。だが、ディルはドローンに気づかないようだ。数分後、以前ジャグリングを披露した少年が、黒い髪をなびかせてトンネルから飛び出してきた。少年はまっしぐらに水のボトルを手にすると、壁に開いた大きな割れ目の中に消えた。ラッキーの声が、その少年が第七地区のトリーチで、彼の教育係はヴィプサニア・シックルであると解説した。

「今のはひどいな」フェリクスが言った。「ディルの末期の水だったかもしれないのに」

「いいえ、利口だったわ」ヴィプサニアが言った。

「節約になったもの。私にはあんまり資金がないのよ」

太陽が地平線に沈みかけ、ハゲタカたちは闘技場の上空をゆっくりと旋回していた。ついにディルは体を痙攣させると、最後の力を振り絞って激しく咳き込んだ。口から飛び散った血が汚れた服を濡らすのを見て、コリオレーナスは気分が悪くなった。彼女の口からほとばしる血にぞっとすると同時に、強い嫌悪感を抱いた。

ラッキー・フリッカーマンが画面に現れ、ディルという第十一地区の女子が病死したと発表した。

「残念ながら、フェリクス・レイビンスティル君はここで退場となります。レピドゥス、ヘブンズビー・ホールからレイビンスティル君の最後のコメントを聞かせてもらえるかな？」

レピドゥスはフェリクスを呼び出し、ゲームから脱落したことについて感想を求めた。

「そうですね、特に驚きはありません。あの贄は、キャピトルに来た当初から死にかけていましたから」フェリクスは言った。

レピドゥスが同情するように言った。

「彼女をインタビューに出演させた君の功績は、計り知れないほど大きいね。贄をインタビューに出せなかった教育係もたくさんいるのに」

フェリクスが高い評価を受けているのは大おじが大統領だからではないかとコリオレーナスは思ったが、つまらないことを妬むまいと決めた。

（僕は贄をインタビューに出しただけでなく、観客に大好評を博した。たとえルーシー・グレイが今夜命を落としても、僕がゲームの主役であることに変わりはないはずだ）

だが、ルーシー・グレイにはぜひとも明日まで生き残ってもらわねばならない。その次の日も、そのまた次の日も生きのびて、優勝してもらわねばならないのだ。コリオレーナスはルーシー・グレイに協力を約束していながら、今のところ観客に彼女を売り込む以外はまったく何もしていなかった。

スタジオでは、ラッキーがフェリクスをさらに褒め称えた後、放送の終了を告げた。

「闘技場に夜のとばりが下り、ほとんどの贄たちが眠りにつきました。皆さんもお休みください。我々はなおも状況を注視しておりますが、朝まで大きな変化は期待できないでしょう。それでは皆さん、いい夢を」

ゲームメーカーたちは、闘技場のワイドショットに画面を切り替えた。コリオレーナスに確認できたのは、大梁の上にいるラミーナの輪郭だけだった。日暮れ以降は、月明かり以外に闘技場に照明がないことから、闘技場内の様子がよく見えなくなっていた。教育係たちに帰宅を促したハイボトム学生部長は、今後は歯ブラシと着替えを用意してくる方がいいかもしれないと言い添えた。教育係全員がフェリクスと握手し、よくやったとねぎらった。ほとんどの者は、心からそう思っていた。この一日で、教育係どうしの絆がまったく新しい形で強くなったのだ。彼らは、特別なクラブの一員だった。最終的にはメンバーがたった一人になることが運命づけられているが、そのクラブに所属したという事実は、今後もずっと彼らを結びつけていくに違いない。

歩いて帰宅しながら、コリオレーナスは計算した。さらに二人の贄が死んだ。もっとも、しばらく前からマーカスをライバルに数えることはやめていたのだが。それでも、残りの贄はわずか十三人。ルーシー・グレイのライバルは、たった十二人ということになる。しかも、ディルと第五地区の喘息持ちの男子で証明されたように、待っていれば他の贄が先に死んでくれる可能性も高い。コリオレーナスは、昨日の会合を思い返してみた。ルーシー・グレイの涙をぬぐい、彼女を生かし続けると約束し、キスをした。

(ルーシー・グレイは今、僕のことを考えているだろうか？　僕が彼女に会いたいと思っているように、彼女も僕に会いたがっているだろうか？)

明日はルーシー・グレイが姿を現してくれて、食料と水を届けることができればいいと思った。視聴者に彼女の存在を思い出させなくてはならない。午後以降に届いたわずかな贈り物は、ジェサップとの同盟のおかげだと思われた。魅力的な歌姫というルーシー・グレイのイメージは、ハンガー・ゲームに恐ろしい展開があるたびに、刻々と薄れていく。彼女が殺鼠剤を持っていることは、コリオレーナス以外は誰も知らないので、注目を取り戻す役には立たない。

暑さと心労でくたびれたコリオレーナスは、シャワーを浴びてベッドに倒れ込むことだけを考えていた。だが、ペントハウスに足を踏み入れた瞬間、来客があるときだけ出されるジャスミンティーの香りが漂ってきた。

（こんな時間に、誰が来ているんだろう？　しかも、ハンガー・ゲームの初日だぞ？）

おばあばさまの友人や、隣人が顔を出すには遅すぎる時間だ。それに、彼らは連絡もせずにいきなり現れる類の人々ではない。何かがあったのだ。

スノー家の人々はめったにテレビを見ることはなかったが、もちろん彼らの家にもテレビはあった。正式なリビングに置いてあるテレビには、コリオレーナスがヘブンズビー・ホールを後にしたときと変わらず、暗くなった闘技場が映っていた。おばあばさまは寝巻の上に上等なガウンをはおり、ティーテーブルの前の背もたれがまっすぐな椅子に、身を硬くして腰かけていた。タイガレスは、お客のためにティーカップに湯気の立つ淡い色の茶を注いでいた。

そこに座っていたのは、プリンツ夫人だった。この前よりもいっそう野暮ったい服装で、髪は乱れ、あふれる涙をハンカチでぬぐっている。

「本当に、ご親切に」プリンツ夫人は泣きじゃくりながら言った。

「こんなふうに突然お邪魔して、まことに申し訳ありませんわ」

「コリオレーナスのお友だちは、私どもにとっても大事な人です」

おばあばさまが硬い声で応じた。「プリンチさんとおっしゃいましたか？」

相手が何者か、おばあばさまはよく知っているはずだった。だが、こんな時間に客を、しかもプリンツ家の人間をもてなさねばならないことは、とことん彼女の信条に反していた。

「プリンツです。プリンツと申します」

「おばあばさま、コリオレーナスが怪我をしたとき、おいしい煮込み料理を届けて下さった方よ」と、タイガレスが言い添えた。

「申し訳ありません、こんな時間にお邪魔してしまって」

「どうかお気になさらないで。うちに来ていただいて、よかったですわ」

タイガレスは、プリンツ夫人の肩をやさしくたたいた。コリオレーナスに気づき、ほっとした顔をする。

「ほら、いとこが帰ってきました。もしかしたら、何か知っているかもしれませんわ」

コリオレーナスは、プリンツ夫人の取り乱した様子に気づかぬふりを装った。

「プリンツ夫人、ようこそお越しくださいました。どうされましたか？」

「ああコリオレーナス、大変なの。セジャナスが帰ってこないのよ。アカデミーを午前中に出たそうなのに、息子からは何の連絡もないんです。もう、心配で心配で……。どこにいるのかしら？　マーカスがあんなことになったのが、ショックだったに違いないわ。あなたはご存じないかしら、息子が行きそうな場所を？　アカデミーを出ていくとき、息子は取り乱していた？」

コリオレーナスは、セジャナスが怒りを爆発させ、椅子を投げつけて侮辱の言葉を叫んだことは、ヘブンズビー・ホールにいた人たちしか知らないことを思い出した。

「彼は動揺していました。でも、心配されるほどのことかはわかりません。おそらく、少し頭を冷やしたかっただけではないでしょうか。長い散歩に出かけたとか、そのようなことで。もし僕なら、同じことをするでしょうから」

「でも、こんなに遅くまで……。ぷいっといなくなるなんて、あの子らしくないわ。しかも、私に何の連絡もないのよ」プリンツ夫人は、おろおろとつぶやいた。

「息子さんがよく行く場所に心当たりは？　それとも、会いに行きそうな人はいらっしゃいませんの？」タイガレスがたずねた。

プリンツ夫人は、首を横に振った。

「いいえ、いいえ。コリオレーナスは、息子のただ一人のお友だちでした」

（つまり、一人も友だちがいなかったというわけだ。哀れなやつだな）

コリオレーナスは、内心の思いを隠して言った。

「おっしゃるとおり、もし彼が誰かを必要としているなら、真っ先に僕のところに来たはずです。おそらく彼は、しばらく一人になりたかったのではないでしょうか……今度のことについて、考えを整理するために。きっと大丈夫ですよ。さもなければ、お母様に連絡がいくはずです」

「治安維持部隊にはもう連絡されましたか？」タイガレスがたずねた。

プリンツ夫人はうなずいた。

「どこにも見当たらないと言われました」

「つまり、何も問題は起こっていないということですよ。もしかしたら、今頃お宅に帰っているかもしれません」コリオレーナスは言った。

「お帰りになってみたらよろしいですね」おばあばさまが、あからさまに帰ってほしそうに勧めた。

タイガレスがおばあばさまを振り向き、たしなめるように言った。

「電話で確かめるという手もあるわ」

だが、プリンツ夫人はおばあばさまの意図に気づく程度には落ち着きを取り戻していた。

「いいえ、おばあさまのおっしゃるとおりですわ。私は家にいるべきですね。皆さまはどうぞもうお休みください」

「コリオレーナスがお宅までお送りいたしますわ」タイガレスはなおも言い張った。

タイガレスが選択の余地を与えなかったので、コリオレーナスはうなずくしかなかった。

「ええ、もちろん」

「この先に車を待たせていますので」プリンツ夫人は立ち上がり、髪をなでつけた。

「ありがとうございます。本当にご親切にしてくださって、心からお礼申し上げますわ」

プリンツ夫人は大きなハンドバッグを手に取って立ち去ろうとしたが、ふとテレビ画面に目をやった。そのとたん、彼女は棒立ちになった。

コリオレーナスは、プリンツ夫人の視線を追った。黒い人影がバリケードをすり抜け、ラミーナの方へ歩いていく。背が高く、男のようだ。両手に何か持っている。リーパーかタナーだろうとコリオレーナスは思った。その人影はマーカスの死骸のそばまで来ると立ち止まり、眠っているラミーナを見上げた。

（贄の誰かが、ようやく彼女に攻撃を仕掛ける気になったようだな）

コリオレーナスは、教育係として状況を注視するべきだと思ったが、まずはプリンツ夫人に帰ってもらいたかった。

「車までお送りしましょうか？」彼は言った。「きっと、セジャナスはもう寝ているでしょう」

「いいえ、コリオレーナス」プリンツ夫人は押し殺した声で答え、テレビ画面を見ながらうなずいた。

「うちの子は、あそこにいます」

15

プリンツ夫人の言葉を聞いた瞬間、コリオレーナスはそのとおりだと悟った。言われてみれば、確かにセジャナスだ。やや猫背な姿勢と、額の輪郭。暗闇の中にぼんやりと光る、アカデミーの制服の白いシャツ。そして、首にかけたストラップの先に、黄色い教育係バッジがうっすらと見えた。どうやって闘技場の中に入り込んだのだろう。キャピトルの少年で、しかも教育係だから、闘技場の入り口にいても特に怪しまれなかったのかもしれない。あそこでは揚げパンやピンク・レモネードを売っているし、大勢の人々が巨大スクリーンでハンガー・ゲームを観戦している。まぎれこむのは簡単だっただろう。怪しまれても、教育係の地位を盾にして押し切ったのかもしれない。まさか彼が闘技場に入りたがっているとは、誰も思うまい。そもそも、なぜ闘技場に入ろうという気を起こしたんだ？

テレビ画面の中で、セジャナスのシルエットがひざまずいた。小さな包みを下に置き、マーカスの遺体を仰向け（あおむ）にする。脚をまっすぐに伸ばしてやり、腕を胸の上に組ませようとしているらしいが、既に手足は硬直して動かないようだ。次はどうするつもりだろうと、コリオレーナスは思った。するとセジャナスは立ち上がり、死体の上に手をかざした。

動物園でも同じことをしていたな、とコリオレーナスは思った。アラクネが殺された後、射殺された贄の体にセジャナスが何かをまき散らしていたのがちらっと見えた。

おばあばさまが、愕然（がくぜん）とした様子でたずねた。

「あそこにいるのが息子さんですか？　いったい何をしているんでしょう？」

「遺体の上にパンくずをまいているのです。旅立ったマーカスが食べ物に困らないように」プリンツ夫人は言った。

「旅立った？　あの贄は死んだんですよ！」

「生まれる前にいた場所へ戻っていったのです。あれは、故郷の風習です。誰かが亡くなったとき、あのようにして弔うのです」

コリオレーナスは、プリンツ夫人の発言にほとほとあきれ果てた。これこそ、地区の人間がいかに遅れているかの証明だ。野蛮な連中の、野蛮な風習。こんな無意味な風習のために、どれだけのパンを無駄にしてきたのだろう？

セジャナスと親しいと誤解されていることで、とばっちりを受けるかもしれない。コリオレーナスは嫌な予感がした。すると案の定、電話が鳴った。

「こんな時間に、街中が起きているのかねえ？」おばあばさまが愚痴った。

「失礼します」

コリオレーナスは、電話がある玄関ロビーへ向かった。間違い電話であってくれと願いながら、受話器を取る。

「もしもし？」

「スノー君、ゴール博士だ」

コリオレーナスは、胃が縮むような思いがした。

「近くにテレビがあるかね？」

「実は、今帰ったばかりなんです」コリオレーナスは、時間を稼ごうとして言った。

「テレビですか？　はい、あります。家族が見ています」

「君の友だちは、いったい何をしているんだ？」

コリオレーナスはプリンツ夫人たちに背を向け、声を潜めた。

「彼とはその……友だちというわけでは……」

「言い訳はいい。君らは一心同体じゃないか。『サンドイッチを配るのを手伝ってくれ、コリオレーナス！』『僕の隣が空いているよ、セジャナス！』彼と親しい生徒をキャスカに聞いたところ、君しか思いつかないと言っていたが」

セジャナスに礼儀正しく接してきたことが、明らかに裏目に出ていた。実際のところは、顔見知り以上の関係ではないというのに。

「ゴール博士、どうか説明させてください――」

「説明を聞いているひまはない。この瞬間にも、プリンツ家の若造は、オオカミどもがうようよしている闘技場をうろついているんだ。見つかったら、たちまち殺されてしまうぞ」

ゴール博士は、別の誰かを振り向いて指示を出した。

「いや、急に放送を中断しては、かえって注意を引いてしまう。できるだけ画面を暗くするんだ。自然な感じにな。月が雲に隠れたように、徐々に暗転させろ」

ゴール博士は、息もつかずにコリオレーナスとの会話に戻った。

「君は利口な人間だ。あいつが殺されれば視聴者にどんなメッセージを与えることになるか、想像がつくだろう。かなりの打撃を被るはずだ。早急に対策を講じる必要がある」

「治安維持部隊を派遣してはいかがでしょうか」

「あの若造がウサギみたいに飛び跳ねて逃げるようにか？」

ゴール博士は、鼻で笑った。

「少しは想像力を使いたまえよ。治安維持部隊が、暗闇の中であいつを追いかけたらどうなる？　だめだ、できるだけさりげなくおびき寄せるしかない。それには、あいつにとって大事な人間の協力が必要だ。あいつは父親を嫌っているし、兄弟もいなけりゃ、友だちもいない。残るは、君とあいつの母親だ。今、母親を捜しているのだが」

コリオレーナスは肩を落とした。「彼の母親はここにいます」

これで、単なる顔見知りにすぎないと言い訳することもできなくなった。

「それは何より。二人そろって、二十分後に闘技場まで来てもらおう。もし遅れたら、君に罰点を与える。ハイボトムではなく私が、だ。よく考えて行動しないと、受賞をふいにするぞ」ゴール博士はそう言うなり電話を切った。

テレビを見ると、明らかに画像が暗くなっていた。もはやセジャナスの姿はほとんど見えない。

「プリンツ夫人、今の電話はヘッド・ゲームメーカーからでした。闘技場までセジャナスを迎えに来てほしいそうです。僕もお供することになっています」

おばあばさまが心臓麻痺を起こすといけないので、それ以上詳しい説明はできなかった。

プリンツ夫人は、不安げに目を見開いてたずねた。

「あの子が何か問題を起こしたの？　キャピトルと？」

「いえ、違います。セジャナスの身の安全が心配なだけです。おそらく、そう長くはかからないでしょう」

コリオレーナスは、タイガレスとおばあばさまを振り向いて言った。

「でも、待ってなくていいからね」

コリオレーナスは、プリンツ夫人を抱えて走らんばかりの勢いで彼女をドアの外に押し出した。エレベーターに乗せ、ロビーから外に連れ出すと、彼女の車が音もなく近づいてきた。アボックスらしい運転手は、闘技場までという彼の指示にうなずいただけだった。

「ちょっと急いでいるんだ」

コリオレーナスが告げると、車は直ちに速度を上げ、がらんとした街を滑らかに走っていった。この分なら、闘技場まで二十分で到着できるだろう。

プリンツ夫人はハンドバッグを握りしめ、窓の外の人けのない街を見つめていた。

「初めてキャピトルを見たのも、夜でした。ちょうど今のような」

「そうですか」コリオレーナスは、礼儀を失しないように答えた。

（まったく、それがどうしたんだよ？）

彼女のわがまま息子のせいで、こっちの将来まで危ういのだ。

「セジャナスは、あなたが座っているその席で私に言いました。『大丈夫だよ、母ちゃん。何もかもうまくいくよ』と。私をなぐさめようとして……どうにもならない災難だってことは、二人ともわかっていたのに。でも、あの子は私のことばかり心配してくれて」

「なるほど。キャピトルへの引っ越しは、大きな転機だったのでしょうね」

コリオレーナスは、いらいらした。

（プリンツ家の連中は、どうしてこうなんだ？）

恵まれているくせに、いつでも悲劇の主人公のような顔をしている。彼らがパネムで最も裕福な部類の人間であることは、この車の内装を見ただけでも明らかなのに。型押しされた革張りのシート、バーに並んだクリスタルのボトル。色とりどりの飲み物が、まるで宝石のように輝いている。

「一族や友人たちからは、縁を切られてしまいました」プリンツ夫人は、なおも続けた。「キャピトルで新しい友人はできませんでした。それでもストラボンは——あの子の父親は——キャピトルに移り住んだのは正しい選択だったと考えています。あのまま第二地区にいれば未来はなかった、と。あの人なりに、私たちを守ってくれたのです。セジャナスをハンガー・ゲームに出させまいとしたんです」

「本当に皮肉ですね。状況を考えると」

コリオレーナスは、話題の転換を図った。

「ゴール博士が何を考えているかはわかりませんが、セジャナスを闘技場から連れ戻すのに協力してほしいのではないでしょうか」

「私で役に立つかしら」プリンツ夫人は言った。

「息子は取り乱していますもの。できるだけのことはやってみますが、あの子は正しいことをしていると納得しなければ、言うことを聞きませんから」

(正しいことをしている、か)

それこそが一貫したセジャナスの行動指針だったことに、コリオレーナスは気づいた。正しいことをするという決意。その頑(かたく)なな態度が——例えば、他の生徒たちが関わるまいとするゴール博士に公然と逆らったことが——彼を周囲から浮いた存在にしていたもう一つの原因だった。だが、それを利用すれば、うまく操ることができるかもしれない。

闘技場の入り口に近づくと、この危機を隠しとおすために手が尽くされたことが見て取れた。周囲には、十数名の治安維持部隊と数名のゲームメーカーしかいない。車から降りたコリオレーナスは、帰宅したときに比べて急激に気温が下がっていることに気づいた。

バンの後部座席に設置されたキャピトル・ニュースのモニターには、実際の闘技場の風景と、視聴者向けに暗転させた風景が並んで映し出されていた。ゴール博士とハイボトムと、数名の治安維持部隊が、モニターの前に集まっている。プリンツ夫人と一緒に近づいていくと、画面の中にマーカスの遺体のそばでひざまずいているセジャナスが見えた。

「少なくとも、遅れずに来たな」ゴール博士が言った。「プリンツ夫人ですね?」

「はい、そうです」プリンツ夫人が、震える声で言った。「セジャナスがご迷惑をおかけしたようで、申し訳ありません。いい子なのですが、少し思い詰めるところがありまして」

「確かに、のんびりした性格とは言えませんな」

ゴール博士は、コリオレーナスを振り向いた。

「親友を助けるにはどうすればいいと思うかね、スノー君？」

コリオレーナスはとげのある言葉を無視し、モニター画面を注視した。

「彼は何をしているんですか？」

「見たところ、あそこにひざまずいているだけだ」ハイボトム学生部長が言った。

「表情は落ち着いています。今なら、治安維持部隊を送っても驚かないかもしれません」

「リスクが大きすぎる」ゴール博士が切り捨てた。

「スピーカーか拡声器で、母親の声を聞かせてみてはどうでしょう。画面を暗転させられるなら、もちろん音声も操作できるのでしょう？」

「放送では、な。だが、闘技場の贄(いけにえ)たち全員に、丸腰のキャピトルの少年がいることがばれてしまうぞ」ハイボトム学生部長が言った。

コリオレーナスは、嫌な予感がしてきた。

「では、どうなさるおつもりですか？」

「彼の知り合いがなるべく目立たぬように闘技場に忍びこみ、説得にあたるのがいいだろう」ゴール博士は言った。「つまり、君だ」

「いいえ、いけません！」プリンツ夫人が、驚くほど鋭い声で叫んだ。「コリオレーナスを行かせないで。また一人子どもを危険にさらすわけにはいきません。私が行きます」

コリオレーナスは夫人の申し出に感謝したが、聞き入れられることはまずないとわかっていた。目を真っ赤に泣きはらし、不安定なハイヒールを履いた彼女に、秘密工作員の仕事が務まるとはとても思えない。

「必要なのは、いざというときに走って逃げられる人物です。スノー君が適任ですよ」

ゴール博士が治安維持部隊に合図した。コリオレーナスはあっという間に防護服を着せられ、闘技場に入る支度を整えられた。

「この防護ベストで、主要な臓器は守られる。これは、トウガラシスプレーとフラッシュライトだ。敵に襲われたとき、一時的に相手の目をくらますことができる」

コリオレーナスは、トウガラシスプレーの小さなボトルとフラッシュライトを見た。

「銃はないのですか？　少なくとも、ナイフぐらい持たせてください」

「君は訓練を受けていないから、武器は持たない方が安全だ。闘技場に入るのは、贄を傷つけるためではない。可及的速やかに君の友人を連れ戻すためだ」ゴール博士が言った。

他の生徒なら、あるいは二週間前のコリオレーナスなら、抗議したはずだった。親か保護者を呼べと主張し、食い下がったはずだった。だが、クレメンシアがヘビに襲われ、闘技場が爆破され、マーカスが拷問された後では、抗議など意味がないことはわかっていた。ゴール博士が闘技場に入れと言うなら、入るしかない。たとえ受賞がかかっていなかったとしてもだ。彼はゴール博士の実験材料でしかない。生徒だろうと贄だろうと、博士にとってはケージの中のアボックス程度の価値しかないのだ。

「いけません、彼はまだ子どもです。主人に電話させてください」プリンツ夫人が頼みこむように言った。

ハイボトム学生部長が、コリオレーナスを見て軽くほほ笑んだ。

「彼は大丈夫ですよ。スノー家の人間は、たとえ殺したって死にはしません」

(すべてはこいつの企みだったのか？　僕を破滅させるための巧妙な近道というわけか？)

彼の身の安全を図るためか、それとも逃がさないためかはわからないが、コリオレーナスは治安維持部隊の兵士たちに挟まれて闘技場に近づいていった。こうしてみると、正面入り口は深刻な損傷を受けたことが分かる。二枚の大きな扉の片方が完全に吹き飛ばされ、よじれた金属の枠だけを残して大きく口を開けていた。見張りがいる他は、腰までの高さのコンクリート壁が何列か並べられているだけだ。見張りの注意さえそらすことができれば、こんな壁など簡単に越えられたに違いない。それにしても、あまりにも警備が手薄なように見える。贄たちがまた逃亡を企てたとしたら、どうするつもりなのだろう？

コリオレーナスと護衛の兵士はコンクリートの壁の間を縫うように進み、ロビーに入った。ロビーも爆発で大きな被害に遭っていた。入り口と売店付近にわずかに残った電球が、天井や床や倒れた柱や崩れた梁に分厚く積もった石膏の塵を照らしている。回転ゲートにたどり着くには、がれきの間をくぐり抜ける必要があった。ここでもコリオレーナスは、多少の辛抱と運さえあれば、セジャナスが怪しまれずにここを通り抜けるのは簡単だっただろうと思った。右端の回転ゲートが爆破の標的にされており、金属バーが溶けてねじれ、通り抜けられるようになっている。ここでようやく治安維持部隊はまともな防御策を講じており、鉄条網を巻き付けた仮のバーを設置するとともに、六人の武装した兵士を警備に立たせていた。破損していない回転ゲートはまだ機能しており、再入場はできなかった。

「では、彼はコインを持っていたんですか？」コリオレーナスはたずねた。

「持っていた」

責任者らしい、年かさの兵士が答えた。

「意表を突かれたよ。ハンガー・ゲーム中は、闘技場から出ようとする者には目を光らせているが、まさか侵入しようとする者がいるとは思わんからな」

兵士は、ポケットからコインを取り出した。「これは君の分だ」

コリオレーナスは手の中でコインを転がし、すぐには回転ゲートに向かわなかった。

「彼はどうやって外に出るつもりだったんでしょう？」

「出ようとは思ってなかったんじゃないのか」

「では、僕はどうやって出ればいいんですか」コリオレーナスはたずねた。この計画は、どう考えても危うすぎる。

「あそこを見ろ」

兵士は金属バーを指さした。

「我々が鉄条網を引っぱってあのバーを前に倒し、下から這い出せるくらいのすき間を開けてやる」

「そんなことが、すばやくできるでしょうか？」コリオレーナスは、疑いを抱いた。

「君の動きはカメラで監視されている。君が友だちをうまく連れ戻せたら、すぐにバーを動かしはじめるさ」兵士は、安心させるように言った。

「もし彼を説得できなかったら？」

「その場合については、何も指示を受けていない」

兵士は肩をすくめた。「使命を果たすまでは、中にいなきゃならんのじゃないか」

兵士の言葉の意味を理解し、コリオレーナスの全身から冷たい汗が噴き出した。セジャナスを説得するまでは、外に出られないのだ。彼は回転ゲートの向こうに見える通路を覗き込んだ。通路の奥の、スコアボードの下あたりに、バリケードが築かれている。今日、ラミーナとサークとテスリーが出入りしていたものだ。

「あのバリケードはどうなんですか？」

「あれは、実はお飾りだ。ロビーや街路がカメラに映らんように、ああして塞いであるだけさ。君なら、わけなく乗り越えられるだろう」

では、贅にも簡単に乗り越えられるわけだ。コリオレーナスは、親指でコインのなめらかな表面をなでた。

「我々はバリケードまで君を援護する」兵士は言った。

「つまり、僕を攻撃する贄がいたら、殺してくれるんですね」コリオレーナスは確かめた。

「何にせよ、追っ払ってやるよ」兵士は言った。「心配するな、俺たちがついている」

「それはよかった」

だが、コリオレーナスはまるで安心できなかった。自分を励まし、投入口にコインを入れ、金属バーを押す。

「いってらっしゃい！」

回転ゲートの声は、夜の静けさの中では十倍ほども大きく聞こえた。治安維持部隊の一人が、ふっと小さく笑った。

コリオレーナスは右側の壁に近づき、できるだけすばやく静かに前進した。唯一の照明である赤い非常灯が、通路をぼんやりと血の色に照らし出している。しっかりと口を閉じ、鼻で静かに呼吸する。右を見て、左を見る。また右、そして左。動くものは何もない。誰もいない。もしかしたら、ラッキーが言ったとおり、贄（いけにえ）たちはみんな眠っているのだろうか？

コリオレーナスはバリケードの手前でしばし立ち止まった。治安維持部隊の兵士が言ったとおり、それは見かけ倒しの作り物だった。骨組みに申し訳程度の有刺鉄線が巻きつけてあるだけで、ガタついた木材やコンクリート片を積み重ねてあるが、贄を閉じ込めるためではなく、視界をさえぎるのが目的らしい。おそらく本物のバリケードを築く時間がなかったか、あるいは金属バーや治安維持部隊の警護があるから不要だと見なされたのだろう。実際のところ、背景をさえぎる幕をくぐり抜けただけで、フィールドの入り口に立っていた。彼は最後の鉄条網の手前でためらい、目前の光景を眺めていた。

月はすでに高く昇り、青白い光の中に、マーカスの遺体の傍らにひざまずくセジャナスの背中が見えた。ラミーナはまだ動いていない。それ以外は、周囲に誰もいないようだった。だが、本当にそうだろうか？　爆破事件で破壊された跡には、隠れる場所はいくらでもある。数メートル先に他の贄たちが隠れていたとしても、ここからはわかるはずがない。冷たい夜風に吹かれ、汗まみれのシャツがじっとりと体に張り付く。コリオレーナスは上着を着てくればよかったと思い、ノースリーブのドレスを着たルーシー・グレイのことを案じた。温（ぬく）もりを求めてジェサップのそばに丸まっているのだろうか？　そのイメージはどうもしっくりこなかったので、頭の隅に押しやった。彼女のことを考えている場合ではない。目の前の危機のこと、セジャナスのこと、彼を回転ゲートの外に連れ戻すことだけを考えなければならない。

コリオレーナスは深呼吸すると、フィールドに足を踏み入れた。ゆっくりと静かに地面を踏みしめる。大胆に、力強く、しかし音をたてずに歩く。セジャナスを驚かせてはならないが、会話ができる程度には近づかねばならない。

セジャナスの後ろ三メートルほどのところで足を止めると、小さな声でささやいた。

「セジャナス、僕だ」

セジャナスはびくっと体をこわばらせたが、やがて肩を震わせ始めた。最初は泣いているのかと思ったが、その反対だった。

「君は、よくよく僕を助けずにはいられないんだな」

コリオレーナスは、息を潜めて一緒に笑った。

「自分でも、どうしようもないんだ」

「あいつらは、僕を連れ戻すために君をよこしたのか？　なんて馬鹿なことをするんだ」

セジャナスの笑いは尻すぼみに消えた。彼は立ち上がった。

「君は死体を見たことがある？」

「たくさん見たよ。戦争中に」

近づいてもいいサインだと判断し、コリオレーナスは距離を縮めた。よし、これで腕をつかむことができる。だが、次はどうする？　力ずくで闘技場から引きずり出すことはできそうにない。彼はセジャナスの腕をつかむ代わりに、ポケットに手を突っ込んだ。

「僕はあまり見たことがなかった。こんなに近くではね。葬式ぐらいかな。それと、この間の夜、動物園で。ただ、あの子たちは死んでから硬直するほど時間が経っていなかったけど」セジャナスは言った。

「死んだら焼いてもらうのと、そのまま埋めてもらうのと、どっちがいいだろうな。実際、どっちだっていいけど」

「まあ、今決めることじゃないよな」

コリオレーナスは、油断なくフィールドを見渡した。

(あの崩れた壁の裏の暗がりに、誰か潜んでいるんじゃないか？)

「いや、どうせ僕の思いどおりにはならないんだ」セジャナスは言った。「贄たちは何をぐずぐずしてるんだろう？　僕はもうずいぶん長い間ここにいるのに」

セジャナスは初めてコリオレーナスの方を向き、心配そうに額にしわを寄せた。

「さあ、君はもう行った方がいいぜ」

「そうしたいところだが」コリオレーナスは慎重に言った。

「本当だよ。ただ、君のお母さんの問題がある。君の母上は、闘技場の前で待っておられるんだ。ずいぶん取り乱していたよ。僕は君を連れ戻すと彼女に約束したんだ」

セジャナスは、この上もなく悲しそうな顔をした。

「かわいそうな母ちゃん。本当にかわいそうだ。母ちゃんは、こんなの一つも望んでいなかったのに。お金も、引っ越しも、きれいな服も、運転手も。母ちゃんは、第二地区にずっと住んでいたかったんだ。だけど、父が……きっと父は来ていないんだろう？　あいつは、すっかり片が付くまで知らん顔をしてるさ。そして、おもむろに買収を始めるんだ！」

「買収って、何を？」

そよ風がコリオレーナスの髪を乱し、うつろな響きをあげて闘技場を吹き抜けた。長い話になりそうだ。しかも、セジャナスは声を潜めようともしない。

「何もかもさ！　キャピトルへの引っ越しも、アカデミーへの入学も、僕が教育係になれたのも！　だけど、肝心の僕が自分の思いどおりにならないんで、頭に来てるんだ」

セジャナスは、苦々しげに言った。

「気を付けないと、君のことも買収しようとするぜ。少なくとも、僕を助けに来てくれたことで金銭的な礼をするだろう」

どんどん買収してくれ、とコリオレーナスは思った。来年の授業料のことが頭をよぎる。だが、こう言うにとどめた。

「君は僕の友だちだ。友だちを助けるだけなのに、お金をもらういわれはないよ」

セジャナスは、コリオレーナスの肩に手を置いた。

「コリオレーナス。君がいてくれたから、僕は今までやってこられたんだ。これ以上、君に迷惑をかけるわけにはいかないよ」

コリオレーナスは言った。

「今度のことで君がどんなにつらい思いをしているか、僕はわかっていなかった。君が贄を交換してくれと言ったとき、交換しておけばよかったんだ」

セジャナスは、ため息をついた。

「今となっては関係ない。実際、もうどうだっていいんだ」

「どうだっていいわけないだろう」

コリオレーナスは反論した。贄たちが近づいてくるのが、ひしひしと感じられる。贄たちの群れが、もうそこまで迫っている。「僕と一緒に戻ろう」

「いやだ。戻っても仕方がない。もう僕は死ぬよりほかにないんだ」

コリオレーナスは問い詰めた。

「あきらめるのか？　本当に、君は死ぬしかないのか？」

「僕の主張を聞いてもらうには、そうするしかないんだ。僕が抗議の死を選んだことを、世間に見せつけるんだ」セジャナスは言った。

「たとえ本物のキャピトル市民でないとしても、僕は地区の人間でもない。ルーシー・グレイみたいにね。ただし、彼女のように才能はないけど」

「君が死ぬ場面が放送されると、本気で思っているのか？　こっそり死体を回収されて、流感で死んだと発表されるのがおちだ」

コリオレーナスはそこまで言って口をつぐみ、言いすぎたかとひやりとした。だが、ゴール博士やハイボトム学生部長に聞こえるわけがない。

「すでに画面は暗く加工されているんだ」

セジャナスの表情が曇った。

「やつらは放送しないつもりなのか？」

「百万年たってもね。君は命を無駄にしたうえに、世の中を変えるチャンスを棒に振るんだ」

誰かが咳をしたのが聞こえた。小さく押し殺した声だが、間違いなく誰かが咳をした。右側のスタンドからだ。そこに人がいようとは、想像もしていなかった。

「どんなチャンスだ？」セジャナスがたずねた。

「君には金がある。今はなくても、いつかは莫大な財産を手にする。金にはたくさんの使い道があるよ。たとえば、金の力で君の世界はがらりと変わっただろう？　君自身も、世界を変えられるかもしれない。いい方向に変えるんだ。君が世界を変えなければ、もっと多くの人が苦しむだろう」

　コリオレーナスは、右手でトウガラシスプレーを握りしめた。だが、すばやくフラッシュライトに持ち替えた。もし攻撃されたら、実際に役に立つのはどちらだろう？

「どうして僕にそんなことができると思うんだ？」セジャナスがたずねた。

「ゴール博士に立ち向かう根性があるのは、君だけだから」

　認めるのは癪だったが、本当のことだった。博士に逆らった生徒は、セジャナスしかいない。

「ありがとう」セジャナスの声は疲れていたが、やや正気を取り戻したようだった。

「ありがとう、そう言ってくれて」

　コリオレーナスは、空いている方の手をセジャナスの腕に置いた。慰めているようで、その実は逃げられないようにシャツを握りしめている。

「僕らは包囲されつつある。僕は行くよ。一緒に戻ろう」

　セジャナスの意志はぐらつき始めたようだった。コリオレーナスはなおも言った。

「頼むよ、君はどうしたいんだ？　贄と戦いたいのか、贄のために戦いたいのか？　ゴール博士なんかに負けちゃだめだ。あきらめるな」

セジャナスはマーカスを見下ろしながら、長い間どうすべきか迷っていた。

「君の言うとおりだ」ようやく、彼はしぼり出すように言った。「もし僕が自分の主張を心から信じているのなら、僕にはゴール博士を倒す責任がある。何とかこの残虐行為にけりをつけるんだ」

セジャナスは、はっとしたように顔をあげた。急に自分たちが置かれた状況を理解したようだ。そして、さっきコリオレーナスが咳を聞きつけたスタンドの方に視線を向けた。

「でも、マーカスを置いていくことはできない」

コリオレーナスはとっさに判断を下した。「僕が足を持とう」

マーカスの脚はこわばって重く、血と汚物にまみれていた。コリオレーナスは彼の膝を腕にひっかけ、何とかマーカスの下半身を持ち上げた。セジャナスはマーカスの胸に腕を回し、二人はバリケードに向かって歩きはじめた。もはや遺体を運んでいるのか、引きずっているのかわからない。あと十メートル……五メートル……もうすぐだ。バリケードまでたどり着けば、治安維持部隊が援護してくれるだろう。

コリオレーナスは、岩につまずいて転んだ。何か鋭いものが膝に突き刺さったが、すぐに立ち上がってマーカスの遺体を持ち上げる。すばしこくて軽い。もうすぐだ、もうすぐ――

背後に複数の足音が聞こえた。コリオレーナスは反射的にマーカスの遺体を放り出し、すばやく振り向いた。その瞬間、ボビンがナイフを振り下ろしてきた。バリケードから、待ちかまえていたように贄が飛び出してきた。

16

ナイフの刃が防護服をかすめ、左の上腕を薄く切った。コリオレーナスは後ろへ飛び退りながらボビンに殴りかかったが、こぶしは空を切った。ボビンが再びナイフを構え、飛びかかってきた。コリオレーナスはとっさに手近な角材を握りしめると、大きく振りかぶり、ボビンのこめかみを殴りつけた。ボビンが膝をついたすきに立ち上がり、こん棒代わりの角材を、当たっているかどうかもわからないまま何度も振り下ろす。

「もう行こう！」セジャナスが叫んだ。

騒々しい罵声と観覧席を駆けてくる足音が聞こえてきた。頭が混乱し、マーカスの遺体の方に行きかけたが、セジャナスに引き戻された。

「だめだ、放っておけ！　走れ！」

一も二もなく、コリオレーナスはバリケード目指して突っ走った。ひじから肩にかけて痛みが走ったが、両腕をできる限り強く振る。バリケードにたどり着き、鉄条網に引っ掛かったシャツを外そうと振り返ったとき、贄たちの姿が見えた。第四地区のコーラルとミズンと、食肉処理場で働いているタナーが、完全武装でまっしぐらに追いかけてくる。ミズンが腕を振りかぶり、三叉の矛を投げようとした。コリオレーナスは有刺鉄線でシャツのそでが破れるのもかまわず、追手から逃れた。セジャナスも、すぐ後ろについてきた。

バリケードのすき間から差し込むかすかな月の光を頼りに逃げながら、コリオレーナスは鳥かごに入れられた野鳥のようにやたらと木材やフェンスにぶつかった。たとえ今まで自分たちに気づかなかった贄がいたとしても、これで間違いなく気づかれただろう。コンクリートの壁に顔から激突した直後、後ろからセジャナスが突っ込んできたので、再び額をしたたかにぶつけてしまった。体勢を立て直したが、激しい頭痛と混乱で頭が朦朧とする。

贄たちはときの声をあげ、めいめいの武器でバリケードをたたきながら、迷宮の中へ教育係を追いかけてくる。どちらへ逃げたらいいのだろう？　どこへ行こうと贄たちが待ち構えているような気がする。セジャナスがコリオレーナスの腕をつかみ、引っ張りはじめた。傷つき、恐怖で判断ができなくなっているコリオレーナスは、つまずきながらもセジャナスに引っ張られるままについて行った。

（もはやこれまでか？　僕はこんなふうに死ぬのか？）

不当な仕打ちとあざけりに対する怒りが、津波のように体の中を駆けめぐる。気がつけば、コリオレーナスはセジャナスを押しのけ、ぼんやりとした赤い光の中を這いつくばっていた。通路だ！　前方に回転ゲートが見え、治安維持部隊が急ごしらえの門のまわりに集まっている。コリオレーナスは助かりたい一心で逃げた。

長くはないはずの通路が、いつまでも続くかのように思えた。まるで腰まで糊に浸かったように足が上らず、視界に黒い斑点が散る。重くて硬いものが、コリオレーナスの首の横をかすめた。また別の物体が防護服に突き刺さり、ぶらぶら揺れた後、ガチャッと音を立てて落ちた。味方はどこにいるんだ？　治安維持部隊が援護射撃してくれるはずじゃなかったのか？　だが、助けはなかった。バーもまだ上がっていない。贄を殺せ、追いかけてくるやつらを撃ち殺せと治安維持部隊に叫びたかったが、息が切れて声が出ない。

力強い足音はほんの数メートル後ろまで迫っていたが、相手を確認するために振り返るような無駄なことはしなかった。前方の治安維持部隊はようやくバーを開き、三十センチほどすき間を開けた。頭から滑り込んだコリオレーナスは、ざらざらした床で顎を擦りむいた。バーの下に差し込んだ両手を治安維持部隊がしっかりとつかみ、ぐいっと引き上げる。頭の向きを変える暇がなかったので、顎以外の部分も汚い床で擦りむいた。ようやく、安全な場所にたどり着いた。

兵士らはすぐにコリオレーナスを放り出し、セジャナスの救出に向かった。セジャナスが鋭い悲鳴をあげた。贄たちから逃れる前に、タナーにナイフでふくらはぎを切られたのだ。バーが音を立てて閉ざされ、ゲートはロックされたが、贄たちは攻撃の手を緩めなかった。タナーとミズンとコーラルは、バーのすき間からコリオレーナスとセジャナスめがけて武器を突き出し、憎悪に満ちた声で罵った。治安維持部隊は警棒で回転ゲートをたたいたが、銃は一発も発射しなかった。トウガラシスプレーさえ使わない。贄に手出しをしないように命じられていたのだと、コリオレーナスは気づいた。

兵士たちに助け起こされると、コリオレーナスは怒りにまかせて吐き捨てた。

「援護してくれると言ったじゃないですか！」

援護を約束した年かさの兵士が言った。

「命令に従ったまでだ。博士に使い捨てのように思われていたからって、俺たちに当たるな」

支えようとした誰かの手を、コリオレーナスは払いのけた。

「自分で歩けるよ！　あんたたちに助けてもらわなくても、ちゃんと歩けるんだ！」

そのとたん横向きによろけ、床に倒れそうになった。再び治安維持部隊に助け起こされ、支えられたままロビーを引き返す。コリオレーナスは力なく悪態をつき続けたが、兵士らはまるで無反応だった。運ばれるがままになっていると、闘技場の外に出た兵士たちは、何の挨拶もなく彼を放り出した。しばらくして、セジャナスも隣に放り出された。闘技場の前に敷き詰められたタイルの上に、二人は荒い息をつきながら横たわっていた。

「本当にごめん、コーリョ」セジャナスが言った。「本当に悪かった」

コーリョという呼び名は、幼馴染のものだ。家族や、愛する人たちのものだ。

（こいつ、よりによって、今から僕をそう呼ぶことにしたのか？）

気力さえ残っていたら、セジャナスの首を絞めてやりたかった。

誰ひとり、彼らに注意を払う者はいなかった。プリンツ夫人は姿を消していた。ゴール博士とハイボトム学生部長は、バンの中で中継画面をにらみながら、音量レベルについて議論している。治安維持部隊は適当に集まり、指示を待っていた。五分後、救急車が一台到着し、後部扉がパッと開かれた。コリオレーナスたちが救急車に乗せられても、ゴール博士らは一瞥もくれなかった。

救命士はコリオレーナスにガーゼを渡し、腕の傷に押し当てるように指示すると、ひどく出血して急を要するセジャナスのふくらはぎの手当てにとりかかった。コリオレーナスは、信用できないウェイン医師がいる病院に戻ることを恐れていたが、小さなガラス窓から外を覗（のぞ）くと、到着したのは病院よりはるかに恐ろしい場所だった。シタデルだ。二人は担架に乗せられ、クレメンシアがヘビに襲われた研究室の奥にすばやく移された。いったいどんな姿に改造されるのだろう？　コリオレーナスは恐怖におびえた。

この研究室では、事故は珍しくないらしい。二人が運び込まれたのは、小さな診療所だった。クレメンシアの蘇生（そせい）に必要とされた高度な医療設備はないが、彼らの治療には十分なようだ。ベッドの間は白いカーテンで仕切られていたが、医師の質問にぶっきらぼうに答えるセジャナスの声は聞こえてきた。コリオレーナスの方は、腕の傷を縫合してもらい、顔の擦り傷を消毒してもらいながら、もう少し詳しく質問に答えた。コリオレーナスの抗議もむなしく、医師たちは脱水症状を緩和するために彼の腕に点滴を繋（つな）ぎ、何種類かの薬剤を注入した。体をこわばらせてベッドに横たわりながら、コリオレーナスは逃げ出したい衝動と必死に闘っていた。ゴール博士の命令に従い、使命を果たしたにもかかわらず、自分があまりにも無防備のような気がした。負傷して身動きが取れないまま、博士の巣窟（そうくつ）の奥深くに横たわっていなければならないなんて。

腕の痛みは和らいだが、モルフリングを投与されたときのような、柔らかなカーテンに包まれる感覚はしなかった。何か別の薬剤が使われたに違いない。意識はむしろ研ぎ澄まされ、シーツの織りの種類から、擦り傷に貼られたテープの感触、舌に残る金属カップの苦みに至るまで、あらゆることに敏感になっている。治安維持部隊のブーツの音が近づいてきて、やがてまた遠ざかっていった。彼らと一緒に、セジャナスが足を引きずりながらどこかへ連れて行かれた。研究室の奥で、ひとしきり何かがキイキイと鳴いていた。その動物の食事時間が来たらしく、かすかに魚のにおいが漂ってきた。それからしばらく、研究室は比較的静かになった。そっと抜け出すことも考えたが、ここで待っていなければならないことはわかりきっていた。

ゴール博士がカーテンを開けたとき、常に夜のように薄暗い研究室の照明のせいで、まるで博士が崖のふちに立っているような、奇妙な錯覚を覚えた。ほんの一押しするだけで、彼女は深い谷底に真っ逆さまに落ちていき、二度と戻ってこないのではないか。もしそんなことができるなら、とコリオレーナスは思った。もしそんなことができるなら……。だが、博士は近づいてくると彼の手首に指を二本あて、脈拍を測った。冷たく無機質な博士の指の感触に、コリオレーナスは軽い戦慄を覚えた。

「私はもともと医者だったんだよ」ゴール博士は言った。「産科医だ」

(最悪じゃないか。この世に生まれた赤ん坊が最初に目にする人間が、こんなやつだったとは)とコリオレーナスはひそかに思った。

「私には向かない仕事だった。親というやつは、こちらが与えられない保証ばかり求めるものだ。子どもたちが直面する未来を保証してもらいたがる。その子らがどんな運命に出会うかなんて、私にわかるわけがないじゃないか？　今夜の君もそうだ。クラッスス・スノーの大事な一人息子が、キャピトルの闘技場で命を懸けて戦うことになろうとは、いったい誰に予想できた？　少なくとも、クラッススは想像もしていなかっただろう」

コリオレーナスは、どう返事していいかわからなかった。父親のことはほとんど覚えていないのに、彼が何を想像していたかなど、わかるはずもない。

「どんな感じだったかね、闘技場の中は？」

コリオレーナスは、感情を交えずに答えた。

「恐ろしかったです」

「そのように設計されているからね」

博士はコリオレーナスの目に交互にライトを当て、瞳孔(どうこう)を調べた。

「贄(いけにえ)たちについてはどうだ？」

ライトの光で、コリオレーナスの頭痛が激しくなった。

「贄たちについて？」

ゴール博士は、傷の縫合痕を調べ始めた。

「今やいましめを解かれて自由になった贄たちを、どう思った？　彼らは君を殺そうとしただろう？　君が死んでも、彼らには何の得もないのに。君は競争相手ではないのだし」

そのとおりだった。贄たちは彼が何者か認識できる距離にいた。それなのに、彼とセジャナスに襲いかかってきたのだ。セジャナスは贄たちに親切にし、食べ物を与え、彼らを擁護し、弔いの儀式までしてやったというのに！

「彼らがどれだけ僕らを憎んでいるか、僕は読み切れていなかったのだと思います」

「それに気づいたとき、君はどうした？」

コリオレーナスは、ボビンのこと、必死で逃げたこと、バーの外に出た後も贄たちが襲ってきたことを思い返した。

「彼らに死んでほしいと思いました。一人残らず死んでしまえ、と」

ゴール博士はうなずいた。

「うん、第八地区のちっちゃいのに関しては、そのとおりになったな。君は彼を叩きのめした。明日の朝、あの間抜けなフリッカーマンに説明させるために、適当な筋書きをでっちあげねばならん。だが、君にとって、今度のことはすばらしい機会だった。君は生まれ変わったのだ」

「生まれ変わった？」

コリオレーナスは、角材をボビンに振り下ろしたときの不気味な感触を思い出した。自分はあの少年を殺したのだ。あれは、明らかに正当防衛だったが、そんなことは問題ではない。人を殺したという事実を拭い去ることはできない。無垢な自分には戻れないのだ。

（僕は人殺しだ）

「そうではないのかね？　期待していた以上だよ。もちろん、セジャナスを闘技場から連れ戻してもらうのが一番の目的だったが、あれを君に味わってほしいとも思っていたのだ」

「そのために、僕が死んでしまったとしても？」

「死の脅威がないかぎり、たいしたことは学べなかっただろう」ゴール博士は言った。「闘技場で何があった？　あれが、むき出しの人間性だよ。文明というものは、実にすばやく消え去ってしまう。礼儀作法も、教育も、家柄も、君が誇りを持つものすべては瞬きする間にはぎ取られ、本来の姿がむき出しになる。一人の少年がこん棒を握りしめ、もう一人の少年を殴り殺す。それが自然状態の人間さ」

恐ろしいことがさらりと口にされたことに、コリオレーナスは衝撃を受けた。

「僕らは本当に、そんなに悪いやつらですか？」

「自信を持ってそうだと言えるね。だが、これは個人的な意見だ」

ゴール博士は、白衣のポケットから包帯を取り出した。「君はどう思う？」

「博士に闘技場に閉じ込められさえしなければ、僕は誰も殴り殺さなかったと思います！」

「状況や環境のせいにするのは勝手だが、君が選んだ選択肢は君以外の誰が選んだものでもない。一度に理解するのは難しいかもしれないが、人間とは何物かという問いに答えを見つける努力をすることは、非常に重要だ。なぜなら、我々が何物であるかを知ることが、我々に必要な支配の種類を決定するのだ。後で思い返したとき、君が今夜学んだことについて、自分自身に正直になることを祈るよ」

博士は、腕の傷に包帯を巻きはじめた。「腕を数針縫うぐらい、安い代償だ」

コリオレーナスは、博士の言葉に吐き気を催した。だがそれ以上に、教訓を与えるために人殺しをさせた博士に怒りを覚えた。そのような重大な決断を下すのは博士ではなく、彼自身だ。彼以外の何者でもない。

「それで、僕が悪意に満ちた獣だとしたら、博士は何なんです？　あなたこそ、自分の生徒に人殺しをさせた張本人じゃないですか！」

「ああ、そうだ。たまたまその役目は私に回ってきた」

博士はきれいに包帯を巻き終わった。

「ところで、ハイボトム学生部長と私は、戦争の美点に関する君のレポートを最後まで読んだよ。大部分は軽薄なたわごとと言っていい。だが、最後の部分はよかった。支配について論じた部分だよ。君には次の課題として、支配についてさらに深く考えてみてほしい。支配の価値について。支配が存在しなければどうなるかについて。時間はたっぷりかけていい。だが、賞の査定に大きく関わってくるかもしれないね」

コリオレーナスは、支配が存在しなければ何が起こるか知っていた。つい最近目にしたばかりだ。動物園でアラクネが死んだときに。闘技場が爆破されたときに。そして、今夜も。

「支配が存在しなければ、混沌に陥ります。他に何があるというのですか？」

「おや、たくさんあると思うよ。そこが出発点だ。混沌。支配の欠如。法や政府がまったく存在しない状態。闘技場にいるようなものだ。我々はそこからどこを目指すか？　平和に生きようとするなら、どんな合意が必要になるか？　生き残るためには、どのような社会的契約が要求されるのか？」

博士はコリオレーナスの腕から点滴の針を抜いた。

「縫合痕をチェックするから、二、三日後にまたここへ来てもらおう。それまでは、今夜のことは自分の胸にしまっておくんだね。もう帰って、少しでも寝た方がいい。意外にも、君の贄はまだ生きているからね」

ゴール博士が立ち去った後、ぼろぼろになった血まみれのシャツをコリオレーナスはのろのろとはおり、ボタンを留めた。ぼんやりしているうちに、エレベーターは地上階に着いた。無関心な守衛たちは、手を振って彼を追い出した。最終電車は真夜中に出てしまい、キャピトルの大時計は二時を指している。コリオレーナスは、汚れた靴で歩きだした。

プリンツ家の高級車が音もなくそばに停まり、するすると窓が開いてアボックスの運転手が顔を見せた。運転手は車を降り、コリオレーナスのために後部座席のドアを開けた。彼はすでにセジャナスを家に連れ帰ったのだろう。そして、プリンツ夫人が再び彼をよこしたのだ。プリンツ家の人間が乗っていなかったので、コリオレーナスは車に乗り込んだ。これを最後に、プリンツ家とは金輪際関わるまいと思った。マンションの前で降ろされたとき、運転手から大きな紙袋を渡された。断る暇もなく、車は走り去った。

ペントハウスに着いて、扉のすき間からそっと覗くと、タイガレスがティーテーブルのそばで待っているのが見えた。彼女の母親の古い毛皮のコートにくるまっている。そのコートは、タイガレスにとっての安心の源だった。コリオレーナスが武器に作り替える前の、バラの香りのおしろいのコンパクトのようなものだ。コリオレーナスはコート掛けから制服の上着を取り、破れたシャツの上からはおると、タイガレスの前に出て行った。

「ねえ、そのコートを持ち出すほどのことじゃなかったんだよ」

タイガレスは、ぎゅっと毛皮を握りしめた。

「ちゃんと説明して」

「するよ。一つ残らず説明する。でも、朝になってからだ。わかった？」

「わかったわ」

お休みのハグをしようとして、タイガレスは腕の包帯のふくらみに気づいた。止める間もなく、彼女は彼の上着を脱がせ、血まみれのシャツを見た。タイガレスは、唇をかんだ。

「なんてこと！　コーリョ、あなた闘技場の中に行かされたのね？」

コリオレーナスは、いとこを抱きしめた。

「たいしたことじゃないんだ、本当に。僕はこうして戻ってきたし、セジャナスも連れ戻せた」

「たいしたことじゃない？　あなたがあの中に入ったなんて、考えただけでも恐ろしいわ。あんなところ、人間が入るところじゃないのよ！」タイガレスは叫んだ。

「ルーシー・グレイが、かわいそうだわ」

「ルーシー・グレイ。自分自身も闘技場に入ってみると、彼女が置かれた状況がいっそう過酷に感じられる。闘技場の冷たい暗闇のどこかにうずくまり、恐怖で目を閉じることさえできずにいる彼女を想像すると、胸が痛んだ。コリオレーナスは、ボビンを殺してよかったと初めて思った。少なくとも、あの獣から彼女を守ることができたのだから。

「大丈夫だよ、タイガレス。でも、少し休ませてくれ。君も寝なくちゃ」

タイガレスはうなずいた。だが、彼女はおそらく、せいぜい一、二時間しか眠れないだろう。コリオレーナスは、タイガレスに紙袋を渡した。

「プリンツ夫人からの差し入れだよ。においからすると、僕らの朝食じゃないかな。じゃあ、お休み」

風呂(ふろ)に入る気力もなく、コリオレーナスは昏倒(こんとう)するように眠りに落ち、おばあさまの国歌に起こされた。いずれにせよ、起床すべき時刻だった。頭から爪先(つまさき)まで全身が痛み、よろよろしながらシャワーに向かう。腕の包帯を取り、熱い湯を浴びると、生傷が悲鳴をあげた。清潔なシャツに袖(そで)を通すと、縫合痕が引っ掛かったが、新たな出血は見られなかった。念のため、今日は上着を着ていくことにする。歯ブラシと着替えの服を通学カバンに入れると、最後にもう一度鏡を覗き込み、ため息をついた。

(自転車で転んだと言うしかないな。うちにはもう何年もまともな自転車なんてないけど)

身支度を整えると、真っ先にテレビをつけてルーシー・グレイの無事を確かめようとした。だが、テレビカメラに変化はなく、早朝の光の中に確認できる贄(いけにえ)は、大梁(おおばり)の上にいるラミーナだけだ。おばあさまと顔を合わせないようにして台所に入ると、タイガレスが昨夜のジャスミンティーの残りを温めていた。

「遅くなっちゃった。僕はもう行かなきゃ」

「朝食にこれを持っていきなさい」

タイガレスは袋を彼に手渡すと、路面電車のコインを二枚ポケットに入れてくれた。

「今日は電車に乗るといいわ」

体力を温存するため、コリオレーナスは言われたとおりにした。路面電車に乗り、プリンツ夫人がくれた、卵とソーセージをたっぷり挟んだロールパンを二つ食べる。プリンツ家と縁を切るのはいいが、プリンツ夫人の料理が食べられなくなることだけは残念だった。一般の生徒は七時四十五分に集合することになっていたので、早起きして集まったのは贄が生き残っている教育係と、ホールの準備をする数人のアボックスだけだった。ジュノ・フィップスの姿が目に入ると、コリオレーナスは罪悪感を覚えずにはいられなかった。彼女は今、ドミティアと作戦を語り合っているが、本来なら朝寝ができたはずなのだ。ジュノのことはあまり好きではなかったが――彼女はいつも家柄を鼻にかけ、スノー家など眼中にないという態度をとる――昨夜の出来事は彼女にとって不公平だった。ボビンの死はどのように発表されるのだろうか。その発表を聞いたときに自分はどのように感じるだろうと、コリオレーナスは思った。いずれにせよ、吐き気を催すことだけは間違いない。

ヘブンズビー・ホールには紅茶しか用意されていなかったので、フェストゥスが文句を言った。

「朝早く来させるんだから、少なくとも朝食ぐらい出してくれりゃいいのにな。ところで、その顔はどうした？」

「自転車で転んだ」

コリオレーナスは周囲に聞こえるくらい大きな声で答え、ロールパンの残りが入った袋をフェストゥスに放ってやった。珍しくこちらから食べ物を分けてやることができて、ほっとした。クリード家には、数えきれないほど何度もごちそうになっている。

「サンキュー。うまそうだ」

フェストゥスは、すぐにガツガツと食べ始めた。リシストラータが、感染症予防に効く軟膏を教えてくれた。級友たちが続々と到着する中、三人は教育係専用席についた。

日の出から数時間が経過しているにもかかわらず、マーカスの遺体が消えていることを除けば、スクリーン上に特に変化はなかった。

「誰かが死骸を片づけたんだな」とパップが言った。だがコリオレーナスは、マーカスの遺体は昨夜彼とセジャナスが置き去りにしたままバリケードのそばに転がっていて、カメラに撮影されていないだけではないかと思った。

時計が八時を打つと、生徒たちは全員起立して国歌を歌った。級友たちも、ようやく歌詞を覚えたようだ。続いてラッキー・フリッカーマンが現れ、ハンガー・ゲーム二日目の開始を宣言した。

「皆さんがお休みの間に、重大な事件が発生しました。では、ごらんください！」

画面は闘技場のワイドショットに切り替わった。やがて、ゆっくりとカメラの向きが変わったと思うと、バリケード周辺がクローズアップされた。コリオレーナスが思ったとおり、マーカスの遺体は彼とセジャナスが置き去りにした場所に横たわっていた。そこから一メートル余り離れた場所に、殴り殺されたボビンがコンクリートの塊の上に倒れていた。その姿は、コリオレーナスが想像していたよりずっとむごたらしかった。手足は血まみれで、片方の眼球が飛び出し、見分けがつかないほど顔が腫れている。

(僕は本当にこんなことをしてしまったのだろうか？　しかも、こんなに幼い少年に……)

死んだボビンは、生きていたときよりさらに小さく見えた。コリオレーナスの額に、大粒の汗が噴き出した。ホールから、この建物から、ゲームそのものから退場したいと思った。

(でも、もちろんそんなことはできない——セジャナスでもあるまいし！)

二体の遺体をじっくりと映し出した後、画面は再びラッキーに切り替わった。ラッキーは、マーカスの遺体を動かし、ボビンを殺害した謎の人物について真剣な顔つきで考えこんでみせた後、がらりと表情を変えて言った。

「一つだけ確かなのは、お祝いしなければならないということです！」

天井から紙吹雪が舞い散り、ラッキーはプラスチックのラッパをにぎやかに吹き鳴らした。

「たった今、ゲームは折り返し地点に達したのです！　そうです、十二人の贄が倒れ、残るはあと十二人となりました！」

ラッキーの手から、色鮮やかなハンカチをつないだ紐が飛び出した。ラッキーは頭の上で紐を振り回し、歓声をあげて踊った。ひとしきりはしゃいでから、悲しげな表情を作る。

「しかし残念ながら、ジュノ・フィップスさんとはここでお別れしなければなりません。

「そうだね、レピドゥス？」

既にレピドゥスは、何も事情を知らないジュノの隣に陣取っていた。いくらかでも前もって知らされていれば、多少は潔く振る舞うことができただろうに、とコリオレーナスは思った。だが現実には、彼女は不信感も露わなふてくされた表情をし、フィップス家の家紋入りの革のバインダーをこれ見よがしに見せつけながら、思いがけない展開に疑問を呈した。

「だって、おかしいわよ」ジュノはレピドゥスに言った。「ボビンがあんなところで、マーカスの死体に何をしていたっていうの？　だいたい、あの死体を動かしたのは誰？　どうしてボビンが死ぬことになったの？　納得のいく説明なんか、一つも思いつかないわ。きっと誰かが反則したのよ！」

レポーターは、当惑しきった声でたずねた。「反則というと、具体的には？　闘技場の中で、何があったと言うの？」

「さあ、『具体的に』って言われても、わからないわ」

ジュノは怒り心頭に発しているようだった。

「でも、私としては、昨夜の録画映像をぜひチェックしたいわね！」

（幸運を祈るよ、ジュノ）とコリオレーナスは思った。

そのとき、彼は録画映像が存在することを思い出した。バンの後部座席で、ゴール博士とハイボトム学生部長が、実際の映像とコリオレーナスたちを隠すために暗く加工した映像の両方を見ていた。たとえ実際の映像でも、はっきりとは確認できないだろう。だが、薄暗くてよく見えなかったとしても、彼がボビンを殺した場面がどこかに記録されていると思うと、いい気分ではなかった。もしそれが明るみに出たら……いや、考えるだけ無駄だ。レピドゥスは、フェリクスのように潔く負けを認めないジュノにいつまでも付き合っていなかった。ジュノの背中をなぐさめるように軽くたたくと、さっさと彼女を席に戻した。あいかわらず紙吹雪が舞い散る陽気な雰囲気の中、ラッキーはたちまちジュノの嘆きを忘れてしまった。カメラに身を乗り出し、喜びを隠しきれないように言う。

「さて皆さん、お次は何だと思います？　実は、特別にビッグ・サプライズがあるんです――さあ、残る十二名の教育係の皆さん、ご注目を！」

コリオレーナスたちが顔を見合わせているうちに、ラッキーは弾む足取りでスタジオの奥に駆けていった。そこには、セジャナスが父親のストラボン・プリンツと並んで座っていた。ストラボンは、故郷の第二地区から切り出された花崗岩のようにいかめしい表情だ。ラッキーは司会者席につくと、セジャナスの脚を軽くたたいた。

「セジャナス、昨日は残念だったね。贄のマーカスが死んだとき、君のコメントがほしかったな」

セジャナスは何のことか理解できないように、ぼんやりとラッキーの顔を見返しただけだった。このとき、ラッキーは初めてセジャナスの顔の傷に気づいたようだった。

「どうしたんだい？　なんだか君までよからぬ事件に巻き込まれたみたいに見えるけど」

「自転車で転んだんです」

セジャナスが苛立たしげに答えたのを聞き、コリオレーナスは軽く顔をしかめた。半日の間に自転車事故が二件。とても偶然の一致には見えないだろう。

「お気の毒に……ともあれ、お二人からビッグニュースがあるそうですね？」

ラッキーは、促すようにうなずいた。

一瞬、セジャナスは目を伏せた。やがて、ようやくセジャナスが口を開いた。父も息子も互いに相手を認めないところで戦いが起っているようだった。

「はい。我々プリンツ家は、ハンガー・ゲームで優勝した贄の教育係に、大学への全額支給奨学金を提供することにしました」

パップが歓声をあげた。他の教育係たちも、互いに顔を見合わせてうれしそうに笑った。ほとんどの生徒は、コリオレーナスほどその奨学金を必要としていないはずだ。だが、たとえ全く必要なかったとしても、奨学金を勝ち取ることは大きな名誉に違いない。

「すばらしいですな！」ラッキーは言った。

「今ごろ十二名の教育係たちは、どんなに胸を躍らせていることでしょう。これはあなたのアイデアですか、ストラボンさん？　プリンツ賞を設けるというのは？」

「実は、息子の考えです」

ストラボンが言った。唇の端をつり上げたのは、ほほ笑んだつもりなのかもしれない。

「実に寛大で適切な思いつきですな。何しろ、セジャナス君自身は敗退しているのですからね。ゲームには優勝できなかったけど、君の優れたスポーツマンシップは間違いなく賞賛に値するよ。キャピトル市民に代わって、私から厚くお礼を言おう!」

ラッキーは二人に向かってにっこりと笑いかけたが、二人からは何も返事がなかった。

ラッキーは、さっと腕を払うような動作をした。

「それでは、闘技場にお返しします!」

コリオレーナスは、この新たな展開に動揺した。ストラボンが息子の問題行動をすぐに金でもみ消そうとするというのは、セジャナスが言ったとおりだった。ヘブンズビー・ホールにいた他の生徒たちは、セジャナスが腹立ちまぎれに椅子を投げつけたことについて特に何も言わなかったが、おそらくさまざまな噂が広まっているのだろう。実際、優勝者の教育係に奨学金を与えるなど、たいした代償ではない。では、息子が闘技場に忍びこんだ事実が公になるのを防ぐためには、ストラボンは何を申し出るだろう? コリオレーナスの沈黙を金で買おうとするのではないだろうか?

(だめだ、そんなことを考えてはいけない)

コリオレーナスは自分に言い聞かせた。プリンツ賞を勝ち取ることの方が、より重要なのだ。この賞はアカデミーとは無関係だから、ハイボトム学生部長が口を挟む余地はないだろう。たとえゴール博士でさえも。全額支給奨学金を勝ち取ることができれば、あの二人から解放される上、将来の不安という恐ろしい肩の荷を下ろすことができるのだ! ハンガー・ゲームにはすでに大きな期待を寄せていたが、その期待がさらに跳ね上がった。

(集中しろ!)

コリオレーナスは自分を叱咤し、ゆっくりと深呼吸した。

（ルーシー・グレイを助けることに集中するんだ！）

だが、彼女が顔を見せるまでの間、何をしていればいいのだろうか？　朝の時間が過ぎていったが、姿を現そうとする贄はほとんどいなかった。コーラルとミズンの二人がつかの間ぶらぶら歩きまわり、教育係のフェストゥスとペルセポネーから食料と水を受け取った。フェストゥスたちは贄の共同戦略をたてるためにしばらく一緒に行動していたが、コリオレーナスが見たところ、フェストゥスはペルセポネーに夢中なようだ。おまえが熱をあげている相手は人肉を食ったのだと、親友に教えてやるべきだろうか？

昼食後に演壇に戻ると、教育係専用席は贄が生き残っている十二名の教育係の分だけに減らされていた。

「ゲームメーカーから要請があったの」サテュリアが、残った教育係に説明した。

「その方が、視聴者も誰がゲームに残っているか把握しやすいでしょ。今後は贄が殺されるたびに、その教育係の席を取り除いていくわ」

「椅子取りゲームみたいね」ドミティアが楽しそうに言った。

「でも、人の命がかかっているのよ」リシストラータがすぐに言い返した。

敗者は演壇から追い出されることになり、ただでさえ不機嫌だったリヴィアはいっそう腹を立てた。彼女が一般の観覧席に降格されるのを見て、コリオレーナスは溜飲を下げた。これで、あの腹が立つ発言を聞かされずに済む。一方、クレメンシアと距離を置くことは難しくなった。彼女は暇さえあれば彼をにらみつけている。コリオレーナスは最後列の、フェストゥスとリシストラータの間に座り、ゲームに集中するふりをした。

午後の時間はのろのろと過ぎていき、コリオレーナスの頭はどんどん重くなっていった。リシストラータに二度も肘でつつかれて、ようやく目を覚ますという始末だ。前の晩に殺されかけたことを思えば、彼の出番がほとんどなかったのは幸運だったのかもしれない。贄の姿はほとんど目撃されず、ルーシー・グレイにいたっては完全に姿を隠していた。

午後遅くなって、ようやく視聴者が期待している類の動きが見られた。小柄で弱々しい、コリオレーナスの認識ではその他大勢の一人にすぎない第五地区の女子が、闘技場の奥の観覧席に姿を見せた。ラッキーは彼女の名前を思い出せなかったが、その教育係が同じくらい影の薄いイフィゲニア・モスであることを何とか思い出した。イフィゲニアの父親は農業省の長官で、パネムの食料供給を監督する立場にある。農業省長官の娘というイメージとは裏腹に、イフィゲニアは栄養失調が疑われるほど痩せていた。アカデミーの昼食もよく友だちに分けてやり、卒倒することもたびたびだった。以前クレメンシアに、あれは父親に対する彼女なりの復讐だと聞いたことがあったが、詳しい話は聞けなかった。

これまでの例に従って、イフィゲニアは自分の贄に与えられるだけの食料を送りはじめたが、それらのドローンが闘技場の奥まで飛んでいく間に、ミズンとコーラルとタナーが姿を現した。どうやら昨晩の冒険の後、三人でチームを組んだらしい。彼らは狩りを開始し、しばらく観覧席で追跡劇を繰り広げた後、第五地区の女子を取り囲み、コーラルが三叉の矛で喉を突いて殺した。

「残念ながら、ジ・エンドです」ラッキーはまだ、その贄の名前を思い出せずにいた。

「彼女の教育係はなんとコメントしているかな、レピドゥス？」

レピドゥスは、すでにイフィゲニアを探し当てていた。

「彼女の名前はソル、もしくはサルだと思います。変な訛りがあったので、よくわかりませんが。それ以外は、特に言うことはありません」

レピドゥスも同意見のようだった。

「後半戦まで彼女を生き残らせたのは立派だったよ、アルビナ！」

「イフィゲニアです」演壇から立ち去ろうとしていたイフィゲニアが、振り返って訂正した。

「そのとおり！　さて、これで残る贄は十一人となりました！」

（つまり、僕がプリンツ賞を手に入れるまであと十人というわけだ）

コリオレーナスは、アボックスがイフィゲニアの椅子を片づけるのを見ながら思った。

ルーシー・グレイに、水と食料を与えられたらいいのに。彼女の居場所もわからずにそれらを送ったら、いったいどうなるだろう？　スクリーンではチームを組んだ三人が、ソルまたはサルの食料を集め、トンネルに戻っていこうとしていた。おそらく、夜が来る前にひと眠りするつもりだろう。思いきって今、食料を送るべきだろうか？

コリオレーナスは、小声でリシストラータと相談した。リシストラータは、二人一緒にドローンを飛ばしてみる価値はあるかもしれないと言った。

「あの二人が体力を失って脱水状態になったら困るわ。二人が私たちと連絡を取ろうとするかどうか、様子を見ましょう。夕食の時間まで待ってみるの」

だが、ルーシー・グレイは、一般の生徒たちが帰りはじめた頃に登場した。彼女はトンネルから飛び出すと、乱れた長い髪を後ろになびかせながら、全速力で走り出した。

「ジェサップはどこ?」リシストラータが額にしわを寄せて言った。「どうして一緒にいないのかしら?」

コリオレーナスが自分の推測を口にする前に、ジェサップが同じトンネルからよろよろと姿を現した。最初コリオレーナスは、ジェサップが負傷しているのだと思った。だが、それではルーシー・グレイが逃げている説明がつかない。他の贄が追いかけてきたのだろうか? カメラがジェサップを映し出したとき、彼は負傷しているのではなく、病気であることが分かった。初めてクローズアップでとらえられたジェサップは、手足をこわばらせ、熱に浮かされたような面持ちをしていた。太陽に向かって何度か手を振り回し、しゃがみ込んだと思うと、すぐにパッと立ち上がる。

ルーシー・グレイが彼に毒を盛ったのだろうか。だが、それでは理屈に合わない。ジェサップは保護者として非常に重要な存在だ。昨晩結成されたあの三人組が暗躍しているのだから、なおさらだ。では、彼は何の病気になったのだろうか?

考えられる原因はいくらでもあったし、さまざまな病気が疑われた。だがそのとき、ジェサップの口から、ある病気に特有の泡がこぼれ始めた。

17

「狂犬病だわ」リシストラータが静かな声で言った。

狂犬病は、戦争中にキャピトルで再発した。医師たちが戦場に駆り出され、施設や物資の供給ラインも爆撃で破壊されて、コリオレーナスの母親の例のように人間に対する医療すら手薄になっていたときに、甘やかされたキャピトルのペットはほぼ放置されていた。再発の発端については、さまざまな説があった。感染したコヨーテが山から降りてきたか、夜間にコウモリと接触したか——ともかく、ペットのイヌにこの病気が広まった。イヌからイヌへと病気は広がり、やがて人間も感染した。毒性の強い菌株は未曾有の速さで広まり、ワクチン対策によって感染が抑えられるまでに、十人以上のキャピトル市民が亡くなった。

コリオレーナスは、動物と人間に共通する症状に警戒を促したポスターを覚えている。彼の世界を脅かすものが、また一つ増えたと感じたものだ。そう言えば、ジェサップは彼のハンカチを首に押し当てていた。

「ドブネズミに咬まれたからか？」

「ドブネズミじゃないわ」リシストラータは、驚きと悲しみがないまぜになった表情を浮かべていた。

「ドブネズミが狂犬病を媒介した例は、ほとんど報告されていないの。たぶん、感染したアライグマにやられたのね」

「ルーシー・グレイは、彼が毛の生えた生き物に咬まれたと言っていた。じゃあ……」

コリオレーナスは言葉を濁した。ジェサップが何に咬まれたかは問題ではない。何であろうと、狂犬病の発症は彼に対する死刑宣告だった。感染したのは、二週間ほど前にちがいない。

「進行が速いな」

「ずいぶん速いわ。首を咬まれたせいでしょう。菌が脳に達するのが早いほど、死期も早まるの。そしてもちろん、飢えで体力が低下していたのも一因ね」

リシストラータが言うのだから、おそらく間違いないだろう。ビッカーズ家の人々は、夕食の団欒でもこのように冷静に分析的に語り合うのだろうと、コリオレーナスは思った。

「かわいそうなジェサップ」リシストラータはつぶやいた。

「きっと死ぬまでに、すごく苦しむに違いないわ」

ジェサップの病気が明らかになるや、生徒たちはいきりたって口々に恐怖と嫌悪の声をあげた。

「狂犬病だ！　どこで感染したんだろう？」

「きっと、地区から持ち込んだに決まってるさ」

「やれやれ、キャピトルじゅうに広まったらどうしてくれるんだ！」

ジェサップがふらふらとした足取りでルーシー・グレイの方へ近づいていくのを見ると、不安を掻き立てられた。ジェサップが何を考えているか、まったくわからない。彼の意識が正常なら、ルーシー・グレイを守ろうとしているに違いないが、彼女が必死に逃げているということは、ジェサップは明らかに正気を失っているのだ。

コリオレーナスはリシストラータの気持ちを慮って沈黙していたが、

カメラはルーシー・グレイの動きを追った。彼女は闘技場を全速力で横切ると、崩れた壁をよじ登り、報道関係者席があるスタンドに上がった。ルーシー・グレイは息切れしながら一瞬立ち止まり、ふらふらと追ってくるジェサップをじっと見つめていたが、やがて近くの崩れた売店に向かった。その店は骨組みだけを残して粉々に破壊されており、屋根は十メートルほど先まで飛ばされている。周辺一帯にレンガや板切れが散らばっていて、まるで障害物競走のコースのように見えた。ルーシー・グレイは苦労しながらもがれきの山をよじ登り、やがてその頂上に立った。

ゲームメーカーたちは、じっと動かないルーシー・グレイの姿をクローズアップで映し出した。彼女のひび割れた唇を見るや、コリオレーナスはコミュニカフに手を伸ばした。彼女は闘技場に閉じ込められて以来、一日半もまったく水を飲んでいないと思われる。彼は水のボトルを一本注文した。ドローンの配達は、回を重ねるごとにすばやくなっていた。たとえルーシー・グレイが逃げ続けなくてはならなくても、見通しがきく場所にいる限り、水を届けることができるだろう。首尾よくジェサップから逃れることができれば、さらに分だ。だが今のところ、それはまだ当分先のことのように思われた。

ジェサップは闘技場を横切りながら、ルーシー・グレイを追ってスタンドに登り始めたが、ているようだった。ルーシー・グレイに拒絶されていることに混乱し、手足の動きがさらにおぼつかなくなり、二度も激しく転倒して膝とこめかみを切った。二度目の負傷でかなり出血すると、ンスをとれないらしい。がれきに覆われた一帯に入ると、うまく体のバラ

食料と水をたっぷり届けるつもりだった。彼女自身が飲み食いする分と、殺鼠剤を混ぜる

ジェサップは階段の上に呆然と座り込み、ルーシー・グレイに向かって手を差し伸べた。ジェサップの口が動き、噴き出た泡が顎を伝って落ちていった。

ルーシー・グレイはじっと立ちつくしたまま、つらそうにジェサップを見つめていた。二人の姿は、奇妙な構図の絵のようだった。狂犬病の少年、囚われの少女、爆発で破壊された建物。そこに暗示された物語には、悲劇的な結末しかありえない。呪われた運命の恋人たちの最期。返り討ちに遭う復讐者。皆殺しの戦争の物語。

(頼む、死んでくれ)

コリオレーナスは祈るような気持ちだった。狂犬病にかかったら、どのような死が待っているのだろう？　呼吸ができなくなるのか、それとも心臓が止まるのか？　どのような形の死であれ、ジェサップにそれが訪れるのが早ければ早いほど、みんなにとって都合がいいのだ。

水のボトルを運んだドローンが闘技場に現れた。ルーシー・グレイが顔を上げ、よろよ

ろと飛んでくる機体を目で追った。彼女は期待するかのようにすばやく唇をなめた。しかし、ジェサップはドローンが頭上を通過するとき、はっとしたように体を震わせはじめた。ジェサップがドローンに向かって棒切れを振り回すと、ドローンはスタンドに墜落した。割れたボトルから流れ出した水を見て、彼は極度の興奮状態に陥った。後ずさりして客席の上に倒れ、立ち上がったかと思うとまっすぐにルーシー・グレイに向かっていく。一方ルーシー・グレイは、さらに高いところへ登りはじめた。

コリオレーナスはパニックに陥った。ジェサップにがれきの山を登らせる作戦にはいくらかメリットはあるものの、高く登りすぎれば彼女自身が危険だ。病原菌のせいでジェサップは体の自由が利かなくなっているかもしれないが、その力強い身体に人間離れしたスピードが加わっている。そして、彼の意識はルーシー・グレイだけに向けられていた。

（でも、水が来たときだけは別だった）とコリオレーナスは思った。

ふと、ある言葉が頭に浮かんだ。一時期キャピトルじゅうに貼られたポスターに書いてあった、〈恐水症〉という言葉だ。水に対する恐怖。水を飲み込むことができない狂犬病患者は、水を見ると暴れ出すという。

コリオレーナスはコミュニカフを操作し、水のボトルを何本も注文した。もしかしたら、水さえあればジェサップを追い払えるかもしれない。必要とあれば、ありったけの資金を投入する覚悟だった。

リシストラータがコリオレーナスの腕にそっと手を置いた。

「いいの、私にやらせて。ジェサップは私の贄なんだもの」

リシストラータは、何本も水を注文しはじめた。水を送れば、ジェサップは瀬戸際に追い詰められる。彼女の表情からはほとんど感情が読み取れなかったが、涙が一粒頬を流れ落ちた。それが唇の端に届いたとき、リシストラータはさっと手で払いのけた。

「リジー……」

コリオレーナスが彼女をそう呼んだのは、幼い頃以来のことだった。

「いいんだ。君が手を下すことはない」

リシストラータは言った。

「ジェサップが優勝できないなら、私はルーシー・グレイに優勝してほしいの。きっと、ジェサップもそう望んでいる。でも、もし彼がルーシー・グレイを殺してしまったら、彼女は優勝できないでしょう？　このままでは、そんなことになりかねないもの」

スクリーンのルーシー・グレイは、確かに危うい状況に陥っていた。左側には闘技場の高い後壁がそびえ、右側は報道関係者席を覆う分厚いガラスの壁に阻まれている。執拗に後を追ってくるジェサップから何度も逃れようとするが、ジェサップはそのたびに彼女の行く手を阻み続けていた。ジェサップとの距離が六メートルほどまでに近づいたとき、ルーシー・グレイはなだめるように手を差し伸べ、彼に話しかけた。ジェサップは一瞬足を止めたが、すぐにまた彼女に近づいていく。

闘技場のはるか向こうにドローンが現れ、二人の方に飛んできた。リシストラータが送った最初の水か、割れたボトルの代わりの水だ。先ほどのドローンより安定していて、コースどおりに飛んでいる。さらにその後ろから、同じようなドローンの一団が飛んできた。ルーシー・グレイはドローンの一団に気づくや、退却をやめた。コリオレーナスは、彼女が銀のコンパクトを入れたポケットのフリルを軽くたたいたのを見た。ルーシー・グレイは水の重要性を理解したのだ。彼女はドローンを指さして大声で叫びはじめ、まんまとジェサップを振り向かせるのに成功した。

ジェサップは体をこわばらせ、恐怖に目を見開いた。迫りくるドローンに向かって手を振り回すが、届かない。ドローンが水のボトルを落としはじめると、彼は恐慌に陥った。爆弾を落とされた以上に激しい反応だった。次々に観覧席に落とされたボトルが音を立てて割れ、そのうちの一本の中身が手にかかると、彼はまるで酸でもかけられたかのように後ずさった。通路に出て、転がるようにフィールドを目指して降りていくが、さらに十機あまりのドローンが現れた。ドローンは贅に確実に水を届けるように指示されているので、逃れる術(すべ)はない。ジェサップは最前列の席に向かって身を躍らせた。そして足を引っ掛けて前につんのめったはずみに観覧席の壁を乗り越え、フィールドに落ちていった。

落下直後に骨が砕けた音が聞こえ、観客たちは驚いた。ジェサップは、闘技場にわずかに設置された音声マイクのそばに落ちたのだ。彼は仰向(あおむ)けに横たわり、胸を上下させる以外はピクリとも動かなくなった。

ルーシー・グレイは階段を駆け下りると、スタンドの手すりから身を乗り出して叫んだ。

「ジェサップ！」

ジェサップは、視線を彼女の顔に向けることしかできなかった。

コリオレーナスの傍らで、リシストラータが聞き取れないほど小さな声でつぶやいた。

「お願い、彼をひとりぼっちで死なせないで」

ルーシー・グレイはがらんとした闘技場を見回して安全を確かめると、壁の割れ目をつたってジェサップのそばに降りはじめた。コリオレーナスはうめき声をあげそうになった。彼女はさっさと立ち去るべきなのだ。だが、隣にリシストラータがいるので、なんとか自分を抑えた。

「ルーシー・グレイは、彼を見捨てたりしないよ」

燃える梁の下敷きになったときに彼女に助けられたことを思い出し、コリオレーナスはリシストラータに言った。

「彼女はそんなことをする人じゃない」

リシストラータは、涙をぬぐいながら言った。

「ジェサップのためのお金が残っているから、私から彼女に食料を送るわね」

ジェサップは、フィールドに飛び降りるルーシー・グレイを目で追っていたが、動くことはできないようだった。落下した衝撃で、体が麻痺しているのだろうか？ルーシー・グレイは用心深くジェサップに近づき、彼の手が届かない場所にひざまずいた。ほほ笑みを浮かべようと努力しながら、彼女は言った。

「今度はあなたが眠る番よ、ジェサップ。さあ、ここで私が見張ってるから」

何かがジェサップを安心させたらしい。ルーシー・グレイの声か、あるいはこの二週間彼女が彼に繰り返してきた言葉だろうか。ジェサップはこわばった表情を緩め、瞼をぴくぴく震わせた。

「それでいいのよ。さあ、楽にして。眠らないと、夢は見られないのよ」

ルーシー・グレイは身を乗り出すと、ジェサップの頭に手を置いた。

「大丈夫よ。私が見張っていてあげる。私はここにいるわ。あなたのそばにいるわ」

ジェサップは彼女をじっと見つめていた。やがて、彼の体からゆっくりと生気が失われ、胸の動きが止まった。

ルーシー・グレイはジェサップの前髪をなでつけると、身を起こして座り込んだ。深くため息をついたのを見て、コリオレーナスは彼女がひどく疲れていることがわかった。彼女は目を覚まそうとするかのようにぶるぶると首を振り、手近な水のボトルを取ると、キャップを外して一気に飲み干した。立て続けに二本、三本と飲み干し、手の甲で口を拭った。立ち上がってジェサップを見下ろすと、もう一本ボトルを開け、彼の顔に水をかけて泡と唾液を洗い流した。そして、ポケットからコリオレーナスが最後の夜に渡した食料の箱に敷いてあった、白い布を取り出した。彼女は身をかがめ、布の端を使ってそっとジェサップの瞼を閉じた。それから布を振って広げ、ジェサップの顔に載せて、視聴者の視線から隠した。

リシストラータが送った食料の包みが落ちてきた音で、ルーシー・グレイは我に返ったようだった。すばやくパンとチーズを拾い上げ、ポケットの中に入れる。続いて水のボトルを広げたスカートの上に集め始めたが、闘技場の奥にリーパーが姿を現したのを見て、さっと動きを止めた。ルーシー・グレイはすぐさま食料と水を持って最寄りのトンネルに身を隠した。リーパーは彼女を追おうとはせずに、薄れていく光の中で残っていた水のボトルを集めた。彼はジェサップの遺体に気づいたが、そのまま立ち去った。

コリオレーナスは、好都合な展開だと思った。贄たちが死んだ者の食料をあさるようになれば、毒殺しやすくなる。だが、ゆっくりと計画を立てる暇はなかった。レピドゥスがリシストラータにコメントを求めに来た。

「驚いたね！」レピドゥスは言った。

「実に意外な展開だったよ。彼が狂犬病にかかっていたのは知っていた？」

「もちろん、知りませんでした。知っていたら当局に報告し、動物園のアライグマを検査させたでしょう」

「何だって？　君は、彼が地区から狂犬病を持ち込んだのではないと言うの？」

リシストラータは、頑として主張した。

「そうです。彼はキャピトルに来てから、アライグマに咬まれたのです」

「動物園で？」レピドゥスは不安そうな顔になった。

「テレビ局のスタッフが大勢、動物園で取材している。一匹のアライグマが僕の機材に乗っかって、ちっちゃな手であちこち引っ掻きまわしていたけど――」

「それでは狂犬病はうつりません」リシストラータは、そっけなく答えた。

レピドゥスは自分の指を曲げ、引っ掻くような動作をした。

「こんなふうにして、僕の機材に触っていたんだよ」

「ジェサップのことは聞かないのですか？」リシストラータが言った。

「ジェサップ？　いや、彼には近寄っていない――ああ、ゲームのことだね。君は、何か言いたいことがある？」

「あります」

リシストラータは、深く息を吸い込んだ。

「皆さんにお伝えしたいのは、ジェサップが善良な人間だったということです。闘技場が爆破されたとき、彼は身を挺して私をかばってくれました。意識的にしたのですらない、反射的な行動でした。彼はそういう人でした。弱い者を守る人でした。私は、どのみち彼はハンガー・ゲームに優勝できなかったと思います。ルーシー・グレイを守るために、彼は喜んで命を捨てたに違いないからです」

「なるほど、彼はイヌのように忠実だったね」レピドゥスがうなずいた。「本当にいいやつだった」

「いいえ、イヌではありません。彼は人間です」リシストラータは言った。

レピドゥスはリシストラータが冗談を言っているのかどうか確かめるかのように、彼女をじっと見つめた。

「ああ、そう……。ところでラッキー、本部の反応はどうですか？」

テレビカメラは、さかむけをかじっているラッキーの姿をとらえた。

「え、何だって？　やあ、皆さん！　今のところ、こちらからは何もお伝えすることはありません。それでは、再び闘技場を覗いてみましょうか？」

テレビカメラが去っていくと、リシストラータは荷物をまとめ始めた。コリオレーナスは彼女に声をかけた。

「まだ行くなよ。夕食まで一緒にいよう」

「いいの。もう帰りたいわ。でも、協力してくれてありがとう、コーリョ。あなたは頼りになる味方だったわ」

コリオレーナスは彼女をハグした。

「君こそ頼りになったよ。つらかっただろう？」

リシストラータは、ため息をついた。

「でも、少なくともこれでゲームを抜けられたわ」

他の教育係たちもリシストラータの周囲に集まり、彼女をねぎらった。リシストラータは、一般の生徒たちより先にホールを立ち去った。他の生徒たちもすぐにいなくなり、数分後には十名の教育係だけがホールに残された。プリンツ賞の獲得がかかる今、教育係たちはお互いを新たな目で見るようになっていた。自分の贄を優勝させることのみならず、自らも勝者になることを目指していた。

ゲームメーカーたちも同じことを考えていたらしい。再びラッキーがスクリーンに登場し、生き残った贄と教育係のおさらいを始めた。贄と教育係の写真が画面に並んで映し出され、ラッキーの声で解説が入る。写りの悪い学生証の写真が使われたことに不満の声をもらす者もいたが、コリオレーナスは今の傷だらけの顔が映されなかったことに安堵(あんど)した。贄たちは公式に撮影された写真がないので、刈入れの後に撮られたスナップ写真が用いられた。

リストは地区順に発表され、最初は第三地区のテスリーとアーバンのペア、そしてサークとイオのペアだった。ラッキーは言った。

「技術先進地区の贄たちには、興味津々です。彼らはあのドローンを使って、いったい何をするつもりでしょう?」

続いてコーラルとフェストゥスのペアと、ミズンとペルセポネーのペアが画面に映った。

「最後の十人に残った第四地区の贄たちは、いよいよ絶好調です!」

大梁の上のラミーナとパップの写真が画面に登場すると、パップは大喜びで手をたたいたが、画面はすぐにジャグリングをするトリーチとヴィプサニアの写真に切り替わった。

「皆さんの人気者、ラミーナとプリニー・ハリントンのペアは、トリーチとその教育係ヴィプサニア・シックルのペアと同じく第七地区出身です! つまり、第三地区、第四地区、第七地区は、贄が二人とも生き残っているわけです。続いては、一人だけになった地区に

「参りましょう」

動物園にうずくまっているウォービーのピンボケ写真と、顔中ニキビに覆われたヒラリウスの写真が映った。

「第八地区のウォービーと、教育係のヒラリウス・ヘブンズビーです！」

タナーはインタビューの写真が使われたので、ドミティアと並んで映し出された彼の顔は、実物よりもまともに見えた。

「第十地区のタナーは、食肉処理技術を有効活用したくてうずうずしているでしょう！」

続いては、闘技場に力強く立つリーパーと、非の打ちどころのない美貌のクレメンシアの写真だった。

「こちらの贄に関しては、皆さん期待外れだったと思っていらっしゃるかもしれません。第十一地区のリーパーです！」

ようやく、コリオレーナスの写真が映った。可もなく、不可もない写り具合だ。一方、インタビューで歌うルーシー・グレイの写真は、まばゆいばかりに美しかった。

「そして視聴者の一番人気は、コリオレーナス・スノーと第十二地区のルーシー・グレイに決まりです！」

一番人気とは光栄だが、特にありがたがることでもないとコリオレーナスは思った。まあ、いいだろう。人気があるおかげで、ルーシー・グレイには多額の資金が集まった。彼女は生きていて、水と食料を手に入れ、蓄えも十分にある。願わくは、他の贄の数が減るまで、このまま身を潜めていられればいいのだが。コリオレーナスは、闘技場でも彼女は決して一人ではない、いつも彼女と一緒にいると約束した。ルーシー・グレイはいま、あのコンパクトを握りしめているだろうか？　彼が彼女を想っているように、彼女も彼を想っているだろうか？

コリオレーナスは教育係担当表を取り出し、ジェサップとリシストラータの名前に線を引いて消した。だが、うれしい気分にはならなかった。

第十回ハンガー・ゲーム
教育係担当表

第一地区
男子（ファセット）――リヴィア・カーデュー
女子（ベルベリーン）――パルミラ・モンティー
第二地区
男子（マーカス）――セジャナス・プリンツ
女子（サビン）――フロールス・フレンド
第三地区
男子（サーク）――イオ・ジャスパー

女子（テスリー）――アーバン・キャンビル
第四地区
男子（ミズン）――ペルセポネー・プライス
女子（コーラル）――フェストゥス・クリード
第五地区
男子（ハイ）――デニス・フリング
女子（ソル）――イフィゲニア・モス
第六地区
男子（オットー）――アポロ・リング
女子（ジニー）――ダイアナ・リング
第七地区
男子（トリーチ）――ヴィプサニア・シックル
女子（ラミーナ）――プリニー・ハリントン
第八地区
男子（ボビン）――ジュノ・フィップス
女子（ウォービー）――ヒラリウス・ヘブンズビー
第九地区
男子（パンロー）――ガイウス・ブリーン

女子（シーフ）　アンドロクレス・アンダーソン

第十地区

男子（タナー）　ドミティア・ウィムジウィック

女子（ブランディ）　アラクネ・クレーン

第十一地区

男子（リーパー）　クレメンシア・ダブコート

女子（ディル）　フェリクス・レイビンスティル

第十二地区

男子（ジェサップ）　リシストラータ・ビッカーズ

女子（ルーシー・グレイ）　コリオレーナス・スノー

競争相手の数はかなり減っていたが、残った贄のうちの数人は強敵になるだろう。リーパーとタナーと、第四地区の二人……それに、第三地区の頭脳派の贄たちが何をたくらんでいるか、わかったものではない。

十名の教育係たちは夕食に集まり、おいしいラムシチューと干しプラムを食べた。コリオレーナスは、リシストラータがいなくなったのを寂しく感じていた。ジェサップがルーシー・グレイの唯一の味方だったように、彼女はただ一人の本当の味方だった。

夕食後、コリオレーナスはフェストゥスとヒラリウスの間に座り、居眠りをしないように努力した。九時ごろ、ジェサップの死から特に大きな進展がなかったので、翌朝はもっと早く集まるように指示された後、帰宅を許された。歩いて帰ることを思うと憂鬱だったが、タイガレスがコインを二枚くれたことを思い出し、ありがたく路面電車に乗った。電車を降りると、マンションまではあと一ブロックの道のりだった。

おばあばさまはベッドに入っていたが、タイガレスはまた母親の毛皮のコートにくるまり、彼の部屋で待っていた。コリオレーナスは彼女の足元のラウンジチェアにばったりと倒れたが、昨夜闘技場で起こったことを説明しなくてはならないのはわかっていた。気が進まないのは、疲れているせいばかりではなかった。

「昨夜のことについて聞きたいんだろう？」彼はタイガレスに言った。

「でも、話すのが怖いんだ。昨日のことを知ったら、君まで面倒に巻き込まれそうで」

「いいのよ、コーリョ。あなたのシャツを見れば、大体のことは分かったわ」

タイガレスは、彼が闘技場で着ていたシャツを床の上から拾い上げた。

「私には、服が語りかけてくる声が聞こえるの」

タイガレスはシャツを膝の上に広げ、昨夜の恐ろしい出来事を再現しはじめた。まず、血にまみれ、裂けた片袖を持ち上げた。

「ほら、ここ。ナイフが刺さったのね」

彼女は指で布地の裂け目をなぞった。

「細かい傷がたくさんついているし、泥まみれだから、転んだことがわかるわ。もしかしたら、引きずられたのかも。だとしたら、あなたが顎を擦りむいて、襟に血がついていたことにも説明がつく」

タイガレスは襟元を触ると、さらに言葉を続けた。

「もう片方の袖の破れ方からすると、鉄条網に引っかかったでしょう。たぶん、あのバリケードね。でも、この袖口についている血は……あなたのものじゃないでしょう？　あなたは、あそこで本当に恐ろしいことをさせられたのね」

コリオレーナスは血痕を見下ろし、ボビンの頭を殴りつけたときの感触を思い出した。

「タイガレス……」

タイガレスは、こめかみをもんだ。

「どうしてこんなことになったのか、どうしてもわからないの。私のかわいいいとこが、虫も殺せない優しい子が、どうして闘技場で命を懸けて戦わなければならなかったのか」

これこそ、コリオレーナスが最も避けたかった話題だった。

「わからない。他にどうしようもなかったんだ」

「わかっているわ。もちろん、それはわかっているのよ」

タイガレスは、コリオレーナスを抱きしめた。

「ただ、あなたにそんなことをさせたやつらが憎いだけ」

「僕は大丈夫だよ」コリオレーナスは言った。

「こんなこと、長くは続かない。それに、たとえ優勝できなくても、何らかの賞を受けることは確実だ。本当だよ、もうすぐきっと運が向いてくるさ」

「そう……そうね。きっとうまくいくわね。雪は高嶺(たかね)に舞い降りる」

タイガレスはうなずいたが、その表情は言葉とは裏腹に暗かった。

「どうかしたの？」

コリオレーナスがたずねると、タイガレスは首を振った。

「言ってくれよ、何があったんだ？」

「ハンガー・ゲームが終わるまでは、黙っているつもりだったんだけど……」

タイガレスは、そこまで言って口をつぐんでしまった。

「言いかけたなら、最後まで言ってくれなくちゃ。最悪の想像をしちゃうじゃないか。頼むよ、教えてくれ」

「何とか手立てを考えるわ」タイガレスは立ち上がろうとした。

「タイガレス」

コリオレーナスは、彼女を再び座らせた。「いったい何なんだ？」

タイガレスはしぶしぶコートのポケットに手を入れ、キャピトルの消印が押された封書を取り出すと、彼に渡した。

「今日、納税通知書が届いたの」

詳しい説明を聞くまでもなかった。彼女の表情がすべてを告げていた。税金を払う余裕もなく、借金のあてもないスノー家は、わが家を失うのだ。

18

コリオレーナスはこれまで税金に関しては努めて考えないようにしてきたが、一家離散の危機という恐ろしい現実が、ついに目の前に突きつけられた。生まれてからずっと住み続けてきたかけがえのないわが家に、どうして別れを告げられるだろう？　四方の壁は、彼ら一家を世間から守ってくれただけでなく、裕福なスノー家の伝説をも守ってくれた。コリオレーナスは今、住居と、これまでの人生と、アイデンティティーを一挙に失おうとしていた。

納税期限は、六週間後だった。それまでに、タイガレスの給料の一年分に相当する額の現金を集めなければならない。まだ売れるものがないかと二人は真剣に考えたが、たとえ家具をすべて売り払い、形見の品まで手放したとしても、せいぜい数か月分の額にしかならないだろう。新しい家を借りるためにも、どれだけわずかであろうと、家財を売って現金を得る必要がある。税金の未払いによる立ち退きだけは、何があっても避けねばならない。そのような事態になれば、金輪際世間に顔向けできなくなる。引っ越すしかないのだ。

「どうすればいいだろう？」コリオレーナスはたずねた。

「ハンガー・ゲームが終わるまでは何もできないわ。プリンツ賞を手に入れるために、あなたはゲームに集中しなさい。プリンツ賞がだめでも、少なくとも別の賞をもらうのよ。

税金のことは、私が何とかするわ」

タイガレスはきっぱりと言い、コーンシロップで甘くしたホットミルクを注いでくれた。そして、彼が眠りにつくまで痛む頭を撫でてくれた。コリオレーナスは暴力的で不安な夢を見た。闘技場での出来事が夢の中で再現され、目を覚まして日常に戻った。

パネムの珠宝
至上の都
幾年を経て　輝く光

一か月か二か月後に借家に移っても、おばあばさまは国歌を歌い続けるだろうか？　それとも、恥ずかしさのあまり二度と声をはりあげることができなくなるだろうか？　祖母の朝の日課を心の中で冷笑してきたにもかかわらず、コリオレーナスは寂しさを覚えた。着替えるときに腕の縫合痕にひきつれを感じ、シタデルで傷の具合を確認してもらうことになっていたのを思い出した。顔の擦り傷は暗褐色のかさぶたに覆われていたが、腫れは引いている。コリオレーナスは、母親のおしろいを軽くはたいた。かさぶたを隠すことはできなかったが、バラの香りにやや心がなぐさめられた。

絶望的な経済状況にあるからこそ、彼はためらうことなくタイガレスから路面電車のコインを受け取った。とうの昔に大金を失ったのに、今さら小銭を惜しんでどうなると言うのだ。電車の中で、むせそうになりながらピーナッツバターを挟んだクラッカーを腹に収めた。プリンツ夫人にもらった朝食のロールパンとは比べようもない。ふと、セジャナスを助けた礼にプリンツ家が金を貸してくれないだろうかという考えが、ちらりと頭をかすめた。あるいは、口止め料をくれさえするかもしれない。だが、おばあばさまが許すはずはなかったし、スノー家がプリンツ家にひれ伏すことなどできるわけがない。もっとも、プリンツ賞を獲得すれば正々堂々と金を手に入れることができる。タイガレスの言うとおりだ。コリオレーナスの未来は、これからの数日間にかかっていた。

アカデミーに到着した十名の教育係は、紅茶を飲み、テレビカメラに備えて身なりを整えた。日を追うごとに、彼らは視聴者に細かく観察されるようになっていたので、ゲームメーカーたちはメイク係をよこした。メイク係はコリオレーナスのかさぶたを目立たなくするついでに、眉(まゆ)の形も整えてくれた。誰もゲームについてあからさまに話す気にはなれないようだったが、ヒラリウス・ヘブンズビーだけは別だった。

「僕の場合、みんなとは違うんだ」ヒラリウスは言った。

「昨夜、リストをチェックしてみた。生き残っている贄(いけにえ)は一人残らず、闘技場に入ってから食料を受け取っている。少なくとも、水をもらっている。だけどあのウォービーは、まるで姿を見せやしない。いったいどこにいるんだろう？　たぶん、あいつはもう死んでいるよ。それなのに、僕はこんなところにぼさっと座ってコミュニカフをいじってる。馬鹿みたいだよ」

コリオレーナスは、ヒラリウスに黙れと言ってやりたかった。他の教育係たちは、現実の悩みを抱えているのだ。だが、そうする代わりに端っこの席に座った。隣のフェストゥスは、ペルセポネーと熱心に話し込んでいる。

ラッキー・フリッカーマンが番組の冒頭で生き残っている贄を紹介し、レピドゥスに教育係からのコメントを求めた。コリオレーナスは真っ先に指名され、ジェサップの恐ろしい最期について意見を求められた。彼は狂犬病に冷静に対処したリシストラータの機転を称賛し、寛大にもジェサップを犠牲にしてルーシー・グレイを救ってくれたことに感謝の意を表明した。脱落した教育係たちの席にいるリシストラータに起立を促し、観客たちに拍手を求める。少なくとも半数の生徒たちが立ち上がって心からの拍手を送った。リシストラータは困惑しているようだが、内心ではまんざらでもないだろうとコリオレーナスは思った。そして、彼女の厚意に応えるためにも、第十二地区の贄、つまりルーシー・グレイを優勝させるという彼女の願いを叶えたいとつけ加えた。

「僕の贄がとても利口なことは、ご覧のとおりです。そして、彼女がジェサップのむごたらしい最期を勇敢にみとったことも忘れてはいけません。これもまた、キャピトルの少女らしい立派な態度であり、地区の人間にできることではありません。ハンガー・ゲームの勝者の優れた人格にどれだけ報いるべきか、どれだけ彼女がキャピトルの価値観を反映しているか、なにとぞご一考ください」

彼の言葉は視聴者の胸に響いたらしく、コリオレーナスのコミュニカフは直ちに十回以上も電子音を響かせた。彼はコミュニカフをカメラにかざし、寛大なスポンサーに感謝の言葉を述べた。

コリオレーナスが注目を一身に集めていることに我慢できなくなったらしく、パップが身を乗り出して聞こえよがしに叫んだ。

「さてと、ラミーナに朝めしを送ってやるとするか！」

パップは食料と飲み物を大量に注文した。闘技場に姿を見せているのはラミーナだけなので、他の教育係は誰も張り合うことができない。パップのこういうところが目障りなのだ。彼のコミュニカフから新たな電子音が鳴らなかったので、コリオレーナスはいい気味だと思った。

教育係がひととおりインタビューされるまで、再び声はかからないだろう。コリオレーナスは、仲間のコメントに興味深く耳を傾けるふりをしながら、実際にはほとんど聞いていなかった。ストラボン・プリンツに金を無心する――もちろん脅迫ではなく、金銭的に感謝を示す機会を与える――という思いつきが、頭から離れなかった。セジャナスのお見舞いがてら、プリンツ家に立ち寄ってみようか？　あのふくらはぎの傷は重傷だった。そうだ、セジャナスの様子を見に行っても、何も不自然ではない。

インタビューではイオが、あのドローンをサークが何に利用するつもりか推測していた。

「ドローンのLEDが破損していなければ、懐中電灯のようなものに改造できるかもしれません。懐中電灯があれば、夜間の活動においては非常に有利ですから」

そのとき、ラッキーがイオをさえぎった。バリケードから、リーパーが姿を現したのだ。六機のドローンから水とパンとチーズを受け取ったラミーナは、大梁の上にきれいに食料を並べていた。リーパーが現れてもほとんど気にも留めていないようだが、リーパーの方はまっすぐ彼女に近づいていった。彼は太陽を指さし、続いてラミーナの顔を指した。このとき初めて、コリオレーナスは一日中屋外にいることのデメリットに気づいた。ラミーナはひどく日焼けしており、鼻の頭の皮がむけている。さらによく見ると、むき出しの足の甲も同じように赤くなっている。リーパーは、彼女の食料を指さした。ラミーナは足をこすり、リーパーの申し出について考えているようだった。二人はしばらく押し問答を続けた後、合意に達したらしく、うなずきあった。リーパーは闘技場をゆっくりと駆けていき、パネムの国旗によじ登った。そして長いナイフを取り出すと、分厚い布に突き立てた。

ホールの生徒たちは、一斉に抗議の声をあげた。リーパーが旗を切り裂き、小さな毛布くらいの大きさの布を切りとる間に、動揺はますます大きくなっていく。神聖な国旗が冒とくされたことに、誰もが大きな衝撃を受けていた。リーパーには断固として罰を与えねばならない。だが、ハンガー・ゲームに出ること自体が究極の罰であることを思えば、それ以上どうやって罰すればいいのか、誰にもわからなかった。

レピドゥスが急ぎ足でやってきて、リーパーの行為についてクレメンシアに意見を求めた。

「もちろん、愚かな行為です。あんなことをしては、彼のスポンサーになろうという人はいなくなるでしょう」

すると、パップが口を挟んだ。

「関係ないだろ？　どうせ君は、やつにぜんぜん食料を送らないんだから」

クレメンシアが言い返した。

「食料を送るに値することをすれば、すぐにでも送るわよ。いずれにせよ、今日のところはあなたのおかげで何とかなるみたい」

パップは顔をしかめた。「僕のおかげ？」

クレメンシアは、スクリーンを見ながら頷いてみせた。リーパーがゆっくりと大梁まで駆け戻ってくる。彼とラミーナの間でさらに交渉が始まった。やがて、二人で三つ数えてから、リーパーは国旗を丸めたものを放り投げ、ラミーナはパンをひときれ下に落とした。旗はラミーナが受け止められるほど高く上がらなかった。さらに交渉が続いた。リーパーが何度も放り投げた末にようやくラミーナは旗を受け取り、その報酬にチーズのかたまりを落とした。

公式に同盟を結んだわけではないが、このやりとりで二人の距離は少し縮まったようだった。ラミーナは旗を広げて頭からかぶり、リーパーは柱の一本に寄りかかってパンとチーズを食べた。闘技場の奥に例の三人組が現れたとき、ラミーナは指をさしてリーパーに教えた。リーパーは礼を言うようにラミーナにうなずくと、バリケードの後ろに引っ込んだ。

コーラルとミズンとタナーはスタンドに座り、何か食べたいというジェスチャーをした。

フェストゥスとペルセポネーとドミティアは彼らの要求に応じ、三人の贄はドローンが運んできたパンとチーズとリンゴを分け合った。

一方スタジオでは、ラッキーがジュビリーというペットのオウムを連れてきていた。ラッキーはペットをハイボトム学生部長に対面させ、「こんにちは、よろしくね！」と言わせようと苦心している。皮膚病にかかった見るも哀れなオウムは、無言のままで主人の手首にとまっていた。腕を組んで待っているハイボトムの前で、ラッキーは必死に叫んだ。

「どうした、言えよ！『こんにちは、よろしくね！』だろ？」

ついにハイボトムが言った。

「無理強いはよしましょう、ラッキーさん。たぶんそのオウムは、私と関わり合いたくないんですよ」

「何ですって？　と一んでもない！　初対面の人の前だから、緊張しているんですよ」

ラッキーはオウムを差し出した。

「手にとまらせてみますか？」

学生部長はのけぞった。「けっこうです」

ラッキーは再びジュビリーを胸元に近づけ、指先で羽をなでた。

「ところでハイボトム学生部長、全体的にどう思われますか？」

「全体的に……とは？」

「今回のゲームの、すべてについてです。今回はさまざまな試みがなされていますよね」

ラッキーはひらひらと手を振った。「そのすべてについてお話しください！」

「そうですね、私が気づいたのは、ゲームに双方向性が加わったという点です」

ハイボトムが言った。

ラッキーはうなずいた。「双方向性ね。なるほど」

「ゲーム開始から——実のところ、それ以前からです。闘技場が爆破されたとき、ゲームの参加者が亡くなっただけでなく、闘技場の環境も変わりました」

「環境も変化した」ラッキーが繰り返した。

「そうです。今やあのバリケードや大梁があり、トンネルに入ることもできます。闘技場はまったく新しく生まれ変わり、贄たちもまったく新しい行動をとるようになったのです」

「それに、ドローンもありますしね！」ラッキーが言った。

「そのとおり。視聴者が積極的にゲームに参加できるようになりました」

ハイボトムは、ラッキーの方に首を傾けた。「それが何を意味するか、おわかりですね」

「さあ、何でしょう？」ラッキーが言った。

学生部長は、小さな子どもに言い聞かせるように、ゆっくりと発音した。

「つまり、われわれ全員があの闘技場にいるということですよ、ラッキーさん」

ラッキーは、額にしわを寄せた。

「はあ……おっしゃっていることがよくわかりませんが」

ハイボトム学生部長は、人差し指でこめかみを軽くたたいた。

「ご自分の頭で、よく考えてみるんですな」

「こんにちは、よろしくね」

ジュビリーが力ない声でしゃべり、ラッキーは歓声をあげた。

「そらきた！　言ったとおり、ちゃんとしゃべったでしょう？」

「そうですね」ハイボトムは認めた。「しかし、唐突でしたな」

昼食まで、目立った展開は見られなかった。ラッキーは地区ごとの気象情報を発表し、頑として口を開かないペットに代わってかん高い声を張り上げ、一人二役を演じはじめた。

「第十二地区の天気はどうかな、ジュビリー？」

「雪が降ったよ、ラッキー」

「七月に雪だって、ジュビリー？」

「コリオレーナス・スノーだよ！」

テレビカメラが自分に向けられたのに気づき、コリオレーナスは親指を立ててみせた。まるでテレビタレントになったような、夢のような気分だった。

だが、昼食のメニューにはがっかりだった。ピーナッツバター・サンドイッチが用意されていたが、ピーナッツバターは朝食に食べたばかりだ。コリオレーナスは、ともかく腹に詰めこんだ。ただで食べられるものは何でも食べることにしていたし、何より体力を維持しなければならない。そのとき、ざわめきがホールに広がった。スクリーンで何かが起こったらしい。彼は急いで席に戻った。もしや、ルーシー・グレイが現れたのだろうか？

ルーシー・グレイは現れなかったが、午前中は怠惰だった三人組が動き出していた。三人は決然とした足取りで闘技場を横切ると、ラミーナがいる大梁の真下に来た。ラミーナは最初見向きもしなかったが、タナーが柱の一本に剣をたたきつけると、警戒の表情を浮かべた。起き上がって三人組を観察し、不穏な雰囲気を察したらしい。斧（おの）とナイフを取り出し、国旗で磨きはじめた。

三人組は手短に相談を交わし、第四地区の贄たちがタナーに三叉（みつまた）の矛を渡すと、それぞれの持ち場についた。コーラルとミズンは大梁を支えている金属の柱に近づき、タナーは二本の三叉の矛を持ってラミーナの真下に立った。コーラルとミズンはナイフを口にくわえると、互いにうなずき合い、それぞれの柱を登っていった。

フェストゥスが椅子の上で背すじを伸ばした。

「さあ、行くぞ」

パップが動揺して言い返した。

「あいつらに登れっこないさ」

「あの二人は、船で働いて鍛えられているのよ。ロープのぼりはお手の物だわ」ペルセポネーが言った。

「索具って言うんだよ」フェストゥスが言った。

「知ってるよ。なんせ、親父が海軍司令官なんでね」パップが言った。

「でも、ロープのぼりとはわけが違う。あの柱は、どちらかというと木に近いからね」

だが、パップは既にみんなの反感を買っていた。贅を失った教育係まで、ここぞとばかりに声をあげた。

「船にだって、マストがあるじゃない」ヴィプサニアが言った。

「旗竿（はたざお）もあるしね」アーバンが口を挟む。

「あいつらには無理だよ」パップが焦ったように言った。

第四地区の二人は、ラミーナほどスムーズな動きではなかったが、ゆっくりと着実に登っていった。タナーが二人を監督し、ミズンが遅れるとコーラルに待つように指示する。

「同時に登りつくように、タイミングを計っているわ」イオが言った。

「ラミーナがどちらかと戦っている間に、もう一人が大梁（おおばり）を乗っ取る気ね」

「そしたら、ラミーナはあいつらの片方を殺して下に降りるさ」パップが言った。

「でも、下にはタナーが待ちかまえている」コリオレーナスは指摘した。

「そんなこと、わかってるよ！」パップが叫んだ。

「僕にどうしろっていうんだ？　狂犬病とはわけが違う。水を送れば解決するような、単純な話じゃないんだ！」

「水を送る作戦だって、おまえには思いつかなかったと思うぜ」フェストゥスが言った。

「いいや、絶対に思いついた！」パップはかんしゃくを起こした。「黙れ！　おまえら全員黙ってろ！」

ホールは静かになったが、それはコーラルとミズンが柱の上に登りつきそうだったからだ。ラミーナは頭をきょろきょろ動かし、どちらと戦うか考えていた。やがて、彼女はコーラルの方に向かった。

「だめだ、そっちじゃない。男の方を狙え！」パップが立ち上がって叫んだ。

「大梁の上で男子と戦わなきゃならないじゃないか！」

「私だったら、同じようにするわ。コーラルと大梁の上で戦いたくないもの」ドミティアが言うと、教育係数人から同意の声があがった。

「そうかな？」パップは考え直した。「もしかしたら、君の言うとおりかも」

大梁の端まで行ったラミーナは、ためらいなくコーラルめがけて斧を振り下ろした。だが、頭頂部には届かず、髪の毛をひと房そぎ落としただけだった。コーラルは後退し、一メートルほど柱を降りたが、ラミーナは念を押すように、さらに数回コーラルに切りつけた。予想どおり、そのすきにミズンが大梁にまたがった。だが、タナーが放り投げた三叉の矛は、大梁まで三分の二ほどの高さにしか届かず、再び地面に落ちた。ラミーナは最後にもう一度コーラルに向かって斧を振り回すと、すばやくミズンの方に引き返した。ミズンは大梁の上ではとうていラミーナほど自由に動けず、迫りくるラミーナに対して、おずおずと数歩進んだだけだった。タナーは二度目にはもっと高く投げたが、矛は大梁の下にぶつかって地面に落ちた。しゃがんで矛をつかむことに気を取られていたミズンは、身を起こした瞬間にラミーナの斧の側面で膝の外側を強打された。はずみで二人とも大きくふらついたが、ラミーナが大梁にまたがってバランスを回復した一方、ミズンはナイフを落として転倒し、片腕で大梁からぶら下がった。

闘技場のお粗末な音響システムも、柱を登り切ったコーラルの鬨の声を拾うことができた。コーラルの柱に駆け寄ったタナーは、何とか三叉の矛を手の届く範囲に投げることに成功した。コーラルが慣れた手つきで武器を掴むと、ホールのそこかしこから称賛の声があがった。ラミーナはミズンを一瞥したが、絶体絶命の状況にいる彼は差し迫った脅威ではないらしく、コーラルの攻撃に備えて身構えた。ラミーナの方が平衡感覚に優れているが、コーラルの武器の方が遠くまで届く。ラミーナは斧でコーラルの突きを何度か防いだが、コーラルは三叉の矛を目まぐるしく動かして敵をかく乱し、ついに相手の腹に武器を突き立てた。コーラルは武器を放して後ずさり、もう一方の手にナイフを構えたが、それを使う必要はなかった。ラミーナは大梁から落ち、即死した。

「ああ！」

ホールに、パップの叫びが響き渡った。パップは長いあいだ身動きもせずに立ちつくしていたが、やがて椅子を持ち上げた。マイクを差し出すレピドゥスには見向きもせず、リヴィアの隣に大きな音を立てて椅子を置き、大股でホールを出て行った。コリオレーナスは、涙をこらえているのだろうと思った。

コーラルはミズンの方へ行き、不安になるほど長い間、じっと彼を見下ろしていた。彼の腕を蹴り落とし、ラミーナの道連れにするつもりだろうかと、コリオレーナスは思った。だが、コーラルは大梁に座ると、足で体を固定し、ミズンを引っ張り上げた。ミズンは斧で膝を負傷していたが、けがの程度まではわからない。半ば滑り落ちるようにしてミズンが柱を降りると、そのすぐ後からコーラルが降りてきた。コーラルは、タナーが落とした場所に転がっていた三叉の矛を拾い上げた。ミズンは柱に寄りかかり、膝の具合を調べた。

タナーはラミーナの死体の上でダンスのようなものを踊った後、弾むような足取りで二人の方に駆けていった。ミズンは満面の笑みを浮かべ、ハイタッチするように手を上げた。その手にタッチしたタナーの背中に、コーラルが二本目の三叉の矛を突き立てた。倒れ掛かってきたタナーを、ミズンは柱で体を支えながら押しやった。タナーはくるりと体を反転させ、矛を抜き取ろうとするかのように片手を背後に振り回した。だが、返しがついた矛の先は、彼の背中に深く突き刺さっていた。タナーは膝をつき、驚きよりむしろ傷ついた表情を浮かべ、うつぶせに地面に倒れた。ミズンがその首をナイフで切り裂き、息の根を止めた。ミズンは再び柱にもたれて座り、コーラルはラミーナの旗を細く切り裂いて、ミズンの膝を縛りはじめた。

スタジオのラッキーは、おどけた表情で大げさに驚いてみせた。

「皆さん、ご覧になりましたか？」

ドミティアは無念そうに唇を噛み、無言で持ち物をまとめた。だが、レピドゥスにマイクを突き付けられると、静かな声で突き放すように言った。

「驚きました。私は、タナーが優勝するかもしれないと思っていました。そして仲間の裏切りさえなければ、おそらく優勝したでしょう。この教訓は肝に銘じるべきだと思います。

信頼する相手にも注意を怠るな、と」

レピドゥスは、訳知り顔にうなずいた。

「闘技場の中でも、外でもね」

「どこにいてもです」ドミティアはうなずいた。

「タナーには、お人好しなところがありました。第四地区の贄たちは、そこにつけこんだのです」

ドミティアは、あてつけがましくフェストゥスとペルセポネーを振り返り、悲しそうな顔をした。レピドゥスは、二人に向かって非難がましく舌打ちした。

「今度のことをはじめ、私はハンガー・ゲームの教育係になって多くの事を学びました。この経験で得たことを、今後の人生に活かしたいと思います。また、残った教育係たちの幸運を祈っています」

「よく言った、ドミティア。教育係の仲間たちに、潔い去り際を見せてやれたと思うよ」

レピドゥスは、スタジオを呼んだ。「ラッキー？」

画面がラッキーに切り替わった。シャンデリアの上に逃げたジュビリーを、クラッカーで呼び戻そうとしている。

「何だい？　もう一人の教育係のコメントを聞くんじゃないの？　なんという子だったっけ、あの海軍司令官の息子は？」

「彼はコメントを拒否しました」

「それじゃ、ショーに戻りましょう！」ラッキーは声を張り上げた。

だが、ショーはいったんそこで終わりだった。コーラルはミズンの膝に包帯を巻き終わると、犠牲者の死体から自分たちの矛を抜き取った。ミズンは足を引きずっていたが、二人はゆうゆうと闘技場を横切り、ねぐらに選んだトンネルに入っていった。

サテュリアが教育係席にやってきて、四人ずつ二列に椅子を並べ替えさせた。イオ、アーバン、クレメンシア、ヴィプサニアが前列に座った。コリオレーナス、フェストゥス、ペルセポネー、ヒラリウスが後列に座った。椅子取りゲームは続いていた。

腹話術の人形代わりにされる屈辱に耐えられなくなったのか、ジュビリーはシャンデリアから降りてこようとしなかった。ラッキーは、ヘブンズビー・ホールと闘技場前の広場に派遣されたレポーターたちに話を振り、お茶を濁した。闘技場前の広場では、さまざまな賛の応援団が結成されていた。ルーシー・グレイの応援団には、年齢や性別を問わず多くの人々が集まっており、数人のアボックスさえ混じっていた――もっとも、彼らは応援用の看板を持つために連れてこられたので、数のうちには入らないが。

コリオレーナスは、ルーシー・グレイがどれほど多くの人に愛されているか、本人に見せてやりたいと思った。彼はますます積極的に発言し、闘技場に変化がないときを狙ってレピドゥスを呼んではルーシー・グレイを大いに賞賛した。その結果、記録を更新するほど多くの贈り物がスポンサーたちから集まり、優に一週間は彼女に食料を届けられるめどがついた。あとは、ゲームの行方を見守りながら待つより他にすることはない。

トリーチが画面に現れ、ラミーナの斧を横取りし、ヴィプサニアから食料を受け取った。テスリーが墜落したドローンをもう一機回収し、アーバンから食料を受け取った。それ以外は特に変化はなかったが、午後遅くなってから、リーパーが眠そうに目をこすりながらバリケードから出てきた。彼は目の前の光景に戸惑っているようだった。タナーが刺殺されたばかりか、ラミーナまで殺されたことが腑に落ちないらしい。しばらく二人のそばを歩き回った後、彼はラミーナの死骸を抱き上げ、ボビンとマーカスの遺体が横たわっている場所まで運ぶと、三人を一列に並べた。その後、しばらく大梁のまわりを歩き回り、やがてタナーの体を引きずってラミーナのそばに横たえた。それから一時間かけて、リーパーはまずディルの遺体を、続いてソルの遺体を回収し、急ごしらえの遺体安置所に並べた。ジェサップの遺体だけは、そのまま放置された。おそらく狂犬病に感染することを恐れたのだろう。他の遺体をきれいに並べてしまうと、リーパーは集まってきたハエを追い払った。しばらく考えこんだ後、彼は再び国旗から布を切り取ってきて、遺体の上に掛けた。リーパーはラミーナの旗の残骸を広げると、マントのように自分の肩に巻き付けた。そのマントに何か感じるところがあったらしく、彼はゆっくりと回って肩越しにマントがなびく様子を見つめていた。続いて走り出し、両手を広げて、陽ざしの下で国旗をはためかせた。一日の活動に疲れ果てると、彼はようやくスタンドに登り、何かを待った。

フェストゥスが言った。

「なあ、頼むからあいつに食料をやってくれよ、クレミー!」

「余計なお世話よ」クレメンシアが言った。

「血も涙もないんだな」

「私は有能な教育係よ。このゲームは長丁場になりそうだもの」

クレメンシアは、コリオレーナスに向かって不気味に笑ってみせた。

「それに、誰かさんと違って私は彼を見捨てたわけじゃないわ」

コリオレーナスは、シタデルに縫合痕を診てもらいに行くときにクレメンシアを誘ってやろうかと思った。付き添いがいれば心強いし、クレメンシアも仲間のヘビたちに会えるではないか。

ようやく五時になり、一般の生徒たちは帰宅した。残った八名の教育係は、集まってビーフシチューとケーキの夕食をとった。パップはもちろん、ドミティアがいなくなっても寂しいとは思わなかったが、クレメンシアやヴィプサニアやアーバンのような相手との緩衝材になってくれる仲間を失ったのは残念だった。八時ごろにサテュリアが解放してくれたとき、コリオレーナスは真っ先に出口に向かった。腕の診察に間に合えばいいのだが。

シタデルの守衛たちとは顔なじみになっていたので、通学カバンの中身を調べられた後、カバンを持ったまま一人で研究室に行くことを許された。コリオレーナスは診療所を見つけるまで少し迷い、医師が現れるまでさらに三十分待たされた。医師は脈拍を測り、縫合痕を調べ、問題がないことを確かめると、しばらく待っているようにと言った。

研究室はいつになく活気がみなぎっていた。忙しげな足音と、大声と、せっかちな指示が飛び交っている。コリオレーナスは耳を澄ましたが、何が起こっているのかはわからなかった。ただ、〈闘技場〉や〈ゲーム〉という言葉が頻繁に聞こえたので、ハンガー・ゲームに関係があるのだろう。ようやくゴール博士が現れ、腕の縫合痕をおざなりに調べた。

「もう二、三日だな」彼女は請け合った。「ところでスノー君、君はガイウス・ブリーンを知っていたかね？」

「ガイウスですか？」

コリオレーナスは聞き返し、すぐに過去形でたずねられたことに気づいた。

「知っています。だって、同じクラスですから。彼は闘技場で両脚を失ったと聞きました。それで、彼は——」

「死んだよ。脚の負傷に伴う合併症で」

「そんな！」

コリオレーナスは、すぐには事態が飲みこめなかった。

（ガイウスが死んだ？　ついこの間、くだらないジョークを聞かされたばかりなのに……一度もお見舞いに行っていないのに……葬儀はいつですか？」

「それについては心配いらない。正式な発表があるまで、君は口をつぐんでいたまえ」ゴール博士は、警告するように言った。

「いま君に話したのは、誰か一人くらいはレピドゥスに気の利いた返答ができる者がいてほしいからだ。君を信じて任せることにするよ」

「はい、お任せください。ゲーム中に発表するのは妙ですからね。まるで反乱軍が勝利したかのようで」

「そのとおり。だが安心したまえ、やつらには必ず報復する。実のところ、私に報復のアイデアを与えてくれたのは、君の贄なのだ。もし彼女が優勝すれば、ぜひ意見を交換したいものだね。それと、君が提出してくれるはずのレポートのことも忘れてはいないよ」

ゴール博士はカーテンを閉め、立ち去った。

解放されたコリオレーナスはシャツのボタンを留め、通学カバンを手に取った。

（何のレポートを書かなきゃならないんだったっけ？　混沌（chaos）か、支配（control）か、契約（contract）か、確かCで始まる言葉だった……）

エレベーターにたどり着いたとき、二人の研究助手がエレベーターにカートを載せようとしているところだった。カートの上には、クレメンシアを襲ったヘビを満載した大きな水槽が載っている。

助手の一人がもう一人にたずねた。

「博士はあの保冷箱を持って来いと言ってたか？」

「覚えてないわ。エサはやったはずだけど。確認した方がいいわね。もし間違っていたら、大目玉を食らうから」

彼女はコリオレーナスに気づいた。

「ごめんなさい、バックさせてね」

「構いませんよ」

コリオレーナスは二人がカートを後退させられるように、脇によけた。ドアが閉まり、エレベーターが上昇していく音が聞こえた。

「悪かったね。すぐに降りてくるから」もう一人の助手が言った。

「構いませんよ」コリオレーナスは同じ返事を繰り返した。だが、非常に重大な事態に気付き始めていた。研究室の活気と、〈ゲーム〉という言葉が聞こえたことと、ゴール博士の報復の約束を思い浮かべ、できるだけさりげなくたずねる。

「そのヘビをどこへ連れていくんですか?」

「もう一つの研究室に連れていくだけよ」

助手の一人が答えたが、二人は視線を交わした。

「行こう、あの保冷箱を持ってくるのは二人がかりだ」

助手たちは研究室に戻り、水槽のそばにはコリオレーナスだけが残された。

〈実のところ、私に報復のアイデアを与えてくれたのは、君の贄なのだ〉

彼の贄。ルーシー・グレイ。区長の娘の襟首にヘビを投げ込み、華々しくハンガー・ゲームに登場した少女。

〈もし彼女が優勝すれば、ぜひ意見を交換したいものだね〉

(意見とは、何についての意見だろう? ヘビを武器として使う方法だろうか?)

コリオレーナスは、ゆったりとうねっているヘビたちを見つめ、彼らが闘技場に放たれる様子を想像した。こいつらはどうするだろう？　ヘビの生態はよく知らないが、たとえ知っていたとしても、これらのヘビが普通のヘビと同じように行動するとは思えない。彼らはゴール博士の遺伝子操作によって生まれてきたのだから。

鋭い胸の痛みとともに、コリオレーナスは最後に会ったときのルーシー・グレイの姿を思い出した。彼女は必ず優勝すると約束した彼の手にすがりついていた。だが、彼は三叉の矛や剣から彼女を守ることができないばかりか、この水槽のヘビたちから彼女を守ることもできないのだった。確信はなかったが、ヘビたちはまっすぐにトンネルに向かうような気がした。暗闇の中でも、彼らの嗅覚が鈍ることはない。ヘビたちはクレメンシアのにおいを知らなかったように、ルーシー・グレイのにおいも知らない。ルーシー・グレイは悲鳴をあげて地面に倒れるだろう。彼女の唇は紫色に変わり、続いて血の気を失うだろう。そして、彼女のフリルのドレスに鮮やかなピンクとブルーと黄色の毒液がにじみ出す――。

（それだ！）

あのヘビたちを初めて見たとき、彼が思い出したのはそれだった。ヘビたちの体色は、ルーシー・グレイのドレスの色と同じだったのだ。まるで、運命だったかのように……

いつのまにかコリオレーナスは、ラッキーの手品のように、きれいに丸めたハンカチを手にしていた。彼は監視カメラに背を向けてヘビの水槽に近づき、水槽の上にかがみこんだ。ヘビたちに見とれているふりをしながら、蓋の上に手を乗せる。そして、通気口から落ちたハンカチが、虹色のヘビたちの下に消えていくのを見つめていた。

19

(僕はいま何をした？　いったい何をしてしまったんだ？)

コリオレーナスは胸を高鳴らせ、がむしゃらに街を駆け抜けた。でたらめに角を曲がりながら、自分がとった行動について思いを巡らせる。筋道を立てて考えることはできなかったが、越えてはならない一線を越えてしまったという恐ろしい感覚があった。

歩行者も車もほとんどなかったが、彼らから見られるとにらまれているように感じた。公園に身を潜め、物陰に隠れながら、やぶに囲まれたベンチに腰を下ろす。呼吸を整えることに専念し、四秒間息を吸って四秒間吐き出すことを繰り返すうちに、どくどくと音を立てていた血流が収まってきた。それから、論理的に考えようと努めた。

ルーシー・グレイのにおいがついたハンカチを――通学カバンの外ポケットに入っていたものを――水槽の中に落としたことは認めよう。それは、クレメンシアのように、ルーシー・グレイがヘビたちに咬まれないようにするためだ。だから、ヘビたちは彼女を殺さないだろう。彼は、ルーシー・グレイを守りたかったのだ。だが、勝つためにインチキをしたことになる。もうおしまいだ！

(まあ待て。あのヘビたちが本当に闘技場に放たれるかどうか、わからないじゃないか)

実際、助手たちは別の研究室に連れて行くと言った。これまでも闘技場にヘビが放たれた記録はない。それに、本当にあのヘビたちが闘技場に放たれたところで、ルーシー・グレイはヘビたちに出くわさないかもしれない。闘技場は巨大だし、ヘビたちが手当たり次第に人間に襲いかかるとは思えない。ヘビに襲われるのは、彼らを踏んづけるか何かした場合だ。そして、たとえ彼女がヘビに遭遇して、咬まれなかったとしても、彼がそのように仕組んだと誰が気づくだろう？　そのためには、多くの極秘情報を知り、ヘビたちに近づく手段も必要なのだ。彼が関係しているとは誰も思わないだろう。それに、彼女のにおいがついたハンカチを、なぜ彼が持っているのだ？　大丈夫だ。きっと大丈夫だ。

ただし、あの一線だけは別だ。彼の行為に気づいた者がいようがいまいが、自分がその一線を越えたことを、コリオレーナスは知っていた。実際、しばらく迷っていたことも。セジャナスの昼食を食堂から持ち出して、ルーシー・グレイに与えたときと同じだ。あれは彼女を死なせたくない一心と、ゲームメーカーたちの怠慢に対する怒りゆえの行動だった。人としての品位に関わる問題として議論の余地もあっただろう。だが、ことはあれで終わりではなかった。今ならすべて理解できる。セジャナスの食べ残しの件以来、この数週間彼は危険な坂道を転がり落ち続け、ついにはこの人けのない公園のベンチで暗闇に震えながら座っているはめになったのだ。転落を止められなければ、この坂道の下に何が待ち構えているのだろう？　他にどんなことをしてしまうのだろう？　だが、これで終わりだ。これ以上は落ちない。もし名誉まで失くしたら、他にはもう何もない。もうごまかさない。怪しげな戦略もたてない。自己を正当化することもない。これからは、正直に生きていこう。それで物乞いになったとしても、少なくとも品位は保てるだろう。

いつの間にか家から遠く離れていたが、プリンツ家まではわずか数分の距離であることに気づいた。せっかくだから、ちょっと顔を見せていこうと彼は思った。

メイド服を着たアボックスがドアを開け、通学カバンを預かろうと身振りで申し出た。コリオレーナスは断り、セジャナスに会えるだろうかとたずねた。メイドは居間に案内し、座って待てという仕草をした。待っている間、コリオレーナスは抜け目なく調度品を品定めした。上質な家具、分厚いカーペット、刺繡を施された壁掛け、プリンツ家がその地位をゆるぎないものにするために必要なのは、コルソー通り沿線に居を構えることだけだった。

プリンツ夫人が慌ただしく入ってきて、謝罪の言葉と一緒に小麦粉をまき散らした。どうやらセジャナスは早めに就寝し、プリンツ夫人は台所で料理をしていたらしい。

「階下の部屋でお茶でもいかが？　それともスノー家のみなさんのように、こちらで召し上がる？」プリンツ夫人はたずねた。

「いえ、どうぞお構いなく。台所で結構です」

コリオレーナスは、プリンツ家以外の家庭でも台所で客をもてなすのがふつうであるかのように答えた。彼は客のもてなし方にケチを付けに来たのではない。感謝されに来たのだ。そのうえ焼き菓子の一つも出してもらえれば、ますます結構だ。

「パイはお好き？　ブラックベリーのパイがあるの。もうすぐ桃のパイも焼けるわ」

プリンツ夫人は、カウンターの上でオーブンに入れるばかりになっている、二台のパイに目をやった。

「それとも、ケーキの方がいいかしら？　今日の午後、カスタードクリームのケーキを作ったの。アボックスたちの大好物なのよ。だってほら、飲みこみやすいでしょう？　コーヒー？　紅茶？　ミルクがいいかしら？」

　プリンツ夫人の眉間のしわが、不安そうに深くなった。まるで、彼にふさわしいものを自分は何ひとつ差し出せないと思い込んでいるようだ。

　夕食は食べたものの、シタデルでの出来事とここまで歩いてきたことで、コリオレーナスは疲れきっていた。

「ミルクをお願いします。それと、ブラックベリーパイをいただけるとうれしいです。料理の腕では、誰もあなたに敵いませんね」

　プリンツ夫人は大きなグラスになみなみとミルクを注いだ。そして、ブラックベリーパイを四分の一の大きさに切り分け、どさっと皿にのせた。

「アイスクリームはお好き？」

　パイの隣に、バニラアイスクリームがたっぷりと添えられた。プリンツ夫人は、驚くほど質素な木製のテーブルに椅子を引き寄せた。テーブルの上には、山辺の風景に〈わが家〉という文字が刺繍された額が飾られていた。

「これは姉が送ってくれたの。今では連絡を取っているのは、姉だけになってしまったわ。いいえ、連絡をくれるのは姉だけと言ったほうがいいかしら。この家には不釣り合いだけど、ここが私のお気に入りの場所なの。さ、座って、パイを食べてね」

そこには、木のテーブルと、形のそろっていない椅子が三脚と、刺繍の額と、こまごました小物を並べた棚があった。オンドリの形の塩コショウ入れ、大理石の卵、つぎはぎだらけの服を着た布人形。どれも故郷から持ってきたものだろうと、コリオレーナスは思った。第二地区に捧げる、彼女の神殿。哀れなものだ、いまだに未開の山岳地帯に執着しているなんて。過去に恋い焦がれながら、来る日も来る日もアボックスたちにカスタードクリームのケーキを作り続けている。彼らにはそのケーキを味わうことさえできないというのに。コリオレーナスはオーブンに二台のパイを入れる彼女を見ながら、取り分けられたパイを一口食べた。舌の先が喜びに震えた。

「味はどう？」プリンツ夫人が気づかわしげにたずねた。

「最高です」彼は言った。「あなたが作る料理はどれもすばらしいですね、プリンツ夫人」お世辞ではなかった。プリンツ夫人はつまらない女性かもしれないが、台所では芸術的な腕を発揮する。

プリンツ夫人はつつましくほほ笑むと、彼とともにテーブルについた。

「おかわりが要るなら、いつでもおっしゃってね。あなたにはどうお礼をしたらいいかわからないわ、コリオレーナス。本当に、お世話になりました。セジャナスは、私の命なの。あの子を呼んでこられなくてごめんなさいね。鎮静剤をたくさん飲んでいるものだから。そうでもしないと寝つけないようなの。すごく動揺して、取り乱しているわ。でも、あの子がどんなにつらい思いをしているか、あなたには言うまでもないわね」

「キャピトルは、彼にとって最高の環境とは言えませんね」

「本当のことを言うと、私たちプリンツ家全員にとってもそうなの。ストラボンは、今は大変でも、セジャナスやあの子の子どもたちのためにはここにいる方がいいんだって言うけれど、私にはよくわからないわ」

プリンツ夫人は、彼女の棚を見上げた。

「家族や友だちがいる生活が、本物の人生よ。私たちは、そういうものをすべて第二地区に置いてきたの。でもそんなこと、あなたはもうご存じよね。あなたには、おばあさまと優しいいとこがいるのですもの」

気づくと、コリオレーナスはプリンツ夫人をなぐさめていた。セジャナスがアカデミーを卒業すれば、きっと何もかもうまくいく。大学には、キャピトルじゅうから、さまざまなタイプの人間が集まっている。きっと新しい友人ができるだろう、と。

プリンツ夫人はうなずいたが、彼の言葉を信じてはいないようだった。アボックスのメイドが夫人に合図し、手話らしき身振りで何かを伝えた。

「わかりました。お客さまがパイを召し上がったら、上へお連れしてちょうだい」

プリンツ夫人はメイドに指示をすると、コリオレーナスに向き直った。

「よろしければ、主人にも会ってやってください。あなたにお礼を言いたいそうなの」

パイの最後の一口を飲みこむと、コリオレーナスはプリンツ夫人に挨拶し、メイドの後から階段を上った。分厚いカーペットが足音を消してくれるので、開け放ってあった書斎の扉から、警戒を解いたストラボン・プリンツの姿を見ることができた。長身のストラボンは立派な石造りの暖炉の前にたたずみ、マントルピースの角に肘をついて、季節が違えば赤々と火が燃えているはずの場所をじっと見下ろしていた。今は、炉床は冷たく空っぽだ。彼は何を見てあれほど悲しそうな表情を浮かべているのだろうと、コリオレーナスは思わずにはいられなかった。片方の手で高価そうなベルベットの部屋着の下襟を握りしめているが、その上着は、プリンツ夫人の有名ブランドのドレスやセジャナスの新品のスーツと同じように、彼に全く似合っていない。まぎれもなく上質な服装は、地区出身という彼らの出自を覆い隠すどころか、かえって際立たせていた。反対に、おばあばさまに小麦粉袋で作った服を着せたとしても、やはりコルソー通りの住人にしか見えないだろう。

プリンツ氏が彼の視線に気づいた。

コリオレーナスは、とっておきの社交的な笑顔をつくった。

「こんばんは、プリンツさん。お邪魔ではありませんでしたか？」

「とんでもない。お入り。そこにかけたまえ」

プリンツ氏は威圧的なオーク材の机ではなく、暖炉のそばの革張りの椅子を手で示した。つまり、これはビジネスではなく、個人的な会合なのだ。

「夕食は済んだかね？　当然だな、家内は七面鳥みたいに人の胃袋に食べ物を詰め込まん事には台所から出すはずがない。何か飲むかね？　ウィスキーはどうだ？」

　コリオレーナスは、大人たちからポスカより強い酒を勧められたことはなかった。ポスカでさえ、すぐに酔いが回るのだ。この会合で酔っぱらうわけにはいかない。

「これ以上、何も入りません」コリオレーナスは椅子に座り、笑顔で腹をたたいてみせた。「でも、どうかあなたは召し上がってください」

「いいや、私は酒を飲まない」

　プリンツ氏は向かい側の椅子に腰を下ろすと、コリオレーナスをじっと見つめた。

「君はお父上に似ているね」

「よく言われます」コリオレーナスは言った。「父をご存じでしたか？」

「われわれの仕事は、何かと重なり合うところが多かったからね」

　プリンツ氏は長い指で椅子のひじ掛けをパラパラとたたいた。

「驚くほどよく似ている。だが、君はお父上とはまるで違うな」

（そうとも、僕は貧しくて無力だ）

　だが、父親とは違うと思われた方が、今夜の目的には好都合かもしれない。地区を毛嫌いしていた彼の父親は、ストラボン・プリンツがキャピトルに受け入れられ、軍需品業界の大物になったのを見たら、さぞかし悔しがったことだろう。父はそんなことのために戦争に命を捧げたのではなかった。

「まったく違う。そうでなければ、君は息子のために闘技場に入ってはいかなかっただろう」

　プリンツ氏は、さらに言葉を続けた。

「クラッスス・スノーが私のために命を危険にさらすなど、想像もできない。なぜ君があんなことをしたのか、私はずっと考え続けているんだ」

他に選択肢がなかったからだと思いながら、コリオレーナスは答えた。

「セジャナスは僕の友人ですから」

「何度聞いても、私には信じられない。だが、セジャナスは初めから君を選んだ。たぶん、君はお母上の気質を受け継いだのだろうな？　戦争前に仕事でキャピトルを訪れたとき、お母上にはいつも親切にしていただいたよ。私の出自にもかかわらずな。お母上は、本物の貴婦人だった。決して忘れはしない」

プリンツ氏は、コリオレーナスを鋭い目で見つめた。

「君は母親似か？」

コリオレーナスの予想とは違った方向に会話が進んでいた。謝礼金の話はどこへ行ったんだ？　そっちが申し出なければ、こっちも受け取れないじゃないか。

「ある点では、似ていると思います」

「どのような点だね？」

どうしてそんな妙なことを聞きたがるのだろう。毎晩寝る前に歌を歌ってくれた、あの愛情深い母と彼の、いったいどこが似ているだろうか？

「例えば、母も僕も、音楽が好きです」

「ふん、音楽か」

プリンツ氏の反応は、くだらない答えだと言わんばかりだった。コリオレーナスは、あわてて付け加えた。

「それに、僕らは同じ信念を持っていたと思います……自分が恵まれた幸運は、日々、何らかの形で返していくべきだ、と。決して当たり前のように受け取ってはならない、と」

自分でも何を言っているかわからなかったが、プリンツ氏は心を動かされたようだった。彼はコリオレーナスの言葉について、じっと考え込んでいた。

「それについては、私も同じ意見だな」

「恐縮です。あの、ところで……セジャナスは……」コリオレーナスは、話を引き戻した。

プリンツ氏は、くたびれた表情を浮かべた。

「セジャナスか。そうだ、君には礼を言わなくては。息子の命を救ってくれたのだから」

「その必要はありません。先ほど申し上げたとおり、彼は僕の友人ですから」

「ふむ。では、これ以上引き留めてはいかんな。君の贄（いけにえ）はまだ生き残っているんだろう？」

いよいよだ。謝礼金を申し出られ、辞退し、説得され、結局受け取る——

「ああ……そうです。おっしゃるとおりです。セジャナスは椅子から立ち上がった。

思いがけず帰宅を促され、衝撃を受けながらもコリオレーナスの様子が知りたかっただけですから。近々学校に戻れそうですか？」

「何とも言えないな」プリンツ氏は言った。「だが、立ち寄ってくれてありがとう」

「もちろんです。みんなが心配しているとお伝えください」コリオレーナスは言った。

「おやすみなさい」

「おやすみ」

プリンツ氏は、軽くうなずいた。謝礼金はなし。握手さえもなかった。

コリオレーナスは、失望のあまり倒れそうだった。お土産の食べ物をたっぷり持たされたことと、運転手に家まで送ってもらえたことがなぐさめだったが、プリンツ家への訪問は結局時間の無駄だった。ゴール博士の宿題も、まだ残っているというのに。〈賞の査定に大きく関わる〉宿題。どうしてこれほど苦しい戦いを強いられなければならないのか？

セジャナスの様子を見てきたと言うと、タイガレスは帰宅が遅くなったことについてそれ以上何も聞かなかった。彼女はとっておきのジャスミンティーをいれてくれた。これも路面電車のコインと同じく贅沢だったが、もはや気にしても始まらない。コリオレーナスは宿題にとりかかり、下書きの紙にCで始まる三つの言葉を書き出した。混沌、支配……三つめは何だったっけ？ そうだ、契約だ。人類を支配する存在がないと、どうなるのか？ 考えなければならない問題はそれだった。混沌に陥ると答えたところ、ゴール博士はそこが出発点だと言ったのだ。

混沌。究極の無秩序と混乱。「闘技場にいるようなものだね」とゴール博士は言った。〈すばらしい機会〉と博士は言っていた。〈君は生まれ変わった〉と。コリオレーナスは、闘技場にいたときの気持ちを思い出そうとした。ルールも、法律も、刑罰もない場所。餌食にされる恐怖にかられ、たちまち捕食者に変貌し、ボビンを殴り殺すことに何のためいもなかった。確かに、彼は生まれ変わった。だが、他人に誇ることができないものに生まれ変わったのだ。スノー家の人間として、人一倍自制心が強いはずなのに。もし世界中の人間がそれと同じ法則で動いたらどうなるか、想像してみる。刑罰の存在しない世の中。人々は欲しいものを欲しいときに奪い、必要とあれば人殺しも辞さないだろう。生き残ることがすべてになる。戦争中は、恐ろしくてマンションから出られない時期があった。法が存在しなかったあの時代、キャピトルすらが闘技場だった。

そうだ、法律の不在、それが混沌の核だ。つまり、人々は従うべき法律に同意する必要がある。それがゴール博士の言う〈社会的契約〉だろうか？ 互いに盗まない、虐待しない、殺し合わないという合意？ そうに違いない。そして法律は施行する者が必要であり、そのために支配者が必要なのだ。契約を遂行する支配者がいなければ、混沌がはびこる。支配者の力は、人民の力より大きくなければならない。さもないと、人々は支配者に歯向かうだろう。それだけの力を持つことが可能なのは、キャピトルだけだ。

午前二時頃までかけてそこまで分析し、レポートにまとめたところ、一ページにも満たなかった。ゴール博士は足りないと言うだろうが、今夜はもう何も書くことができない。ベッドに潜り込んだコリオレーナスは、ルーシー・グレイが虹色のヘビに追いかけられる夢を見た。ハッとして飛び起きると、既におばあさまの国歌が流れる時間だった。がくがく震えながら、彼は自分に言い聞かせた。

（しっかりしろ。ハンガー・ゲームがそう長く続くはずはないんだから）

プリンツ夫人が持たせてくれた朝食は、ハンガー・ゲーム四日目に臨む後押しをしてくれた。コリオレーナスは路面電車の中でブラックベリーパイ一切れ、ソーセージを挟んだロールパン一個、チーズタルト一個を貪り食った。ゲーム中に提供される豪華な食事と、プリンツ家のごちそうを食べていたせいか、ベルトがきつくなったような気がする。帰りは歩いて帰ることにしよう。

演壇上の八名の教育係席はベルベットのロープで仕切られており、椅子の背にそれぞれの名札がかかっていた。座席を指定されるのは初めてだが、おそらくこれまでの数日間に持ちあがった混乱を少しでも解消するための試みだろう。コリオレーナスは後列にとどまり、イオとアーバンの間の席に座った。気の毒にも、フェストゥスはヴィプサニアとクレメンシアに挟まれていた。

ラッキーは、鳥用ではなくウサギ用のケージに押し込められた哀れなジュビリーと一緒に視聴者に挨拶した。闘技場には何の変化もなく、贄たちは朝寝を決め込んでいるようだった。唯一の新たな展開は、誰かがジェサップの死骸をバリケード付近の遺体置き場まで引きずっていったことだ。おそらくはリーパーの仕業だろう。

コリオレーナスは、ガイウス・ブリーンの死がいつ発表されるかとびくびくしながら待っていたが、訃報はもたらされなかった。ゲームメーカーたちのカメラは、闘技場の前に集まってくる人々を映している。今ではさまざまなファンクラブができているらしく、贄と教育係の顔をプリントしたTシャツを着ている人もいた。巨大スクリーンから自分の顔に見つめ返されて、コリオレーナスはうれしいような照れくさいような気分になった。

午前中の半ばを過ぎるまで、贄は誰も姿を見せなかった。そのためか、観客たちが彼女を見つけるまで少し時間がかかった。

「ウォービーだ！」ヒラリウスがほっとしたように叫んだ。「生きてるぞ！」

コリオレーナスが覚えている限りでも彼女は痩せていたが、今では骨と皮になっていた。腕や脚は棒切れのように細く、頬はげっそりとこけている。汚れきった縞模様の服を着て、トンネルの入り口にしゃがみ込み、陽ざしに目を細めながら、空の水のボトルをつかんでいた。

「待ってろ、ウォービー！　今、食べ物を送るからな！」

ヒラリウスは必死にコミュニカフを操作しながら叫んだ。彼女に多くのスポンサーがついているはずはないのだが、大穴狙いのもの好きは必ずいるものだ。

さっそく飛んできたレピドゥスに、ヒラリウスはウォービーの長所を得々として語った。彼女が姿を見せなかったのは用心深さの表れであり、闘技場の情勢がはっきりするまで身を隠す戦術を取っていたのだという。

「見てください！　彼女は最後の八人に残ったんです！」

六機のドローンがウォービーの方に向かって闘技場を飛んでいった。ヒラリウスは、ますますはりきった。

「もうすぐ食べ物と水が届きます！　あとは、食料を持って隠れ家に戻るだけです！」

食料が落ちてくると、ウォービーは両手をあげたが、意識が朦朧としているようだった。地面を探り、水のボトルを見つけると、力を振り絞ってキャップを外す。水を数口飲むと、彼女は壁にもたれて小さくゲップした。銀色に輝く液体が一すじ口の端から流れ、やがて彼女は動かなくなった。

観客たちは何が起こったかわからないまま、しばらく画面を凝視していた。

「死んだな」アーバンが言った。

「違う！　彼女は死んでない。休んでるだけだ！」ヒラリウスが言った。

だが、ウォービーはいつまでもまばたきしない目を明るい陽ざしに向けている。この様子では、とても生きているとは思えなかった。コリオレーナスは、ウォービーの唾液を観察した。ルーシー・グレイが、ついに殺鼠剤を使ったのだろうか？　ボトルに少しだけ水を残し、毒を入れてトンネルのどこかに捨てておくのは簡単だったはずだ。切羽詰まっていたウォービーは、ためらわずに飲み干しただろう。だが、コリオレーナスの他には誰も――ヒラリウスでさえ――妙だと気づいた様子はなかった。

「どうだろう」レピドゥスが、ヒラリウスに言った。「友だちの言うとおりじゃないかな」

ヒラリウスはさらに十分間じりじりしながら待っていたが、ウォービーに生きている兆候が見られなかったので、あきらめて椅子を持ち上げた。レピドゥスに賞賛の言葉をかけられると、ヒラリウスは落胆しながらも、もっと悪い事態もあり得たと思うと答えた。

「健康状態を考えれば、ウォービーはよくやってくれたと思います。もっと早く顔を見せてくれれば、食料を送ってやれたのですが。でも、僕は胸を張っていようと思います。最後の八人に残れただけでも、立派なものですから！」

コリオレーナスは、頭の中で残った贄（いけにえ）のリストを確認した。第三地区の二人、第四地区の二人、そしてトリーチとリーパー。ルーシー・グレイの勝利の前に立ちはだかる者は、それだけだ。六人の贄を倒すには、かなりの運が必要だ。

闘技場の贄（いけにえ）たちは、ウォービーの死にしばらく気づかなかった。昼食時間が近づいた頃、リーパーがバリケードから出てきた。まだ国旗のマントをはおっている。用心深くウォービーに近づいたが、彼女は生きている間もさして脅威ではなかったので、当然ながら死んだ後はまったく恐れる必要がなかった。リーパーは遺体のそばにしゃがみ込み、リンゴを拾い上げた。それから彼女の顔を詳細に観察すると、顔をしかめた。

あいつは気づいたんだと、コリオレーナスは思った。少なくとも、ウォービーの死が自然死ではないと疑っている。

リーパーはリンゴを投げ捨て、ウォービーを抱き上げると、贄たちの死骸が並べてある方へ向かった。地面に落ちている食べ物や水には目もくれなかった。

「これでわかったでしょ？」クレメンシアが、誰にともなく言った。

「私がどんなに手を焼いていたか。私の贄は、頭がおかしいのよ」

「そうみたいだな」フェストゥスが認めた。「昨日は悪かったよ」

それで話は終わった。闘技場の外では、ウォービーの死を疑いの目で見る者はいない。

闘技場の中でも、疑惑を抱いているのはリーパーだけだ。ルーシー・グレイは、軽率に行動するタイプではない。もしかしたら、わざと虚弱なウォービーを標的に選んだのかもしれなかった。ウォービーはすでに健康状態が悪かったので、毒殺されてもわからないからだ。コリオレーナスは、ルーシー・グレイと連絡を取り合って一緒に戦略を立て直せないことに苛立ちを感じた。残った贄は数少ない。やはり隠れているのが最善の策なのか、それとももっと攻撃的に動いた方がいいのか？　今この瞬間にも、彼女は毒入りの食料や水を仕掛けているかもしれない。その場合は、もっと水や食料が必要だろう。だが、彼女が顔を見せない限り、こちらから送ってやることはできないのだ。彼は必死に念じた。

（ルーシー・グレイ、僕に協力させてくれ。少なくとも、君の無事を確かめさせてくれ）

その後、彼は付け加えた。（君に会いたいよ）

第四地区の二人がウォービーの食料をあさりに来た頃には、リーパーは再びトンネルの中に戻っていた。第四地区の贄たちが食料の出どころをまったく気にしなかったので、コリオレーナスは毒殺の可能性に気づかれる恐れはないと確信した。二人はウォービーが死んだ場所に座って食料を貪り食った後、のんびりとトンネルに帰っていった。結局はコーラルとミズンが残り、どちらが故郷の第四地区に栄冠を持ち帰るかの決戦になるのではないだろうか、とコリオレーナスは思った。

入学以来、コリオレーナスは学校の昼食を残したことは一度もなかったが、ライマメを載せた麺が入った厚紙のボウルを見て、食欲を失った。プリンツ夫人の朝食でまだ満腹なことともあり、一口も飲みこめそうにない。叱責（しっせき）を免れるために、彼は既に空になったフェストゥスの皿とすばやく交換した。

「食ってくれ。ライマメを見ると、いまだに戦争を思い出すんだ」

「俺の場合は、オートミールだ。あのにおいを嗅（か）いだだけで、掩蔽壕（えんぺいごう）に飛びこみたくなる」

フェストゥスは、すばやく豆を平らげた。

「助かるよ。寝坊しちまって、朝めしを食いっぱぐれたんだ」

コリオレーナスはライマメが凶兆でないことを祈ったが、ふと気づいて自分に警告した。今は迷信にとらわれている場合ではない。意識を鋭く研ぎ澄まし、カメラに向かって愛想よくふるまい、この一日を切り抜けねばならない。ルーシー・グレイはそろそろ空腹になっているだろう。水を飲みながら、彼は次の食料の配達をどうするか考えていた。

ヒラリウスがいなくなったので、後列に残った三席は中央に移動され、コリオレーナスは再び真ん中の席に座った。ドミティアが言ったように、まるで椅子取りゲームのようだった。そして、座っているのは子どもの頃に一緒にゲームをした仲間たちだった。

（いつの日か僕に子どもが生まれたら、その子たちもキャピトルの社交界に入れるだろうか？　それとも、下層階級に追いやられるのだろうか？）

頼りになる親戚（しんせき）が大勢いれば助けになるのだろうが、同世代のスノー一族はタイガレスだけだ。タイガレスがいなければ、彼はたった一人で今後の人生を歩まねばならない。

その日の午後は、闘技場にほとんど動きがなかった。コリオレーナスはルーシー・グレイの姿を捜し、食料を送る機会をうかがっていたが、彼女は姿を現さなかった。最も盛り上がったのは、闘技場の外に集まったコーラルファンとトリーチファンが、どちらが勝者の栄冠にふさわしいかをめぐって乱闘になったときだった。コリオレーナスは、自分のファンが上品な人たちでよかったと思った。

午後の遅い時間にラッキーが再び画面に登場したとき、彼の向かいの席にはジュビリーのケージを抱いたゴール博士が座っていた。オウムは退屈しきった子どものように、落ち着きなく前後に体を揺らしている。ラッキーは、不安そうに自分のペットを見つめていた。おそらく、研究室に連れ去られるのではないかと心配しているのだろう。

「本日は、スペシャルゲストをお呼びしました。ヘッド・ゲームメーカーの、ゴール博士です。ゴール博士は、すっかりジュビリーと仲良しですね。博士、私たちに悲しい知らせがあるそうですが？」

ゴール博士は、ジュビリーのケージをテーブルに置いた。

「さよう。反逆者による闘技場爆破事件での負傷が原因で、また一人アカデミーの生徒が亡くなりました。ガイウス・ブリーンという少年です」

級友たちが悲鳴をあげる中、コリオレーナスは必死に画面に集中しようとした。いつコメントを求められるかわからない。だが、不安の原因はそれではなかった。ガイウスに追悼の言葉を述べるのは難しくない。彼を嫌う人間は一人もいなかった。

「視聴者を代表して、ご遺族にお悔やみを申し上げます」ラッキーが言った。

ゴール博士は、厳しく表情を引き締めた。

「私からも、お悔やみを申し上げる。しかし、言葉より行動の方が雄弁です。それに、我々の敵はどうやら聞く耳を持たないらしい。そこで、報復として闘技場にいる彼らの子どもたちに対し、ある特別な趣向を準備しました」

「闘技場を映してみましょうか」ラッキーが言った。

闘技場の真ん中で、がれきの山にしゃがみ込んだテスリーとサークが、何やら熱心に探しまわっていた。スタンドの高いところに座っているリーパーは、彼らの関心の外らしい。リーパーはマントにくるまって闘技場の壁に寄りかかっていた。突然、トリーチがトンネルから飛び出してきて、第三地区の贄たちの方に突進していった。テスリーとサークは、バリケードの方に逃げた。

観客たちは、混乱したようにざわめいた。ゴール博士の〈特別な趣向〉とは、どこにあるのだろう？　その答えは、闘技場に飛んできた巨大なドローンがもたらした。ドローンは、あの虹色のヘビの水槽を運んでいた。

コリオレーナスは、水槽を見て観念した。やはり彼の頭脳は、パズルのピースを正しくはめていたのだ。闘技場に放たれたヘビたちがどんな反応をするかはわからないが、ゴール博士が生み出したのは、愛玩犬ではない。恐ろしい武器だ。

桁外れの大きさの荷物に、トリーチが気づいた。おそらく、特別に素晴らしい贈り物が自分に届いたと思ったのだろう。ドローンが闘技場の中央に達すると、彼は立ち止まった。

テスリーとサークも足を止め、リーパーさえも立ち上がってドローンを凝視していた。ドローンは、約十メートルの高さからふたのない水槽を落とした。水槽は割れることなく、地面の上で弾んだ。そして次の瞬間、花弁が開くように、ぱたりと四方の側面が倒れた。そのとたん、地面に色とりどりの光の輪を描くように、ヘビたちが放射状に飛び出した。

前列に座っていたクレメンシアが立ち上がり、血も凍るような悲鳴をあげた。隣の席のフェストゥスが、危うく椅子から転げ落ちそうになる。ほとんどの生徒はスクリーンの上で何が起こっているかようやく理解したところだったので、彼女の反応は極端すぎた。クレメンシアがパニックを起こして真相をぶちまけてしまうのを恐れ、コリオレーナスはあわてて背後から彼女を抱きしめた。クレメンシアは体をこわばらせたが、おとなしくなった。

「あいつらはここにはいない。闘技場にいるんだ」コリオレーナスは、クレメンシアの耳にささやいた。「君は安全だよ」

林業の盛んな地区で育ったトリーチは、おそらくヘビのことをよく知っていたのだろう。水槽からヘビたちが飛び出した瞬間、踵を返してスタンドに向かって走り出した。ヤギのように身軽にがれきの山を駆け上り、客席を飛び越え、上へ上へと登って行く。

テスリーとサークは、一瞬混乱したことが仇となった。テスリーは柱の一本にたどり着いて数メートルよじ登ることができたが、サークはさびついた古い槍につまずいて倒れた。その上から、ヘビたちが襲いかかった。十二組の牙がサークの体を刺した後、ヘビたちは満足したように離れていった。傷口から鮮やかな色の毒液がにじみ出し、ピンクや黄や青の筋となって、サークの体の上を流れた。クレメンシアより身体が小さい上に倍量の毒が体に回ったサークは、呼吸困難に陥り、ものの十秒で絶命した。

テスリーはサークの遺体を凝視し、柱にしがみついたまま恐怖に泣きじゃくっていた。彼女の下には小さなヘビたちが群がり、柱のまわりで首をもたげて躍っている。

画面の背景から、ラッキーの声が聞こえてきた。

「何が起こっているんです？」

ゴール博士が、視聴者に説明した。

「あのヘビたちは、キャピトルの研究室で我々が開発したミュッテーションです。まだほんの子ヘビですが、成長した暁には、人間より速く走り、あのような柱も難なく登ります。彼らは人間を標的にするように作られており、繁殖も早いので、殺されてもすぐに補充することができます」

既にトリーチはスコアボードの上に登っており、リーパーは報道関係者席の屋根の上に逃げていた。がれきをよじ登ってスタンドに入った数匹のヘビが、彼らの下に集まっていた。闘技場に設置されたマイクが、少女の小さな叫び声を拾った。

（ルーシー・グレイがやられたんだ）

コリオレーナスは絶望した。

（あのハンカチは効かなかったのか……）

そのとき、バリケードに一番近いトンネルからミズンが飛び出してきた。その後ろから、コーラルが悲鳴をあげながら走ってくる。彼女の腕には、一匹のヘビがぶら下がっていた。コーラルはヘビを振り落としたが、そのヘビが地面に落ちた瞬間、何十匹ものヘビが彼女の両脚に襲いかかった。ミズンは三叉(みつまた)の矛を投げ捨て、テスリーの反対側の柱に飛びついた。膝(ひざ)を負傷しているにもかかわらず、前回の半分ほどの時間で上まで登りつくと、そこからコーラルのむごたらしい、しかし幸いにもすぐに訪れた最期を見つめていた。

地上に標的がいなくなったので、ヘビたちのほとんどはテスリーの下に集まった。柱にしがみつくことに疲れてきたテスリーは、ミズンに助けを求めたが、彼は悪意ではなく恐怖の表情を浮かべ、首を横に振るばかりだった。

そのときホールの生徒たちの何人かがシッと唇に指をあてた。なぜだろうとコリオレーナスは思ったが、ホールが静まるとようやく気づいた。闘技場のどこかから、ごくかすかな歌声が聞こえてくる。

(彼女だ)

ルーシー・グレイが、トンネルからゆっくりと後ろ向きに姿を現した。一歩ずつ慎重に足を上げ、後ずさりしながら、歌に合わせて緩やかに体を揺すっている。

ラ、ラ、ラ、
ラ、ラ、ラ、ラ、ラ、
ラ、ラ、ラ、ラ、ラ、ラ……

今のところ、歌詞はそれだけだったが、心に響く旋律であることに変わりなかった。まるでそのメロディーにひきつけられたかのように、六匹のヘビが彼女の後についてきた。

既にクレメンシアは落ち着いていた。コリオレーナスは彼女を放し、フェストゥスの方にそっと押しやると、スクリーンに近づいた。後ろ向きで闘技場に入ったルーシー・グレイが、ジェサップの遺体が横たわっている方に向きを変えるのを、固唾を飲んで見守る。知ってか知らずか、彼女の声はマイクに近づくにつれて大きくなっていった。もしかしたら、彼女は最後の歌のために、最後のパフォーマンスのために戻ってきたのかもしれない。

だが、ヘビたちは攻撃しようとはしなかった。それどころか、闘技場中のヘビが彼女に引き寄せられているように見えた。テスリーの柱の下にいるヘビたちの数は減り、スタンドからも数匹が落ちてきた。そしてトンネルからは何十匹も這い出してきて、ルーシー・グレイの周囲の大群に加わった。そこら中から集まってきたヘビたちに囲まれ、彼女は後退し続けることができなくなった。ヘビたちはあざやかな色の体をルーシー・グレイの素足にまとわりつかせ、彼女がそっと大理石のかたまりに腰を下ろすと、足首に絡みついた。ルーシー・グレイはあたかもヘビたちを招き寄せるかのように、指先でドレスのフリルを地面の上に広げた。ヘビたちがいっせいに群がると、彼女の色あせたドレスは覆い隠されてしまった。その姿はまるで、身を絡ませるヘビたちが織り成すまばゆいスカートをはいているかのように見えた。

20

コリオレーナスは、両手をこぶしに握り締めた。毒へビたちの意図がわからない。提案書についた彼のにおいを覚えていた水槽のヘビたちは、完全に彼を無視していた。だが、これらのヘビは、まるで磁石のようにルーシー・グレイに引き寄せられているように見える。これは環境による違いだろうか？　密閉された暖かい水槽から、吹きさらしの広大な闘技場にいきなり放り出されたので、唯一親しみのある彼女のにおいを追い求めているのだろうか？　彼女のスカートを安全な避難所と思い、そこに集まっているのだろうか？

ルーシー・グレイは、何も知らない。あの日、動物園でクレメンシアとヘビたちのことを話そうとしたが、彼女が置かれた状況の方がずっと過酷だったので、結局話さなかった。彼女はヘビたちが襲ってこないことについて、どう考えているのだろう？　きっと、歌のおかげだと思っているに違いない。彼女は故郷でもヘビたちに歌を歌っていたのだろうか？「あのヘビは特別な友だちだったの」と、彼女は動物園で小さな女の子に語っていた。もしかしたら、第十二地区でヘビを何匹か飼っていたのかもしれない。もしかしたら、歌をやめればヘビたちに殺されると思っているのかもしれない。もしかしたら、これが彼女の辞世の歌なのかもしれない。ルーシー・グレイは、フィナーレなしでは決して退場しないだろう。ステージに立ったまま、まばゆいスポットライトを浴びられるだけ浴びて死にたいと思うだろう。

ルーシー・グレイが、歌詞を歌いはじめた。小さいが、鈴のように澄んだ声だ。

あなたは向かう　天国へ
甘く優しい雲の上
やがて私も旅立とう
だけど飛び立つその前に
片づけるべきことがある
私がずっと生きてきた
なつかしいこの世界で

古い歌だ。天国という言葉を聞いて、コリオレーナスはセジャナスのパンくずの儀式を思い出した。だが、〈なつかしいこの世界〉というのは、現在のことを指しているに違いない。今ここに、彼女がまだ生きている世界のことだ。

私もあなたと一緒に行くわ
この歌を歌い終えたとき
バンド仲間とさよならし

手持ちのカードを使い切り
すべての借りを返したら
心残りは何もない
私がずっと生きてきた
なつかしいこの世界で
もう　何一つ
心残りはない

ゲームメーカーたちがロングショットに切り替えたとき、コリオレーナスは抗議の叫びをあげたくなったが、すぐにその狙いに気づいた。闘技場のヘビは一匹残らず、彼女のまわりに集まっているようだ。絶体絶命のテスリーの下に群がっていたヘビたちさえ、獲物を放棄してルーシー・グレイの方に近づいていった。恐怖に震えながらも、テスリーは何とか地面に滑り降り、足を引きずりながらバリケードの一角にある金網のフェンスに逃げていった。歌が続いている間に、彼女はどうにか安全な高さまで登ることができた。

私はすぐに追いつくわ
この杯を干したとき
友だちに捨てられたとき

あくせくするのに疲れたとき
この涙が涸れ果てたとき
この恐怖に打ち勝ったとき
私がずっと生きてきた
なつかしいこの世界で
もう　何一つ
心残りはない

テレビカメラは再びルーシー・グレイを大きくクローズアップした。彼女はふだん酔客を相手に歌っているのではないかと、コリオレーナスは思った。インタビューの準備をしていた頃に聞いた歌の多くには、どこかの大衆酒場でジンを注いだブリキのカップを振り回す酔っ払いたちが登場した。もっとも、アルコールは必ずしも必要なさそうだ。ちらりと後ろを振り返ると、ヘブンズビー・ホールに集まった生徒たちの何人かは、彼女の歌に合わせて体を揺すっていた。ルーシー・グレイの声が高くなり、闘技場にこだました……

私はあなたに知らせよう
靴が擦り切れるほど踊り
力が尽きたこの体

小舟は岩に乗り上げて
今こそ清算すべき時
そしてばったり倒れるの
私がずっと生きてきた
なつかしいこの世界で
もう　何一つ
心残りはない

……やがて最高潮に達し、彼女はしみじみと歌い上げた。

私はハトのように純粋だった
私は愛し方を学んだ
私がずっと生きてきた
なつかしいこの世界で
もう　何一つ
心残りはない

最後の声が響きわたる間、観客たちは息を潜めていた。ヘビたちはその声が消えていくのを待ち、それから――これは思い過ごしだろうか？――身を震わせ始めた。ルーシー・グレイはむずかる赤ん坊をあやすように、ヘビたちに優しくハミングした。彼女を取り巻くヘビたちがおとなしくなったのを見て、観客たちもそっと肩の力を抜いた。ラッキーも、ヘビたちに劣らずルーシー・グレイの歌に魅了されたようだ。画面がスタジオに切り替わったとき、目を潤ませ、口を半開きにした彼の顔が大写しになった。モニターに映った自分の顔を見てラッキーははっと我に返り、石のように無表情なゴール博士を振り返った。

「いやはや、ヘッド・ゲームメーカーさん……脱帽です！」

ヘブンズビー・ホールの生徒たちは、立ち上がって拍手した。だが、コリオレーナスはゴール博士から目を離すことができなかった。あの謎めいた表情の裏で、博士は何を考えているのだろう？　ヘビたちのあの態度をルーシー・グレイの歌のせいだと考えるだろうか、それとも反則行為を疑うだろうか？　たとえハンカチのことがばれても、博士は許してくれるかもしれない。何しろ、こんなに劇的な展開を引き起こしたのだから。

ゴール博士は、軽くうなずいた。

「ありがとう。しかし、今日注目されるべき人物は私ではなく、ガイウス・ブリーンです。おそらく級友たちが、彼の思い出を語ってくれることでしょう」

ヘブンズビー・ホールでは、レピドゥスがさっそくガイウスの級友たちに話を聞きはじめた。ゴール博士があらかじめコリオレーナスに警告していたのは賢明だった。他の生徒たちがガイウスのジョークや笑い話を披露する一方で、コリオレーナスだけは彼の死と、ヘビたちと、たったいま闘技場で行われた報復を結びつけて語ることができた。
「あれほど優秀なキャピトルの若者が殺されて、報復せずに済ませるわけにはいきません。先日ゴール博士がおっしゃったとおり、我々は打たれれば二倍の強さで打ち返すのです」
レピドゥスは、ルーシー・グレイとヘビたちの驚くべきパフォーマンスに話題を転じようとしたが、コリオレーナスは「彼女はすばらしい。しかし、ゴール博士のおっしゃるとおりです。今のこの瞬間は、ガイウスに捧げられるべきです。ルーシー・グレイについては、明日またお話ししましょう」と語るにとどめた。

三十分間たっぷりガイウスを追悼した後、レピドゥスはイオとフェストゥスに別れを告げた。サークとコーラルがヘビたちの毒牙に倒れたからだ。コリオレーナスはフェストゥスと固く抱き合った。頼りになる友人が演壇を去ることに、思いがけないほど感情が高ぶっていた。イオがいなくなることも、やはり残念だった。彼女は闘争的というより、客観的な性質だ。残りの教育係たちは、際立って負けず嫌いな者ばかりだ。

一般の生徒たちは帰宅し、残った少数の教育係は、ステーキの夕食をとった。コリオレーナスは、競争相手たちをちらりと見た。最後の五人に残ったのだから、有頂天になってもいいはずだ。だが、他の誰かが優勝すれば、ハイボトム学生部長はあの罰点にかこつけて、大学の授業料には足りない賞しかくれない可能性がある。彼を完全に守ってくれるのは、プリンツ賞だけなのだ。

コリオレーナスはスクリーンに目を移した。ルーシー・グレイは、あいかわらずペットたちに向かってハミングしている。テスリーはバリケードの向こうに消えたが、ミズンとトリーチとリーパーは、高い所に避難したままだ。嵐を予感させる雲が垂れこめてきて、夕焼けの鮮やかな光が空を染めた。天候の悪化に伴って日暮れが早まり、デザートのプディングを食べ終わらないうちにルーシー・グレイの姿が見えなくなった。そのとき、低い雷鳴が闘技場を揺るがした。稲妻が光ればいくらか明るくなるかとコリオレーナスは期待したが、すぐに激しい雨が降り出して、まったく視界が利かなくなった。

コリオレーナスは残る四名の教育係たちと同様に、ヘブンズビー・ホールに泊まることにした。ヴィプサニア以外は誰も寝具を持ってこなかったので、クッション付きの椅子を並べ、通学カバンを枕代わりにし、多少足が突き出るのを我慢して横になった。雨のおかげで、ホールは涼しくなっていた。コリオレーナスは椅子の上でうとうとしながら、片方の目をうっすら開けて、スクリーンに変化がないか見張っていた。だが、嵐が何もかも覆い隠していたので、やがて彼は眠りに落ちた。明け方、はっと目を覚まして周囲を見回すと、ヴィプサニア、アーバン、ペルセポネーはぐっすりと眠っていた。そして数メートル先に、クレメンシアの大きな黒い目が薄暗い明かりを受けて光っていた。

コリオレーナスは、クレメンシアを敵に回したくなかった。もしスノー家の土台が崩れかかっているとすれば、頼りになるのは友人だ。あのヘビの事件までは、クレメンシアは親友と言ってもよかった。それに、クレメンシアはタイガレスともずっと仲が良かった。

だが、どうやって仲直りしたらいいのだろう？

クレメンシアは片手をシャツの中に入れ、鎖骨をいじっていた。入院していた頃、鱗に覆われていた部分だ。コリオレーナスは小さな声でたずねた。

「あれは消えた？」

クレメンシアは、身をこわばらせた。

「薄くなってきたわ、ようやく。病院では、一年ほどかかるかもしれないと言われたけど」

「あれは、痛いの？」

そんなことに思いが至ったのは、初めてだった。

「痛くはない。ひきつれる感じかしら。肌がね」彼女は鱗をさすった。「言葉で説明するのは難しいわ」

クレメンシアがまともに答えてくれたので、コリオレーナスは思いきって言った。

「ごめんよ、クレミー。本当に。何もかも」

「あなたは博士の思惑を知らなかったんでしょう？」

「ああ、知らなかった。でも後で、入院していたとき、君の力になるべきだった。ドアをたたき壊してでも、君の無事を確認するべきだったんだ」

「そのとおりよ！」

クレメンシアは力を込めてうなずいたが、いくらか表情を和らげた。

「でも、あなたも怪我をしたでしょう？　闘技場で」

「いいよ、気を遣ってくれなくても」

コリオレーナスは、両手を振り上げた。

「僕が役立たずだってことは、君も僕もわかってるんだから」

クレメンシアは、かすかに笑みを浮かべた。

「そうでもないわ。今日、私が馬鹿な真似をしそうになったのを止めてくれたことは、感謝しなきゃって思ってる」

「僕が何かしたっけ？」

コリオレーナスは、首をひねって考えるふりをした。

「僕が覚えているのは、君にすがりついたことだけだ。君を盾にしたとまでは言わないけどさ。君に助けを求めたんだ」

クレメンシアは少し笑ったが、すぐにまじめな顔になった。

「あなたをあんなに責めるんじゃなかった。ごめんなさい。だって、怖かったんだもの」

「怖くて当たり前だよ。今日だって、あんなもの君に見せたくなかった」

クレメンシアは、打ち明けるように言った。

「でも、あれを見たとき心の毒が出たような気がしたわ。何だか気分がいいの。私って、ひどい人間？」

「いいや」コリオレーナスは言った。「君は勇敢そのものだよ」

こうして、彼らの友情はぎこちないながらも回復した。二人は他の教育係たちを起こさないように気を付けながら、コリオレーナスがとっておいた最後のチーズタルトを分け合い、さまざまなことを話し合った。しまいには、闘技場でルーシー・グレイとリーパーに同盟を組ませるというアイデアまで飛び出した。だが、あの二人が彼らの思いどおりになるはずはない。二人が同盟を結ぶか結ばないかは、当人次第なのだ。

「少なくとも、僕らはまた仲間だ」コリオレーナスは言った。

「まあ、敵ではないわね」

クレメンシアはしぶしぶ認めた。だが彼女は、撮影に備えて顔を洗いに行ったとき、コリオレーナスがトイレの備え付けの臭い液体せっけんを使わなくて済むように、自分のせっけんを貸してくれた。ささやかな思いやりに、彼はクレメンシアに許されたと感じた。

朝食は提供されなかったが、朝早くやってきたフェストゥスが、仲間たちにサンドイッチとリンゴを配ってくれた。ペルセポネーは、ティーカップ越しにフェストゥスににっこり笑いかけた。クレメンシアの態度が和らいだことで、コリオレーナスは教育係席にいても、以前ほど気づまりではなくなった。教育係は全員優勝を狙っていたが、勝敗の行方はおおむね彼らの贄の手にゆだねられていた。コリオレーナスは、ルーシー・グレイのライバルたちの評価を始めた。テスリーは小柄だが、頭がいい。ミズンは強力だが、負傷している。トリーチについては、運動神経がいいこと以外はよくわからない。そしてリーパーは、どのように評していいかわからないほど変わっている。

日の出とともに、最後の雲が空から去った。闘技場内にはヘビの死骸が散乱し、がれきの上に垂れ下がったり、水たまりに浮かんだりしている。おそらく溺死したか、夜間の寒さに耐えられなかったのだろう。ルーシー・グレイとテスリーの姿は見えなかったが、三人の少年はずぶ濡れの服のまま、高所にとどまっていた。ミズンはベルトで大梁に体を固定し、眠っていた。一般の生徒たちがぞろぞろとヘブンズビー・ホールに集まりはじめ、ヴィプサニアと、ほぼ以前の彼女に戻ったクレメンシアは、それぞれの贄に食料を送った。ドローンが到着すると、トリーチはガツガツと食べたが、リーパーはまた食料を振り払った。闘技場に降りて水たまりから水を飲むと、トリーチやようやく目を覚ましたミズンには目もくれず、コーラルとサークの死体を回収し、遺体安置所に並べる。他の少年たちは用心深くリーパーを観察していたが、彼を襲おうとはしなかった。リーパーの奇妙な行動が不気味だったのか、はぐれて生き残っているヘビを警戒するかしたのだろう。リーパーは誰にも邪魔されることなく仕事を続け、遺体安置所を整えると、報道関係者席に戻った。トリーチはスコアボードの端に座って足をぶらぶらさせ、ミズンは何か食べたいという動作をした。ペルセポネーはすぐに要求にこたえ、たっぷりと朝食を注文してやった。

しばらくして、テスリーが姿を現した。緊張で張りつめた顔で、ドローンを一機取り出す。元の配達用ドローンとよく似ているが、少しだけ改造されているようだ。彼女はミズンの真下に陣取った。

「あれが飛ぶと思ってるのかしら？」ヴィプサニアが疑わしそうに言った。

「飛んだとしても、コントロールできないじゃない」

スクリーンをにらみつけていたアーバンは、はっと座席から身を乗り出した。

「コントロールする必要はない。もしあいつが——でも、どうやって……」

アーバンは途中で口をつぐみ、考え込んだ。

テスリーはドローンのスイッチを入れ、両手で空中に投げ上げた。放り投げられたドローンは、機体の下に取り付けられたケーブルで彼女の手首に結び付けられている。ドローンは繋がれたまま円を描いて飛びはじめ、彼女とミズンの中間まで上昇した。ミズンはドローンを見下ろして明らかに当惑していたが、ペルセポネーが送った最初のドローンが到着したので、そちらの方に気を取られた。ドローンはパンの大きな塊を落とすと、いつもどおりに帰還しようとした。ところが、数メートル先で急に方向転換し、ミズンの方に戻ってきた。ミズンは驚いてのけぞった。反射的にドローンをたたき落とそうとしたが、ドローンは彼をよけると、存在しない贈り物を配達するかのように、爪を開いて戻ってきた。

「あのドローンはどうしちゃったの？」ペルセポネーがたずねた。

誰も答えられなかった。だがそのとき、二機目のドローンが水を、三機目がチーズを運んできた。それらのドローンも、配達を終えた後もその場にとどまり、何度も贈り物を届ける動作を繰り返した。ドローンは互いに衝突しはじめ、ミズンにもぶつかった。一機のドローンの尾翼がミズンの目に入り、彼は悲鳴をあげてドローンをたたき落とそうとした。

「ゲームメーカーに連絡できないかしら？　だって、あと三機も送っちゃったのよ！」ペルセポネーが言った。

「ゲームメーカーにだってどうしようもないよ」楽しそうにアーバンが答えた。「テスリーは、ドローンをハッキングする方法を見つけたんだ。帰還信号を遮断して、ミズンの顔を唯一の目的地にしたんだな」

果たして、一機、また一機と、さらに三機のドローンが到着し、同じように誤動作を起こした。ドローンたちがミズンだけを執拗に追い回す図は、初めのうちこそ滑稽だったが、やがて笑えない事態となった。ミズンは立ち上がって大梁から降りようとしたが、ドローンは蜜壺に群がるミツバチのように彼の周囲に群がった。ナイフを抜いてドローンと戦おうとしても、せいぜいつかの間飛行コースをそらすことしかできない。ドローンの動きはしだいに攻撃の様相を呈しはじめた。半狂乱になったミズンは、がむしゃらにドローンに向かってナイフを振り下ろした。痛めていた方の脚に体重がかかり、とたんによろけて膝を折る。バランスを崩したミズンは、そのまま墜落した。地面に激突し、首が横に折れた。

「ああ！」

ミズンが落ちた瞬間、ペルセポネーが叫んだ。「まさか、テスリーに殺されるなんて！」

ヴィプサニアが渋い顔でスクリーンをにらんだ。「あの子、見かけより頭がいいのね」

テスリーは満足そうに微笑み、ドローンを手繰り寄せてスイッチを切ると、愛しげに抱きしめた。

「本は表紙で判断しちゃだめだよ」

アーバンはほくそ笑んでコミュニカフを操作し、贈り物を注文した。

「僕の持ち物は特にね」

だが、アーバンの喜びは長くは続かなかった。カメラが一連の出来事を追っている間、ゲームメーカーたちは闘技場のワイドショットを映すことを怠っていた。そのすきにトリーチがスコアボードを降り、スタンドから闘技場に飛び降りていた。視聴者の意表をついていきなりカメラの前に現れたトリーチは、テスリーめがけて勢いよく斧を振り下ろした。テスリーは逃げる間もなく頭蓋骨を割られ、即死した。トリーチは膝に手を置いて荒い息をついていたが、やがて彼女の隣に座り込み、流れ出る血が砂に染み込んでいくさまを見つめていた。ドローンたちがやってきてテスリーに食料の雨を降らせると、彼は再び動き出した。トリーチは十二個もの包みを集め、バリケードの裏に引っ込んだ。

アーバンは内心の動揺を隠してふてくされた表情を作り、立ち上がって教育係席を去ろうとした。だが、レピドゥスのマイクは彼を逃さなかった。アーバンは、苛立ちを隠しきれない声で言った。

「僕はこれで退場です。いいお笑い種ですよね？」

アーバンが立ち去った後、ペルセポネーがマイクをひきとり、ゲームの反省点や、教育係となる機会を与えられたことに対する感謝の気持ちを長々としゃべった。

「君はトップファイブに残ったんだ！」レピドゥスは、にっこりと彼女に笑いかけた。

「その事実は誰にも否定できないよ」

「そうですね……」ペルセポネーは、あいまいな口調で答えた。

「ええ、その事実は一生ついて回るでしょうね」

コリオレーナスはクレメンシアを見て、続いてヴィプサニアを見た。

「どうやら、残りは僕らだけみたいだ」

三人は、椅子を一列に並べ直した。コリオレーナスが真ん中の席に座り、他の二人は敗者の椅子を片づけた。

ルーシー・グレイ、トリーチ、リーパー。最後の三人だ。そして、ルーシー・グレイは最後の女子だ。ハンガー・ゲームも今日で最後だろうか？

帽子に火のついた五本の花火を突き立てたラッキーが登場した。

「こんにちは、パネムのみなさん！　残った五人の贄のために特製の帽子をかぶってきたのですが、早くも二人の命が燃え尽きてしまいました！」

ラッキーは二本の花火を帽子から引き抜き、ぽいと後ろに放り投げた。

「残るは三人ですよ、みなさん？」

放り投げた花火の一本は床に落ちて消えたが、もう一本はカーテンを焦がし、スタジオ内に煙がたちこめた。ラッキーは慌てふためき、かん高い悲鳴をあげながら逃げ惑った。消火器を持ったスタッフがスタジオに駆け込んで事態を収拾し、残る三本の花火が消えると、スポンサーと賭けの参加者の人数が画面の下にパッと表示された。

「ワーオ！　賭けはいよいよ大詰めを迎えています！　どうぞお見逃しなく！」

コリオレーナスのコミュニカフは順調に電子音を響かせていたが、ヴィプサニアとクレメンシアのコミュニカフも同様だった。

「こんなに贈り物をもらったって、何にもならないわ」

クレメンシアが、コリオレーナスに不平がましくささやいた。

「リーパーは私を信用していないから、私が送ったものは何も食べないんだもの」

ルーシー・グレイも空腹なはずだ。コリオレーナスは、食料と水を送ってやりたかった。彼女自身が食べる分と、毒を仕掛ける分を。残る二人の敵は力でははるかに勝るので、彼女が少しでも有利になるように手を打たねばならない。今のところ、視聴者を味方につける以外に何も思いつかなかった。レピドゥスがやってきて、昨日のルーシー・グレイのパフォーマンスに関するコメントを求めたので、コリオレーナスは精いっぱい力説した。

「彼女が刈入れに参加させられたことだけでなく、第十二地区に閉じこめられていること自体、悪質な不正行為が行われたのだと思います。視聴者の皆さん、どうか正しい判断をお願いします。もし僕の言うとおりだと思うなら、あるいはその可能性が少しでもあると思うなら、応援をよろしくお願いします」

ぞくぞくと新たな寄付が届き、コミュニカフの電子音が立て続けに鳴りひびいた。心強いかぎりだが、それらがどれだけ役に立つかはわからない。すでに届いていた分だけで、おそらく数週間は彼女に食料を送れたはずなのだ。

闘技場を動き回っているのはリーパーだけだった。彼は報道関係者席から降り、また国旗を大きく切り取ってきた。骨と皮に痩せたリーパーは、ふらふらとした足取りで、テスリーとミズンを遺体のコレクションに加え、新たな国旗の切れ端で覆った。それから苦労して闘技場の奥の観覧席によじ登り、陽ざしを浴びながらまどろんだ。マントを広げて乾かしつつ、ゆっくりと前後に体を揺すっている。コリオレーナスは、リーパーはもうすぐ自然死するのではないかと思った。だが、飢え死にを自然死と呼べるかどうか、彼には確信がなかった。飢え(ハンガー)が武器として使われた場合、それは自然死と言えるだろうか？

コリオレーナスがほっとしたことに、正午前にルーシー・グレイはトンネルの暗がりに姿を現した。闘技場を見渡し、安全だと判断したらしく、陽ざしの下に出てくる。コリオレーナスが彼女のために大量の食料を注文している間、ルーシー・グレイはリーパーが水を飲んだ水たまりに近づき、ひざまずいた。水をすくってのどの渇きをいやし、顔を洗う。指で髪をとかしてゆるく結い上げたとき、十二機のドローンが闘技場に現れた。

彼女はドローンに気づいていないらしく、ポケットから取り出したボトルの口を水たまりに浸し、三センチほど水をくんだ。ボトルをゆすいだ水をいったん水たまりに捨てた後、再び水をくもうとしたところで、近づいてくるドローンに気づいた。彼女は古いボトルを放り出すと、周りに落ちてきた食料や水をスカートの上に集めた。

ルーシー・グレイは手近なトンネルに向かって歩き出したが、ふと、スタンドでぐったりしているリーパーを見上げると、向きを変えた。リーパーの遺体安置所に急ぎ足で近づき、国旗の布を持ち上げる。唇の動きから、彼女が犠牲者を数えていることがわかった。

「誰が生き残っているか、探っているのです」

レピドゥスが突きつけたマイクに向かって、コリオレーナスは解説した。

「だったら、スコアボードに表示しておくといいかもね」レピドゥスが冗談を言った。

「それは、とても贄たちの役に立つでしょうね」コリオレーナスは言った。

「まじめな話、実にいいアイデアですよ」

突然、ルーシー・グレイがさっと顔を上げた。スカートに包んでいた食料を放り出し、踵を返して走り出す。視聴者には聞こえない物音を聞きつけたのだ。斧を構えたトリーチが、バリケードの裏から飛び出してきた。ちょうど大梁の下を通り抜けようとしたところで、ルーシー・グレイは手首をつかまれた。身をよじり、膝をついて、斧を振り上げるトリーチに必死に抵抗している。

「しまった！」コリオレーナスはレピドゥスを押しのけ、あわてて立ち上がった。

「ルーシー・グレイ！」

斧が振り下ろされるや、ルーシー・グレイはトリーチの腕の中に飛びこみ、彼にしがみついて斧の刃をかわした。奇妙なことに、二人はそのまましばらく抱き合っていた。やがて、トリーチが恐怖に目を見開いた。斧を捨てて彼女を押しのけ、首の裏から何かをむしり取る。突き出されたその手は、鮮やかなピンク色のヘビをつかんでいた。トリーチは膝をつき、ヘビを地面にたたきつけた。何度も繰り返したたきつけていたが、やがて力尽きたように泥の上に倒れた。その手は、死んだヘビをまだしっかりと握りしめていた。

大きく息を弾ませ、ルーシー・グレイはさっとリーパーの方を振り向いた。だが、彼は相変わらず体を揺すりながら、スタンドに座っていた。つかの間の安全を確保し、彼女は片手で心臓を押さえると、視聴者に向かって手を振った。

ヘブンズビー・ホールの生徒たちが喝采する中、コリオレーナスは大きく息をつくと、振り向いて拍手に応えた。

（やったぞ！）

彼女はやったのだ。ポケットに詰めこんだ毒のおかげで、ルーシー・グレイは最後の二人に残った。刈入れのときの緑色のヘビのように、ポケットにあのピンク色のヘビを隠していたに違いない。ヘビはもっといるのだろうか？　それとも、トリーチは最後の生き残りを殺してしまったのだろうか？　真相は誰にもわからなかったが、生きた武器をもう一匹ポケットに忍ばせている可能性が、ルーシー・グレイを恐ろしい存在に見せていた。

レピドゥスに退場を促されたヴィプサニアは、歯を食いしばりながらもゲームメーカーたちに感謝の言葉を述べた。コリオレーナスは深く椅子に沈みこみ、再び食料を拾い集めるルーシー・グレイを見つめていた。クレメンシアの方に身を乗り出し、そっとささやく。

「残ったのが僕たち二人でよかった」

クレメンシアは、共謀者のほほ笑みを浮かべた。

ルーシー・グレイが包みを広げ、すべての食料をきれいに並べたのを見て、コリオレーナスは動物園でのピクニックを思い出した。胸がぎゅっと締め付けられ、別れのキスの記憶がよみがえる。将来、あんなキスがまたできるだろうか？　彼はしばし、ルーシー・グレイが優勝した後のことを夢想した。彼女は闘技場を出て、彼と一緒に暮らす。スノー家のペントハウスも、どうにか税金を免れる。彼はプリンツ賞を得て大学に進学し、彼女はプルリブスが再開したナイトクラブのスターになる。細かいことはさておき、重要なのは、ルーシー・グレイが彼のそばにいることだ。そしてコリオレーナスは、彼女にそばにいてほしかった。忠実な愛を捧げられたかった。完全に、疑いの余地もなく、自分のものにしたかった。彼女がキスをする前に言ったこと――「私の心にいるのは、あなただけよ」――が本当なら、彼女もそれを望んでいるのではないのか？

そこまで考えて、コリオレーナスは自分を戒めた。

（やめろ！　まだ勝負の行方は決まっていないんだぞ！）

ルーシー・グレイが食料をあらかた平らげてしまったので、コリオレーナスはさらにたっぷりと追加を注文した。どこかに蓄えておけば、数日間は食いつなげるだろう。たぶん彼女は、身を潜めてリーパーが死ぬのを待つことにするはずだ。いい作戦だが、もしリーパーの気が変わったら？　もし分別を取り戻し、クレメンシアが無限に供給することが可能な食料に手を付ける気になったとしたら？　そのときは、またもや武力対決になるだろう。他にもヘビを隠していない限り、ルーシー・グレイにとって非常に不利だ。

ドローンが食料を運んでくると、ルーシー・グレイはそれらを整理してスカートのポケットに入れた。

フェストゥスが昼食のサンドイッチを持ってきてくれたが、コリオレーナスもクレメンシアも、緊張しすぎていて食べられなかった。他の生徒たちも、緊迫した展開を見逃したくないらしく、席についたまま食事している。人々がこれほどゲームの行く末に注目しているところを、コリオレーナスは見たことがなかった。

容赦ない太陽の光が、闘技場をカラカラに乾燥させていた。浅い水たまりは干上がり、飲めるほど水が残っているものは数少なくなっている。ルーシー・グレイはがれきの上に腰かけて休憩し、陽ざしの下にスカートを広げて乾かしていた。しばらく状況に変化がないことを見越してラッキーが登場し、詳細な天気予報を伝えた。彼は熱中症の危険を訴え、熱中症にともなうけいれんや肉体疲労、脳卒中を予防する方法について語った。闘技場前のレモネード・スタンドの行列は長くなり、人々は日傘をさしたり、わずかな日陰に逃げ込んだりした。涼しいことで有名なヘブンズビー・ホールでさえ熱気に包まれ、生徒たちは上着を脱いで、ノートで顔をあおいだ。午後の半ばにはアカデミーからフルーツポンチが提供され、お祭りのような雰囲気をもたらした。

ルーシー・グレイはリーパーから目を離さなかったが、リーパーは一向に彼女に襲いかかる気配を見せなかった。突然、彼女は業を煮やしたように立ち上がり、トリーチの遺体の方に引き返していった。ルーシー・グレイはトリーチの片方の足首をつかみ、リーパーの遺体安置所の方に引きずりはじめた。彼女がトリーチの遺体に触れた瞬間に、リーパーは我に返ったようだった。身を乗り出して何ごとか叫び、あわててスタンドから降りてくる。ルーシー・グレイはトリーチを放り出し、近くのトンネルに逃げた。リーパーはトリーチを運ぶ作業を引き継ぎ、贄たちの死体の列にきちんと並べると、国旗の残骸で覆った。

リーパーは満足し、スタンドに戻ろうとしたが、壁際まで来たとき、ルーシー・グレイが別のトンネルから飛び出してきた。彼女は贄の遺体にかけてあった国旗を一枚はがし、大声で叫んだ。リーパーはさっと踵を返し、彼女を追いかけた。ルーシー・グレイはさっさとバリケードの後ろに消えていった。リーパーは国旗を遺体にかけ直し、布を体の下にたくし込んでしっかりと固定してから、柱にもたれて休憩した。数分後、彼は眠気を催したように、陽ざしを避けて目を閉じた。すると、ルーシー・グレイが再び飛び出してきた。国旗の切れ端を一枚はぎ取り、今度はそれを後ろになびかせたまま走り去る。リーパーが気づいたときには、ルーシー・グレイは五十メートルほど先に逃げていた。リーパーが戸惑っているうちに彼女はますます距離を広げ、闘技場の真ん中まで引きずっていった国旗を地面の上に放置すると、スタンドに向かった。腹を立てたリーパーは、走っていって国旗を取り戻した。彼は二、三歩ルーシー・グレイを追いかけたが、激しく活動したことで体力を消耗していた。両手をこめかみに押し当て、はあはあとあえいでいるが、汗をかいている様子はない。先ほどラッキーが注意していた、熱中症の徴候かもしれなかった。

(ルーシー・グレイはリーパーを走らせて殺すつもりなんだ。この作戦は、うまくいくかもしれないぞ)

リーパーは旗を引きずりながら、干上がっていない数少ない水たまりに歩いていった。崩れるように膝をつき、水面に顔をつけると、底の泥が見えるまでびちゃびちゃと水を飲む。足をたたんで座り直したとき、リーパーは奇妙な表情を浮かべ、わき腹と胸をかきむしりはじめた。水を少し吐いた後、両手をついてしばらくえずいていたが、やがてふらふらと立ち上がる。あいかわらず片手に国旗を握りしめ、彼は歩き出した。ゆっくりとした、不安定な足取りで遺体安置所に戻っていく。目的の場所にたどり着くと、地面に崩れ落ち、自らトリーチの隣まで這っていった。片手で旗を贄たちの遺体にかぶせようとするが、自分の体をわずかに覆うことができただけだ。やがて彼は手足をひっこめ、動かなくなった。

コリオレーナスは座ったまま身じろぎもせず、期待に胸を高鳴らせていた。勝負はついたのか？ 本当に、ハンガー・ゲームに優勝したのか？ プリンツ賞も、ルーシー・グレイも手に入れたのか？ 彼はスタンドからリーパーを眺めているルーシー・グレイの顔をじっと見つめた。彼女はうつろな表情を浮かべていた。まるで、闘技場で起こっていることと彼女は、いっさい無関係であるかのように。

ホールの生徒たちが、ざわめき始めた。リーパーは死んだのか？ 優勝者を発表しなくていいのか？ コリオレーナスとクレメンシアは、レピドゥスのマイクを払いのけつつ、結果が発表されるのを待った。三十分が過ぎた頃、ルーシー・グレイがスタンドから降りてリーパーに近づいていった。首に指をあてて脈拍を調べると、彼女は満足げにリーパーの瞼を閉じ、そっと国旗を贄たちの体にかけた。あたかも、子どもたちを寝かしつけるかのようだった。それからフィールドに出て柱にもたれて座り、ゲームの終了を待った。

これでゲームメーカーたちも納得したようだった。ラッキーが登場し、ぴょんぴょん飛び跳ねながら、第十二地区のルーシー・グレイ・ベアードと教育係のコリオレーナス・スノーが第十回ハンガー・ゲームに優勝したことを発表した。

ヘブンズビー・ホールじゅうの生徒が、コリオレーナスのまわりにどっと押し寄せた。フェストゥスが級友たちの音頭をとり、彼を椅子ごと持ち上げて演壇のまわりを練り歩いた。ようやく解放された後、コリオレーナスはレピドゥスから質問攻めにされたが、非常に楽しかったと同時に学ぶところの多い経験だったと答えるだけにとどめた。続いて、全校生徒はダイニングホールに案内され、お祝いのケーキとポスカがふるまわれた。コリオレーナスは主役席に座らされ、さまざまな人から祝福を受け、適量以上のポスカを飲んだ。

（少々酔っぱらったって、構うものか！）

たった今、彼は無敵の存在になった気分だった。

意識が朦朧としてきたとき、サテュリアが助けに来た。彼女はダイニングホールからコリオレーナスを連れ出すと、高等生物学研究室へ向かった。

「きっと、あなたの賛も呼ばれているでしょう。二人一緒に写真撮影されても、驚かないでね。よくやったわ」

コリオレーナスは自分から彼女にハグし、研究室へと急いだ。しばらく静かに過ごせることがありがたかった。馬鹿みたいににやけているのが自分でもわかる。何と言っても優勝したのだ。栄光を手にし、将来も、そしておそらく愛も手に入れた。もうすぐ、ルーシー・グレイをこの腕に抱けるのだ。

（雪は高嶺に舞い降りる――本当に、そのとおりだ！）

ドアの前まで来ると、何とか真顔を作り、上着を整えてほろ酔い機嫌を隠した。ゴール博士には、みっともない姿を見せるわけにはいかない。

高等生物学研究室のドアを開けると、ハイボトム学生部長だけがいつものテーブルの後ろに座っていた。

「ドアを閉めたまえ」

コリオレーナスは言われたとおりにした。もしかしたら、学生部長は個人的にお祝いを言いたかったのかもしれない。それとも、彼をいじめたことを謝罪したいのだろうか？落ち目のスターには、そのうち期待の新星の力が必要になるかもしれない。だが、学生部長に近づいていったとき、冷たい恐怖がコリオレーナスの酔いを洗い流した。テーブルの上には、まるで実験材料のように、三つの品物が置かれていた。グレープジュースのしみがついたアカデミーのナプキン。母親の形見の銀のコンパクト。そして、薄汚れた白いハンカチ。

会合は五分とかからなかった。その後、取り決めどおりにコリオレーナスはまっすぐ徴兵センターに向かった。パネムの期待の新星とは言えないにせよ、最も新しい治安維持部隊兵士が誕生した。

〈下巻へ続く〉

ハンガー・ゲーム0 上

少女は鳥のように歌い、ヘビとともに戦う

スーザン・コリンズ　中村佐千江＝訳

令和2年 9月25日　初版発行
令和5年 12月15日　再版発行

発行者●山下直久

発行●株式会社KADOKAWA
〒102-8177　東京都千代田区富士見2-13-3
電話　0570-002-301（ナビダイヤル）

角川文庫 22346

印刷所●株式会社KADOKAWA
製本所●株式会社KADOKAWA

表紙画●和田三造

●お問い合わせ
https://www.kadokawa.co.jp/（「お問い合わせ」へお進みください）
※内容によっては、お答えできない場合があります。
※サポートは日本国内のみとさせていただきます。
※Japanese text only

ISBN 978-4-04-108954-5　C0197

◆◇◇